BASTEI
LÜBBE
TASCHENBUCH

Über die Autorin:

Julia Hofelich studierte zunächst Germanistik und Komparatistik, bevor sie zu Jura wechselte. Nach ihrem Referendariat arbeitete sie jahrelang als Rechtsanwältin und absolvierte ein Fernstudium zur Drehbuchautorin. Julia Hofelich ist verheiratet und hat zwei Kinder, zur Zeit recherchiert sie für ihren zweiten Krimi.
www.juliahofelich.de

JULIA HOFELICH

TOTWASSER

KRIMINALROMAN

BASTEI LÜBBE TASCHENBUCH

BASTEI LÜBBE TASCHENBUCH
Band 17800

MIX
Papier aus verantwortungsvollen Quellen
FSC® C083411
FSC
www.fsc.org

Dieser Titel ist auch als E-Book erschienen

Originalausgabe

Titelillustration: © David & Myrtille/Arcargel
Umschlaggestaltung: Manuela Städele-Monverde
Satz: hanseatenSatz-bremen, Bremen
Gesetzt aus der Adobe Garamond Pro
Druck und Verarbeitung: CPI books GmbH, Leck – Germany
ISBN 978-3-404-17800-1

2 4 5 3 1

Sie finden uns im Internet unter
www.luebbe.de
Bitte beachten Sie auch: www.lesejury.de

Prolog

Die Luft in der kleinen Dachgeschosswohnung war stickig und heiß. Ein Geruch nach Staub und altem Holz erfüllte die Räume. Genauso hatte es auf dem Dachboden gerochen. An seinem neunten Geburtstag. Der Vater hatte ihn an den Haaren die knarrenden Stiegen hochgeschleppt, hatte ihn auf den warmen Boden geworfen, dass ihm fast die Luft weggeblieben war. Das Blut aus seiner Nase war ihm die Kehle hinuntergelaufen, hatte unerträglichen Brechreiz verursacht. Aber er hatte sich nicht übergeben. Er war kein Schwächling. Ein Wimmern entrang sich seiner Kehle. Der Vater hatte seinen Kopf auf das Holz geknallt und ihn festgehalten. Ihm war schwindlig geworden, als sich das enge Metallband um seinen Hals schloss, er würde ersticken, diesmal würde er ersticken. Grelles Flimmern vor seinen Augen, das süßliche Rasierwasser des Vaters und der metallische Geruch nach Blut, ein ekelerregender Gestank. Die Reitgerte in der Hand des Vaters war durch die Luft gezischt.

»Bitte«, hatte er geflüstert, »bitte nicht.«

Der Vater hatte nur gebrüllt und zum nächsten Hieb ausgeholt.

Er schlug seinen Kopf gegen den Türrahmen, immer und immer wieder. Er war kein Kind mehr. Er war nicht bei seinen Eltern. Der Vater konnte ihm nichts mehr anhaben. Der war nur in seinem Kopf. Verfluchter Kopf. Er musste sich auf das konzentrieren, was jetzt gleich kommen würde. Diese Anwältin war nicht dumm, und wenn er sich nicht anstrengte, würde sie merken, dass er hier war, bevor er sie außer Gefecht setzen konnte. Der schwarze Gott würde ihm keine Fehler verzeihen. Sein Atem beruhigte sich etwas. Die Stimme des Vaters, die immer noch in seinem Kopf schrie, wurde leiser. Aber das kalte Kribbeln auf seiner Haut, das diese Dachgeschosswohnung verursachte, blieb. Sein Blick glitt über das kleine Wohnzimmer, alles war harmlos hier. Ein beiges Sofa mit bunten Kissen, ein voller Wäscheständer, ein winziger, billiger Esstisch aus hellem Holz, zwei Stühle. Ein Blumenstrauß, bunte Bauernblumen, schon etwas welk, in einer hellblauen Vase. An allen Wänden Bücherregale, jede Menge alte Fachbücher für Wirtschaftsrecht. Besonders erfolgreich war die Anwältin seit ihrem Unfall nicht mehr, diese Wohnung hier bestätigte seine Recherchen. Erstaunlich, dass man ihr den Fall überhaupt übertragen hatte. Und noch viel erstaunlicher, dass sie so weit gekommen war. Als er sie das erste Mal mit dem nachgemachten Schlüssel heimlich besucht hatte, hatte sie in ihrem Bett gelegen und sich herumgewälzt. Sie hatte im Schlaf geheult. Sie hatte so erbärmlich gewirkt, dass er sie unterschätzt hatte. Aber das würde nicht noch einmal passieren. Er lächelte. Sie würde sterben, wie es einer Hexe gebührte. Vielleicht konnte er noch einen autoerotischen Unfall fingieren, um seine Spuren zu verwischen und um die Schlampe auch über ihren Tod hinaus zu demütigen. Ja, die Idee war nicht schlecht. Der schwarze Gott sah es gerne, wenn seine Opfer langsam starben, und ihm selbst gefiel es auch. Er zog das weiche Band in seinen geballten Händen stramm. Ging lautlos in den Flur. Er hatte die Macht. Er würde diese widerliche Anwaltsschlampe erledigen, bevor sie noch mehr Unheil anrichten konnte. Er durfte nicht zulassen, dass sie ihn zerstörte. Sie glaubte offenbar jede Lüge, die ihr aufgetischt wurde. Grace war schuldig. Die Wahrheit war so einfach, jeder erkannte das, nur diese Hexe nicht. Alle Fasern in seinem Körper spannten sich plötzlich an. Da waren Schritte im Treppenhaus. Sein Atem ging schneller. Er stand jetzt direkt hinter der Wohnungstür. Wenn sie hereinkam, konnte er sie sofort packen und aufs Sofa zwingen, während er ihr von hinten die Luft abschnürte, bis sie ohnmächtig geworden war. Er atmete, so leise es ging, bewegte sich nicht mehr. Der Schlüssel drehte sich im Schloss. Die Tür wurde aufgestoßen, und Rechtsanwältin Dr. Linn Geller betrat ihre Wohnung.

4 Monate vorher

1

»Im Moment dürfte deine neue Mandantin die meistgehasste Frau Deutschlands sein. Sie hat den Hauptdarsteller von *Schmerzen des Erfolgs* umgebracht. Nico Benten, den begehrtesten Mann der Nation.«

»Sie wird verdächtigt, ihn umgebracht zu haben. Sonst bist es doch immer du, der die Unschuldsvermutung so hochhält.« Linn Geller tauchte den Pinsel, mit dem sie die Fensterrahmen ihrer neuen Kanzlei strich, in die meerblaue Farbe und schaute zu ihrem Kanzleikollegen Götz hinüber.

Der zerrte an einem Abklebeband. »Sie hätte es wenigstens erst nach dem Ende der sechsten Staffel machen können«, sagte er. »Ich habe mir die Serie fünf Jahre lang reingezogen und werde nie erfahren, wie die Geschichte ausgeht.« Das Band verdrehte sich um die Rolle, riss aber nicht.

Linn malte die letzte Ecke des Rahmens an, zog die Malerschutzkappe von ihren schulterlangen schwarzen Haaren und holte die Aktentasche unter ihrem Schreibtisch hervor. »Ich fahre jetzt ins Gefängnis und spreche mit Frau Riccardi. Ich muss mich nur noch umziehen.«

Götz schmiss das Abklebeband auf den Boden. »Warum kriegst du eigentlich auf Anhieb so eine riesige Pflichtverteidigung in einer Mordsache? Ich bin Fachanwalt für Strafrecht, nicht du. Du machst doch nur Zivilrecht. Warum hat der Ermittlungsrichter nicht mich genommen? Ich stehe seit fünfzehn Jahren auf der Strafverteidigerliste des Gerichts und habe jede Menge Erfahrung. Und du, du bist gerade mal seit drei Tagen auf der Liste. Drei Tage!«

Linn konnte verstehen, dass er verärgert war. »Es kam auch für mich sehr unerwartet.« Ihre rechte Hand zitterte plötzlich, und sie hatte für eine Sekunde Angst, die Aktentasche könnte ihr hinunterfallen. Sie packte den Griff fester. »Ich weiß gar nicht, ob ich den Fall überhaupt will, aber wir können es uns nicht leisten, einen Auftrag abzulehnen. Schon gar nicht so einen.« Sie stockte. »Es wird für mich nicht ganz einfach werden, ein Topmodel zu vertreten.« Mit den Fingerspitzen berührte sie die dünne, hellrosa Narbe, die ihre rechte Wange seit ihrem Unfall vor knapp vier Jahren in zwei Hälften teilte.

Götz sah betroffen aus. »Das ist ja wohl nicht dein Ernst. Du kannst mit jedem Model mithalten.« Er hob das Klebeband wieder auf und kam einen Schritt auf sie zu. »Tut mir leid, dass ich den ganzen Vormittag so ein Ekel war. Wenn ich ganz ehrlich bin, was mir im Moment etwas schwerfällt, dann muss ich dem Gericht recht geben. Du bist die beste Anwältin, die ich kenne, und ich bin mir sicher, du wirst Grace Riccardi ausgezeichnet verteidigen.« Seine Stimme klang jetzt wieder so gutmütig wie immer.

Linn machte eine abwinkende Handbewegung, aber sein Kompliment freute sie.

»Findest du es eigentlich nicht merkwürdig, dass eine Frau wie Grace Riccardi überhaupt einen Pflichtverteidiger braucht? Sie ist reich. Sie könnte sich jeden Anwalt leisten, den sie will. Ich meine, nichts gegen unsere Kanzlei, aber …« Sie zeigte mit dem Arm auf das Chaos aus mit Malerplane abgedeckten Aktenstapeln, Pinseln und Farbkübeln.

Götz zuckte die Schultern. »In Kürze werden wir ganz oben sein.«

»Dann sollten wir uns mit dem Streichen der Fensterrahmen beeilen. Damit es nicht ganz so auffällt, dass unsere Spitzenkanzlei nur aus zwei etwas angeschlagenen Anwälten besteht, winzig ist und sich nicht gerade im besten Viertel von Stuttgart befindet.«

Ihr Geschäftspartner grinste ein wenig halbherzig.

Sie verließ den Raum. Ihr ebenfalls seit dem Unfall kaputtes

Bein, das ein wenig seitlich abstand, machte ihren Gang zu einem langsamen Humpeln.

Grace Riccardi hatte gelocktes, schwarzglänzendes Haar, das ihr ebenmäßiges, perfekt geschminktes Gesicht umrahmte. Trotz der Sommerhitze trug sie einen langärmligen weißen Pullover mit einem Rollkragen und eng anliegende Jeans. Bis auf ihren dünnen, silbernen Ehering hatte sie keinerlei Schmuck.

Unbeweglich und kerzengerade wie eine griechische Statue saß sie auf dem grünen Plastikstuhl in dem beengten, dunkelgrau gestrichenen Besprechungsraum der Justizvollzugsanstalt und starrte ins Nichts. In ihrer Hand hielt sie einen halbvollen Wasserbecher. Sie wirkte jünger und noch viel schöner als auf den Werbeplakaten für Sommerkleider, die die ganze Stadt zierten. Und das, obwohl sie schon seit zwei Tagen in U-Haft saß.

Linn streckte ihr die Hand hin. Das Model reagierte nicht. Erst als sie sich mühsam auf den Stuhl gegenüber setzte, nickte die Frau kurz in ihre Richtung. Der Hauch eines teuren, frischen Parfüms lag in der Luft. Linn unterdrückte den Reflex, über die Narbe auf ihrer Wange zu streichen. Sie atmete tief durch.

»Frau Riccardi«, sagte sie und packte einen Kuli und einen Notizblock aus ihrer Lederaktentasche, »ich bin Linn Geller. Ich bin Ihre Pflichtverteidigerin.«

Ihre Mandantin schaute sie nun direkt an, ihr Blick schien an ihrer Narbe zu kleben. »Sie sollten Ihr Haar etwas länger tragen.« Grace Riccardi legte ihre eigenen Haare über ihre Wange. »So.«

Für eine Sekunde war Linn sprachlos. Unter Aufbietung all ihrer Kräfte versuchte sie, die Anmerkung der Mandantin zu ignorieren. »Sie werden beschuldigt, Ihren Mann umgebracht zu haben. Deshalb bin ich hier«, sagte sie.

»Haben Sie wirklich einen Doktortitel? Wie die Polizistin vorhin gesagt hat? Warum brauchen Sie denn einen Doktortitel? Sie sind doch nur eine Pflichtverteidigerin«, fragte ihre Mandantin.

»Ich bin eine ganz normale Anwältin, und ich bin ziemlich gut«, antwortete sie. »Ich habe vor meiner Selbständigkeit für eine internationale Großkanzlei gearbeitet, Vance, Lewis und Smith, von denen haben Sie vielleicht schon mal gehört. Machen Sie sich also keine Sorgen. Sie sind bei mir gut aufgehoben.«

»Ich will keinen Anwalt«, sagte Grace Riccardi. »Das habe ich auch diesem Richter gesagt.« Ihre Hände kneteten den Plastikbecher, ein wenig Wasser schwappte auf den Tisch. Sie schien es nicht zu bemerken.

»Ich kann verstehen, dass das alles sehr schwer für Sie ist, aber es ist wichtig, dass wir uns unterhalten.«

Grace Riccardis Hände kneteten schneller. »Sie können gar nichts verstehen! Gar nichts. Es gibt Sachen, die sind so unvorstellbar, und dann muss man eben Dinge tun …« Sie zerknüllte den Becher zu einem Ball, das Wasser floss über ihre vor Anspannung weißen Fingerknöchel, über den Tisch, über ihre Hose. »Es gibt nur eine Möglichkeit. Ich werde gestehen. Ich werde den Mord an Nico gestehen.«

»Haben Sie Ihren Mann denn umgebracht?«, fragte Linn.

Tränen schossen in Grace Riccardis Augen. »Schauen Sie nicht fern? Dann wüssten Sie es nämlich, wie alle anderen.« Sie stand ruckartig auf, ging zur Tür und klingelte an dem Knopf daneben. »Bitte. Lassen Sie mich einfach in Ruhe!« Sie klingelte erneut, diesmal heftiger. »Wenn Sie da herumwühlen, machen Sie alles nur noch schlimmer.«

Von außen wurde mit lautem Klappern die Tür aufgeschlossen.

»Sprechen Sie bitte mit niemandem über die Tat, bevor Sie nicht mit mir gesprochen haben«, sagte Linn.

»Ich lasse mir von Ihnen doch nicht den Mund verbieten.« Grace Riccardis Stimme war hart, aber in ihren dunklen Augen glänzten Tränen. Sie wandte sich ab. Die Justizbeamtin, die die Tür geöffnet hatte, verschwand mit ihr in den tristen Gefängnisflur.

Linn packte ihren Kuli und den leeren Notizblock zurück in ihre Tasche. Das war ja richtig gut gelaufen. Das kürzeste Mandantengespräch aller Zeiten. Warum hatte sie sich überhaupt überreden lassen, dieses Mandat anzunehmen? Es hätte sicherlich andere Wege gegeben, sich zu beweisen, dass sie wieder ganz die Alte war. Verdammt, sie war nicht die Alte. Sie würde nie wieder die Alte sein. Sie hatte sich zu viel zugetraut, so sah es doch aus. Wenn sie wieder einen Fehler machen würde wie bei den Ermittlungen zu ihrem Unfall damals, als sie unbedingt gewollt hatte, dass jemand anders als der Zufall schuld an ihren schrecklichen Verletzungen war, war sie erledigt. Und wie hatte sie glauben können, dass es ihr nichts ausmachen würde, ein Model mit einem wunderschönen Gesicht zu vertreten? In einem Fall, der im Fokus der Medien stand? Sie musste kurz innehalten und tief durchatmen, bevor sie mit unsicheren Händen ihre Tasche verschloss. Vermutlich würde es Fotos von ihr geben, neben Grace Riccardi. *Die Schöne und das Biest*, *Brain and Look*, sie konnte die Überschriften schon vor sich sehen. »Es ist für die neue Kanzlei sehr wichtig. Also stell dich nicht so an. Du kannst das«, sagte sie laut.

Ihr war schlecht.

2

»Frau Dr. Geller«, sagte Oberstaatsanwalt Faber und streckte ihr die Hand hin. Sein rechter Mundwinkel zuckte dauernd nach oben.

Linn ignorierte seine Hand. »Herr Dr. Faber.«

Faber drehte sich um und ging durch die trostlosen, zu hell erleuchteten Gänge der Staatsanwaltschaft vor ihr her in sein mit billigen Holzmöbeln ausgestattetes, winziges Büro. Seine schütteren, wirren Haare waren mittlerweile eisgrau. »Ich habe lange überlegt, ob ich Sie als Pflichtverteidigerin von Frau Riccardi vorschlagen soll«, sagte er, nachdem sie Platz genommen hatten.

Ihr fiel beinahe der Stift aus der Hand, den sie gerade aus ihrer Tasche gezogen hatte. »*Sie* haben mich vorgeschlagen?«

»Nur damit Sie keinen falschen Eindruck bekommen: Ich kann Sie nicht leiden, wirklich nicht. Aber Sie sollen vor Ihrem«, er zögerte kurz, »*Unfall* juristisch ein Ass gewesen sein. Und ich denke, davon wird ja noch ein bisschen übrig sein. Außerdem schätze ich die Tatsache, dass Sie sich von niemandem bei Ihrer Arbeit beeinflussen lassen.« Er räusperte sich und schob seine strenge, randlose Brille wieder nach oben, die auf die Nasenspitze hinuntergerutscht war. »Wir brauchen in diesem Fall jemand, der sich nicht von den Medien unterkriegen lässt. Der Tote war sehr beliebt. Und die Öffentlichkeit hält Ihre Mandantin für ein Monster. Sie verstehen, was ich meine?«

Linn nickte. Eine Weile schwiegen sie beide, nur das Surren des Ventilators, der in einer Zimmerecke stand und kaum gegen die Sommerhitze ankam, war zu hören. Sie verstand nur zu gut, was der Oberstaatsanwalt meinte. Er wollte, dass sie einen aussichtslosen und arbeitsintensiven Fall verlor und in den Medien diejenige war, die ein Monster vertrat. Sie setzte ein Lächeln auf. Sie konnte Faber auch nicht leiden. Er war bei ihrem Unfall der ermittelnde Staatsanwalt gewesen, und sie hatte ihm damals Rechtsbeugung und Bestechlichkeit vorgeworfen.

Fabers Gesichtsausdruck war unergründlich. Seine Augen hinter den Brillengläsern glitten hin und her. »Kennen Sie denn überhaupt schon den genauen Sachverhalt?« Er lächelte jetzt spöttisch.

»Nein. Deshalb bin ich hier.«

»Wenn das so ist, hole ich mir noch einen Kaffee.« Ohne ihr ebenfalls etwas anzubieten, stand er auf und verließ den Raum.

Linn überflog noch einmal die Aufzeichnungen ihrer kurzen Recherchen, die sie am Vormittag in der Kanzlei auf Plastikplane neben Farbeimern sitzend mit ihrem Laptop getätigt hatte.

Nico Benten war der bekannteste und beliebteste deutsche Schauspieler gewesen. Er hatte zusammen mit seiner Frau in Stuttgart gewohnt. Die Serie *Schmerzen des Erfolgs*, in der er die Hauptrolle gespielt hatte, war bereits während der ersten Staffel in den Olymp der erfolgreichsten Serien aufgestiegen. Gedreht wurde hauptsächlich in Cornwall, derzeit die fünfte und damit vorletzte Staffel. Die Filme wurden in dreißig Ländern ausgestrahlt, und vor einigen Monaten hatte Hollywood sein Interesse an einem Remake mit Benten selbst bekundet.

In der Serie ging es um einen jungen Boxer namens Mason Shepard, verkörpert von Benten, der sich aus einer brutalen Brennpunktsiedlung und den Fängen seiner sadistischen Pflegeeltern an die Uni kämpfte und schließlich Biochemie studierte. Auf dem Weg dorthin rettete er diverse Frauen, Freunde und ein paarmal auch die Welt vor dem Untergang. Nebenher suchte er seine leiblichen Eltern und versuchte, seine große Liebe Annie für sich zu gewinnen, die bedauerlicherweise mit einem seiner Hochschulprofessoren liiert war.

Ein seriöses Wirtschaftsmagazin hatte herausgefunden, dass sich seit Beginn der Ausstrahlung die Studienzahlen für Biochemie fast verdoppelt hatten und Boxen gerade eine Trendsportart wurde.

Die Leute liebten aber nicht nur die Serie, sondern auch die Schauspieler, allen voran natürlich Benten. Im Netz hatte Linn einige Filmchen gesehen, in denen kreischende Fans durchdrehten oder ohnmächtig wurden, sobald der Schauspieler mit dem braungebrannten Sixpack und den markanten Gesichtszügen in ihre Nähe kam. Benten schien immer freundlich zu seinen Fans gewesen zu sein, hatte sich in seiner Freizeit für misshandelte Frauen in Indien engagiert und eine Menge Geld für den Tierschutz gespendet. Wenn man der Presse glauben durfte, hatte er seine ihn liebende Frau auf Händen getragen und unter den Kollegen nur Freunde gehabt, niemand hatte auch nur den geringsten Groll gegen ihn gehegt.

Trotzdem war er ermordet worden.

An einem Donnerstag vor zwei Wochen, einige Stunden, nachdem er das Filmset bei dem Dörfchen Trevone in Cornwall verlassen hatte. Die englische Polizei hatte später herausgefunden, dass er vom Dreh in sein Ferienhaus bei Padstow gefahren war. Gegen 16.30 Uhr war er von dort mit dem Auto wieder aufgebrochen, in Richtung irgendwelcher Klippen. Eine Nachbarin hatte durch die Autoscheibe noch mit ihm gesprochen.

Ein Knall schreckte Linn auf. Faber war zurück und hatte einen riesigen, grellbunten Kaffeebecher in Form einer Katze brutal auf den Schreibtisch gestellt. »Ich werde Ihnen einen kurzen Überblick verschaffen.« Er setzte sich, lehnte sich in seinem Stuhl zurück und faltete die Hände vor dem Bauch. »Ich fand auch, dass er ein lausiger Schauspieler war, aber deshalb hätte Ihre Mandantin ihn ja nicht gleich umbringen müssen«, sagte er.

»Ob meine Mandantin die Tat …«

»Schon klar.« Er machte eine abwinkende Handbewegung. »Sie hat sich mit Benten auf den Klippen getroffen, am Abend seines Todes.«

»Vermuten Sie.«

»Alles deutet darauf hin. Der Tatort ist eine grasbewachsene Steinplattform, auf der man anscheinend über dem Meer schwebend Sex haben kann, wenn man ein bisschen schwindelfrei ist und das Wetter mitmacht. Der Kollege aus Padstow, der als Erster vor Ort war, hat da nicht mit Details gespart. Sehr einsam und sehr spektakulär, so hat er es zusammengefasst.« Faber räusperte sich. Sein Mundwinkel zuckte. »Es dürfte also relativ einfach gewesen sein, Benten dort zu überwältigen. Ihre Mandantin und er trinken Wein. Er zieht sich aus, vielleicht schlafen sie noch zusammen. Irgendwann holt sie den Taser raus und jagt Elektroschocks durch seine verschwitzte, nackte Brust, bis er in die ewigen Jagdgründe eingegangen ist. Im Todeskampf windet er sich, verletzt sich an einem Stein, blutet. Sie wickelt die Leiche in ihren Wollumhang. Lässt sie, warum auch immer, noch etwa zwei Stunden auf der Plattform liegen. Schließlich zieht sie den Toten über den leicht abschüssigen Hang und wirft ihn ins Wasser. Danach hilft die Natur. Die starke Strömung am Fuße der Klippen erfasst Bentens Leiche und trägt sie aufs offene Meer, wo sie bis heute herumschwimmt.« Er lächelte bösartig. »Diese Klippen müssen der perfekte Platz sein, um eine Leiche zu entsorgen, hier ist der Kollege geradezu ins Schwärmen gekommen. Der Felsvorsprung liegt hoch über dem Meer, und das Wasser unten ist von messerscharfen, spitzen Steinnadeln durchzogen.« Fabers Mundwinkel zuckten so stark, dass er kurz innehalten musste. »1429 soll sich da eine Lady aus Dartmoor von den Felsen gestürzt haben, die ihre Kinder stranguliert hatte. Sie konnte durch einen Fluch nicht mehr sterben, sondern musste Jahrzehnte als Untote durch das Herrenhaus geistern und ihre Kinder beklagen. Nach ihrem Sprung hat es in dem Haus nicht mehr gespukt, weil niemand den Sturz von diesen Klippen überleben kann, nicht mal ein Geist. Seither, wenn man verhindern will, dass ein Toter zurückkommt …« Er breitete in einer theatralischen Geste die Arme aus.

»Wenn Sie an Geister glauben, sind Sie vielleicht schon zu lange bei den Kapitalverbrechen.« Linns Hand spielte mit ihrem Stift. »Wie kommen Sie darauf, dass ein Taser benutzt wurde?«

»Er lag am Tatort. Mit den Fingerabdrücken Ihrer Mandantin drauf.« Faber lachte trocken. »Es wäre für Frau Riccardi ziemlich riskant gewesen, ihren Mann lebendig von den Klippen zu stoßen. Er war ein Boxer, der regelmäßig trainierte, und sie ist völlig abgemagert und schwächlich. Das hätte ganz leicht in die Hose gehen können, und wir würden jetzt die Leiche ihrer Mandantin im Atlantik suchen.« Er trank einen Schluck Kaffee. »Außerdem spricht die Situation, die wir dort vorgefunden haben, eine eindeutige Sprache. Benten muss sich auf dem Boden zuckend gewälzt haben, es gibt keine andere Erklärung für einige der Spuren. Und das wiederum sieht für uns eindeutig nach Elektroschock aus. Wussten Sie, dass Ihre Mandantin vor wenigen Wochen in London diesen verbotenen Taser gekauft hat? Ein Exemplar, das tödliche Elektroschocks austeilt? Glauben Sie, das ist Zufall?« Faber lächelte. »Und dass Benten schon tot war, als er ins Meer geworfen wurde, hat der Augenzeuge bestätigt.«

»Es gab einen Augenzeugen?«

»Ein Fischer hat gesehen, dass eine Person etwas Großes, Unbewegliches, offenbar unglaublich Schweres an den Rand der Klippen gezogen und in den Atlantik gestoßen hat. Er konnte nur vage Umrisse erkennen, da sich sein Boot weit draußen auf dem Meer befand. Und die Abendsonne hat ihn auch geblendet. Er ist zunächst davon ausgegangen, dass jemand illegal seine Abfälle entsorgt, was leider wohl häufiger vorkommt. Erst am nächsten Tag, als seine Frau von ihrer Schicht in der örtlichen Bäckerei zurückgekommen ist und ihm erzählt hat, dass Bentens verlassenes Auto auf den Klippen gefunden wurde, hat er den Zusammenhang gesehen und ist zur Polizei gegangen.«

»Vielleicht hat da tatsächlich nur irgendjemand seinen Müll ins Meer geworfen.«

Faber zuckte die Schultern. »Das wäre denkbar. Aber an genau der Stelle, die der Fischer beschrieben hat, hat die englische Spurensicherung die ganzen Spuren gefunden.«

»Selbst wenn der Fischer die Entsorgung der Leiche beobachtet haben sollte: Es wäre genauso gut möglich, dass Benten eines natürlichen Todes gestorben ist, ohne Elektroschock, zum Beispiel an einem Herzinfarkt. Und zwar *bevor* er runtergestoßen wurde.«

»Das Szenario der liebenden Ehefrau, die, anstatt den Krankenwagen zu rufen, ihren toten Mann ins Meer stürzt?«

»Wer auch immer so etwas getan hätte, in dem Fall hätte er oder sie Benten nicht getötet.« Linn setzte sich aufrecht hin und schaute Faber herausfordernd an. »Sie stellen hier ausschließlich Vermutungen an. Ich kann nicht nachvollziehen, dass bei der Sachlage ein Richter einen Haftbefehl gegen meine Mandantin erlassen hat. Wir werden Haftprüfung beantragen.«

»Ich sage Ihnen mal, wie die Sachlage meines Erachtens aussieht, Frau Dr. Geller. Wir haben den Zeugen, die Tatwaffe und die Indizien. Nico Benten ist spurlos verschwunden, und zwar, wie es aussieht, nackt und ohne Papiere und Brieftasche. Ihre Mandantin hat ein mögliches Motiv für einen Mord und ist ganz zufällig auch noch zur Tatzeit am Tatort. Sie hätte eigentlich ein Fotoshooting in Mailand gehabt, wussten Sie das? Eine richtig große Sache, selbst für ein Topmodel. Sie geht aber nicht hin, sagt nicht einmal ab, sondern nimmt stattdessen am Morgen des Tattags den Flieger nach London. Sie ist mit einem Mietwagen bis nach Padstow gefahren und gegen 17.30 Uhr im Ferienhaus der Familie angekommen.«

»Also nachdem Benten schon eine Stunde weg war.«

Faber machte eine wegwerfende Handbewegung. »Als wir zum ersten Mal mit ihr gesprochen haben, hat sie angegeben, sie habe Benten an dem Abend gar nicht getroffen. Sie habe den ganzen Abend auf ihn gewartet, habe das Ferienhaus nicht verlassen, eine knallharte Lüge. Sie behauptet, sie sei in der gleichen Nacht mit dem Mietwagen zurück nach London gefahren, von wo aus sie wieder nach Stuttgart zurückgeflogen sei. Nein, sie habe sich keine Sorgen um Benten gemacht. Auf dem Felsvorsprung sei sie noch nie in ihrem ganzen Leben gewesen. Nur blöd, dass wir ihre DNA dort gefunden haben.«

»Es gibt andere Wege, wie die DNA dort hingekommen sein könnte.«

Faber schaute sie durchdringend an, sagte aber nichts.

Linn legte den Stift auf den Tisch und verschränkte ihre Arme.

Faber schob seine Brille erneut nach oben. »Für mich sieht das alles nach dringendem Tatverdacht aus.«

»Für mich nicht«. Sie strich sich die Haare aus dem Gesicht. »An was für ein Motiv dachten Sie denn eigentlich? Nico Bentens und Grace Riccardis Ehe scheint doch sehr glücklich gewesen zu sein.« Jedenfalls, wenn man den Fernsehreportagen vertraute.

»Sie glauben an glückliche Ehen?« Faber schnaubte. »Das ist bloß ein Mythos. Das Einzige, was mich an der Sache wundert, ist, dass die Presse keinen Wind davon bekommen hat, dass Benten nicht nur der liebe Sunnyboy gewesen ist, für den ihn die ganze Nation hält. Die Haushälterin in der Villa am Kräherwald wollte zwar nichts Schlechtes über ihn sagen, aber es schimmerte doch durch, dass er sehr schnell wütend auf seine Frau werden konnte. Und dass seinen Worten gelegentlich Taten folgten. Und dann waren da ja noch die ganzen Hämatome. Ihre Mandantin war bei ihrer Verhaftung von oben bis unten mit etwa zwei Wochen alten Hämatomen übersät, hat sie Ihnen das nicht erzählt? Oder woher sie in den letzten Jahren sechs Knochenbrüche hatte?«

»Er hat sie geschlagen?«

»So könnte man das auslegen, ja.«

»Das heißt noch lange nicht, dass sie ihn getötet hat.«

»Einer von uns beiden ist hier ein wenig naiv.« Faber lächelte erneut. »Ich habe gehört, Ihre Mandantin will die Tat nun doch gestehen. Ist da was dran? Ich meine, im Hinblick darauf, dass die Tötung eines Gewalttäters durchaus verständlich wäre, könnte man sicherlich einen für beide Seiten gangbaren Weg finden.«

Linn antwortete nicht.

»Manchmal ist ein Geständnis die beste Verteidigung«, sagte er. »Das ist die brutale Realität.«

Sie stand auf. »Das mag sein. Aber es gibt keine Leiche. Wir wissen also nicht einmal, ob Nico Benten überhaupt tot ist. Das, Herr Dr. Faber, ist die brutale Realität.«

»Die englischen Kollegen hatten zwei Leichenspürhunde vor Ort. Beide haben eindeutig angezeigt, dass da oben vor kurzem eine Leiche gelegen hat.«

»Es muss nicht Bentens Leiche gewesen sein.«

Faber lachte rau auf. »Vielleicht war es doch ein Fehler, Sie als Pflichtverteidigerin vorzuschlagen«, sagte er. Er wirkte seltsamerweise sehr zufrieden.

3

Linn fuhr mit der U-Bahn von der Staatsanwaltschaft direkt nach Hause. In ihrer Wohnung im Dachgeschoss eines Altbaus war es noch heißer als auf der Straße. Es roch nach der frisch gewaschenen Wäsche, die sie am Morgen in der Küche auf dem klapprigen Wäscheständer aufgehängt hatte und die mittlerweile staubtrocken war. Sie öffnete als Erstes alle Fenster, damit die Sommerhitze wenigstens zirkulieren konnte, und duschte in ihrem winzigen Bad ausgiebig mit kühlem Wasser. Der Tag war lang und anstrengend gewesen, und eigentlich wäre sie gerne auf den Marienplatz gegangen, um eine Pizza zu essen, ein Gläschen Wein zu trinken und den französischen Krimi weiterzulesen, aber sie bekam ihren neuen Fall nicht aus dem Kopf. Die Staatsanwaltschaft hielt Grace Riccardi für schuldig. Und so, wie Faber die Sache dargestellt hatte, sicherlich auch nicht grundlos. Linn stellte die Dusche ab und angelte sich ein Handtuch, trocknete sich langsam ab und zog sich schließlich Unterwäsche und ein langes T-Shirt an, das wie ein Kleid über ihrem schlanken Körper hing. Sie band ihre nassen Haare zu einem Pferdeschwanz, ging barfuß über den warmen Holzboden in die Küche und hängte die Wäsche ab. Grace Riccardi hatte zu ihr gesagt, sie würde die Tat gestehen. Auf die Frage, ob sie Nico Benten getötet habe, hatte sie allerdings nicht direkt mit ja geantwortet. Konnte das bedeuten, dass sie vielleicht unschuldig war? Ziemlich unwahrscheinlich. Warum wollte sie dann keinen Anwalt? Weil er in dem Fall »herumwühlte«? Aber was für ein Geheimnis konnte so furchtbar sein, dass man lieber einen Mord gestand, als es an die Öffentlichkeit dringen zu lassen? Grace Riccardi war eindeutig verzweifelt, das hatte man gemerkt. Als sie in den Gefängnisflur hinausgetreten war, hatte es ausgesehen, als flehten ihre Augen stumm um Hilfe. Trotzdem hatte sie während des Gesprächs alles dafür getan, Hilfe abzuwehren. Denn das war doch wohl der Grund für ihr beleidigendes Verhalten gewesen. Und einen Anwalt hatte sie auch nur deshalb, weil jeder, der in Untersuchungshaft saß, notfalls zwangsweise einen Pflichtverteidiger bekam.

Linn klappte den Wäscheständer zusammen. An der Sache war etwas merkwürdig. Auch wenn sie damit klarkommen musste, dass nicht nur das Gericht und die Staatsanwaltschaft, sondern auch ihre Mandantin sie als Gegnerin betrachtete, würde sie versuchen, Grace Riccardi so gut es ging zu helfen und die Wahrheit herauszufinden. Und solange es kein überzeugendes Geständnis und nicht einmal eine Leiche gab, musste sie von Frau Riccardis Unschuld ausgehen und auf einen Freispruch hinarbeiten.

Linn brachte den vollen Wäschekorb in ihr Schlafzimmer, ging in die Küche zurück und befüllte die vollautomatische Kaffeemaschine, eines der wenigen wirklich wertvollen Stücke, die ihr aus ihrer Großkanzleizeit geblieben waren. Schließlich schnitt sie eine Scheibe Brot ab und belegte sie mit Käse und Essiggurken. Während ein starker Kaffee durch die Maschine lief, blätterte sie die dicke Akte durch, die man ihr in der Staatsanwaltschaft kopiert hatte.

Wütend, weil ihre Hand ein wenig zitterte, zog sie die große Tasse aus der Maschine und setzte sich mit den Kopien auf den an die Küche angrenzenden kleinen Balkon.

Nach dreieinhalb Stunden stand sie auf und streckte sich. Sie war völlig verschwitzt, holte eiskalten Grapefruitsaft aus dem Kühlschrank und trank mehrere Schlucke direkt aus der Flasche. Als sie wieder an ihrem Tischchen auf dem Balkon Platz nahm, wurde es langsam dämmrig, und ein leichter Wind kam auf. Sie schaltete eine Lampe ein. Betrachtete noch einmal die griseligen Kopien der Tatortfotos und die Notizen, die sie sich gemacht hatte. *2. Juni, 16.30 Uhr: Nico Benten bricht von seinem Ferienhaus in Padstow in Cornwall auf, redet noch mit der Nachbarin.*

Unbekannte Uhrzeit: Nico Benten kommt bei den Klippen an, stellt sein Auto nicht auf dem normalen Wanderparkplatz ab, sondern in einer Sackgasse, die zu einer Schafweide führt, ein wenig versteckt zwischen Bäumen. (Hier wird jedenfalls am nächsten Tag sein verlassenes Auto gefunden, im Handschuhfach seine Brieftasche mit all seinen Papieren und Bankkarten. Seit seinem Verschwinden hat es keinerlei Lebenszeichen mehr von ihm gegeben. Zeugen haben ausgesagt, er sei erfolgshungrig gewesen und würde nie ein Hollywoodengagement oder auch nur Dreharbeiten an der sechsten Staffel von Schmerzen des Erfolgs *einfach sausen lassen).*

War er mit Grace Riccardi am Tatabend verabredet? Sex? (Anzugteile wurden gefunden, d.h., war er nackt?)

Geschätzter Todeszeitpunkt: 19.00 Uhr (Leiche muss danach eine Weile auf den Klippen gelegen haben (gab es dafür einen Grund???), sonst hätten die Leichenspürhunde nichts gerochen).

Ca. 21.00 Uhr: Fischer beobachtet vermutlich, wie Bentens Leiche in den Atlantik geworfen wird.

Am Tatort: Taser mit Fingerabdrücken von Grace Riccardi. Diverse Blut- und Kampfspuren von Benten. Schleifspuren. Sein zerschmettertes Handy am Fuß der Klippen. Faserspuren eines Wollumhangs, der Grace Riccardi gehört, ein Haar von ihr.

In der Nähe des Tatorts: Grace Riccardis Schuhabdrücke und die Spuren ihres Fahrrads.

Handyortung: Grace Riccardis Handy war am Tattag zwischen 18.40 Uhr und 19.48 Uhr am Tatort oder jedenfalls im Umkreis von ein paar Kilometern von dort.

Linn trank einen weiteren Schluck Grapefruitsaft.

Aussage von Grace Riccardis bester Freundin: »Die Grace hat mich gefragt, was man gegen blaue Flecke machen kann. Sie hat arg geweint und gesagt, sie hält des Leben nicht mehr aus und wird den Nico eines Tages umbringen.«

Linn schaute eine Weile über die Brüstung ihres Balkons auf die benachbarten Häuser. Das sah nicht besonders gut aus für ihre Mandantin.

Allerdings hatten sich die Ermittlungen, nachdem Grace Riccardi die Hauptverdächtige geworden war, auch nur noch um sie gedreht. Alternativen Spuren war sicherlich nicht mehr nachgegangen worden.

Sie würde sich deshalb in den nächsten Tagen sämtliche Spurenakten besorgen und nach Hinweisen auf unbeachtete alternative Tathergänge und Verdächtige durchsuchen. Wahrscheinlich würde sie sogar nach England fliegen müssen, mit den Polizisten vor Ort reden, den Tatort anschauen. Sie presste die kalte Grapefruitsaftflasche an ihre Stirn und beugte sich wieder über die Akte.

Das Brummen eines Motors in der Dunkelheit. Plötzlich Scheinwerfer. Das Auto rast auf sie zu, schneller und schneller. Sie versucht auszuweichen, aber das Auto erfasst sie, der Boden unter ihren Füßen wird weggerissen, sie fliegt in die Luft, fliegt und fliegt und fliegt, höher und höher, dann Blut, überall Blut.

Mit einem Schrei fuhr Linn auf. Kein Auto. Keine Straße. Sie saß noch auf ihrem Balkon, war in Sicherheit. Sie musste über der Akte eingenickt sein. Mit zitternden Händen rieb sie sich die Augen. Ihr versehrtes Bein schmerzte, und sie stand auf und streckte sich. Schaute eine Weile in die orangefarbene Stadtnacht, lauschte auf das Rauschen und Hupen, das niemals verstummte. Schließlich sortierte sie die Aktenblätter, die teilweise vom Tisch gefallen waren, und warf einen Blick auf die Uhr. Bereits weit nach Mitternacht. Sie nahm ihre Sachen und humpelte nach innen, schloss sorgfältig die Balkontür, obwohl es immer noch siedend heiß in der Wohnung war, und kontrollierte das Sicherheitsschloss an ihrer Eingangstür, bevor sie sich schlafen legte. Eine absurde Handlung, das wusste sie seit Jahren. Niemand hatte versucht, sie umzubringen, ihr Unfall war ein Unfall gewesen. Das hatte sie schließlich akzeptieren müssen, egal wie viele Ungereimtheiten es bei den Ermittlungen gegeben haben mochte. Das Böse war nur ein Produkt ihrer Fantasie gewesen. Sie fröstelte. Anders als jetzt. Als Strafverteidigerin war man tatsächlich in Gefahr, dem realen Bösen ziemlich nahe zu kommen.

4

Als Linn mit einer Tasse Kaffee und einem letzten Rest Müsli beim Frühstück in der Küche saß, schaltete sie ihr Handy ein, das sie über Nacht immer ausstellte. Sechs Anfragen für Interviews, die sie alle löschte. Sie schickte Götz eine SMS mit einer Zusammenfassung des Gesprächs mit ihrer neuen Mandantin, ging dann ins Internet und überflog die Nachrichten, während sie abwesend ihr Müsli auslöffelte. Die Öffentlichkeit hatte ihre Mandantin bereits verurteilt. Und nicht nur das. Auf einer Fanseite von Nico Benten diskutierten diverse Fans gänzlich ungeniert, wie man Grace Riccardi am besten lynchen könnte. Sie fand auch ein Forum, in dem diskutiert wurde, ob es legitim sei, »so eine Fotze zu vertreten«. »Anwälte sind doch alles Huren des Bösen«, schrieb einer. »Nur ein toter Anwalt ist ein guter Anwalt« ein anderer. Sie schickte die Links direkt an die Polizei weiter, schloss mit einem unguten Gefühl ihren Laptop, trank ihren Kaffee aus und ging ins Bad. Ließ sich eiskaltes Wasser über die Hände und Unterarme laufen. Gut, dass sie nie aufgehört hatte, ihre Türen nachts zu verbarrikadieren. Sie kämmte sich die Haare, ohne in den Spiegel zu schauen. Schließlich holte sie ihr Make-up aus dem Regal und verteilte es mit einem Schwämmchen auf ihrem Gesicht. Legte einen dezenten Lippenstift auf. Fing an, ihre langen Wimpern zu tuschen. Das fremde Gesicht mit der Narbe, das ihr aus dem Spiegel entgegensah, entmutigte sie wie jeden Morgen. Sie tuschte weiter. Verdrängte das makellose Gesicht ihrer Mandantin aus ihren Gedanken. Brachte noch etwas mehr Make-up auf der Wange auf. Sie war ein Profi, und so musste sie auch nach außen hin auftreten. Das war das Erste gewesen, was sie im Jurastudium gelernt hatte: Egal, wie es einem ging, man hatte nur dann eine Chance zu gewinnen, wenn man wenigstens so aussah und so agierte, als gehöre einem die Welt.

Schließlich betrachtete sie das Ergebnis im Spiegel. Mit ihrer schlanken Figur, ihren großen, braunen Augen, dem Mund, den diverse Exfreunde als sinnlich beschrieben hatten, und der etwas dunkleren Haut sah sie aus wie eine Südfranzösin. Erstaunlicherweise war ihr heute das Make-up zur Verdeckung ihrer Narbe besonders gut gelungen, man konnte die alte Linn erahnen. Sie lächelte ihr Spiegelbild zurückhaltend an, knöpfte ihre Bluse zu und zog einen schwarzen, maßgeschneiderten Blazer an, der seit ihrem Unfall unbenutzt in ihrem Schrank gehangen hatte.

In der Kanzlei roch es trotz der geöffneten Fenster nach Farbe. Linn stellte die zwei Stücke Käsekuchen, die sie auf dem Hinweg für Götz beim Bäcker gekauft hatte, in die Küche und brühte sich auf der mit Malerplane abgedeckten Arbeitsplatte einen dreifachen Espresso. Die Tassen mussten noch in einem der Umzugskartons sein, die Götz bei sich zu Hause im Keller zwischengelagert hatte, deshalb nahm sie die Kanne mit in ihr Büro, dem einzigen Raum, der bereits so gut wie fertig war. Götz und sie hatten die ganzen letzten Tage tapeziert und gestrichen, damit sie so schnell wie möglich wenigstens ein renoviertes Zimmer für Mandantenbesprechungen zur Verfügung hatten. Dafür, dass es die Arbeit zweier Akademiker ohne handwerkliche Vorerfahrung war, war es gar nicht schlecht geworden. Wenn die Plane entfernt war und sie noch Möbel und Pflanzen aufgestellt hatten, dann würde das hier ein richtig schöner Raum werden. Sie stellte den Espresso auf den Boden, zog sich die kleine, farbverspritzte Leiter ans Fenster und setzte sich mit der Akte Riccardi und ihrem Handy auf die oberste Sprosse. Die lauwarme Morgenluft umspielte ihre Arme. Sie schlug die Akte auf und wählte die Telefonnummer eines Labors für Haaranalysen. Es gab einiges, was sie zu dem am Tatort gefundenen Haar von Grace Riccardi wissen wollte.

Nach dem Telefonat machte sie einen dicken Haken auf ihren Notizzettel, rief im Internet eine genaue Karte von Cornwall auf und wandte sich den Daten der Handyortung von Grace Riccardis Handy zu. Das flaue Gefühl, das sie seit der Übernahme des Mandats im Magen hatte, verschwand langsam.

Ein Schlüssel drehte sich in der Tür, danach waren schwere Schritte im Flur zu hören, die knisternd über die Plane in die Küche liefen. Sie schaute hoch. Kurz lief ihr ein Schauer über den Rücken, aber sie schüttelte das ungute Gefühl ab. Das musste Götz sein, auch er kam meistens früh ins Büro. Hoffentlich würde er sich über den Kuchen freuen. Sie kletterte von der Leiter zurück auf den Boden.

Mit einem freundlichen Grinsen und einem Teller Käsekuchen betrat ihr Kanzleipartner ihr Zimmer. Götz war ein gutmütiger, rundlicher und kluger Idealist Anfang vierzig, der, wenn er nicht gerade Kant las oder einen seiner bettelarmen Mandanten in der Abschiebehaft besuchte, gerne für ein Schwätzchen zu haben war. Wie meistens trug er ein grellbuntes Hawaiihemd, Jeans und Birkenstocks. Von anderen Kollegen wurde er heimlich nur »der Bunte« genannt. Sie konnte ihn gut leiden, auch wenn sie ihn privat im Grunde nicht kannte. Es war ein glücklicher Zufall gewesen, dass sie ihn vor einem Jahr bei einem Seminar zum Familienrecht kennengelernt hatte.

»Wow, du siehst aber toll aus heute«, sagte er.

Sie lächelte, auch wenn es ihr unangenehm war, über ihr Aussehen zu sprechen.

Er hielt den Teller hoch. »Darf ich davon was essen?«

»Der Kuchen ist für dich. Als Versöhnungsangebot. Ich hoffe, du bist nicht mehr sauer, weil ich das Mandat bekommen habe und nicht du«, sagte sie.

Götz schüttelte den Kopf. »Ich war nie sauer auf dich. Nur aufs Gericht. Aber dann habe ich mich daran erinnert, dass wir die Kanzlei ja zusammen führen. Du wirst an dem Fall arbeiten, und ich werde an dem Honorar teilhaben. Das ist doch nicht schlecht, oder?«

Sie lachte und warf eine Papierkugel nach ihm. »Ich fürchte, ganz so billig kommst du nicht davon, ich werde deine Hilfe brauchen.«

»Ich stehe immer zu deiner Verfügung.« Er biss ein Stück von seinem Käsekuchen ab.

»Ich weiß jetzt, warum der Ermittlungsrichter im Fall Riccardi auf uns gekommen ist und nicht eine der großen Strafrechtskanzleien angerufen hat. Oberstaatsanwalt Faber hat mich als Pflichtverteidigerin vorgeschlagen. Kannst du dir das vorstellen?«, sagte sie.

Götz hörte auf zu kauen. »Wow«, sagte er. »Hast du nicht mal erzählt, er mag dich nicht?«

Sie nickte.

Götz grinste. »Die vorsitzende Richterin in Grace Riccardis Verfahren wird mit ziemlicher Sicherheit Richterin Borchert sein.«

»Vermutlich. Aber was hat das mit Faber und mir zu tun?«

»Es gibt da so Gerüchte. Faber und Borchert …« Götz' Grinsen wurde so breit, dass es fast über sein Gesicht hinausging. »Soll nicht gut ausgegangen sein. Man munkelt, sie habe Faber abserviert. Und zwar öffentlich, in einer Gerichtsverhandlung.«

»Du willst aber nicht andeuten, dass Faber mich als Pflichtverteidigerin vorgeschlagen hat, weil er glaubt, dass ich der vorsitzenden Richterin am meisten auf die Nerven gehe?«

»Och«, lachte Götz. »Vielleicht will er ja auch zwei Fliegen mit einer Klappe schlagen. Richterin Borchert ist nämlich auch nervig. Sie hasst Strafverteidiger. Ich hatte schon ein paarmal das Vergnügen mit ihr, als Wahlverteidiger allerdings. Wenn man den Mund aufmacht, ist man sofort ein Querulant. Es wird behauptet, dass es nur drei Strafverteidiger gibt, die sie von sich aus als Pflichtverteidiger ernennt. Alois Binder, der über achtzig und so senil ist, dass er nie eine Frage stellt, selbst wenn er den Gerichtssaal findet, und die Kollegen Meret Lauer und Christof Schuler, die wiederum so jung und so pleite sind, dass sie alles tun, um an neue Pflichtverteidigungen zu kommen und sich nicht trauen, der Richterin zu widersprechen. Pflichtverteidigerprostitution. So garantiert sie sich schnelle, einfache Verfahren ohne große Gegenwehr. Sie hat die höchste Zahl an erledigten Fällen im ganzen Gericht. Und das geht alles zu Lasten der Angeklagten.« Götz hatte sich richtig in Rage geredet. »Wahrscheinlich haben die sich alle gedacht, wenn sie eine so kleine Kanzlei wie unsere mit einem so großen Fall beauftragen, werden wir dem Gericht vor Dankbarkeit die Hände küssen und spuren.«

»Dann haben sie sich getäuscht.« Linn zeigte auf die Akte. »Diese Anklage, die die Staatsanwaltschaft in Kürze erheben will, steht auf Beinen, die nicht so stabil sind, wie Faber das gestern dargestellt hat. Ich bin noch nicht ganz durch mit den Kopien, aber bis jetzt beweist keine der Spuren eindeutig, dass unsere Mandantin überhaupt am Tatort war, und es gibt keine Leiche. Ich gehe zunächst einmal davon aus, dass Frau Riccardi unschuldig ist.«

»Warum will sie dann gestehen?«

»Ich weiß es nicht.« Linn wiegte den Kopf hin und her. »Für mich hat sich das sowieso nicht überzeugend angehört. Sie hat nicht direkt gesagt, dass sie ihn getötet hat. Ein Geständnis kann außerdem auch falsch sein.«

»Theoretisch ja, aber in der Praxis gestehen dann doch meistens nur die, die schuldig sind. Ich will gar nicht andeuten, dass du in dem speziellen Fall nicht richtig liegst, aber du hast doch gerade erst angefangen, dich einzuarbeiten.«

»Wenn sie wenigstens mit mir reden würde.« Sie ging einen Schritt auf Götz zu, die Plane knisterte unter ihren nackten Füßen. »Sie will keinen Anwalt.«

»Sie braucht einen, und sie wird dich nicht so einfach los. Das ist ja das Angenehme an Pflichtverteidigungen.« Er warf ihr einen aufmunternden Blick zu.

»Aber wenn sie sich wirklich nicht helfen lassen will?«

»Solltest du trotzdem dafür sorgen, dass ihre Rechte gewahrt werden. Und herausfinden, warum sie sich so sträubt. Du wirst bestimmt noch einen Draht zu ihr finden.«

Für eine Sekunde sah sie das makellose Gesicht ihrer Mandantin vor sich, als diese gesagt hatte, sie, Linn, solle sich die Haare über die Wange legen. »Ich könnte das Mandat auch wieder abgeben.«

»Quatsch«, sagte Götz. »Das wird ein Riesenverfahren mit vielen Hauptverhandlungstagen. Das sichert unsere Miete in der Zeit.«

»Früher warst du nicht so materialistisch.«

»Früher hatte ich auch nicht die Chance, das richtig große Geld zu verdienen. Die habe ich erst, seit ich mit einem Genie wie dir zusammenarbeite.« Er wurde ein bisschen rot. »Außerdem wird unsere Kanzlei durch den Fall bekannt«, fuhr er schnell fort.

»Danke, aber Genie ist ein bisschen übertrieben. Und ich war vorhin im Internet. Es gibt da einige verrückte Fans von Benten, die wollen Grace Riccardi lynchen und ihre Anwältin gleich mit. Vielleicht will ich gar nicht so bekannt werden.«

5

Ein paar Tage später stand Linn erneut in dem düsteren, kleinen Besprechungszimmer der JVA, einen Becher Saft in der Hand. Sie hatte zusammen mit Götz noch einmal die Akte durchgearbeitet und zudem damit begonnen, die Spuren zu sichten, die die Staatsanwaltschaft als irrelevant betrachtet hatte. Gemeinsam hatten sie eine erste Verteidigungsstrategie entwickelt, die darauf abzielte, ihre Mandantin zunächst einmal aus der U-Haft herauszuholen. Wenn Grace Riccardi mitmachte, dann konnte sie aller Voraussicht nach bald wieder auf freiem Fuß sein. Linn lächelte. Grace Riccardi würde bestimmt mit ihrer Arbeit zufrieden sein und Vertrauen zu ihr fassen.

Als ihre Mandantin in den Raum geführt wurde, war sie da nicht mehr so sicher. Grace Riccardi setzte sich wortlos auf ihren Stuhl, schaute sie nicht einmal an. Linn nahm ihr gegenüber Platz.

»Wie geht es Ihnen?«, fragte sie.

Das Model starrte auf den Tisch. Antwortete nicht.

»Frau Riccardi, ich bin hier, weil wir über die Vor- und Nachteile eines Antrags auf Haftprüfung nachdenken sollten, und eine Pressekonferenz wird auch bald stattfinden.«

Grace Riccardi schwieg weiterhin.

Linn stellte den Saft vorsichtig auf den Tisch. »Aber als Erstes sollten wir darüber sprechen, was genau an dem Abend passiert ist, als ihr Mann gestorben ist.«

»Ihr Make-up ist zu dick. Es sieht klumpig aus.«

Linn fühlte einen Stich in der Magengegend, riss sich aber zusammen. »Über Make-up können wir gerne ein anderes Mal reden, aber heute sollten wir Ihren Fall besprechen. Am Tattag hatten Sie doch eigentlich ein Fotoshooting in Mailand. Warum sind Sie stattdessen nach Cornwall zu Ihrem Mann geflogen?«

»Ich habe einen Blog. Über Make-up. Ich kenne mich da echt aus. Wenn Sie mit einem etwas helleren Puder …«

»Entschuldigen Sie bitte, aber wir haben wirklich dringlichere Probleme als Kosmetik. Sie werden verdächtigt, Ihren Mann ermordet zu haben!«

»Was zwischen Nico und mir ist, geht Sie nichts an.«

»Frau Riccardi, ich weiß nicht, ob Sie schuldig sind oder nicht, aber ich habe mir die Indizien und Beweise in der Akte angeschaut. Die Sache ist keineswegs so eindeutig, wie die Staatsanwaltschaft das darstellt. Meines Erachtens bestehen Chancen, dass Sie aus der U-Haft herauskommen und später möglicherweise sogar freigesprochen werden. Vielleicht können wir eine Hauptverhandlung vor Gericht auch komplett verhindern. Aber dazu müssen Sie mit mir reden.« Linn faltete die Hände. »Die können nicht einmal eindeutig nachweisen, dass Ihr Mann tot ist, und dass Sie zur Tatzeit am Tatort waren, schon gar nicht. Nehmen wir beispielsweise das Haar, das die Polizei gefunden hat und das von Ihnen stammen soll. Es handelt sich um ein altes Haar, um eines, das nicht ausgerissen wurde, sondern ausgefallen ist. Es könnte von ihrem Mann selbst versehentlich an den Tatort geschleppt worden sein. Und es könnte sogar sein, dass es gar nicht Ihr Haar ist, sondern von einem Ihrer Verwandten stammt, denn man konnte lediglich mitochondriale DNA gewinnen. Diese DNA wird von der Mutter auf die Kinder vererbt und ist über viele Generationen bei allen Nachkommen gleich. Jeder, der über die mütterliche Linie mit Ihnen verwandt ist, hat also mit ziemlicher Sicherheit die gleiche mitochondriale DNA wie Sie. Wäre es möglich, dass einer Ihrer Verwandten am Tatort war?«

Grace Riccardi holte tief Luft. Es klang wie ein verzweifeltes Seufzen.

»Nico ist tot, und ich habe ihn getötet. Ich will keinen Haftprüfungstermin.«

Linn schaute auf ihre Hände. So viel zu ihrem Gefühl, dass ihre Mandantin unschuldig war und an der Sache etwas nicht stimmte. Einige Zeit schwiegen sie beide.

»Der Staatsanwalt hat mir gesagt, dass Sie sich als meine Pflichtverteidigerin nach mir richten müssen«, fuhr Grace Riccardi schließlich fort. »Wenn ich gestehen will, dann müssen Sie mich gestehen lassen.«

»Sie haben mit dem Staatsanwalt gesprochen?! Mit Faber? Wann?« Ein alarmierendes Kribbeln machte sich in Linns Nacken breit.

»Er hat mich angerufen.«

Linn setzte sich aufrecht hin. »Das kann ja wohl nicht sein! Der Staatsanwalt darf Sie nicht einfach anrufen und Ihnen solche Sachen sagen. Ich werde diesem Mann so was von die Meinung …«

»Nein, das werden Sie nicht. Sie sind meine Anwältin und müssen tun, was ich von Ihnen verlange.«

»Das ist nur bedingt richtig. Ich vertrete Sie und muss in Ihrem Sinne handeln, aber ich bin nicht Ihre Leibeigene.«

Grace Riccardi drehte an ihrem Ehering. »Ich war nach unserem letzten Gespräch richtig froh«, sagte sie. Ihr Tonfall war trotzig. »Ich dachte, Sie sind jemand, dem es egal ist, ob er gewinnt. Wenn er nur sein Honorar erhält.«

»Wie kommen Sie denn auf so einen Unsinn?«

»Sie sehen aus, als ob Sie nicht viel Auswahl hätten.«

»Da irren Sie sich. Ich bin Inhaberin einer gutgehenden Kanzlei.«

»Wieso laufen Sie dann so herum und nehmen Pflichtverteidigungen an? Ihr Make-up ist billig, und Ihre Hose ist viel zu eng über diesem krummen Bein. Sie brauchen mehr Beinweite.«

»Verdammt noch mal!« Linn schlug mit der Hand auf den

Tisch. »Ich versuche nur, Ihnen zu helfen. Ich will meinen Job machen, und der ist so schon schwer genug. Und Sie sitzen hier wie die Primadonna und meinen, Sie hätten das Recht, mein Make-up und meine Hosen zu kritisieren und mit mir umzugehen, wie Sie wollen, weil ich ›nur‹ Ihre Pflichtverteidigerin bin und Sie ein Star. Aber das haben Sie nicht. Sie haben kein Recht dazu.«

»Es sollte keine Kritik sein. Ich wollte nur einen Verbesserungsvorschlag machen. Ich finde es toll, dass Sie trotzdem, also so, wie Sie aussehen, trotzdem …«

Für einen Moment verschlug es Linn die Sprache. Tränen traten in ihre Augen. Dann brach eine Wut aus ihr hervor, die seit Jahren in ihr geschlummert zu haben schien. »Es reicht jetzt! Halten Sie endlich den Mund!« Sie stemmte sich mühsam von ihrem Stuhl hoch und musste sich am Tisch festhalten, um nicht zu stolpern. »Ich werde das Mandat niederlegen, dann können Sie einen anderen Anwalt beschimpfen. Oder gleich zur Staatsanwaltschaft gehen und später dankend die Höchststrafe in Empfang nehmen. Ich brauche dieses Mandat nicht. Ich habe mehr als genug gute Fälle.«

Sie sollte jetzt einfach gehen. Aber sie beugte sich über den Tisch, schaute von oben auf ihre Mandantin, und sagte: »Ich habe sehr viel dafür getan, um eine gute Anwältin zu werden. Und Sie? Sie haben nichts dafür getan, dass Sie schön sind, Sie sind einfach so geboren. Es ist nichts, worauf Sie stolz sein können!« Sie stieß sich vom Tisch ab, machte einen ungeschickten Schritt nach hinten. Ihr Stuhl kippte krachend auf den Boden.

Grace Riccardi krümmte sich zusammen. Sie sah klein und verletzlich aus. »Erzählen Sie mir nicht, dass ich nichts für meinen Erfolg getan habe!«

Linn prustete wütend.

»Haben Sie je in Ihrem Leben Hunger gehabt?«, fragte Grace Riccardi. »So großen Hunger, dass Sie die Welt nur noch flimmernd sehen? Dass sie Watte essen, nur um irgendwas im Magen zu haben?«

»Sie hätten kein Magermodel werden müssen. Sie hätten überhaupt kein Model werden müssen. Das war Ihre freie Entscheidung.«

»Haben Sie eine Ahnung, wie es ist, wenn man immer so aussehen muss wie ich?«

»Von meiner Seite können Sie da auf wenig Mitleid hoffen.«

»Seit ich ein Baby bin, war ich nur die bella bambina, die principessa, die jeder auf den Schoß nehmen durfte, die hübsche Kleidchen tragen musste. Das ist deine Bestimmung, das hat meine Mutter gesagt. So will es der liebe Gott.« Grace Riccardi lachte bitter auf. »Mit elf war ich schon ein alter Hase. Sie haben keine Ahnung, was das für ein Geschäft ist. Das hat mit Gott nichts zu tun. Ich habe für dieses Geschäft Sünden begangen, für die es keine Vergebung gibt. Für die ich in die Hölle kommen werde. Und ich habe es verdient. Also erzählen Sie mir nicht, dass ich nichts dafür getan habe.«

Linn trank einen Schluck Saft.

»Das hier ist der einzige Weg, wie ich ein bisschen davon wiedergutmachen kann«, sagte Grace Riccardi leise.

»Indem Sie Ihre Rechte nicht wahrnehmen?«

Grace Riccardi sah Linn in die Augen. »Nein, indem ich einmal für meine Taten Verantwortung übernehme. Ich bin schuldig. Und ich habe nicht vor, das mit juristischen Kniffen zu verdecken. Ich will es jedem sagen.«

»In Ordnung.« Linn stellte ihren Stuhl auf und setzte sich langsam wieder an den Tisch. »In Ordnung. Sie sind also schuldig und wollen die Tat gestehen. Dann fangen Sie doch einmal bei mir an und erzählen mir alles.«

»Ich habe Nico von einer Klippe gestoßen.«

»Er war ziemlich stark und groß. Wie haben Sie das geschafft?«

»Er stand direkt am Abgrund. Es war ganz einfach.«

»Hat er Sie angesehen oder zum Meer hin geschaut?«

Grace Riccardi zögerte kurz. »Zum Meer. Zum Meer natürlich. Er hat sich die Wellen angeschaut und gar nicht bemerkt, dass ich direkt hinter ihm war.«

»Was hatte er an?«

»Einen Anzug. Ich glaube, einen dunklen.«

»Wie haben Sie ihn gestoßen? Zeigen Sie es mir.«

»Wie meinen Sie das? Ich bin … Also ich bin einfach hin und habe ihm mit den Händen einen Stoß gegeben.« Ihre Hände lagen völlig regungslos in ihrem Schoß.

»Er stand also da, und Sie haben ihn einfach mit den Händen hinuntergestoßen?«

»Ja, das habe ich doch gesagt.«

»Gab es dafür einen Grund?«

Grace Riccardi zuckte die Schultern und schaute auf den Boden. »Der Grund spielt keine Rolle. Es war meine Schuld. Nur meine Schuld, dass er sterben musste. Ich habe ihn geliebt.« Ihre Stimme brach. Sie räusperte sich.

Linn wartete, schließlich fragte sie: »Warum hat er geblutet?«

»Geblutet? Er hat doch nicht geblutet.«

»Sein Blut wurde am Tatort gefunden.«

Grace Riccardis Augen weiteten sich, sie ging jedoch nicht weiter auf das Blut ein.

»Hatten Sie eine Waffe dabei?«

»Natürlich nicht. Warum sollte ich eine Waffe dabei haben, wenn ich mich mit Nico treffe?«

»Aber Sie besitzen eine Waffe?«

Grace Riccardi zögerte lange. Schließlich murmelte sie beinahe unhörbar: »Einen Taser. Er ist im Ferienhaus unter meinem … Warum fragen Sie danach?«

»Er wurde am Tatort gefunden. Haben Sie ihn dahin mitgenommen?«

Grace Riccardi antwortete nicht.

»Wie lange waren Sie auf der Klippe?«

»Keine Ahnung. Ich … Vielleicht eine Stunde oder so. Warum wurde der Taser am Tatort gefunden?«

»Waren Sie vor Einbruch der Dunkelheit wieder in Ihrem Ferienhaus?«

»Ich … ich glaube schon. Vielleicht war es aber auch schon dämmrig.«

»Was haben Sie dort auf der Klippe eigentlich gemacht?«

Grace Riccardi schwieg. In ihren großen, dunklen Augen sammelten sich Tränen, die langsam über ihre Wangen rollten. Schließlich legte sie den Kopf auf ihre Arme. »Es tut mir leid, was ich zu Ihnen gesagt habe, ich wollte nicht, es stimmt ja gar nicht, Sie sehen überhaupt nicht schlimm aus.«

Linn betrachtete ihr Blatt und wusste nicht, was sie sagen sollte. Schließlich entschied sie sich für: »Ich denke, wir machen für heute Schluss.«

Grace Riccardi schaute nicht hoch, aber sie gaben sich die Hand, bevor sie aus dem Raum ging.

6

»Das, was sie erzählt, stimmt überhaupt nicht mit den gefundenen Spuren überein. Sie wusste offenbar nicht mal was von dem Taser.« Linn setzte sich bequemer auf den verschlossenen Farbeimer, der mitten im Flur stand. Es war drückend heiß in der Kanzlei.

»Das heißt nicht, dass sie es nicht getan hat.« Götz lehnte sich an den Türrahmen. »Auch wenn es natürlich immer schöner ist, einen unschuldigen Mandanten zu vertreten.«

»Darum geht es doch gar nicht. Aber wenn sie ihn nur von der Klippe gestoßen hat, woher kamen die Schleifspuren, und was haben die Leichenspürhunde gerochen? Warum waren die Grashalme abgeknickt, wenn da keine Leiche gelegen hat?«

»Vielleicht lag ja eine Leiche dort.«

»Ach so, du meinst, es waren noch mehr Tote auf dieser Plattform?« Sie grinste.

»Du hast ja recht.« Götz stieß sich vom Türrahmen ab. »Aber wenn die Spuren dafür sprechen, dass sie ihn mit Stromschlägen getötet und eine Weile auf der Felsplattform liegengelassen hat, und sie hingegen erzählt, sie habe ihn lebend hinuntergestoßen, dann hieße das ja, dass sie nur über den Tathergang lügt, nicht über die Tat selbst. Warum sollte sie das tun?«

Linn umfasste den Eimergriff, der zur Seite hinunterhing und ließ ihn gegen den Eimer klacken. »Ich glaube nicht, dass sie über den Tathergang lügt. Ich glaube, sie erzählt Unsinn, weil sie keine Ahnung hat, was auf der Klippe passiert ist. Weil sie nämlich gar nicht da war. Sie hat es nicht getan.«

»Wobei wir wieder am Anfang wären.« Götz grinste jetzt auch. »Deine Mandantin wurde von einer Überwachungskamera auf dem Fahrrad gefilmt, als sie zu den Klippen gefahren ist.«

»Die Überwachungskamera steht an einer Tankstelle, einige Kilometer vom Tatort entfernt. Grace Riccardi hätte sonst wohin fahren können.«

»Ist sie aber nicht. Man hat Rad- und Fußabdrücke von ihr gefunden.«

»Von da, wo man die Abdrücke gefunden hat, sind es noch gut fünfzehn Minuten Fußmarsch über einen kleinen Felsweg zu den Klippen, wo Benten gestorben ist. Und dort konnten keine relevanten Spuren von ihr sichergestellt werden. Vielleicht war sie nicht am Tatort, sondern nur in der Nähe?«

»Und die Erde ist eine Scheibe«, sagte Götz. »Das wäre nun wirklich ein verdammt großer Zufall.« Er räusperte sich. »Es ist in Ordnung, wenn du versuchst, sie rauszuholen, und aufzeigst, wie man die Spuren auch anders deuten könnte. Nur sei einfach nicht enttäuscht, wenn sich später herausstellt, dass sie es doch getan hat.«

Die Pressekonferenz zum Fall Benten fand im Konferenzraum eines großen Hotels statt. Linn hatte von der U-Bahnstation einen Umweg dorthin genommen, weil sie sich nicht getraut hatte, an der großen Straße entlangzulaufen. Das war schon länger nicht mehr vorgekommen und ärgerte sie jetzt, in der Sicherheit des Hotels. Die Wahrscheinlichkeit, dass sie ein zweites Mal von einem Auto angefahren werden würde, war ziemlich gering.

Ihr war unsäglich heiß in dem schwarzen Hosenanzug, und ihr Gesicht war beinahe unbeweglich vor lauter Make-up. Trotzdem lächelte sie, als der Sicherheitsmann sie durch eine Hintertür in einen mit hellem Holz getäfelten Raum geleitete. Lautes Stimmengewirr und Blitzlicht kamen ihr aus dem völlig überfüllten Reporterbereich entgegen. Überall waren Fernsehkameras. Eine Klimaanlage verbreitete angenehme Kälte. Direkt neben der Tür am vorderen Ende des Raums standen mehrere Tische mit Mikrofonen und Namensschildern. Sie nickte Oberstaatsanwalt

Faber zu, der in der Mitte neben dem Pressesprecher der Polizei saß und offenbar versuchte, seine zuckenden Mundwinkel zu beruhigen und seine Brille an ihrem Platz zu halten. Linn humpelte zu ihrem Platz links außen neben der Vertreterin der Produktionsfirma von *Schmerzen des Erfolgs*, die ihr mit einer ruckartigen Geste die Hand gab und sich sofort wieder wegdrehte.

Götz war ebenfalls da. Er trug ein weißes Hemd und eine Krawatte zu seinen Jeans und nicht seine normalen bunten T-Shirts. Auch die Birkenstocksandalen hatte er gegen schwarze, etwas ausgebleichte Schuhe eingetauscht. »Ich werde gleich ohnmächtig«, sagte er. »Jetzt bin ich sogar froh, dass du ihre Anwältin bist und nicht ich.« Er grinste schwach und berührte sie mit der Hand kurz an der Schulter.

Sie nickte, dankbar, dass er hergekommen war, setzte sich auf den zu niedrigen Stuhl und lächelte. Strich sich die Haare ins Gesicht und fühlte sich mit den dichten schwarzen Haaren über ihrer Wange und dem Mikrofon vor ihrem Mund seltsamerweise nicht so schutzlos den musternden Blicken der Menschen ausgeliefert, wie sie es befürchtete hatte. Sie schaute auf die Reporter, die danach gierten, mit Informationen gefüttert zu werden, und in ihr erwachte plötzlich ein Kampfgeist, von dem sie geglaubt hatte, es gäbe ihn nicht mehr. Ein angenehmer Schwindel überkam sie. Es war fast ein bisschen wie früher.

Der Pressesprecher der Polizei sagte einige einleitende Worte. Danach schilderte Faber den Fall und die seiner Ansicht nach fantastischen Ermittlungsergebnisse, während einer der Kripobeamten bekräftigend nickte. Kameras fuhren durch den Raum. Blitzlichter leuchteten auf. Faber beendete seinen Monolog mit dem Satz, dass der bald beginnende Gerichtsprozess gegen die Hauptverdächtige Grace Riccardi mit Sicherheit vollständiges Licht ins Dunkel bringen würde, wobei er mit Licht zweifellos eine Verurteilung meinte. Linn, die mehrfach darum kämpfen musste, überhaupt das Wort zu erhalten, widersprach und wies auf Ungereimtheiten bei den Ermittlungsergebnissen und die Unschuldsvermutung hin, ohne jedoch auf Details einzugehen.

Ein Reporter mit einem roten Seidenhemd streckte seinen Arm nach oben und übernahm das für die Journalisten vorgesehene Mikrofon: »Ihre Mandantin wurde wegen dringendem Tatverdacht verhaftet. Das bedeutet doch, dass sie die Tat mit ziemlicher Sicherheit begangen hat. Werden Sie Ihrer Mandantin bei dieser Sachlage zu einem Geständnis raten?«

»Ich bin nicht der Meinung, dass ein dringender Tatverdacht vorliegt.« Sie schaute den Mann herausfordernd an. »Abgesehen davon bezieht sich ein dringender Tatverdacht sowieso immer nur auf den derzeitigen Stand der Ermittlungen. Es ist und bleibt ein Verdacht. Und niemand wird aufgrund eines Verdachts verurteilt, sondern das Gericht muss von der Schuld *überzeugt* sein.«

»Halten Sie Ihre Mandantin für schuldig?«

»Nein. Aber das tut sowieso nichts zur Sache.«

Das Mikrofon wurde auf ein Zeichen des Pressesprechers weitergereicht. Ein bullig aussehender Typ mit einem schwarzen Schaal erhob sich von seinem Stuhl in der ersten Reihe. Er wandte sich Linn zu und starrte unangenehm auf ihre Wange, eine Hand in der Tasche seines unförmigen, für das Wetter draußen viel zu warmen Parkas. »Macht Ihnen das Spaß?«, fragte er.

»Was?« Ihr Lächeln erstarrte, und sie kämmte sich die Haare, die nach hinten gerutscht waren, zurück ins Gesicht.

»Dem Abschaum der Erde wieder auf die Beine zu helfen.«

»Jeder hat das Recht auf ein faires Verfahren. Abgesehen davon gilt die Unschuldsvermutung, solange meine Mandantin nicht rechtskräftig verurteilt ist.«

Der bullige Typ mit dem Parka lachte auf und beugte sich nach vorne. Ihr wurde mulmig.

»Bitte sachlich bleiben! Die Dame dort hinten«, ging der Pressesprecher der Polizei dazwischen und zeigte auf eine blonde Frau mit Perlenohrringen, die schon die ganze Zeit ihren Arm nach oben streckte. Sie wartete nicht auf das Mikro. »Niko Benten wurde in Cornwall getötet. Warum findet der Prozess in Stuttgart statt?«

Linn wandte sich ihr zu. Aus den Augenwinkeln sah sie, dass sich der bullige Typ nicht wieder hinsetzte.

»Wenn der Täter oder das Opfer Deutsche sind, und das ist ja hier beides der Fall, dann können unter bestimmten Voraussetzungen auch Taten, die im Ausland begangen wurden, in Deutschland verhandelt werden«, sagte sie. »Unproblematisch war das in dieser Sache auch deshalb, weil von englischer Seite kein …«

»Er war ein fantastischer Schauspieler«, unterbrach sie der bullige Typ laut. »Ein hässliches Mietmaul wie dich sollte man einfach totschlagen.«

Für eine Sekunde war Linn sprachlos. Götz erhob sich, rief etwas von Unverschämtheit und Strafanzeige, das jedoch in dem im Saal ausbrechenden Tumult unterging. Einer der Wachleute setzte sich in Bewegung. Der bullige Typ zog seine Hand aus der Parkatasche, es summte, etwas flog durch die Luft und traf sie schmerzhaft am Kopf. Plötzlich war alles rot, Blut, jede Menge Blut, es tropfte ihr in die Augen, sie kauerte sich auf dem Stuhl zusammen, das Blut tropfte auf den Tisch, auf ihre Blätter, eine Lache Blut, Blut auf dem Asphalt, das Auto hatte sie angefahren, jemand schrie, wie durch Watte, überall Blut, Blut, sie musste weg hier, sie konnte sich nicht bewegen, ihre Beine waren gelähmt, sie würde sterben.

»Linn, Linn, um Gottes willen, Linn.«

Sie schlug die Hand weg, was wollte diese Hand auf ihrem Kopf, was …

»Linn, schau mich an, ich bin es, Götz!«

»Ich werde sterben. Das Blut!«

»Du wirst nicht sterben. Das war nur ein Farbbeutel.« Götz' Stimme kam durch dichten, lauten Nebel. »Das ist kein Blut, hörst du mich? Es ist kein Blut. Der Idiot hat nur einen Farbbeutel geworfen.«

»Diese Fans sind völlig durchgeknallt. Sogar falsche Presseausweise besorgen die sich«, sagte Götz immer wieder, während er sie in sein Auto verfrachtete. »Ich wollte es dir nicht erzählen, weil ich es für irrelevant hielt, aber als du vorhin im Knast bei deiner Mandantin warst, haben zwei Mädchen bei der Kanzlei geklingelt, die waren höchstens vierzehn. Sie trugen T-Shirts mit Nico Bentes Gesicht darauf, haben gekreischt und wollten den neuen Warteraum verwüsten. Sie meinten, wenn wir Grace Riccardi vertreten würden, würden sie einen Flashmob organisieren, der unsere Kanzlei abfackeln und irgendwelche Dinge mit uns anstellen würde, die ich nicht mehr gehört habe, weil ich sie vor die Tür gesetzt habe. Ich habe echt nicht damit gerechnet, dass das so extrem wird.«

»Vielleicht sollte ich dieses Mandat doch niederlegen. Solange unsere Kanzlei noch nicht abgebrannt ist.« Ihr Körper hörte langsam auf zu zittern, und es gelang ihr, sich anzuschnallen.

Götz schüttelte bedächtig den Kopf. »Du hättest dein Gesicht sehen sollen. Am Anfang dieser Pressekonferenz. Ich glaube, so zufrieden hast du schon lange nicht mehr ausgesehen.«

»Das spricht vermutlich nicht unbedingt für meinen Charakter.«

»Ich hatte den Eindruck, du bist endlich wieder eine richtige Anwältin. Wenn man dein Gerede in den letzten Monaten mit anhören musste, von wegen du bist nicht mehr in der Lage, so wie früher zu arbeiten, und in eine große Kanzlei kannst du auch nie wieder zurück, obwohl es dir da so gut gefallen hat, da wurde einem richtig angst. Ich bin immerhin dein Geschäftspartner.« Er grinste ein bisschen wackelig. Dann fuhr er langsam aus der engen Parklücke.

»Schau dir das mal an«, knurrte er, als sie in ihre Straße einbogen. Direkt vor ihrem Kanzleischild stand ein Reporter, der von einem Kameramann mit einer riesigen Kamera gefilmt wurde.

»Na, wenigstens wird der, der unsere Kanzlei abfackelt, das nicht ungesehen tun können«, sagte sie.

7

Als Sicherheitsmaßname gegen neugierige Reporteraugen hatten Linn und Götz alle Fensterläden in der Kanzlei geschlossen und einen Teil der Akte Riccardi mitgenommen. Die restlichen Kartons mit Unterlagen von der Kripo hatten sie im Altaktenablagekeller eingeschlossen. Götz hatte sie zur Polizei begleitet, wo sie gegen den Farbbeutelwerfer Anzeige erstattet hatte, und schließlich hatte er sie nach Hause gefahren. Sie hätte ihn zum Abendessen einladen sollen, aber als sie aus dem Auto stieg, fühlte sie sich ausgelaugt und müde und wollte nur noch ins Bad, um sich die restliche Farbe von Haut und Haaren zu waschen.

An diesem Abend ging Linn früh schlafen, nachdem sie mehrmals die Schlösser an ihrer Tür kontrolliert hatte. In der Nacht wachte sie schreiend auf, war sich sicher, dass sie Schritte gehört hatte. Dass jemand in ihrer Wohnung war. Vor Angst fast gelähmt, durchsuchte sie jeden ihrer kleinen Räume. Da war nichts. Natürlich nicht. Sie schimpfte mit sich selbst, schloss sich aber trotzdem im Schlafzimmer ein und fiel irgendwann in einen unruhigen Schlaf. Am Morgen war sie völlig erschöpft. Sie schälte sich aus ihrer zerwühlten Bettdecke, stellte den Wecker aus, der auf einem Tischchen neben ihrem Bett stand, und zuckte zusammen. Hatte sie nicht gestern Abend neben den Wecker eine Sprühflasche Tränengas hingestellt? Aber dann entdeckte sie das Tränengas in dem weißen Ikea-Regal neben der Tür des kleinen Schlafzimmers und stand kopfschüttelnd über ihre morgendliche Verwirrtheit auf.

Linn zwang sich, nicht an die Pressekonferenz und das Blut zu denken, während sie in die Küche ging, ein schon etwas altbackenes Mohnbrötchen auf den Toaster legte und am Kühlschrankgriff zog. Noch eine halbe Flasche Grapefruitsaft und etwas Butter, ansonsten gähnende Leere. Sie musste unbedingt einkaufen, langsam fing sie wieder an, wie zu schlimmsten Großkanzleizeiten zu leben. Nur dass sie jetzt kein Geld mehr hatte, ständig auswärts essen zu gehen.

Es war schwülheiß, und draußen braute sich ein Gewitter zusammen. Während sie ein Glas Wasser trank und schwitzte, las sie erneut in der Akte Riccardi. Hielt plötzlich inne und holte das Telefon.

»Frau Dr. Geller«, sagte Oberstaatsanwalt Faber, nachdem sie ihn nach mehreren Minuten in der Warteschleife am Apparat hatte. »Haben Sie sich von gestern erholt?«

»Es war nur ein Farbbeutel.« Es gelang ihr, das zu sagen, ohne dass ihre Stimme zitterte.

»Für wie bescheuert halten Sie mich?! Ein Blinder konnte sehen, dass Sie den Anforderungen dieses Mandats und wahrscheinlich des Anwaltsberufs als solchem nicht mehr gewachsen sind. Ich hätte es mir denken müssen.«

»Es ist mir scheißegal, was Sie denken.«

Er lachte trocken auf. »Warum rufen Sie mich dann an?«

»Es geht um die Telefonliste in der Akte.« Linn griff nach einem Blatt. »Die Telefonate, die Benten kurz vor seinem geschätzten Todeszeitpunkt getätigt hat.«

»Um 18.05 hat er Ihre Mandantin angerufen. Meinen Sie den Anruf? Als er sich mit seiner Mörderin verabredet hat?«

Sie zwang sich, in ruhigem Ton zu sprechen. »Ich meinte eigentlich den anderen Anruf, den, der zwölf Minuten dauerte und der gegen 18.30 Uhr von Bentens Handy getätigt wurde.« Sie führte den Bleistift, den sie in der rechten Hand hielt, an die Lippen. Ihre Hand zitterte leicht. Sie ballte die Faust. »Damit die Leichenspürhunde überhaupt etwas riechen konnten, musste Bentens Leiche mindestens zwei Stunden auf dieser Plattform gelegen haben. Wenn sie um 21.00 Uhr ins Wasser geworfen wurde, muss er also spätestens um 19.00 Uhr tot gewesen sein.«

»Eine mathematische Glanzleistung. Genau so steht es auch in der Akte«, warf Faber ein.

»Benten hat also eine halbe Stunde vor seinem Tod eine bislang unbekannte Person angerufen. Eine Nummer, die er den Telefonlisten zufolge vorher noch nie angerufen hat. Ein Prepaidhandy. Finden Sie nicht, dass das relevant sein könnte?«

Faber antwortete nicht.

»Wissen Sie inzwischen, wen er angerufen hat?«

»Nein«, sagte Faber, »und vermutlich werden wir es auch nie erfahren. Das ist ja gerade der Witz an Prepaidhandys. Jedenfalls an solchen, bei denen der Käufer nicht registriert wurde, und zufällig hat Benten genau so eines angerufen.« Er räusperte sich. »Mit seinem Tod kann der Anruf aber nichts zu tun haben.«

»Und warum nicht?«

»Weil wir mittlerweile herausgefunden haben, wo sich das Prepaidhandy während des Anrufs befunden hat.« Sie konnte sein zufriedenes Grinsen hören. »Der Angerufene befand sich vermutlich in einem fahrenden Auto, und zwar in der Nähe von Exeter. Das ist ungefähr zwei Autostunden von da entfernt, wo Benten gestorben ist. Der Angerufene hätte es niemals geschafft, Benten eine halbe Stunde später umzubringen.«

»Und wenn Benten doch bis kurz vor 21.00 Uhr gelebt hätte?« Es gab keinerlei Hinweise darauf, das wusste sie, aber sie konnte diese Möglichkeit für ihre Mandantin auch nicht einfach ausschließen.

»In diesem Fall hätte der Unbekannte aus Exeter es rechtzeitig zu den Klippen schaffen können«, fuhr sie daher fort. »Er hätte Benten umbringen und die Leiche wie vom Zeugen beobachtet ins Meer werfen können. Ich habe mich ein wenig kundig gemacht. Spürhunde schlagen auch dann an, wenn jemand nur geblutet hat und sie das verrottende Blut riechen. Und Benten war doch verletzt, vielleicht haben sie gar nicht seine Leiche gerochen, sondern nur sein Blut.«

»Meine liebe Frau Dr. Geller«, unterbrach Faber sie. Sein Tonfall war so herablassend, dass sie es fast körperlich spüren konnte. »Ich weiß nicht, auf welcher trivialen Internetseite Sie sich ›kundig‹ gemacht haben, aber es gibt Spürhunde, die Blut finden, und solche, die Leichen finden, und das sind zwei verschiedene Dinge, da haben Sie wohl was nicht richtig verstanden. Diese Hunde täuschen sich nicht. Abgesehen davon haben die englischen Ermittler hervorragende Arbeit geleistet. Sie haben das Erdreich am Rande dieser Plattform abgetragen und untersucht, und es gibt für mich keinen Zweifel, dass auf diesem Stück Land eine Leiche so lange gelegen hat, dass es bereits zu ersten Verwesungsvorgängen gekommen ist. Und zwar die Leiche von Benten und von niemandem sonst, falls Sie auch daran Zweifel haben sollten. Ich bin kein Forensikspezialist, aber wenn ich mich nicht täusche, geht aus der Akte hervor, dass an genau der Stelle Bentens DNA gefunden wurde.« Fabers Stimme wurde laut. »Wollen Sie ernsthaft darauf hinaus, dass wir schon wieder den unbekannten Dritten übersehen haben, der der wahre Täter ist?«

Sie verspürte einen schmerzhaften Stich in der Magengegend.

»Genau wie den unbekannte Dritten, der Sie angefahren hat?«, fuhr Faber fort. »Wir haben damals eine einschlägig vorbestrafte Drogenabhängige ohne Alibi verhaftet, die die Tat nicht nur gestanden hat, sondern die außerdem noch sämtliche tatrelevante Spuren an den Kleidern hatte, angefangen von den Splittern der Windschutzscheibe, aber Sie, Sie haben nur davon gefaselt, dass es einen unbekannten Dritten geben muss, der Sie vorsätzlich überfahren wollte.«

»Mir ist mittlerweile klar, dass es bei meinem Unfall keinen unbekannten Dritten gab.« Ihre Stimme klang wie die eines kleinen Kindes, und sie hasste sich dafür. »Das heißt aber nicht, dass meine Mandantin Nico Benten umgebracht hat.«

Faber legte wortlos auf.

Linn stützte den Kopf in die zitternden Hände, saß eine Weile einfach da, bis sich ihr Herzschlag und ihr Atem wieder normalisiert hatten. Faber versuchte nur, sie unterzukriegen, um eine einfache Verurteilung zu erreichen, das war völlig klar. Dieser Fall war nicht ihr Unfall. Und sie war felsenfest davon überzeugt, dass hier etwas ganz und gar nicht stimmte.

Wie bei ihrem Unfall, da war sie trotz aller anderslautenden Beweise auch felsenfest überzeugt gewesen, dass ein Partner aus der Großkanzlei versucht hatte, sie umzubringen. Und sie hatte sich getäuscht. Sie schlug mit der Hand auf den Tisch. Es reichte jetzt. Es war ihre Aufgabe als Verteidigerin, die offiziellen Ermittlungsergebnisse zu überprüfen und gegebenenfalls auch anzuzweifeln.

Sie holte einen weiteren Aktenstapel und ihren Laptop, packte alles in eine große Tasche. Sie würde jetzt in die Kanzlei fahren, um so viel wie möglich über das Opfer Nico Benten herauszufinden. Vor allem, ob er Feinde gehabt hatte. Denn egal, was Faber über unbekannte Dritte behauptete, es gab kaum eine bessere Verteidigungsstrategie als einen realistischen alternativen Tatverdächtigen! Der unbekannte Inhaber dieses Prepaidhandys war ein Anfang.

Im Aktenablagekeller war es trotz des flackernden Neonlichts und der zwei Lichtschlitze, die zum Bürgersteig führten, düster, dafür aber angenehm kühl. Linn setzte sich auf einen der Klappstühle an einen klapprigen Schreibtisch, den Götz vor zwei Wochen in seiner Garage gefunden und in die Kanzlei gebracht hatte, und ging die Telefonate, die Benten in den Wochen vor seinem Tod getätigt hatte, noch einmal durch, ebenso wie die andere lange Telefonliste aus der Akte, die Grace Riccardis Telefonate enthielt.

Weder ihre Mandantin noch Benten hatten die Prepaidhandynummer schon einmal gewählt, jedenfalls nicht mit ihren registrierten Telefonen.

Sie zog einige Kartons mit als irrelevant erachtetem Spurenmaterial zum Schreibtisch und wühlte in den Papieren, die man in Bentens Arbeitszimmer in seiner Stuttgarter Villa gefunden hatte. Wenn es einen Hinweis auf diese unbekannte Handynummer gab, dann würde sie ihn finden.

Eine Stunde später hörte sie knarrende Schritte auf der Treppe, kurz darauf wurde die Tür schwungvoll aufgerissen, und Götz kam beladen mit zwei Farbeimern durch die Tür. Er zuckte zusammen, als er sie sah. Dann lächelte er etwas verwirrt. »Linn, geht's dir gut? Was machst du hier unten?«

»Mir geht's gut, und mir waren lediglich die Kartons zu schwer.«

Sie erklärte ihm, was sie suchte. Götz stellte die Eimer ab, setzte sich auf einen weiteren Klappstuhl, zog ebenfalls einen Karton heran und fing an, die vielen Papiere durchzusehen. Lange war nur das Rascheln der Blätter und das leise Surren der Lampe zu hören. Nachdem sie hunderte von Seiten Serientext, Kaufbelege für Küchen- und sonstige Geräte und alte und neuere Bedienungsanleitungen durchgesehen hatte, war sie kurz davor, die ganze Aktion abzubrechen, als Götz mit der Zunge schnalzte. Sie schaute auf. Er hielt einen kleinen Zettel in der Hand, offenbar ebenfalls einen Beleg für einen Einkauf.

»Benten scheint nicht nur eine halbe Stunde vor seinem Tod eine Prepaidhandynummer angerufen zu haben, er scheint auch selbst Prepaidhandys besessen zu haben«, sagte er. »Drei Monate vor seinem Tod hat er jedenfalls zwei gekauft.«

Sie stemmte sich von ihrem Stuhl hoch und ging langsam auf Götz zu. Ein Kribbeln machte sich in ihrem Bauch breit. »Davon steht nichts in der offiziellen Akte.«

Götz nickte. »Den Kaufbeleg hier haben die wohl übersehen, und die Handys selbst hatte er vermutlich nicht mehr. Sie werden ihrem Zweck entsprechend meist nur sehr kurz verwendet und dann entsorgt. Denn warum kauft sich jemand ein Prepaidhandy?«

»Da könnte es eine Menge …«

Götz schüttelte den Kopf.

»Schon klar, du denkst, er wollte anonym telefonieren.«, sagte sie. »Aber warum? Und werden die Daten der Käufer von Prepaidhandys in Deutschland nicht seit einiger Zeit registriert?« Das hatte sie seit ihrem Telefonat mit Faber nachlesen wollen, denn Benten hatte an seinem Todesabend ja zweifelsohne ein unregistriertes Handy angerufen.

Götz wedelte mit dem Kaufbeleg. »Doch. Aber Benten hat sich die Handys in Österreich gekauft. Da gibt es diese Registrierungspflicht nicht.«

»Das könnte ein Zufall sein.«

»Vielleicht. Aber vielleicht auch nicht. Glaub mir, ein Teil meiner Mandanten besorgt sich seine Prepaidhandys auch an Orten, wo niemand nach den Kundendaten fragt. Und das sind häufig die Mandanten, die die richtig üblen Dinger durchziehen. Organisierte Kriminalität. Drogen, Menschenhandel, Banden eben, die sich absprechen müssen. Da haben alle Mitglieder ständig wechselnde Prepaidhandys und Simkarten.«

»Benten könnte einfach paranoid gewesen sein, oder er hatte was dagegen, dass der Staat…«

»Er wurde ermordet. Kurz vor seinem Tod hat er ein anonymes Handy angerufen. Deshalb sollten wir ernsthaft die Möglichkeit in Betracht ziehen, dass er auch diese anonymen Handys nicht wegen der günstigen Gebühren gekauft hat, sondern weil er in kriminelle Geschäfte verwickelt war. Vielleicht musste er wegen dieser Geschäfte sterben.«

»Du meinst, wenn ich nachweisen könnte, dass Benten ein Drogenbaron ist, der gerne mit unregistrierten Handys die Konkurrenz aufmischt, könnte das die Chancen meiner Mandantin auf einen Freispruch erhöhen?«

»Ha, ha«, sagte Götz.

»Sorry, du hast ja recht. Es ist wirklich ein wenig auffällig, dass es so viele anonyme Handys in seinem Umfeld gab.«

8

Da es in der Akte keinen Hinweis auf kriminelle Geschäfte Bentens gab, versuchte Linn, ihre Mandantin im Gefängnis zu erreichen. An diesem Freitag Vormittag war das allerdings wegen Haftraumkontrollen ein unmögliches Unterfangen. Schließlich ging sie ins Internet und durchsuchte die öffentlichen Quellen. Fast auf allen der von ihr besuchten Seiten gab es auch Berichte über die Pressekonferenz, die Fotos oder Filmchen enthielten, auf denen sie selbst zu sehen war. Immer wenn sie nur in die Nähe eines solchen Berichts kam, schaute sie nicht hin und klickte schnell weiter.

Zwei Stunden später klappte sie den Laptop heftig zu. Benten schien ein Heiliger gewesen zu sein. Kaum jemand äußerte sich kritisch zu seinen Fähigkeiten als Schauspieler, Feinde schien er nicht gehabt zu haben, und kriminelle Geschäftspartner mit möglichen Mordmotiven waren schon gar nicht zu entdecken. Die Sache mit den Prepaidhandys führte zu nichts.

Mit einigen Unterlagen und ihrem Laptop stieg sie die Treppen in die Kanzlei hoch und sah aus dem Fenster. Es hatte immer noch nicht geregnet, auch wenn die Gewitterwolken sich wie gigantische Bergketten am Himmel auftürmten.

Sie stellte den Laptop auf ihren mit Plane abgedeckten Schreibtisch und dachte darüber nach, wie sie jetzt weiter verfahren sollte. Schließlich fing sie an, einen Lebenslauf von Benten zu erstellen. Sie musste noch mehr Informationen über das Opfer sammeln, auch kleine, scheinbar unwichtige Details konnten entscheidend sein. Benten war, was seine Herkunft anging, das genaue Gegenteil seiner Serienfigur. Er kam aus bestem Hause. Seine Mutter, Elaine Henry-Benten, war eine bekannte französische Chansonsängerin, die in ihren Jugendjahren die größten

Konzerthallen der Welt gefüllt hatte und ein Schlösschen an der Loire ihr eigen nannte. Bentens Vater, Thomas Hardy Benten, war Inhaber einer riesigen Holding, die mit Yachten und Immobilien handelte. Ein Selfmademillionär, der in der ganzen Welt zu Hause war. Auch ihm gehörten diverse Anwesen.

Nico Benten hatte seiner Homepage zufolge eine sehr glückliche frühe Kindheit in Paris, Cannes und Frankfurt verbracht. Mit sechs Jahren war er auf das Eliteinternat Edward Blake Castle nach England gekommen, wofür er seinem Vater »mehr als nur dankbar« war. Es sei eine Zeit gewesen, die ihn nach eigenen Angaben »wie keine andere in seinem Leben dafür prädestiniert« habe, »die Rolle des Engländers und angehenden Wissenschaftlers Mason Shepard zu spielen«.

Nach längerer Suche im Internet gelang es Linn, zwei Fotos aus Bentens Internatszeit auszugraben, die ihn beim Schulsport und auf der breiten Steintreppe des eindrucksvollen Internats zeigten. Immer strahlte er über beide Ohren, und schon damals, mit vielleicht neun oder zehn, war er ein gutaussehendes Kind gewesen. Strubbelhaare, neugierige, freundliche Augen, sympathische Grübchen auf den Wangen. Auf dem Treppenfoto war neben Benten noch ein blasser Junge mit kurzgeschorenen Haaren zu sehen, der Benten mit großen Augen anschaute. Er sah aus, als bewundere er Benten zutiefst, während Benten ihn nicht beachtete.

Mit zwölf war Benten nach Deutschland zurückgekehrt und hatte in Stuttgart das Gymnasium besucht. Nach dem Abitur – auch von der Abiturfeier gab es ein Foto, auf dem Benten beseelt grinsend mit vier Blondinen Bowle aus einer ausgehöhlten Melone trank – hatte Benten auf Anhieb die Aufnahmeprüfung an einer angesehenen Münchner Schauspielschule bestanden und die Schule vier Jahre später erfolgreich abgeschlossen. Danach hatte er einige Jahre Theater gespielt und hin und wieder eine kleine Rolle in Fernsehfilmen ergattert. Schließlich, einem

Artikel zufolge mit Hilfe der einflussreichen Freunde seines Vaters, aber durchaus auch wegen seines großen Talents, hatte er die Hauptrolle in *Schmerzen des Erfolgs* bekommen und war von einem Tag auf den anderen zum Superstar aufgestiegen.

Nach der Ausstrahlung der ersten Staffel war das Medieninteresse und offensichtlich auch das Interesse der Frauen an Benten extrem gestiegen. Er hatte mehrere Freundinnen gehabt, die alle aus der High Society stammten. Keine der Beziehungen hatte länger als ein halbes Jahr gehalten, und über jede war ausführlich berichtet worden. Seltsamerweise waren alle Berichte nur positiv, auch die Frauen ließen sich nie negativ über Benten aus.

Zwei Jahre nach dem Start der Serie hatte Benten das Topmodel Grace Riccardi kennengelernt und sie einige Monate später geheiratet. Von der Hochzeit gab es unzählige Fotos, auf denen eine wunderschöne, strahlende Grace Riccardi ihren gutaussehenden, erfolgreichen Mann anhimmelte und umgekehrt. Danach wurde er nur noch als »treusorgender Musterehemann« bezeichnet, selbst von den kritischsten Paparazzi. Kein Wort über Streitigkeiten oder gar Gewalt in der Ehe. Entweder die Haushälterin am Kräherwald hatte gelogen und Grace Riccardi hatte sich die Hämatome anders – vielleicht durch einen anderen? – zugezogen, oder aber Benten war ein perfekter Heimlichtuer und hatte eine aus unbekannten Gründen schweigende Frau.

Für ein wenig Aufregung hatte lediglich Bentens Trauzeuge gesorgt, ein gewisser Jake Stanton, ein in England regional bekannter Maler und Bildhauer mit einer schillernden Vergangenheit als Inhaber eines Londoner Sexclubs. Stanton hatte den Sexclub allerdings einige Zeit, nachdem er ihn von seinem Vater geerbt hatte, wieder verkauft, und führte seit Jahren ein zurückgezogenes Leben in Bristol. Einige seiner Werke waren im Netz abgebildet, im Wesentlichen in Schwarz und dunkelgrau gehaltene Farbstriche mit weißen Klecksen, die Namen wie »Birthday without flowers« trugen, sowie ein paar Statuen mit unbehauenen Blöcken als Köpfen.

Linn überflog erneut die Telefonliste aus der Akte und fand Stantons Namen. Nico Benten hatte in den letzten Monaten nur wenig telefonischen Kontakt mit seinem Trauzeugen gehabt. Nur in der Woche vor seinem Tod hatte er ihn vier Mal angerufen, das letzte Mal sogar am Morgen seines Todestages. Keines der Telefonate hatte länger als ein paar Minuten gedauert.

Da Stanton zu Bentens engem Umfeld gehörte, war er nach dessen Tod routinemäßig von der Polizei befragt worden. Linn suchte die Befragung heraus. Zunächst war es um sein Alibi gegangen. Stanton hatte mit einem Geistlichen in Bristol zu Abend gegessen, gut drei Stunden vom Tatort entfernt. Danach hatten sich die Fragen um die Ehe von Grace Riccardi und Nico Benten gedreht. Stanton äußerte zwar nichts Konkretes, aber es war ziemlich offensichtlich, dass er die Ehe nicht harmonisch gefunden hatte, dass er Grace Riccardi nicht leiden konnte und dass er sie für Bentens Mörderin hielt. Linn machte sich eine Notiz. Wenn sie nach England fuhr, musste sie mit dem Mann reden.

Ihr Telefon klingelte. Eine Anfrage für ein Interview. Sie lehnte ab, aber die Journalistin hatte sie auf eine Idee gebracht, wie sie die Dinge über Benten herausfinden konnte, die nicht im Internet standen.

Vor einigen Jahren hatte sie Flavius Bohmann, den Chefredakteur eines bekannten Promi-Klatschmagazins, anwaltlich beraten, einen Mann, der von sich behauptete, kein Schlamm sei so tief, dass er ihm nicht sein Geheimnis entreißen könne.

Linn rief in der Redaktion an und war nur in der ersten Sekunde erstaunt, dass der Mann sich nicht nur sehr gut an sie erinnerte, sondern offensichtlich ganz begeistert von der Vorstellung war, ihr helfen zu können. Sie fühlte sich geschmeichelt von seinen Komplimenten, auch wenn ihr klar war, dass der Reporter sich zum einen Exklusivinformationen über den Fall Benten versprach und sich zum anderen, und das war viel unangenehmer, damals offenbar nicht nur für ihre juristische Kompetenz interessiert hatte, sondern auch für ihr gutes Aussehen. Obwohl sie ihn weder richtig kannte noch besonders mochte, hatte sie auf einmal Angst, sich mit ihm zu verabreden. Sie wollte die Reaktion nicht sehen, die sie schon so oft bei Leuten gesehen hatte, vor allem bei denen, die sie von vor dem Unfall kannten: Wenn ihr Gegenüber nicht wusste, ob er zuerst auf ihre Narbe oder auf ihr kaputtes Bein oder auf einen Punkt irgendwo über ihr starren sollte.

»Ich bin geschäftlich zufällig gerade in Mannheim«, sagte Bohmann in diesem Moment und nahm ihr die Chance auf einen Rückzieher. »Es ist also ein Katzensprung bis zu Ihnen nach Stuttgart. Wenn Sie erlauben, wäre es mir eine riesige Freude, Sie heute Abend zum Essen einladen zu dürfen. Sie mögen doch Sushi?«

»Natürlich, ich liebe Sushi«, sagte sie automatisch. Alte Muster ließen sich nicht so schnell ausrotten. Wenn der Mandant Sushi mochte, dann mochte sie auch Sushi. Sie spielte mit dem Gedanken, dem Chefredakteur von ihrem Unfall und ihrem neuen Aussehen zu erzählen, ließ es aber bleiben und verabredete sich mit ihm für 21.00 Uhr in einer der teuersten und angesagtesten Sushibars Stuttgarts.

Als sie aufgelegt hatte, brach ihr der kalte Schweiß aus.

Um sich zu beweisen, dass ihr so ein kleines Treffen mit einem Journalisten nichts anhaben konnte, suchte sie im Internet eine Aufzeichnung ihrer Pressekonferenz heraus. Sie war beinahe mutig genug, sie anzuschauen. Tat es dann aber doch nicht, fuhr stattdessen den Computer herunter und rief ihre beste Freundin Amelie an.

Als spätes Mittagessen holte Linn eine Pizza. Götz saß im Halbdunkeln an seinem provisorischen Schreibtisch, der gleichzeitig der Tapeziertisch gewesen war. Alle Fensterläden waren geschlossen, um die schwüle Hitze ein wenig auszusperren. Er strahlte sie an, als sie mit der Pizzaschachtel über die Plastikplane auf ihn zu humpelte, und legte die dünne, blaue Akte, an der er gerade gearbeitet hatte, zur Seite.

»Wenn das so weitergeht, werden wir wirklich bald eine bekannte Topkanzlei sein«, sagte er.

»Wenn was so weitergeht?«

»Nicht nur du hast prominente Mandanten«, erwiderte er geheimnisvoll. »Auch wenn es in meinem Fall nur eine Lokalpolitikerin ist, die einen Vertrag zur Regelung ihrer Scheidungsangelegenheiten braucht. Aber die Honorarvereinbarung ist fantastisch.« Er grinste.

Sie setzte sich ihm gegenüber auf einen farbverkleckten alten Holzstuhl und bot ihm Pizza an.

»Wie geht es in der Sache Riccardi voran?« Götz nahm sich ein Stück und biss davon ab.

»Fast zu schnell. Die Staatsanwaltschaft hat schon Klage erhoben. Ich habe vorhin die Anklageschrift zur Stellungnahme erhalten.« Sie nahm sich ebenfalls ein Stück Pizza und schlug ihr gesundes Bein über das andere.

»Hast du eigentlich den Flug nach England gebucht? Vor Ort sein bringt einen immer weiter«, erkundigte er sich, nachdem er geschluckt hatte.

»Ich dachte, ich frage Frau Riccardi zuerst mal, ob sie mich nicht doch als Wahlverteidigerin engagieren will. Jetzt, wo wir uns so prima verstehen und sie mir sogar schon die Hand zum Abschied gibt.« Linns Stimme klang nicht ganz so locker und lustig, wie sie geplant hatte. Eigentlich konnte sie sich einen Flug nach England im Moment nicht leisten. »Dann kann Frau Riccardi für meine Auslagen bezahlen. Sie hat Geld wie Heu.«

»Das ist eine gute Idee, aber wir sollten es nicht davon abhängig machen. So viel Werbung wie durch diesen Fall kriegen wir nie wieder. Ich habe schon sechs neue Strafmandate für uns an

Land gezogen. Du nimmst das Geld für den Flug auf jeden Fall vom Kanzleikonto.«

Sie widersprach nicht, auch wenn die Kanzlei fast genauso pleite war wie sie selbst.

Das Telefon, das neben ihr auf dem Boden lag, klingelte. Sie bückte sich, rutschte beinahe von ihrem Stuhl und fing sich gerade noch ab. Aber die Pizzaschachtel segelte auf den Boden, zum Glück fiel der Inhalt nicht heraus. »Kanzlei Dr. Geller und Nowak, Linn Geller am Apparat, was kann ich für Sie tun?«

Am anderen Ende der Leitung hörte man nur leises Atmen.

»Hallo? Mit wem spreche ich denn?«

Das Atmen wurde schneller, lauter, bedrohlicher. Es hörte sich an wie das Knurren eines Raubtiers. Dann kicherte jemand. Kalt und böse. Linn lief ein Schauer über den Rücken. Die Verbindung wurde unterbrochen.

Sie legte das Telefon auf den Boden zurück. »Bestimmt noch ein aufgebrachter Fan.«

Götz schaute besorgt zu ihr herüber, während er an seinem letzten Stück Pizza knabberte.

Das Telefon klingelte erneut. Götz schluckte schnell herunter und nahm den Hörer. »Ja?«, sagte er aufgebracht. Dann reichte er den Hörer an sie weiter. »Frau Riccardi. Ob du sie im Knast besuchen kannst.«

9

Als Linn vor dem Gefängnis stand, hatten die Gewitterwolken, die schon den ganzen Tag immer größer wurden, bedrohliche Züge angenommen. Es war erst später Nachmittag, aber der Himmel war schwarz, und das Innere des Gefängnisses wirkte noch trostloser als sonst. Die Hitze raubte ihr fast den Atem.

Sie schüttelte Grace Riccardi die Hand, und sie setzten sich an den Tisch des Besprechungszimmers.

»Danke«, sagte Grace Riccardi.

»Wofür?«

»Ich habe die Pressekonferenz gestern Abend im Fernsehen gesehen.«

»Ich fürchte, blutrot gefärbte Haare stehen mir nicht. Ich habe da wohl nicht die beste Figur gemacht.« Linn versuchte zu grinsen.

»Doch«, sagte Grace Riccardi ernst. »Das haben Sie. Mir war bisher nicht klar, dass ich Ihnen wirklich vertrauen kann. Sie stehen auf meiner Seite und wollen für mich kämpfen.« Sie schaute Linn in die Augen. »Bitte vertrauen Sie mir auch. Bitte lassen Sie mich im Gefängnis. Stellen Sie keine weiteren Nachforschungen an. Es ist besser so.« Grace Riccardi drehte ihren Ehering. Ihre langen, schlanken Finger bewegten sich hektisch.

»Darf ich fragen, warum ich Ihnen nicht helfen darf? Haben Sie vielleicht vor jemandem Angst? Werden Sie bedroht? Wollen Sie deshalb im Gefängnis bleiben?«

Ihre Mandantin schüttelte den Kopf. Für eine kurze Zeit schwiegen sie beide.

»Diese Narbe hier«, sagte Linn schließlich und zeigte auf ihr Gesicht. »Ich hatte vor vier Jahren einen Unfall. Ich wurde angefahren und schwer verletzt. Die Fahrerin des Wagens hat mich einfach auf der Straße liegenlassen. Als ich im Krankenhaus aufgewacht bin, konnte ich meine Beine nicht mehr bewegen, und es hat erst so ausgesehen, als könnte ich nie wieder laufen. Ich hatte die Wunde im Gesicht und eine Kopfverletzung, und einige Zeit danach habe ich wegen der ganzen Geschichte auch noch meine Stelle verloren. Dabei stand ich so kurz davor«, sie bildete mit Daumen und Zeigefinger eine kleine Lücke, »Partnerin in einer internationalen Kanzlei zu werden. Das ist sozusagen der Topmodeljob in unserer Branche. Und ich war gerade erst Anfang dreißig.« Sie lächelte schwach. »Ich habe nach dem Unfall lange Zeit gedacht, dass mein Leben bald wieder so sein wird wie früher, aber es ist nie mehr wie früher geworden. Seit den Ermittlungen zu meinem Unfall weiß ich auch, wie es sich anfühlt, ein Spielball der Justiz zu sein, und ich will nicht, dass Sie diese Erfahrung ebenfalls machen.« Sie schluckte. »Ich hätte damals fast aufgegeben. Aber dann habe ich doch weitergemacht und beruflich und privat noch mal von vorne angefangen. Zwei Mal sogar. Und jetzt geht es aufwärts. Langsam, aber immerhin.« Sie lächelte ihre Mandantin an. »Sie sollten auch nicht aufgeben.«

Grace Riccardi sagte nichts, nickte aber kaum merklich.

»Ich kann Sie nicht einfach im Gefängnis sitzen lassen, ohne weitere Nachforschungen anzustellen«, fuhr Linn fort. »Wenn ich die Meinung der Polizei für falsch halte, muss ich sie anzweifeln. Wenn ich eine Chance sehe zu gewinnen, dann nutze ich sie, sonst bin ich keine gute Anwältin. So, wie Sie sich das vorstellen, kann ich das nicht. Das hört sich komisch an, weil ich Sie ja vertrete, und Sie wünschen, dass ich untätig bin. Aber ich kann es trotzdem nicht. Ich kann so nicht arbeiten. Und das ist unabhängig davon, ob ein Mandant schuldig ist oder nicht. Wenn Sie das wollen, müssen Sie einen völlig desillusionierten Kollegen engagieren.«

Eine Zeitlang schwiegen sie beide. Das Neonlicht an der Decke flackerte leicht.

»Wissen Sie, warum ich mich so gut mit Make-up auskenne? Richtig gut, meine ich?«, fragte Grace Riccardi schließlich.

Linn schüttelte den Kopf.

»Ich weiß, wie Männer sind. Ich weiß, dass es eine Art Liebesbeweis ist. Nico wollte es bestimmt nicht, aber wenn er sich über mich geärgert hat und richtig ausgerastet ist …«

»Jemanden zu schlagen, ist kein Liebesbeweis, sondern eine Straftat.«

Grace Riccardi zuckte die Schultern. »Es passiert eben. Man muss nur wissen, wie man damit umgeht. Wenn man eine Tatsache gut überschminkt, dann gibt es sie nicht mehr. Wen interessiert schon die Wahrheit?«

»Das sehe ich anders.«

Eine Weile schwiegen sie erneut.

»Aber ein gutes Make-up schadet sicher trotzdem nicht«, fügte Linn hinzu.

Das erste Mal lächelte Grace Riccardi, und es war offensichtlich, warum Modedesigner auf der ganzen Welt sich um sie rissen. Linn schaute schnell auf ihr Blatt und nahm ihren Kuli in die Hand, um nicht über ihre Narbe zu streichen. Sah wieder hoch. »Haben Sie einmal darüber nachgedacht, was passiert, wenn Sie verurteilt werden? Wegen Mordes? Was es bedeutet, eine lebenslange Freiheitsstrafe abzusitzen?«

Grace Riccardi zögerte. Ihre Augen verdunkelten sich.

»Selbst wenn Sie schuldig sein sollten, finden Sie nicht, dass wir das Beste für Sie herausholen sollten? Ihr Mann hat Sie verprügelt, und es gibt keinen Grund der Welt, der das rechtfertigt. Vielleicht haben Sie sich einfach nur gewehrt, als Sie ihn die Klippe hinuntergestoßen haben? Meinen Sie nicht, Sie haben wenigstens mildernde Umstände verdient? Wir könnten unsere Verteidigung auf Notwehr stützen. Oder zumindest auf eine notwehrähnliche Situation, damit könnten wir zu einem Totschlag in einem minder schweren Fall kommen. Vielleicht war das Ganze ja auch ein Unfall oder eine fahrlässige Tat.«

Ihre Mandantin starrte auf die Wand hinter ihr und schien nachzudenken.

»Ich will Sie nicht quälen, aber ich muss genau wissen, was Sie am Tattag getan haben und ob tatsächlich ein Mordmotiv vorliegen könnte. Ich werde auch nach Cornwall fliegen und mit den Verantwortlichen vor Ort reden. Ich muss wissen, welche Fragen ich stellen soll.«

Grace Riccardi schaute auf und nickte bedächtig. »Sie werden sehen, dass ich schuldig bin. Aber wenn Sie einen Weg finden, dass ich trotzdem nicht so lange ins Gefängnis muss, ist das in Ordnung. Das Essen hier ist ekelhaft. Ich werde langsam fett.« Sie faltete ihre abgemagerten Hände. »Aber ich will niemandem erzählen, dass Nico mich geschlagen hat. Und so eine Haftüberprüfung, das will ich auch noch nicht. Da muss ich erst noch was klären.« Sie schaute auf den Tisch, drehte an ihrem Ehering. »Und falls Sie … Also jedenfalls würde ich es … Also wenn Sie etwas rausfinden, dann besprechen Sie es bitte vorher immer mit mir, bevor Sie es dem Gericht oder so erzählen.«

»Selbstverständlich.« Linn lächelte beruhigend. »Zunächst wollte ich Sie fragen, ob Sie wissen, warum Ihr Mann einige Monate vor seinem Tod in Österreich nicht registrierte Prepaidhandys gekauft hat?«

»Keine Ahnung, davon weiß ich nichts. Ich bin mir eigentlich sicher, dass er nur ein Handy mit einem festen Vertrag hatte. Man hat es unten an der Klippe gefunden. Dieser Staatsanwalt hat mir vorgeworfen, ich hätte es hinuntergeworfen.«

»Könnten Sie sich vorstellen, wofür er die Prepaidhandys gebraucht haben könnte?«

Ihre Mandantin schüttelte den Kopf.

»Eine halbe Stunde vor seinem Tod hat er ebenfalls ein anonymes Handy angerufen. Haben Sie eine Idee, wer …?«

Grace Riccardi schüttelte noch heftiger den Kopf, ihre Lippe zitterte, als stünde sie kurz davor, in Tränen auszubrechen. »Das hat mich dieser Staatsanwalt auch gefragt. Ich weiß es doch nicht.«

Linn wartete, bis sie sich wieder gefangen hatte.

»Vielleicht machen wir damit weiter, warum Sie am Tattag überhaupt nach Cornwall geflogen sind?«, fragte sie schließlich.

»Ein paar Tage, bevor ich hingeflogen bin, war Nico übers Wochenende mal wieder bei mir in Stuttgart. Wir hatten einen grässlichen Streit. Er hat behauptet, ich hätte einen Liebhaber.«

»Hatten Sie einen?«

»Natürlich nicht. Jedenfalls ist er ausgerastet. Ich war … Ich habe sogar geblutet, am Mund, und ich dachte erst, er hat mir das Bein gebrochen, aber die Schwellung am Knöchel war am nächsten Morgen schon viel besser. Eiskompressen.« Sie zupfte an ihren Haaren, drehte die Spitzen um ihren Finger. »Ich habe ihn rausgeschmissen. Ich weiß nicht, wo er die Nacht über war. Am nächsten Morgen kam er jedenfalls mit Blumen, und ich … ich habe nicht aufgemacht. Er hat gesagt, ich soll wenigstens seinen Pass und die Tasche vor die Tür stellen, und ich habe ihm das Zeug gebracht. Er wollte mich küssen, aber ich habe die Tür zugeknallt. Er ist wortlos gegangen und nach England zurückgeflogen.« Sie schluckte. Tränen traten in ihre Augen. »Ich habe ihn nie wiedergesehen.«

Linn schaute auf. »Dann können Sie ihn nicht umgebracht haben.«

»Doch, doch«, sagte Grace Riccardi schnell. »Ich meine, ich habe ihn nicht wirklich wiedergesehen. Ich habe ihn nur von der Klippe gestoßen.«

Linn dachte kurz nach. »Ist es möglich, dass Sie die Tat zwar nicht begangen haben, aber wissen, wer der Täter ist und ihn schützen möchten? Gab es vielleicht doch einen Liebhaber? Glauben Sie mir, kein Mann ist es wert, dass Sie für ihn lebenslang ins Gefängnis gehen.«

Grace Riccardi zupfte mit ihrer rechten Hand immer wieder an einer Haarsträhne. »Quatsch. Das ist Quatsch. Ich hatte keinen Liebhaber.« Sie hörte auf, an der Strähne zu zupfen, und lächelte traurig. »Nico ist die Liebe meines Lebens. Ich wollte mich in Cornwall mit ihm versöhnen, deshalb war ich da. Ich kam am frühen Abend an. Ich dachte, er ist noch am Set, deshalb habe ich nicht versucht, ihn anzurufen. Ich habe nur auf ihn gewartet.« Eine Träne lief über ihr Gesicht. »Questo figlio di puttana.« Sie schluckte und wischte die Träne weg. »Kurz nach meiner Ankunft im Ferienhaus hat mein Handy geklingelt. Es war Nico. Er hat herumgestammelt, er sei auf der Klippe. Ich habe ihm erzählt, dass ich in England bin, aber er hat gar nicht richtig zugehört, er war völlig durcheinander, so habe ich ihn noch nie erlebt. Ich bin jedenfalls sofort zu der Klippe gefahren, und den Rest kennen Sie ja.« Sie drehte die Haarsträhne um ihren Finger.

»Über was haben Sie mit Ihrem Mann gesprochen? Sie wollten sich doch mit ihm versöhnen. Hatte der Anruf etwas damit zu tun, dass Sie Ihre Meinung geändert haben?«

»Ich hatte ein für alle Mal genug«, sagte Grace Riccardi mit plötzlicher Wut. »Was glauben Sie denn, warum Nico auf diese Klippen gefahren ist? Weil er die Aussicht genießen wollte?« Sie riss sich die Haarsträhne beinahe aus. »Wieder irgendeine Putta, es gab immer irgendeine. Und mir wirft er vor, ich hätte Affären.« Grace Riccardis Augen schienen für eine Sekunde vor Hass zu glühen. »Aber diesmal hat er den Bogen überspannt. Was hätten Sie denn getan, wenn Ihnen Ihr Mann am Telefon aus heiterem Himmel erzählt, dass er keine andere Wahl sieht, als Sie zu verlassen?«

Linn wurde mulmig. Wenn das stimmte, hatte ihre Mandantin neben Bentens Gewaltausbrüchen ein weiteres starkes Motiv. »Sie wollen damit also sagen, dass Ihr Mann eine Geliebte hatte und sich von Ihnen trennen wollte?«

Grace Riccardi stützte ihr Gesicht auf beide Hände. »Es ist eine Schande, und ich schäme mich dafür. Gott sei Dank hat die Presse keinen Wind davon bekommen.« Sie schaute wieder hoch. »Es war nicht das erste Mal, aber diesmal war es ihm ernst. Das habe ich an seiner Stimme gehört. So hat er noch nie gesprochen. Wissen Sie, wie sehr mich das verletzt hat? Ich hatte … Als ich jünger war, gab es bei mir einen Vorfall, ich konnte … Also ich kann keine Kinder bekommen. Nico mochte Kinder so. Ich habe immer befürchtet, dass er mich eines Tages deshalb verlassen würde. Ich habe versucht, ihn festzuhalten, aber …« Tränen rannen ihr jetzt übers Gesicht. »An dem Abend wollte ich nur noch, dass er tot ist. Und als er dann …« Sie weinte so, dass sie nicht weitersprechen konnte.

Linn reichte ihr ein Päckchen Taschentücher. Ihre Mandantin nahm eines heraus, knüllte es eine Weile in den Händen, nahm das nächste und tupfte sich damit das Gesicht ab.

Als sie sich einigermaßen beruhigt hatte, fragte Linn: »Sie glauben also, dass Ihr Mann an dem Abend mit seiner Geliebten auf der Klippe war?«

»Ich glaube es nicht, ich weiß es. Nico hat es doch gesagt.«

»Wissen Sie, wer die Frau ist?«

Grace Riccardi schüttelte den Kopf.

»Gibt es jemand, der das wissen könnte?«

»Keine Ahnung. Was spielt es schon für eine Rolle?«

»Sie war offenbar zur Tatzeit am Tatort. Sie ist eine alternative Tatverdächtige, die wir dem Gericht präsentieren könnten.«

Grace Riccardis Augen weiteten sich. »Nein«, sagte sie. »Das glaube ich nicht. Nein. Sie war bestimmt nicht mehr da.«

»Glauben Sie das, oder wissen Sie es?«

Grace Riccardi antwortete nicht.

»Als Sie an dem Abend auf die Klippe kamen, haben Sie die Geliebte da gesehen?«

Das Model schlug die Hände vor den Mund. »Madonna«, murmelte sie leise. »Oh mein Gott. Aber das kann nicht sein, dass sie da auch noch dagewesen … Das ist unmöglich.«

Grace Riccardi stand auf, wankte, ihr Gesicht war totenblass. Sie schaffte es gerade noch zu dem verbeulten Plastikmülleimer, bevor sie in die Knie sank und sich erbrach.

Als Linn die U-Bahnstation betrat, dachte sie immer noch an das Gespräch und an den Zusammenbruch ihrer Mandantin. Grace Riccardi hatte plötzlich panische Angst gehabt, nur wovor? Dass die Geliebte Zeugin geworden war, wie Grace Riccardi ihren Mann getötet hatte? Aber sie wollte die Tat doch sowieso gestehen. Oder schützte Grace Riccardi doch jemanden und befürchtete, die Geliebte hätte denjenigen bei der Tat beobachtet?

Linn hatte versucht, weiter mit ihrer Mandantin zu reden, aber Grace Riccardi war nicht mehr ansprechbar gewesen. Sie hatte Schweißperlen auf der blassen Stirn gehabt und nur noch gemurmelt, dass Linn unbedingt diese Geliebte suchen müsse, und zwar ohne dass irgendjemand etwas davon erführe. Dachte ihre Mandantin etwa darüber nach, der Frau Schweigegeld anzubieten oder sogar Schlimmeres mit ihr anzustellen?

Am Ende des Gesprächs hatte Grace Riccardi noch gemurmelt, sie sei nicht länger in der Lage, mit dem Mord an Nico zu leben, was Linn dazu veranlasst hatte, im Anschluss an das Gespräch in das kleine Büro der Gefängnisleiterin zu gehen und dieser mitzuteilen, dass ihre Mandantin möglicherweise selbstmordgefährdet war.

Linn fuhr mit der Rolltreppe nach unten. Wenn die Geliebte am Tatabend auch auf den Klippen gewesen war, dann war sie auf jeden Fall eine Tatverdächtige, also ein wichtiges Werkzeug für einen Freispruch. Sie musste sie finden und befragen. Und zwar wirklich heimlich, ohne Hilfe der Polizei, für den Fall, dass die Frau etwas für ihre Mandantin Nachteiliges beobachtet haben sollte.

Linn erreichte das Gleis und stieg in die U-Bahn. Die Hitze hatte selbst die Waggons hier unten aufgewärmt, eine stickige, nach Schweiß stinkende Wärme. Nach wenigen Minuten klebte ihre dunkelblaue Bluse an ihrem Körper. Die weite beige Leinenhose, die ihr versehrtes Bein verdecken sollte, kratzte auf ihrer Haut und machte die Sache noch unangenehmer. Sie würde es nie schaffen, sich so zu akzeptieren, wie sie war. Und wenn sie sich einredete, ein Anwalt könne niemals mit einer kurzen Hose arbeiten, dann war das zum einen nur bedingt richtig und erklärte zum anderen auch nicht, warum sie bei fast vierzig Grad im Schatten nicht wenigstens in kurzen Hosen zum Einkaufen ging. Grace Riccardi überschminkte ihre Hämatome und tat so, als seien sie nicht mehr da. Es war sicherlich nicht der richtige Weg, aber besser als das, was sie selbst tat. Warum musste sie ständig darüber nachdenken, dass alles nicht mehr so war wie früher, statt mit einem gewissen Pragmatismus das Beste aus ihrem Leben zu machen? Denn vieles lief doch gut, sie war eindeutig auf dem Weg nach oben. Eine Weile starrte sie trotzig die im Halbdunkel liegenden Tunnelwände an, die an ihr vorbeizogen. Die U-Bahn fuhr in der Haltestelle Marienplatz ein. Linn ging zur Tür. Sie würde jetzt noch einmal in die Kanzlei gehen. In den ganzen Akten und Kartons mit Unterlagen musste es Hinweise geben. Wenn die Geliebte auf dieser Klippe gewesen war, dann hatte sie mit ziemlicher Sicherheit auch Spuren hinterlassen. Und wenn das so war, dann würde sie sie finden.

Eine halbe Stunde später war Linn schweißgebadet und ihr Schreibtisch so vollgeladen mit Akten, dass sie kaum noch die Tischplatte sah. Sich hier heute noch alleine durchzuarbeiten war ein Ding der Unmöglichkeit. Jede Menge Gegenstände waren auf dieser Klippe gefunden und von Polizei und Staatsanwaltschaft für irrelevant erklärt worden. Was in den meisten Fällen, vielleicht sogar in allen, auch richtig war. Der Tatort war ein öffentlicher Platz, auf dem Unmengen alte Zigarettenkippen und gammelige Kondome, Fasern von Picknickdecken und Zeltplanen, leere Getränkedosen, eine Weinflasche und eine seltsame Anstecknadel aus dem Allgäu herumlagen.

Linn nahm ein Blatt nach dem anderen vom Stapel. Trotz der vielen auf der Klippe gefundenen Gegenstände hatte kaum brauchbares DNA-Material sichergestellt werden können, da der Fundort im Freien lag und häufig feucht war. Neben Nico Bentens DNA und dem Haar, das möglicherweise von Grace Riccardi stammte, hatte man noch geringe Mengen DNA aus einem weggeworfenen Pflaster gewinnen können, das offenbar von einem Mann aus dem asiatischen Raum stammte. Außerdem waren der Urin einer Frau mit kaum noch brauchbarem DNA-Material und Teile eines silbernen Frauenarmbands im Gras gefunden worden sowie drei dazugehörende Perlen mit Buchstaben, a, y, y. War das vielleicht ein erster Hinweis auf die Geliebte? Linn fiel kein Name ein, der zwei y enthielt, und vermutlich hatte das Armband schon Wochen vor der Tat dort gelegen. Und dass jemand hinter einem Felsen urinierte, war nun auch nicht ungewöhnlich oder verdächtig. Ein lautes Donnern schreckte sie auf, und sie sah zum Fenster. Der Himmel war pechschwarz, und auch in der Kanzlei war es außerhalb des Lichtkreises ihrer Schreibtischlampe dunkel. Die Dielen knarrten merkwürdig, und als Linn in den Flur ging, um zu schauen, ob sie wirklich alleine war, hatte sie plötzlich das Gefühl, dass die Fachbücher, die Götz und sie in einem Regal im Flur aufgestellt hatten, anders einsortiert waren als am Tag zuvor. Sie stöhnte, musste an den Tag denken, als sie aus der Rehaklinik nach Hause gekommen war – damals hatte sie noch in einem Haus mit Garten in einem der besten Viertel Stuttgarts gewohnt – und das Gefühl gehabt hatte, ein Fremder sei in ihrem Wohnzimmer gewesen und habe es umgeräumt. Was totaler Quatsch gewesen war. Sie schüttelte sich. Bestimmt hatte Götz nur ein paar Bücher für die Arbeit gebraucht und anders wieder ins Regal gestellt. Trotzdem bekam sie eine Gänsehaut und beschloss, nach Hause zu gehen und sich für das Treffen mit Flavius Bohmann fertig zu machen.

10

Das Licht in dem Sushirestaurant leuchtete gedämpft. Der Raum war durch futuristische Kunstgebilde, aufeinandergestapelte Dreiecke und Kugeln aus buntem Glas, die durch Kupferstäbe miteinander verbunden waren, in mehrere Nischen unterteilt. Auf dem weißen Fußboden standen rote Kuben um kleine Tische herum. Vor den Fenstern tobte ein Sturm, der auch innen gut zu hören war. Die Gewitterwolken standen kurz davor, sich endlich zu entladen.

Linn trug einen teuren dunkelgrauen Blazer und eine weiße Bluse. Um sich zu beweisen, dass sie doch nicht so schlecht mit ihrer Narbe umgehen konnte, wie sie in der U-Bahn gedacht hatte, hatte sie sich nur wenig geschminkt. Sie war eine Staranwältin gewesen. War sie im Grunde immer noch. Sie hatte es nicht nötig, sich für einen x-beliebigen Chefredakteur zu verstellen, der sich für den Größten hielt und selbst auch nicht besonders gut aussah mit seinen schütteren Haaren und seinen verspannten, vom Nikotin gelblichen Lippen.

Als sie Flavius Bohmann die Hand gab, fiel ihr dennoch auf, wie gut der Journalist seine Gesichtszüge unter Kontrolle hatte. Nur ein winziges Zucken der Augen, das ihr trotz ihrer guten Vorsätze einen Stich versetzte, verriet, dass er von ihrem neuen Aussehen nicht angetan war. Er fing sich sofort wieder, und ihr gelang es, ihre plötzliche Trauer zu ignorieren, zumal es eine große Herausforderung darstellte, sich mit ihrem Bein einigermaßen elegant auf einen der schmalen Kuben zu setzen. Eine Weile plauderten sie bei exakt in einem Quadrat angerichteten und farblich aufeinander abgestimmten Fischhäppchen über die Weltpolitik und das nahe Ende der Printmedien, bevor sie zur Sache kam.

»Herr Bohmann, wir haben ja schon am Telefon darüber gesprochen, dass ich mehr über Nico Benten herausfinden muss. Wenn man im Internet recherchiert, scheint es so, als sei er ohne Fehl und Tadel gewesen. Ich dachte mir aber, da Sie sich in der Welt der Reichen und Berühmten so gut auskennen«, sie lächelte ihn an, »wissen Sie vielleicht mehr als die Allgemeinheit. Gab es nicht doch den einen oder anderen Skandal im Umfeld von Benten oder der Serie?«

»Wenn, dann hätte ich schon längst einen Artikel darüber geschrieben.«

»Ich kann mir nicht vorstellen, dass Benten überhaupt keinen Dreck am Stecken hat.«

»Ich denke, da haben Sie recht, aber Benten hat sein Privatleben gut abgeschirmt.«

»Aber es gibt doch meistens irgendwelche Leute, die etwas ausplaudern.«

»Schon mal was von repressiver PR gehört?« Bohmann lachte jovial. »Das sind die Cleaner an den Internettatorten der Stars, Sie verstehen?«

Sie nickte. »Diese Leute durchsuchen das Internet und beseitigen alles, was schädlich für einen Star sein könnte?«

»Exactement.«

»Wie funktioniert das? Ich dachte immer, wenn eine Nachricht einmal im Internet unterwegs ist, dann kann man sie nicht mehr stoppen.«

»Bis zu einem gewissen Grad ist das richtig, aber diese Leute haben Mittel und Wege. Häufig gelingt es den Cleanern, die Nachrichten vorab zu unterdrücken. Sie verhindern natürlich auch, dass etwas ins Fernsehen oder die Presse gerät, und sind im Übrigen dafür zuständig, uns im Notfall zu verklagen. Nicht, dass das einen Starreporter aufhalten würde.« Er zeigte theatralisch mit der rechten Hand auf sich.

»Und wie würde ein Starreporter vorgehen, wenn er wissen

möchte, ob und wie Nico Benten sich beispielsweise Feinde gemacht hat oder ob er eine Geliebte hatte?«

»Hatte er eine?«

»Ich weiß es nicht.«

»Er würde in seiner Vergangenheit wühlen und in seinem Umfeld. Alte Schulfreunde. Unzufriedene Exfreundinnen. Potenzielle Liebhaber seiner Frau. Hausmädchen. Schauspielkollegen, die er ausgebootet hat. Sie verstehen?«

»Das ist mir schon klar, aber bisher gibt es keinerlei negative Berichte über Nico Benten, aber bestimmt schon Reporter, die in seinem Leben gewühlt haben. Wie erklären Sie sich das?«

Erneut lachte der Chefredakteur jovial. »Benten ist sehr, sehr reich. Und seine Anwälte und Cleaner sind sehr, sehr gut, Sie verstehen?« Er hüstelte gekünstelt. »Wenn Ihre Mandantin Ihnen schmutzige Details aus dieser Ehe erzählt, die der Öffentlichkeit bislang noch nicht zugänglich waren, dann hätte ich ein Interesse daran.«

»Das kann ich nicht machen. Ich unterliege der Schweigepflicht.«

»Es gibt Schweigepflichtentbindungen.«

Sie stand auf. »Es war ein netter Abend. Aber ich denke, ich werde jetzt gehen.«

»Ich rede von einem Angebot, das beiden Seiten zum Vorteil gereichen sollte.« Er stand ebenfalls auf und zog eine dünne Mappe aus seiner Lederaktentasche. »Ich habe ein bisschen nachgeforscht. Das hier sind nur unbestätigte Gerüchte, aber sie stinken wie diese scheußliche grüne Fischsoße. Es würde mich nicht mal wundern, wenn sich da ein Mordmotiv finden ließe, das ganz und gar nichts mit Ihrer Mandantin zu tun hat.«

»Wenn Sie Informationen haben, die zur Aufdeckung eines Verbrechens dienen könnten, und Sie halten sie zurück …«

»Ich unterliege auch der Schweigepflicht«, sagte er. »Ich muss meine Quellen schützen.«

Es war nicht der erste dreckige Vertrag, den sie schloss. Aber der erste, den sie brechen würde. »In Ordnung, Sie kriegen Details«, sagte sie. »Aber ich muss zunächst Rücksprache mit meiner Mandantin halten.« Sie streckte ihre Hand nach der Mappe aus. Bohmann steckte sie wieder in die Lederaktentasche zurück. »Sobald ich die Schweigepflichtentbindung habe.«

Sie humpelte auf ihn zu und legte ihre Hand auf seinen Arm. »Ich arbeite niemals ohne Vorschuss, das wissen Sie doch.«

Er lachte. »Bethany Colville. Sie war die Tochter des Hausmeisters in Bentens englischem Internat«, sagte er leise. »Und auch nur deshalb, weil Sie und ihr Kollege Bob mich damals wirklich gut beraten haben.« Er musterte sie für eine Sekunde unverhohlen, als prüfe er, ob sich ihr Aussehen für eine gute Schlagzeile in dieser Sache verwenden ließe, dann warf er Geldscheine auf den Tisch, ging eiligen Schrittes auf den Ausgang zu und verschwand in der dämpfigen Nacht, ohne sich noch einmal umzudrehen.

Während Linn mit dem Taxi nach Hause fuhr, rieb sie über ihre Narbe, bis ihre Wange brannte. Immer wieder sah sie das Zucken in Bohmanns Augen vor sich. Irgendwann wurde das Bild überlagert von anderen Augen, von den Augen ihrer Mutter, von Freunden und von ehemaligen Kollegen, als sie sie nach dem Unfall wiedergesehen hatten. Und ihren eigenen Augen beim ersten Blick in den Spiegel. Damals war die Narbe noch rot, geschwollen und verschorft gewesen, aber sie hatte kein Pflaster mehr tragen dürfen, damit die Wunde besser heilen konnte. Sie hatte lange Zeit alle Spiegel verhängt, bis sie kapiert hatte, dass sie es dadurch auch nicht ungeschehen machen konnte. Als sie die Tränen nicht mehr zurückhalten konnte, bat sie den Taxifahrer, anzuhalten und sie aussteigen zu lassen. Sie lief an einer der Hauptstraßen entlang, voll Panik vor all den vorbeirasenden Scheinwerfern, und heulte wie ein kleines Kind, während der endlich einsetzende Regen ihr ins Gesicht prasselte.

Am nächsten Morgen waren ihre Augen verquollen, und Götz, der sich offensichtlich nicht nach dem Grund zu fragen traute, schlich besorgt um sie herum und erkundigte sich dauernd, ob er ihr helfen könne. Sie stimmte schließlich zu, denn ihre Internetrecherchen zu Bethany Colville ergaben keine Treffer.

»Ich habe einen richtig netten Freund bei der Polizei«, sagte Götz. »Er schuldet mir noch was. Und da wir gestern Abend telefoniert haben, weiß ich sogar, dass er heute Wochenenddienst hat.«

Während Götz sich daranmachte, seine Quelle anzuzapfen, bearbeitete Linn die Fälle, die sie in den letzten Tagen hatte schleifen lassen, und brachte die Homepage der Kanzlei auf Vordermann. Wieder einmal verwarf sie den Gedanken, ein aktuelles Foto von sich neben dem von Götz einzupflegen. Als sie ein Fachbuch aus dem Regal holte, fiel ihr Blick auf die Honorarvereinbarung in der Sache Riccardi, die immer noch nicht unterschrieben auf ihrem Schreibtisch lag. Grimmig lächelnd dachte sie, dass sie seit ihrem Unfall ziemlich weich geworden war, denn nach dem Zusammenbruch ihrer Mandantin hatte sie es nicht mehr über sich gebracht, ihr das mit der Wahlverteidigung und der Honorarvereinbarung zu erläutern. Sowas wäre einem Großkanzleianwalt nicht passiert. Da hätte man selbst einem sterbenden Mandanten noch zuvorkommend geholfen, eine Unterschrift zu leisten und einen Vorschuss zu bezahlen.

Nachdem sie die Schreiben in ihren anderen Fällen fertiggestellt hatte und Götz, den sie im Nebenzimmer telefonieren und auf die Tastatur hämmern hörte, immer noch nicht in ihr Büro zurückgekommen war, buchte sie schließlich ihren Flug nach London. Sie verspürte auf einmal Vorfreude, und ihre schlechte Laune vom Vorabend verschwand. Sie schloss für einen Moment die Augen und gab sich den Erinnerungen hin, dachte an diese großartige Stadt und eine Zeit, in der sie unglaublich glücklich gewesen war. Vor ihrem Unfall war sie einige Monate beruflich in

London gewesen, eine wundervolle, spannende Zeit. Auch wegen Chris. Der charmante, gutaussehende Chris. Sie hatte lange nicht mehr an ihn gedacht. Ob er wohl immer noch für die Frankfurter Dependance von Vance, Lewis und Smith arbeitete? Vielleicht sogar im Moment wieder in London war? Sie erlag beinahe der Versuchung, ihn zu googeln, hielt sich aber gerade noch zurück. Der Mann hatte auf einem Flughafen mit ihr Schluss gemacht, kurz vor einem gemeinsamen Wochenendtrip. Sie würde einen Teufel tun. Es war völlig egal, wo er sich befand.

Götz stürmte mit einem Zettel in der Hand in ihr Büro, als sie gerade die Buchung abgeschlossen hatte.

»War schwieriger, als ich dachte. Ich musste mit einigen Leuten reden.« Er zuckte die Schultern und strich sich über den etwas hervorstehenden Bauch. »Ich konnte zwar weit und breit kein Mordmotiv in der Sache Benten erkennen, aber die Geschichte von dieser Bethany Colville ist wirklich ein bisschen seltsam. Sie lebte zusammen mit ihrer Familie in einem Häuschen auf dem Campus. Sie scheint hübsch gewesen zu sein, und sie war mit Ausnahme einiger Lehrerinnen und ihrer Mutter das einzige weibliche Wesen in diesem Jungeninternat. Du kannst dir vorstellen, dass sie bei den Schülern ziemlich beliebt gewesen sein muss. Ihr strenger Vater wollte nicht, dass sie Kontakt zu den Schülern hat, aber daran hat sie sich natürlich nicht gehalten. Ich muss gestehen, dass ich nicht herausfinden konnte, ob Benten einer der Jungen war, mit dem sie um die Häuser gezogen ist. Ich kann es mir aber eigentlich nicht vorstellen, denn sie war zwei Jahre älter als er. Sie hat sich vermutlich eher für die höheren Jahrgänge interessiert.« Er strich sich erneut über den Bauch. »Als sie vierzehn war, an einem 5. Mai vor über zwanzig Jahren, verschwand sie jedenfalls spurlos. Der Fall konnte nie aufgeklärt werden. Sie wollte nach dem Abendessen noch eine Freundin besuchen, kam dort aber nie an. Ein Gewaltverbrechen konnte nicht ausgeschlossen werden, aber es deutete sehr viel darauf hin, dass das Mädchen einfach abgehauen und untergetaucht ist. Sie hat davor schon mehrfach auf der Straße gelebt und muss schwierig gewesen sein.«

Linn spürte ein leichtes Kribbeln in ihrem Genick.

»Mein Kumpel konnte auf dem kurzen Dienstweg nur noch herausfinden, dass Benten mit dem Verschwinden nichts zu tun haben kann. Er wurde als Zeuge vernommen, wie alle anderen Schüler auch, aber er war zu dem Zeitpunkt, als sie verschwunden ist, bei einem Schultheaterprojekt in Schottland.«

Das Kribbeln ließ nach. »Danke, dass du das alles gemacht hast«, sagte sie. »Es ist gut möglich, dass das Ganze eine Sackgasse ist. Ich klammere mich gerade nur an jeden Strohhalm. Denn wenn das so eine Hammerstory ist, warum berichtet dieser Bohmann dann nicht selbst darüber?«

Götz zuckte die Schultern. »Ich sehe keinen Grund, warum er dich in die Irre führen sollte. Er will Informationen von dir und hofft wahrscheinlich, dass ein Anwalt einfacher an die Fakten kommt.« Er schaute auf sein Blatt. »Eine Sache ist nämlich noch merkwürdig. Was Benten bei seiner Vernehmung durch die Polizei genau gesagt hat, wollten uns die Engländer nicht sagen, weil Bentens Anwälte diesbezüglich eine Art Unterlassungsverfügung erwirkt hatten. Nur eines ist sicher: Kurz nach dem Verschwinden dieser Bethany wurde Benten von seinem Vater in dem Internat abgemeldet und nach Deutschland geholt.«

Das Kribbeln setzte wieder ein. Sie ging auf Götz zu und umarmte ihn. »Du bist genial.«

Götz lachte und wurde ziemlich rot.

Sie trat einen Schritt zurück. »Ich werde einen Antrag auf Akteneinsicht bei der englischen Polizei stellen.«

»Das würde ich auch machen.«

»Sag mal, du weißt nicht zufällig, ob diese Bethany Colville Verwandte hat, mit denen ich reden könnte?«

»Natürlich hatte ich diese Idee auch, aber nach Aussage meines Kumpels bei der Polizei gibt es keine Verwandten mehr. Sie sind alle tot. Die Mutter hat sich einige Zeit nach dem Verschwinden der Tochter vor einen Zug geworfen, und der Vater hat sich offenbar zu Tode gesoffen. Geschwister hatte sie nicht. Die einzige Tante ist vor zwei Jahren an Krebs gestorben. Ach so, und die Freundin, die sie am Tag ihres Verschwindens treffen wollte, ist ausgewandert und lebt jetzt irgendwo in Kanada. Sie hat damals vermutet, dass Bethany ausgerissen ist, aber sie wusste auch nichts Genaues.«

»Meinst du, dass Bohmann glaubt, dass diese Bethany Colville noch lebt und ein Motiv hatte, Benten zu töten?«

Götz nickte und zuckte die Schultern. »Das wäre möglich.«

War Bethany Colville etwa die Frau, die mit dem Schauspieler an seinem Todestag auf den Klippen gewesen war?

11

Am Montagmorgen fuhr Linn ins Gefängnis und fragte ihre Mandantin nach Bethany Colville.

»Ich bin mir nicht sicher.« Grace Riccardis Stimme klang müde. »Nico hatte früher mal ein winziges Tattoo auf seinem linken Schulterblatt. Ich habe es zuerst für … naja, für Brüste gehalten, aber er hat gesagt, es sei ein ›B‹. Ich habe ihn gefragt, wofür es steht, und er ist mir erst ausgewichen, aber dann hat er gesagt, es stünde für Bethany. Aber ob das die gleiche Bethany ist, keine Ahnung.« Sie schien zu zögern, dann sagte sie: »Es war komisch, wenn ich jetzt so darüber nachdenke.« Ihre Stimme wurde ein wenig lebhafter. »Denn ich habe im Spaß zu ihm gesagt, dann soll er sich auch mal ganz schnell ein ›G‹ auf die Schulter tätowieren lassen, ein großes, für ›Grace‹, und da ist er stinksauer geworden und hat geschrien, ich soll nie wieder so was von ihm verlangen. Einige Tage später hat er sich das kleine Tattoo dann weglasern lassen und mir als Entschuldigung für seinen Wutausbruch eine Reise nach Mauritius geschenkt. Wir haben nie wieder darüber gesprochen. Warum? Wer ist diese Bethany?«

Linn erzählte ihr, was sie wusste.

»Es wäre durchaus denkbar, dass er mal was mit ihr gehabt hat«, sagte Grace Riccardi. »Vielleicht hat er sie ja wiedergetroffen.«

»Ich weiß es nicht. Aber wir sollten der Geschichte auf jeden Fall nachgehen, auch dem Verschwinden von dieser Frau.«

Ihre Mandantin überlegte eine Weile. »Jake wüsste es bestimmt, aber er spricht nie über Nicos Geheimnisse und auch nie über das Internat. Ich habe ihn einmal danach gefragt, und er hat nur die Lippen zusammengekniffen. Jake Stanton. Er ist unser Trauzeuge und Nicos bester Freund«, erklärte sie. »Nico hat auch fast nie über die Schule gesprochen, und wenn, hat er nur gesagt, dass er es genial fand. Er hat mir mal Fotos von dem Internat gezeigt. Ein richtig tolles Haus, sieht aus wie eine Burg.« Sie lächelte traurig. »Ansonsten fällt mir niemand … Doch, Batu Cunningham. Er war auch mit Nico in der Schule. Er kennt das Mädchen vielleicht.« Sie verzog das Gesicht. »Ich mag Batu nicht. Nico hat mir wirklich kranke Geschichten über ihn erzählt. Batu hat einen Raum im Keller, in dem er Totenmasken sammelt, und da geht er immer hin und … Also Batu behauptet, er betet da, das gibt ihm innere Ruhe, aber Nico meint, er macht da ganz andere Sachen, mit sich selbst, Sie wissen schon.« Grace Riccardi schüttelte sich leicht. »Batu ist schleimig. Er hat mal versucht, mich anzumachen. Widerlich. Da war ich schon mit Nico verlobt. Nico hat ihn ziemlich brutal angefasst und fast geschlagen und gebrüllt, er will ihn nie wiedersehen. Zum Glück war das bei uns zu Hause, und keine Presse war da.« Sie sah peinlich berührt aus. »Komischerweise haben sie sich trotzdem noch gelegentlich getroffen. Aber nur, wenn ich nicht dabei war.« Sie schaute Linn an. »Ich kenne seine Telefonnummer nicht, aber er arbeitet für eine Pfarrei in Keynsham.«

Linn schrieb alles mit, und als ihre Mandantin geendet hatte, sagte sie: »Es gibt noch etwas, über das wir sprechen müssen. Über mein Honorar, und ob Sie mich nicht als Wahlverteidigerin engagieren möchten.«

Grace Riccardi nickte.

Zurück in der Kanzlei rief Linn die Pfarrei in Keynsham an. Eine Sekretärin teilte ihr nach längerer Rücksprache mit, dass der Vikar Cunningham zu keiner Zeit mit ihr zu sprechen wünsche.

Bentens Trauzeuge hingegen, der am Telefon sehr in Eile zu sein schien, sagte nach kurzem Zögern zu, sich mit ihr in England zu treffen.

Sie rief auch in Bentens ehemaligem Internat an. Der Rektor war immer noch der gleiche wie zu Bentens Schulzeiten.

»Wir werden unter keinen Umständen mit Ihnen über Nico oder über Bethany sprechen. Keiner von uns. Die Privatsphäre unserer Schüler, auch unserer ehemaligen, ist uns heilig«, sagte er. »Insbesondere auch deshalb, weil beinahe alle unsere Schüler zu Großem bestimmt sind. Darauf bereiten wir sie vor. Die Erfolgreichsten zu sein. Und wir sind sehr gut darin.«

»Ich könnte dafür sorgen, dass Sie vor Gericht aussagen müssen.«

»Ms. Geller, ich kenne zwar Ihre Gesetze nicht, aber wir haben viele ausgezeichnete Anwälte unter unseren Ehemaligen, die sich auch mit internationalem Recht befassen. Zufällig weiß ich, dass ein deutsches Gericht einen Engländer niemals zwingen könnte, vor ihm zu erscheinen.«

»Es gibt andere Möglichkeiten.«

Der Rektor lachte geziert. »Versuchen Sie es nur, Ms. Geller. Versuchen Sie es nur. Sie werden sehen, dass es niemandem zum Guten gereicht.«

»Wollen Sie mir etwa drohen?«

»Ganz bestimmt nicht, Ms. Geller. Würden Sie mich jetzt bitte entschuldigen?«

Einige Wochen später stand ihre Reise nach England vor der Tür. Im Fall Riccardi hatte es keine weiteren Entwicklungen gegeben.

Linn hatte immer noch keine Ahnung, ob Benten eine Geliebte gehabt hatte und wer sie gewesen sein mochte. Lediglich was das Verschwinden von Bethany Colville anging, hatte sie einen winzigen Durchbruch erzielt: Die Polizeidienststelle, die den Fall damals bearbeitet hatte, hatte sich bereit erklärt, am letzten Tag ihres Englandaufenthalts mit ihr zu sprechen.

Am Morgen ihrer Abreise ging Linn noch einmal ihre Papiere durch und machte sich Notizen zu den Punkten, die sie klären musste. Als Erstes würde sie sich den Tatort anschauen und mit dem englischen Ermittlungsleiter sprechen.

Sie überprüfte ihren Fristenkalender, für die nächsten Tage war alles erledigt. Sie konnte endlich nach Hause gehen und packen. Sie war gerade dabei, noch eine Drohmail an den Schreiner zu schicken, der eigentlich vor Wochen seine Arbeit hatte beenden wollen und wegen dem die Kanzlei immer noch mit Plastikplane bedeckt war, als ihr Telefon klingelte. Wie schade, dass sie sich noch keine Bürokraft leisten konnten! Sie nahm etwas unwirsch ab, da einige Reporter es sich zur Angewohnheit gemacht hatten, jeden Tag anzurufen. Die kurzen Statements, die sie hin und wieder in Absprache mit ihrer Mandantin herausgab, schienen diesen Leuten nicht zu genügen.

»Faber hier«, sagte jedoch eine nicht minder unwirsche Stimme am anderen Ende der Leitung. »Ich wollte Sie nur über den neuesten Stand der Ermittlungen informieren.«

Es musste etwas Nachteiliges für ihre Mandantin sein, sonst hätte der Staatsanwalt bestimmt nicht angerufen. »Ist die Leiche aufgetaucht?«

»Nein, aber wir haben ausführlich in Bentens Umfeld recherchiert, und endlich waren auch seine Anwälte bereit, mit uns zu sprechen.« In Fabers Stimme mischte sich ein triumphierender Unterton, der ihr nicht gefiel. »Haben Sie gewusst, dass er sich scheiden lassen wollte? Die zwei hatten einen Ehevertrag, und sie hätte keinen Cent von seinem Geld gesehen.«

»Meine Mandantin ist ein international bekanntes Topmodel. Sie verdient sehr viel. Ich habe die Akte auch durchgearbeitet und mit ihrer Agentur gesprochen. Selbst wenn also stimmen sollte, was Sie behaupten, wäre ein Ehevertrag kein Grund für sie, ihren Mann zu ermorden.«

Faber lachte herablassend. »Für Sie und mich mag es viel sein, was Ihre Mandantin verdient, aber es ist nichts im Vergleich zu dem, was Benten sein Eigen nannte. Er und Ihre Mandantin pflegten einen ausgesprochen luxuriösen Lebensstil, den die Frau sich alleine nie und nimmer leisten könnte. Allein Bentens Villa auf St. Barth und das Schlösschen bei St. Tropez kosten mehr, als ich in fünf Leben als Oberstaatsanwalt einnehmen könnte. Und dann ist da noch das Ferienhaus in Cornwall und die Loftwohnung auf Sylt. Das Haus am Kräherwald natürlich. Luxusautos, Reitpferde, Yachten, Privatfriseure und, und, und. Wer so was mal hatte, der will bestimmt nie mehr zurückstecken. Abgesehen davon ist Ihre Mandantin jetzt neunundzwanzig, in ihrer Branche schon fast eine Urgroßmutter. Was glauben Sie, wie lange sie da noch als Model gebucht wird? Schönheit ist flüchtig, aber das brauche ich Ihnen ja nicht zu sagen.«

Linn ging nicht auf seinen Angriff ein, auch wenn sich alles in ihr zusammenzog. Sie hätte Faber gerne gefragt, warum, wenn es ihrer Mandantin wirklich ums Geld ging, sie dann die Tat so offen zugab. Als Mörderin würde Grace Riccardi bestimmt für erbunwürdig erklärt werden und genau wie bei einer Scheidung keinen Cent erhalten. Das passte überhaupt nicht zusammen, aber sie sagte nichts. Faber durfte nicht erfahren, dass sich Grace Riccardi ihr gegenüber schuldig bekannt hatte.

»Ach, und dann war da noch was«, sagte er betont gleichgültig, und ihr stellten sich die Nackenhaare auf. »Ich gebe zu, dass es bislang nicht viel mehr als eine Klatschgeschichte ist. Dennoch erscheint es mir, nun, überprüfungswürdig.« Sie hörte sein zufriedenes Lächeln. »Ihre Mandantin wollte anscheinend unbedingt ein Kind, sie konnte aber keins bekommen. Hat sie jedenfalls gedacht. Vielleicht ist sie aber trotzdem schwanger geworden, einige Wochen vor dem Tod ihres Mannes. Es gibt diverse Hinweise, sie hat Schwangerschaftstests gekauft und mit ihrer besten Freundin gesprochen.« Faber machte eine Kunstpause, und Linn angelte sich ein Papier und einen Stift und fing an, alles aufzuschreiben. »Als wir sie festgenommen haben, war sie allerdings nicht schwanger. Warum? Wir wissen es noch nicht. Aber eines ist klar: Wenn Benten sie verdroschen hat, hat er ihren Bauch nicht ausgespart. Ich kann Ihnen gerne mal die Fotos zukommen lassen, die unser Arzt hier nach der Verhaftung gemacht hat. Wenn man genau hinschaut, kann man sogar den Schuhabdruck noch erkennen.« Er räusperte sich. »Der Gynäkologe Ihrer Mandantin beruft sich natürlich auf die Schweigepflicht, aber vielleicht sollten Sie mit Frau Riccardi mal den Sachverhalt besprechen? Ich könnte mir nämlich vorstellen, dass wir zu einer etwas anderen Beurteilung des Tatgeschehens kommen, falls Benten ihr Baby getötet haben sollte. Natürlich rechtfertigt auch das keine Selbstjustiz, aber es gibt der Tat etwas sehr Verständliches. Abgesehen davon könnte das Ihrer Mandantin eine weitere körperliche Untersuchung im Rahmen unserer Ermittlungen ersparen.«

Sie brauchte erst einmal einen Moment, um das Gehörte zu verdauen. »Das sind doch alles nur Vermutungen«, sagte sie schließlich.

»Wenn Sie meinen, Frau Dr. Geller, wenn Sie meinen«, bemerkte Faber und legte auf.

Frau Riccardi hatte ihr erzählt, sie könne keine Kinder bekommen. War das eine Lüge gewesen? Und bestand die Möglichkeit, dass die Staatsanwaltschaft ihre Mandantin noch einmal untersuchen ließ, weil bei der ersten Untersuchung offenbar nicht auf eine möglicherweise vor kurzem abgebrochene Schwangerschaft geachtete worden war? Linn hatte vor ihrem Flug keine Zeit mehr, lange Kommentare zu wälzen, und aus dem Stegreif kannte sie im Strafrecht leider immer noch nicht alle Vorschriften und deren Auslegungen. Götz musste die Sache für sie erledigen, da sie nicht bis nach England aufgeschoben werden konnte.

Sie ging zu seinem Büro und klopfte. Götz war nicht da, genau wie gestern, was sie plötzlich ein wenig verwunderte. Wo steckte er eigentlich? Er war doch sonst immer hier, den ganzen Tag. Sie hinterließ ihm eine Nachricht auf dem Schreibtisch mit der Bitte, sie auf dem Handy anzurufen, und verließ die Kanzlei. Zum Glück ging ihr Flieger erst in der Nacht, sie hatte nun noch einiges zu erledigen.

Zwei Stunden später saß Linn ihrer Mandantin in dem kleinen Besprechungszimmer der JVA gegenüber und erläuterte ihr, was Faber ihr mitgeteilt hatte. Grace Riccardi war blass, wirkte aber sehr gefasst und schüttelte immer wieder den Kopf. Als Linn geendet hatte, sagte sie: »Ich war nicht schwanger. Ich kann keine Kinder bekommen, das habe ich Ihnen doch beim letzten Mal schon gesagt.«

Linn glaubte ihr, fragte aber: »Besteht die Möglichkeit, dass ich mit Ihrem Gynäkologen spreche?«

Grace Riccardi zögerte kurz, schließlich nickte sie.

»Darf ich fragen, warum Sie sich Schwangerschaftstests gekauft haben?«

»Einen. Es war ein einziger. Den hat meine beste Freundin gekauft, als ich mir den Magen verdorben hatte und spucken musste. Ich ... ich wollte sie nicht enttäuschen und habe gesagt, ich mach den Test, aber ich habe ihn natürlich weggeschmissen. Ich konnte gar nicht schwanger sein.« Sie knetete ihre Finger. »Wenn Nico mein Kind getötet hätte, dann ... Aber so war er nicht. Er war kein Unmensch. Das war er wirklich nicht. Er ... er ist vielleicht manchmal ein wenig laut geworden, aber er hatte es auch nicht leicht, wissen Sie? Er hat ja nie gelernt, wie man Konflikte löst. Er kam doch mit sechs in ein Internat, und mein Psychotherapeut hat mir erklärt, dass das viel bei einem so kleinen Kind kaputtmachen kann. Auch wenn Nico sagt, dass es ihm super gefallen hat. Er hatte halt seine Eltern nicht.« Sie strich sich durch die Haare. »Kennen Sie Nicos Eltern?«

»Die wollten verständlicherweise nicht mit mir reden. Und da es bislang keine Hinweise gibt, dass sie etwas mit dem Tod Ihres Mannes zu tun haben könnten, musste ich es dabei belassen.«

»Nicos Mutter fand ich sehr nett und herzlich, bis sie ... Haben Sie das Interview neulich gelesen? Sie hat gesagt, dass sie glaubt, ich hätte Nico getötet.«

Linn schüttelte den Kopf. Sie versuchte, die Presse- und Fernsehberichterstattung regelmäßig zu verfolgen, was ihr allerdings nicht immer gelang.

»Meinen Schwiegervater finde ich total seltsam. Es gibt Fotos, auf denen Nico noch ein kleines Kind ist und immer auf dem Arm von seinem Vater sitzt und lacht. Aber ich habe gemerkt, dass keine enge Vertrautheit zwischen den beiden besteht. Nico liebt seinen Vater sehr und versucht immer, seine Anerkennung zu gewinnen. Und mein Schwiegervater hat Nico auch immer geholfen. Er hat immer dafür gesorgt, dass es Nico finanziell an nichts gefehlt hat, als er noch jünger war. Er und seine Anwälte haben alles gerichtet, wenn Nico etwas ausgefressen hatte, aber trotzdem war da etwas merkwürdig zwischen den beiden.« Sie drehte an ihrem Ehering. »Es gab kein böses Wort zwischen ihnen, aber mein Schwiegervater hat Nico manchmal angeschaut, als ob … also als ob … Ich weiß nicht, als ob er Angst vor ihm hat.« Sie lächelte traurig. »Ich kann das nicht verstehen. Nico ist der netteste Mensch, den ich kenne.«

»Er hat Sie geschlagen. Und Sie haben mir erzählt, dass er eine Geliebte hatte und Sie von einem Tag auf den anderen verlassen wollte. Und dass Sie ihn umgebracht haben.«

Grace Riccardi schaute auf den Tisch und antwortete nicht.

»Hatten Sie einen Ehevertrag?«

Grace Riccardi zuckte mit den Schultern. »Ja, wir hatten einen Ehevertrag, und wir hatten schon länger einige Probleme. Aber ich glaube nicht, dass er die Scheidung … Obwohl er auf der Klippe … Ich will nicht darüber sprechen.«

»Was war eigentlich mit Ihrer Familie? Wie sind die mit Nico klargekommen?«

Ihre Mandantin schaute ruckartig auf. »Das spielt keine Rolle«, sagte sie. In ihren Augen spiegelte sich eine Mischung aus Wut und Panik.

Linn versuchte, sich in Erinnerung zu rufen, was sie in der Akte über Grace Riccardis Familie gelesen hatte. Der Vater hatte zur Tatzeit in einer Ausnüchterungszelle gesessen, die Mutter war in Neapel bei einem Familienfest gewesen. Die Eltern konnten nichts mit der Tat zu tun haben. Gab es Geschwister? Das wusste sie nicht mehr genau, und sie fragte nach. Statt zu antworten zog ihre Mandantin ein gefaltetes Blatt aus der Tasche ihrer Bluse. »Ich habe hier Ihre Honorarvereinbarung, ich werde Sie als meine Wahlverteidigerin engagieren. Sie leisten wirklich gute Arbeit.« Linn sah, dass Tränen in den Augen des Models schimmerten. »Aber bitte, lassen Sie meine Geschwister aus dem Spiel. Marco und Gianni haben damit nichts zu tun. Das ist meine Bedingung. Diese Bedingung ist nicht verhandelbar.«

12

Trotz des Schirms, den Detective Chief Inspector Harris gegen ihren Willen über sie hielt, peitschte Linn der Regen ins Gesicht. Ihre Haare klebten wie schlappe, tropfende Schlangen an ihrem Kopf. Sie hatte doch schon einmal einige Monate in England gelebt, wie war sie nach dem Einchecken in ihrem Hotel in Padstow auf die Idee gekommen, im Hosenanzug und ohne Regenjacke eine Klippe anschauen zu wollen? Und ihr verdammtes Bein schmerzte. Sie knurrte leise. Harris blieb stehen und schaute sie interessiert an. Genau wie auf dem Parkplatz, wo sie sich vor zwanzig Minuten das erste Mal die Hand gegeben hatten, starrte er weder auf ihre Narbe, noch versuchte er krampfhaft, woanders hinzuschauen. Seine freundlichen, grünen Augen funkelten jetzt belustigt.

»We're rain-proof.« Er klopfte mit der Hand auf seinen muskulösen, nackten Arm. Er trug ein T-Shirt, obwohl es höchstens dreizehn Grad hatte. »Every cloud has a silver lining.«

»Great«, sagte sie und humpelte weiter durch den Matsch. Silver Lining, klar. Ihre Schuhe konnte sie vermutlich nachher wegschmeißen.

Harris lachte leise und folgte ihr mit dem Schirm. Hatte sie sich das nur eingebildet, oder hatte er gerade noch spöttisch »pen pusher« gemurmelt? Und was hieß das überhaupt noch mal genau? Bürohengst? Zusammen gingen sie über den Feldweg, der immer steiniger wurde. Sie hörte die Wellen, die mit Wucht gegen die steile Küste prallten, lange bevor sie sie sehen konnte. Die Luft roch nach Salz und vermodertem Tang. Schließlich erreichten sie den Felsvorsprung, auf dem Nico Benten gestorben war. Trotz des mittlerweile orkanartigen Regensturms und den tiefhängenden, schwarzen Wolken war völlig klar, warum sich Pärchen hier zum Sex trafen. Die Stelle war atemberaubend schön. Die Felsplattform ragte über das tosende Meer mit seinen zackigen Felsnadeln wie ein Ufo, das über einer tödlichen, grüngrauen Wasserplanetenlandschaft schwebte.

»A nice place to die«, sagte Harris. »Das finden unsere Selbstmörder leider auch. Manche kommen extra deshalb nach Cornwall.«

»Vielleicht ist Nico Benten ja freiwillig gesprungen?«

»Yes.« Harris zucke die Schultern. »Ich persönlich glaube das allerdings nicht. Wissen Sie, warum diese Felsen im Volksmund ›Klippen der Wahrheit‹ heißen?«

»Vielleicht ein netter, volkstümlicher Brauch, wonach Lügner hinuntergestoßen wurden?« Linn knöpfte ihren Blazer zu.

Harris lachte. »Gar nicht so falsch. Im Mittelalter wurden nicht geständige Straftäter, vor allem Schmuggler, mit dem Kopf voran an Seilen über den Abgrund gehängt. Wenn sie weiterhin die Tat bestritten, wurden die Seile nach einigen Stunden gekappt. Wenn sie gestanden – was fast immer vorkam – wurden sie zur Strafe meist ebenfalls hinuntergestürzt. Eine Win-win-Situation für die Justiz also.«

Sie grinste. Zusammen traten sie noch einen Schritt näher an den Abgrund. Mit einer Hand hielt sie sich an einem Felsvorsprung fest, um nicht hinuntergeweht zu werden. Unten brodelte es wie im Krater eines Vulkans. »Sie glauben also wirklich, dass meine magersüchtige Mandantin die Leiche ihres Mannes hier über die Klippen geworfen hat? Ich kann mir nicht vorstellen, wie sie das geschafft haben sollte.« Sie zeigte auf eine natürliche Begrenzung der Plattform, ein etwa dreißig Zentimeter hoher Wall aus Felsen, der auf den griseligen Kopien der Tatortfotos in ihrer Akte nicht richtig zu erkennen gewesen war. »Sie hätte ihn dazu anheben müssen, oder nicht?« Der Wind tobte mittlerweile so laut, dass sie schreien musste.

»Anscheinend nicht. Das hat der Gutachter genau ausgeführt.

Sie hat ihn wohl an die Kante gezogen und einfach darüber gekippt. Einer der Fischer aus dem Dorf hat es mit eigenen Augen gesehen.« Der Schirm wurde beinahe weggeweht, und Harris klappte ihn zu.

»Er hat irgendjemand gesehen, nicht meine Mandantin.«

Harris schüttelte den Kopf. Wassertröpfchen flossen aus seinen strubbeligen, braunen Haaren. »Ich denke, sie hat mit der Sache zu tun. Die Spuren lügen nicht.« Wieder schaute er Linn mit seinen grünen Augen an.

»Die Spuren können aber unterschiedlich ausgelegt werden. Und es können Fehler gemacht werden, bei der Sicherstellung, bei der Bewertung, bei der Untersuchung«, gab sie zurück. »Und es wäre ohne weiteres auch möglich, dass nicht alle Spuren gefunden wurden. Hier draußen ist es bestimmt auch bei gutem Wetter so windig, dass tatrelevante Fasern oder Ähnliches einfach weggeweht worden sein könnten. Es ist verwunderlich, dass Ihre Leute überhaupt etwas gefunden haben.«

»Da haben Sie nicht ganz unrecht.« Harris fuhr sich mit der Hand über den nassen Kopf. »Ich würde Ihnen gerne weiterhelfen, aber das Problem ist, dass mir bei diesem Fall wertvolle Informationen fehlen. Ich hatte zum Beispiel nicht das Vergnügen, Ihre Mandantin selbst zu vernehmen, weil sie erst in Deutschland verhaftet wurde«, sagte er. »Aber ich habe mir natürlich trotzdem so meine Gedanken gemacht. Es ist ungewöhnlich für eine Frau, dass sie jemanden so brutal mit einem Taser tötet. Ich habe mich deshalb gefragt, ob Ihre Mandantin es vielleicht nicht alleine gemacht hat.« Erneut fuhr er sich durch seine nassen Haare. »Das hängt mit den Dingen zusammen, die mir der Kollege aus Neapel über die Familie von Grace Riccardi ins Telefon geflüstert hat.« Er machte eine Kunstpause.

Sie versuchte, nicht allzu interessiert auszusehen. Es wäre schon ziemlich peinlich, wenn herauskäme, dass sie weniger über ihre Mandantin wusste als ein englischer Polizist.

Harris überkreuzte die Arme vor der Brust. Sie entdeckte eine leichte Gänsehaut. Der DCI schien also doch ein wenig zu frieren, auch wenn er regendicht war.

»Es gibt da Gerüchte«, sagte er. »Möglicherweise hat der Vater Ihrer Mandantin sein Geld nicht nur mit Pizzabacken verdient, you know?«

»Die Mafia? Ich bitte Sie! Nur weil meine Mandantin aus Italien kommt, heißt das noch lange nichts.« Eine nasse Haarsträhne fiel ihr in den Mund. Sie strich sie empört aus ihrem Gesicht.

»Ich will niemandem etwas unterstellen, für das es keine Beweise gibt, und es gibt keine Beweise dafür, dass die Familie Ihrer Mandantin in dubiose Geschäfte verwickelt ist. Nur Indizien«, sagte Harris. »Auf diese Unterscheidung hat der Kollege aus Neapel großen Wert gelegt.«

»Besteht die Möglichkeit, dass Benten auch in diese dubiosen Geschäfte verwickelt war? Dass er sich mit der Mafia angelegt haben könnte?«

»Nope, wir haben keine Anhaltspunkte dafür gefunden. Ich hatte auch nicht den Eindruck, dass Grace Riccardis Vater seinem Schwiegersohn besonders vertraut oder ihn auch nur mag. Er hätte vermutlich keine Geschäfte mit ihm gemacht.«

»Was haben diese unbestätigten Gerüchte dann mit meiner Mandantin zu tun? Ich kann mir nicht vorstellen, dass die Camorra auf Frau Riccardis Geheiß einen Killer geschickt hätte, um Nico Benten in den Abgrund zu stoßen. Ich dachte, die haben da professionellere Mordmethoden.« Linn zog ihren nassen Blazer noch enger über ihrem Oberkörper zusammen. Ihr wurde langsam ekelhaft kalt.

»Das haben sie vermutlich, und das glaube ich auch nicht. Was ich meine, ist, dass so ein Clan zusammenhält und seine Angelegenheiten auf eigene Weise regelt.« Harris gestikulierte mit einer Hand seiner ansonsten verschränkten Arme. »Not a clue, was dieser Nico Benten angestellt haben könnte, um in deren Augen den Tod zu verdienen, aber es ist doch ziemlich seltsam, dass Frau Riccardis Brüder beide ausgerechnet am Tattag in Cornwall waren, hier ganz in der Nähe, finden Sie nicht? Der jüngere der beiden lebt in Neapel und der andere in Bristol, und die beiden haben ihren Schwager so weit ersichtlich bisher noch nie allein besucht. Und dann gleich zwei Mal an einem Tag. Und sie müssen richtig sauer auf Benten gewesen sein.«

Linn riss die Augen auf. Das hatte sie auch noch nicht gewusst. Verdammter Faber. Er hatte die Brüder mit keinem Wort erwähnt, und es gab auch keinen einzigen Hinweis auf sie in einer ihrer Aktenkopien. Und ihre Mandantin …

»Am frühen Nachmittag des Tattages sind die Brüder zum Set gefahren, haben Benten dort aber nicht angetroffen«, fuhr Harris fort. »Benten hatte den Mittag nämlich frei und wurde erst am Abend zu Nachtaufnahmen wieder dort erwartet. Der ältere der beiden Brüder, Gianfranco Riccardi, ist deshalb wohl ziemlich ausfallend geworden. Er hat herumgebrüllt, dass Nico Benten ein Drecksack sei, der es nicht verdiene, die gleiche Luft wie seine Schwester zu atmen. Und dass er ihm die Scheiße aus dem Leib prügeln will. Dann sind die beiden verschwunden, und einige Zeit später haben Zeugen sie in der Nähe des Ferienhauses gesehen. Das war allerdings zu einem Zeitpunkt, als Benten bereits weggefahren war.« Harris rieb sich mit den Händen über die verschränkten Oberarme. »Gianfranco ist kein unbeschriebenes Blatt. Er hat vor einigen Jahren einem Mann, der ihn versehentlich angerempelt hatte, beinahe den Schädel mit einem Barhocker gespalten. Und Marco, der jüngere, der hat auch schon einiges auf dem Kerbholz.« Er schaute Linn herausfordernd an. »Frau Riccardi trifft ihre beiden Brüder in Cornwall. Und zur Feier des Tages werfen sie Nico Benten vom Felsen. Um ihn für seine Sünden büßen zu lassen. Was auch immer das für Sünden waren. So könnte es gelaufen sein, don't you think?« Harris grinste zufrieden.

Das war eine völlig neue Spur, von der sie keine Ahnung gehabt hatte. Linns Blick glitt über das tosende Meer. Hatte Grace Riccardi Nico Benten mit Hilfe ihrer Brüder umgebracht? Hatten es die Brüder alleine gemacht? Von ihrer Schwester beauftragt oder ohne deren Wissen? Und nun wollte Grace Riccardi die Tat gestehen, um ihre Brüder zu schützen? Oder weil sie Angst vor ihnen hatte? Das waren eindeutig Möglichkeiten, die auch die seltsame Bedingung, die ihre Mandantin gestellt hatte, nämlich ihre Geschwister aus dem Spiel zu lassen, erklären würde. Sie schaute wieder zu Harris. Sie würde damit zwar gegen den Wunsch ihrer Mandantin verstoßen, aber wenn das hier die Wahrheit war, dann wollte sie sie wenigsten kennen. »Haben Sie Spuren gefunden, die darauf hindeuten, dass die Brüder zur Tatzeit hier auf der Klippe waren?«, fragte sie.

»Keine einzige. Aber der Tatort liegt im Freien, und es windet immer leicht, wie Sie selbst gerade angemerkt haben.«

»Also ist das Ganze nichts als pure Spekulation.«

»So könnte man es ausdrücken. Abgesehen davon hatten die zwei leider auch ein recht anständiges Alibi für den gesamten Tatabend. Hat sich ein paar Tage später herausgestellt.« Harris Augen funkelten schon wieder belustigt. Oder spöttisch?

Sie hatte plötzlich Lust, ihm eine runterzuhauen.

Oder ihn zu küssen.

Was war denn jetzt auf einmal mit ihr los? Das hier war eine Mordermittlung. Und den großmäuligen, muskulösen Typen, die einen auf Alphamännchen machten, denen hatte sie abgeschworen. Schon alleine die Art, wie dieser Mann ging, so aus der Hüfte heraus, das sagte doch alles. Er war bestimmt schon Anfang vierzig, da ging man doch nicht so bei einer offiziellen Tatortbesichtigung. Und wie eng seine Jeans waren. Glaubte er etwa, sie würde deshalb auf seinen Hintern starren? Verdammt, hatte sie etwa auf seinen Hintern gestarrt? Der Mann hatte einen recht hübschen Hintern. Sie schaute sicherheitshalber woanders hin. Auf seine kräftigen, gepflegten Hände. Harris trug keinen Ehering. Der Wind heulte, und unten gurgelte das Meer. Sie machte unbeabsichtigt einen Schritt nach vorne. Eine Böe erfasste sie, und sie taumelte.

Harris packte ihren Arm. »Excuse me.«

Sie machte sich los, sobald sie wieder festen Boden unter den Füßen hatte. Sie brauchte keinen Aufpasser. Der Typ passte nicht zu ihr, auch wenn er ein wirklich gutriechendes Aftershave benutzte. Abgesehen davon musste sie vermutlich damit leben, dass Männer wie er von einer Frau mit abstehendem Bein und Narbe im Gesicht nichts wissen wollten. So sah die Lage nun mal aus. Sie war doch genauso oberflächlich gewesen, damals, als sie die junge, gutaussehende, südländisch anmutende Frau im schwarzen Porsche gewesen war, der die Welt gehörte. Gut gemacht, jetzt hatte sie auch noch schlechte Laune. Dieser verdammte Regen, der machte einen ja irre.

»Let's go«, sagte sie und drehte sich vom Meer weg. Sie würde jetzt nur noch an den Fall denken. Und an ein heißes Bad im Hotel. »Wurden Frau Riccardis Brüder vernommen?«

»Wissen Sie das nicht?«

»Würde ich sonst fragen?«

»Sie wurden vernommen. In Neapel, wo sie am Tag nach der Tat hingefahren sind. Sie haben beide geschwiegen wie ein Grab. Nicht mal den Vierzehnjährigen haben die zum Reden gebracht.«

»Grace Riccardi hat einen vierzehnjährigen Bruder? Ist ihre Mutter nicht schon um die siebzig? Wurde er adoptiert?«

»I don't know. Wir haben den Fall kurz danach an die deutschen Ermittlungsbehörden abgegeben«, sagte er. »Wo haben Sie eigentlich so gut Englisch gelernt?«

Ein kalter Stich fuhr in ihren Bauch. Sie durfte jetzt bloß nicht auch noch an die Großkanzlei oder an Chris denken und wie er sie verlassen hatte. »In London«, sagte sie gespielt lässig. »Bei einem beruflichen Auslandsaufenthalt vor ein paar Jahren.«

Sie war froh, dass Harris sich damit zufriedengab. Eine Weile gingen sie schweigend weiter. Sie würde Faber nachher anrufen und ihm die Meinung geigen, weil er ihr das mit den Brüdern verschwiegen hatte. Egal, was für Bedingungen ihre Mandantin stellte.

Kurz dachte sie darüber nach, Harris zu fragen, ob es bei den Ermittlungen Hinweise auf eine Geliebte Bentens gegeben hatte – Bethany Colville vielleicht? –, aber sie ließ es bleiben. Es war zu gefährlich. Sie würde bald Einblick in die englischen Ermittlungsakten bekommen, und dann konnte sie alles selbst aufklären.

»Ich glaube, an mir ist kein einziger Fleck mehr trocken«, sagte Linn lächelnd zu Harris, als sie bei den Autos angekommen waren. Ihr graute davor, dass sie gleich wieder im Linksverkehr fahren musste. Daran würde sie sich nie gewöhnen.

Harris drückte auf seinen elektrischen Autoschlüssel. »Tut mir leid wegen des Regens«, sagte er.

»Da können Sie ja nun wirklich nichts dafür.«

»Ich komme aus der Gegend. Ich wusste, dass es heftig werden würde. Aber die Vorstellung, wie ein Anwalt klatschnass wird, ich meine, that's fun, isn't it?«

Das konnte der Typ ja wohl nicht ernst meinen. Und den hatte sie vorhin toll gefunden.

»Ich fürchte, in diesem Fall werde ich Schadenersatz gegen Sie geltend machen müssen. Vielleicht ein Abendessen?« Oh Gott, wieso hatte sie das denn jetzt gesagt? Das war nun wirklich das Letzte, was sie wollte.

Harris lachte. Er würde ablehnen, und dann konnte sie endlich ihr Bad nehmen.

»All right«, sagte er. »Dann hole ich Sie um 20.00 Uhr im Hotel ab.«

13

Nach dem Ausflug auf die Klippen hatte Linn lange geduscht und sich eine mit Pilzen gefüllte Pasty und einen Grapefruitsaft aufs Zimmer bringen lassen. Jetzt saß sie in Jeans, T-Shirt und Socken auf der rot-gelb karierten Überdecke ihres Hotelbettes und schaltete ihr Handy wieder ein, das sie für den Termin mit dem DCI ausgeschaltet hatte. Drei entgangene Anrufe von Götz, der um Rückruf bat, bestimmt hatte er ihre Nachricht gefunden. Darum würde sie sich später kümmern. Sie suchte in ihrem Adressbuch nach Faber. Sie konnte sich nicht richtig konzentrieren, dauernd musste sie an Harris denken. Sie mochte seine tiefe, angenehme Stimme. Seine freundliche Art. Und mit diesen verstrubbelten Haaren, dem Dreitagebart, dem muskulösen Körper und dem markanten und zugleich fröhlichen Gesicht sah er ziemlich gut aus, das ließ sich nicht abstreiten. Sie grinste vor sich hin. Sie würden heute Abend essen gehen und … Stopp, sie musste mal ganz schnell wieder runterkommen. Dieses Essen war nichts weiter als eine Entschuldigung für den Regen. Harris war lediglich höflich gewesen, als er gesagt hatte, er würde sie abholen. Wie hätte er denn sonst auf ihre Schadenersatzforderung eingehen sollen, ohne sie dumm dastehen zu lassen? Alle Engländer waren höflich. Excuse me, und dann retteten sie einen davor, von den Klippen zu stürzen. Sie musste das Ganze als ein normales Geschäftsessen ansehen, schließlich waren sie so was wie Geschäftspartner. Linn berührte die Narbe auf ihrer Wange. Seit der letzten Operation und einigen Laserbehandlungen war sie zwar zu einem dünnen rosa Strich verblasst, aber sie würde niemals völlig verschwinden oder sich auch nur komplett überschminken lassen. Und was das Bein anging, da konnte man noch weniger machen. Auf der anderen Seite hätte Harris sie trotz allem nicht einladen müssen. Er hatte es aber getan.

Sie wählte Fabers Nummer.

»Ich habe jetzt keine Zeit«. Seine Stimme klang angespannt und unfreundlich.

»Ich brauche nicht lange. Frau Riccardis Brüder waren zur Tatzeit in der Nähe des Tatorts. Sie sind möglicherweise alternative Tatverdächtige. Warum weiß ich nichts davon?«

»Die zwei haben ein überzeugendes Alibi. Sie waren nicht in der Nähe des Tatorts, sondern in einem Pub in Padstow. Pete's Inn. Und zwar den ganzen Abend, von kurz nach 18.00 Uhr an. Sie können ihn nicht getötet haben.«

»Ob mich das Alibi überzeugt, würde ich gerne selbst feststellen. Ich finde es ziemlich merkwürdig, dass Sie mir das nicht erzählt haben.«

In der Leitung tutete es nur noch. Faber hatte aufgelegt. Wütend schmiss sie das Handy auf ihr Bett, stand auf und ging zu ihrem auf dem Boden vor dem Fenster aufgeklappten Koffer. Sie sollte sich nicht aufregen, sie hatte im Moment ein ganz anderes Problem. Sie hatte nichts anzuziehen für heute Abend. Und für ihren Besuch bei dem Meeresströmungsforscher, bei dem sie nachher einen Termin hatte, auch nicht. Ihre Schuhe waren nicht mehr zu retten, obwohl sie sie nach dem Ausflug abgetrocknet und mit Schuhcreme bearbeitet hatte. Und der Hosenanzug war auch nur noch ein knittriger, nasser Fetzen Stoff, in den Wind und Regen ihre Spuren hineingewütet hatten. Also die Sneakers? Die Jeans? Dazu die dunkelblaue Bluse? Das war gar nicht mal schlecht. Sie holte die sorgfältig gefaltete Bluse vorsichtig heraus und hängte sie über einen Stuhl. Der dünne Pulli, den sie dabei hatte, sah auch gut dazu aus. Nur ihre alte Jacke, die ging heute Abend auf keinen Fall. Hoffentlich kam Harris mit dem Auto, und sie mussten nicht noch einmal stundenlang durch den Sturmregen laufen.

Linn schaute aus dem Fenster. Das Wetter war immer noch unverändert. Riesige Tropfen wurden mit Lichtgeschwindigkeit gegen die Scheibe gepeitscht. Unten auf dem Hotelparkplatz rannte eine Familie mit zwei Kindern von ihrem Auto zum Eingang und wurde auf dieser kurzen Strecke völlig durchnässt. Ein blonder Mann in einem schwarzen BMW, der sich dieses Schicksal offenbar ersparen wollte, lehnte sich im Fahrersitz zurück und zündete sich eine Zigarette an. Der Rauch zog durch eine winzige Lücke in seinem Autofenster hinaus in den scheußlich kalten Wind. Sie schüttelte den Kopf. Das englische Wetter. Als sie heute morgen vom Hotel losgefahren war, hatte die Sonne geschienen. Der Mann in dem BMW ließ den Motor an, verließ die Parklücke aber nicht. Das Motorgeräusch machte sie unruhig. Hatte er gerade zu ihr hoch- und dann ganz schnell wieder weggeschaut? Mit einem Ruck stieß sie sich vom Fensterbrett ab. Ihr war plötzlich ein bisschen flau im Magen.

Sie zog sich vollständig an und holte den Autoschlüssel für den Mietwagen und ihr Handy, das auf dem Bettkästchen lag. Auf dem Weg durch den Hotelflur rief sie Götz zurück, erreichte ihn aber nicht. Schließlich fuhr sie mit dem Aufzug in die Tiefgarage, stieg etwas ungeschickt in den Mietwagen, ließ den Motor an und rollte vorsichtig aus der Parklücke.

Professor Buchanan, der Spezialist für Meeresströmungen, war groß, schlaksig und weißhaarig. Rote Äderchen durchzogen sein schmales Gesicht. Sein großes Büro war auf eine sympathische Art unaufgeräumt, überall stapelten sich Bücher und Akten. Die Wände waren mit Land- und Meereskarten zugepflastert. Sie standen an einem überdimensionierten Stehpult, auf dem der Professor eine detaillierte Karte von Cornwall und den es umgebenden Meeresströmungen ausgebreitet hatte.

Buchanan sprach mit einem starken Akzent, den Linn nicht immer auf Anhieb verstand. Sie musste sich höllisch anstrengen.

Nachdem sie mehrmals Wörter hatte nachfragen müssen, erklärte er ihr, dass er und sein Akzent aus Schottland stammten, aus Caithness, dort, wo der Teufel selbst mit seinen Krallen die Küste gestaltet habe.

»Da oben gibt es nur Wind, gelbgrünes Gras und Felsen«, sagte er. »Wenn das Meer nicht wäre, müsste man den Ort hassen.« Er räusperte sich. »Auch wenn ich mir den Beruf des Meeresforschers ein wenig heiterer vorgestellt habe. Im Wesentlichen spüre ich dem Weg von Plastikmüll hinterher. Haben Sie schon einmal von einem Garbage Patch gehört? Das ist eine riesige Insel aus Müll, die im Ozean schwimmt. Und es gibt nicht nur eine.«

Linn nickte.

»Eine Schande ist das«, fuhr er fort. »Aber kommen wir zu Ihrer Leiche zurück.« Er räusperte sich wieder. »Es gibt eine Menge verschiedener Faktoren, die Meeresströmungen beeinflussen. Wind, die Gezeiten, thermohaline Zirkulation, um nur einige zu nennen.«

Sie bemühte sich, Buchanan zu folgen, der sich nun in einer detailreichen Schilderung der Unterschiede zwischen Kompensations-, Drift- und Gezeitenströmen erging.

»Wenn jetzt also, wie in Ihrem Fall, ein Körper Anfang Juni von den Klippen der Wahrheit ins Wasser fällt, dann gibt es für die Leiche im Normalfall zwei Möglichkeiten. Wenn sie nicht die forensisch günstigste Lösung wählt«, sagte er schließlich.

»Was ist die forensisch günstigste Lösung?«

»Na, dass sie von einer Felsnadel aufgespießt wird und an Ort und Stelle verbleibt. Aber das ist hier nicht passiert. Also kommen nur die zwei anderen Möglichkeiten in Betracht, wenn wir vom Normalfall ausgehen, und das müssen wir im Moment, da noch nicht alle Daten vorliegen. Aber ich denke, da wird sich auch nichts mehr ändern.«

»Und die zwei anderen Möglichkeiten wären?«

»Entweder, die Leiche gerät in den Hartland-Point-Strom

und wird unten in St. Ives an Land gespült. Da gibt es ein lauschiges Plätzchen, das den Spitznamen Suicider-Beach trägt. Weil da immer die Selbstmörder hingetrieben werden, die weiter oben von den Klippen ins Wasser springen.«

»Vorausgesetzt sie wählen nicht die forensisch günstigste Lösung«, konnte sie sich nicht verkneifen zu sagen.

Buchanan lachte meckernd. »Ich sehe, Sie haben aufgepasst.«

Linn fuhr mit dem Finger über die Landkarte auf dem Pult. Von den Klippen der Wahrheit bis nach St. Ives waren es die Küste entlang geschätzte fünfzig Meilen. Sie zeigte auf das Städtchen. »In St. Ives wurde Nico Benten aber nicht an Land gespült. Jedenfalls noch nicht. Wie lange kann das dauern?«

»Nach dem Eintritt ins Wasser sinkt die Leiche zunächst ab und dreht sich in Bauchlage. Eine Weile treibt sie so unter der Oberfläche. Wenn sie nirgends hängen bleibt oder von Fischen oder anderen Tieren bis auf die Knochen abgefressen wird, was meist sehr langsam geht, beginnt die Leiche nach einiger Zeit … Was ich eigentlich sagen wollte, ist, dass es in der Regel etwa drei bis vier Wochen dauert, bis ein Toter von den Klippen der Wahrheit nach St. Ives gespült wird.«

»Das heißt, eigentlich hätte die Leiche bereits angespült worden sein müssen?«

Der Professor nickte. »Wir hatten natürlich schon einige Leichen, die sehr viel länger gebraucht haben. Manche kamen nie an, sind auf ihrem Weg in den Austernfarmen gestrandet oder hingen einem Fischer im Netz. Bisher hat sich aber noch keiner gemeldet, so dass ich diese Möglichkeit ausschließen möchte.«

»Sie erwähnten vorhin einen weiteren Weg, den die Leiche genommen haben könnte, wenn sie nicht in diesen Hartland-Point-Strom geraten ist?« Linn verschränkte die Arme.

»Die Leiche könnte aufs offene Meer hinausgespült worden sein. Das halte ich für sehr wahrscheinlich. Das passiert häufig, vor allem, wenn das Wetter ein paar Tage sehr warm ist, wie Anfang Juni, als der Schauspieler hinuntergestoßen wurde. Dann ist davon auszugehen, dass die Leiche niemals gefunden wird«, endete der Professor.

Linn nickte bedächtig. So brutal sich das anhörte, aber für ihre Verteidigung war das vermutlich das Beste, was passieren konnte.

14

Auf dem Rückweg ins Hotel fuhr Linn noch bei Pete's Inn vorbei, einer düsteren, etwas heruntergekommenen Kneipe an einer Landstraße in der Nähe von Padstow. Als Erstes gönnte sie sich einen doppelten Espresso, der pechschwarz war und unnatürlich bitter und ein wenig nach Spülmittel schmeckte. Sie zögerte kurz. Grace Riccardi würde nie erfahren, dass sie hier war, und sie konnte sich damit beruhigen, dass sie allen Spuren gefolgt war und nichts übersehen hatte. Schließlich ging sie an den dunklen Holztischen und den kleinen Nachbauten von Piratenschiffen an den Wänden vorbei an den Tresen. Dass Grace Riccardis Brüder am Tattag beide in Cornwall waren und versucht hatten, Benten zu kontaktieren, war eindeutig eine interessante Spur.

Linn erklärte dem Wirt, einem blassen, rothaarigen Riesen mit einem wilden Bart, der in einer altmodischen Piratenkluft zusammen mit einer jungen Punkerin hinter dem Tresen stand, warum sie hier war. Der Mann bat sie in sein Büro, ein düsteres, stickiges Zimmerchen, in dem sich Bierkästen und Sandwichtoastpackungen stapelten.

»Es besteht die Möglichkeit, dass diese beiden Brüder ein schweres Verbrechen begangen haben und meine Mandantin unschuldig in Untersuchungshaft sitzt«, führte sie aus. »Deshalb muss ich noch einmal nachfragen, ob die beiden am Abend des 2. Juni diese Kneipe besucht haben.«

»Yeah, ich bin mir ziemlich sicher, die Polizei hat mir Bilder der beiden gezeigt.« Der Wirt schaute auf einen Punkt irgendwo neben ihr, nur manchmal kehrte sein Blick wie verschämt zu ihrer Wange zurück. »Die haben gesagt, es sei nur Routine. Ich dachte, es ginge um die Schlägerei am Strand.« Er kratzte sich am

Kinn. »Es war voll an dem Abend, aber der eine von denen, der größere, der hatte genau die gleichen giftgrünen Haare wie meine Sammy. Meine Tochter, Sie haben sie ja gerade gesehen. Sie fand die Typen lustig. Ich fand sie nur großmäulig. Sammy!«, rief er nach draußen.

Die junge Punkerin kam betont langsam zu ihnen ins Büro. Sie kaute mit offenem Mund einen Kaugummi.

»Die Anwaltslady hier will wissen, ob du dich an den Grünhaarigen und seinen Bruder erinnern kannst, die neulich hier waren.«

»Auf jeden«, sagte die junge Punkerin. »Kann mich dran erinnern. Gianni. Der war Koch oder so. Gastronomie auf jeden. Habe sogar seine Telefonnummer. Habe angerufen. Aber das Arschloch war verheiratet. Hat der vergessen zu erwähnen.«

»Und von wann bis wann waren sie hier?«

»Den ganzen Abend. Von etwa halb sieben bis kurz vor Mitternacht. Habe ich der Polizei auch erzählt.«

»Und Sie haben die zwei wirklich die ganze Zeit gesehen?«

Die Punkerin überlegte. »Ist wahrscheinlich nicht relevant, aber der Kleine war ziemlich lang aufm Klo. Ich habe dem Gianni bestimmt zwei Bier gebracht in der Zeit.«

»Wie lange braucht man von hier zu den Klippen der Wahrheit und zurück?«

»An dem Abend war einer von Beltaines Abenden. Da würde niemand zu den Klippen fahren.«

»Warum nicht?«

»Weil's gefährlich ist. Sagt man. Hab's noch nicht ausprobiert. Bin zwar nicht gläubig, aber mit den alten Gottheiten darf man nicht scherzen.«

»Und wenn doch jemand an dem Abend hingefahren wäre? Wie lange hätte er gebraucht?«

»Kommt drauf an, mit was man fährt.« Die junge Punkerin schürzte die Lippen. »Die zwei waren mit 'nem Mofa da. Damit hätte er so 'ne halbe Stunde gebraucht. Bis zum Parkplatz. Dann musste er ja noch laufen. So 'ne Stunde ungefähr.«

»War der kleinere der beiden so lange auf dem Klo, dass er hin und zurück hätte fahren können?«, fragte Linn.

Die Punkerin lachte auf. »Nee«, sagte sie. »So lang war's dann auch nicht. Auf keinen Fall. Außerdem habe ich das Mofa gesehen. Stand die ganze Zeit direkt vor dem Fenster.«

Das mit dem Alibi stimmte also. Eine weitere Spur, die zu nichts führte. Seltsam trotzdem, dass die Brüder am Tattag in Cornwall gewesen waren. Und dass ihre Mandantin geradezu panisch reagiert hatte, als es um die beiden gegangen war. Linn zuckte die Schultern. Sie würde den Riccardi-Clan jetzt trotzdem aus ihren Ermittlungen streichen und sich endlich dem Wunsch ihrer Mandantin beugen. Sie hatte eine gute Honorarvereinbarung abgeschlossen, mehr brauchte sie nicht zu wissen. So hatte sie es bei Vance, Lewis und Smith gehandhabt, und sie sollte nach ihrem Unfall endlich wieder zu dieser Einstellung zurückkehren.

Es war früher Nachmittag, und es regnete immer noch leicht, war aber ein wenig heller geworden. Linn lag auf ihrem Hotelbett und überflog auf ihrem Laptop die Rekonstruktion von Nico Bentens letztem Tag. Am Vormittag hatte Benten ganz normal gedreht, keiner der von der Polizei befragten Schauspieler hatte offenbar eine Auffälligkeit bemerkt. Alles war wie immer gewesen. Über Mittag war Benten nach Hause gefahren und erst am Abend gegen 20.30 Uhr wieder zurück erwartet worden. Die meisten seiner Schauspielkollegen waren hingegen am Set geblieben und hatten Szenen gedreht, an denen er nicht beteiligt gewesen war. Für den Zeitraum, in dem Benten gestorben war, hatten daher auch fast alle Schauspieler ein Alibi. Hierzu hatte Linn stapelweise polizeiliche Vernehmungen gelesen, an denen zu zweifeln sie momentan keinen Grund sah.

Sie streckte sich nach ihrem Handy, das auf dem Kopfkissen lag, und versuchte noch einmal, Götz zurückzurufen. Diesmal nahm er ab.

»Ah, zum Glück erreiche ich dich. Die Staatsanwaltschaft will Grace Riccardi noch einmal wegen einer möglichen Schwangerschaft untersuchen lassen. Könntest du dich darum kümmern?«

»Ja, ja«, murmelte er. Er wirkte abwesend, und sie war sich nicht sicher, ob er überhaupt zugehört hatte.

»Götz?«, fragte sie. »Alles klar bei dir?«

»Ich wusste nur nicht, wo der Gründungsvertrag von unserer Kanzlei ist. Deshalb habe ich es vorhin ein paarmal bei dir versucht. Aber ich habe ihn gefunden.«

»Wofür brauchst du denn unseren Gründungsvertrag?«

»Nichts Wichtiges, ich wollte nur was nachschauen. Aber ich habe gleich eine Besprechung, also, ich muss dann.« Er legte auf.

Sie blieb auf dem Bett sitzen, das Handy in der Hand. Was hatte Götz in dem Gesellschaftsvertrag, den sie beide erst vor ein paar Wochen bei einem Bier auf einem leeren Malerkübel feierlich unterzeichnet hatten, nachschauen wollen? Sie zuckte die Schultern. Wichtig war vor allem, dass er sich um Frau Riccardi kümmerte, solange sie in England war. England. Harris. Sie warf einen Blick auf die Uhr und wurde plötzlich ganz aufgeregt. Es waren noch ein paar Stunden bis zu ihrem Treffen. Sie musste etwas unternehmen, um sich von diesem DCI abzulenken. Sie überlegte, den Fischer, der vermutlich die Entsorgung der Leiche beobachtet hatte, doch persönlich zu treffen, aber der Mann hatte ihr bei einem Telefonat einige Tage vor ihrer Abreise schon alles gesagt. Er hatte die Person auf der Klippe nicht erkannt, hatte nicht gesehen, ob es ein Mann oder eine Frau gewesen war, die Sonne hatte ihn geblendet. Aber er hatte erkennen können, dass die Person ein schweres, großes, längliches Paket ins Meer geworfen hatte. Ein weiteres Gespräch brachte nichts. Sie würde lieber versuchen, das für morgen geplante Gespräch mit der Nachbarin von Bentens Ferienhaus, die Benten an seinem Todestag hatte wegfahren sehen, auf heute vorzuverlegen.

Es nieselte leicht, als Linn mit einem Schirm und ihrer Umhängetasche zu Fuß von ihrem Hotel zu Grace Riccardis und Nico Bentens Ferienhaus oberhalb von Padstow ging. In ihrem Kopf schwirrten die Gedanken, sie drehten sich vor allem um Harris, aber auch um Götz, der doch sehr seltsam geklungen hatte. Um sich abzulenken, ging sie schneller und konzentrierte ihren Blick auf das malerisch unter ihr liegende Dörfchen. Sie war ein wenig außer Atem, und in ihrem versehrten Bein stach es schmerzhaft, als sie den Hügel bezwungen hatte und in die kleine, kaum befahrene Straße abbog, in der sich das Ferienhaus befand. Das gesamte Grundstück war von einer hohen Natursteinmauer umgeben. Überall auf der Mauer waren Scheinwerfer, Kameras und Stacheldraht angebracht. Ein Schild wies darauf hin, dass hier selbst der Außenbereich alarmgesichert war. Eines war jedenfalls klar: Benten hatte sich und sein Privatleben auch hier gut abgeschirmt. Nur durch eine Ritze neben dem schmiedeeisernen Tor konnte Linn am Ende einer gekiesten Auffahrt ein großes englisches Landhaus mit geschlossenen Vorhängen und einen gepflegten Garten mit dichten Hecken erkennen. Sie klingelte in der Hoffnung, dass es Bedienstete gab, die das Haus in Ordnung hielten und ihr möglicherweise weitere Auskünfte erteilen konnten, aber niemand öffnete das Gartentor, und sie wandte sich wieder zur Straße hin. Ein schwarzer BMW kam den Hügel hoch, fuhr viel zu schnell, direkt auf sie zu. Er würde sie anfahren, oh Gott, er würde sie anfahren. Sie schmiss ihren Schirm auf den Boden und drückte sich schutzsuchend an die Natursteine. Das Auto brauste an ihr vorbei und verschwand hinter der nächsten Kurve. Ihre Beine waren weich, und ihr Atem ging keuchend. Sie hieb mit beiden Fäusten mehrfach gegen die Mauer. Stützte sich schließlich ab und blieb eine Weile einfach so stehen, atmete den Geruch nach feuchter Straße und Efeu ein. Wann würde das endlich aufhören? Wann würde sie endlich an einer Straße entlanglaufen können, ohne Angst zu haben? Sie stieß sich von der Mauer ab. Das Auto war zu dicht an ihr vorbeigefahren, das war nicht normal gewesen. Sie las ein paar Blätter und Rindenstückchen von ihrem Pullover ab und warf sie auf den Boden. Dieser schwarze BMW, das war ziemlich sicher der BMW des blonden Mannes gewesen, der vor ihrem Hotel im Auto geraucht hatte. Der Mann hatte etwas in der Hand gehabt. Etwas Großes, Schwarzes. Eine Waffe? Vielleicht eher eine Kamera? Möglicherweise war er Journalist. Oder er konnte einfach nicht Auto fahren. Auf dem Hotelparkplatz würde sie sich sicherheitshalber das Nummernschild aufschreiben, dann konnte Harris ihn überprüfen, und sie konnte ausschließen … Nein, sie würde Harris nicht mit ihren durchgeknallten Geschichten behelligen. Das hier war nur eine Situation gewesen, die sie entfernt an ihren Unfall erinnert hatte, mehr nicht. Entschlossen nahm Linn ihren Schirm wieder hoch, klemmte ihn zwischen Schulter und Hals und kramte ihren internationalen Anwaltsausweis aus dem Geldbeutel. Das Foto, das vor ihrem Unfall entstanden war, versetzte ihr einen Stich. Sie strich mit der Hand über ihre Wange, zwang sich zu einem Lächeln und ging zum Haus von Bentens Nachbarin.

15

Pünktlich um 17.30 Uhr klingelte sie, und eine hübsche Frau um die vierzig mit hochgesteckten, blonden Haaren, die ein ausgefallenes rotes Kleid und eine dicke, bunte Kette trug, öffnete ihr die Tür. Sie schaute nur für eine Sekunde auf ihre Narbe und ihren Anwaltsausweis und bat Linn dann mit einem freundlichen Lächeln in eine geschmackvoll eingerichtete, helle Wohnung. Ein riesiger Strauß hellgelber Rosen, der auf einer Bank im Flur stand, verbreitete einen angenehmen Duft.

Linn fühlte sich underdressed mit ihrer alten Jacke, aber da sie sich wegen der Sache mit dem BMW immer noch ein wenig unwohl fühlte, war sie trotzdem froh, als sie sich in der Küche mit einer Tasse Tee an einem weiß gestrichenen Tisch im Landhausstil niederlassen konnte. Sie holte die Abschrift der Vernehmung der Nachbarin und einen Stift aus ihrer Tasche.

Die Frau, die sich als Megan vorgestellt hatte, setzte sich ihr gegenüber und arrangierte braune und helle Kekse stilvoll auf einem Teller.

»Ich würde sehr gerne mit Ihnen noch einmal die Aussage durchgehen, die Sie bei der Polizei gemacht haben«, sagte Linn. »Vielleicht erzählen Sie mir einfach einmal, was am Nachmittag des 2. Juni passiert ist.«

»Well, ich habe Nico von zu Hause wegfahren sehen.« Die Frau riss eine neue Kekspackung auf und gab winzige Waffelröllchen auf den Teller. »Mein Mann und ich wollten gerade zu einer Vernissage, deshalb standen wir an der Straße. Es war genau 16.35 Uhr.«

Linn überflog das Vernehmungsprotokoll. »Bei der Uhrzeit sind Sie sich sicher?«

Für einen Moment flammte Entrüstung in Megans Augen

auf, aber ihre Stimme blieb höflich und ruhig. »Nico hat eine riesige Uhr in Form einer Kameralinse getragen, und sein Arm hing aus dem Autofenster. Ich konnte das Ziffernblatt lesen, you know?« Sie lächelte schmallippig. »Solche Dinge fallen mir auf. Ich bin Modedesignerin. Ich habe auch sofort gesehen, dass die silberne Krawatte, die er getragen hat, nicht zu seinem Anzug passt. Ein exquisiter Anzug von Armani in Schwarz aus der neuesten Sommerkollektion.«

Linn nickte. Teile dieses Anzugs hatte man an der Klippe gefunden.

»Wissen Sie, ob Frau Riccardi am 2. Juni hier war?«

Bentens Nachbarin schüttelte den Kopf. »Nein. Jedenfalls habe ich sie nicht gesehen.« Sie räusperte sich. »Ich kann mir nicht vorstellen, dass an diesen grässlichen Beschuldigungen etwas dran ist. Grace ist eine wundervolle Frau. So berühmt und trotzdem ganz auf dem Boden geblieben. Ein netter Mensch. Ein echtes Fashionvictim. Ich habe viel mit Modeln zu tun, aber Ausnahmetalente wie sie gibt es selten. Ich durfte sie zwei Mal in Mailand sehen, sie performt für die ganz Großen aus der Branche.«

Linn nahm einen Schluck von dem Tee, der nach Fenchel und Anis schmeckte. Bevor sie fragen konnte, ergänzte Megan: »Ich habe selten so ein glückliches, liebevolles Ehepaar gesehen wie Nico und Grace. Sie hätte ihm niemals etwas getan, da bin ich ganz sicher.« Mit einer entschlossenen Bewegung schob sie den Keksteller in Linns Richtung. Linn nahm ein Waffelröllchen.

»Sagt Ihnen der Name Bethany Colville etwas?«

Megan schüttelte den Kopf.

»Es gab Gerüchte, dass Nico Benten eine Geliebte hatte. Haben Sie da vielleicht etwas mitbekommen?«

Megan zog die Augenbrauen hoch, diesmal hörte man die Entrüstung auch in ihrer Stimme. »Natürlich nicht, was denken Sie denn. Er war mein Nachbar, aber ich habe ihm ganz bestimmt nicht nachspioniert, falls Sie darauf hinauswollen.«

»Darauf wollte ich nicht hinaus«, sagte Linn. »Ich dachte nur, dass man ja manchmal ganz zufällig Dinge beobachtet. Vielleicht saß mal eine andere Frau in seinem Auto oder so.«

»Mir ist nie etwas aufgefallen.«

»Es ist sehr, sehr wichtig für meine Mandantin.« Linn lächelte.

Die Frau schien nachzudenken, nahm sich einen Keks, zerkrümelte ihn zwischen ihren Fingern und warf die kleinen Krümel auf ihre Untertasse. »Vielleicht hat Carlotta etwas mitbekommen«, sagte sie schließlich. »Wobei ich mir nicht sicher bin, ob man sich darauf verlassen kann.«

»Carlotta?«

»Wir hatten in der Woche, als Nico gestorben ist, eine Sprachschülerin aus Deutschland hier. Carlotta Schmidt. Sie hat einen Englischkurs gemacht, unten im English-Institut. Wir sind öfter Gasteltern.« Sie pickte ein paar auf den Tisch gefallene Krümel auf. »Carlotta hat sich sehr für Nico Benten interessiert, sie hat mich ständig ausgefragt, das war mir fast ein wenig unangenehm. Vielleicht war sie sogar nur wegen ihm in Padstow, wenn ich jetzt so darüber nachdenke.« Megan schaute eine Weile abwesend auf den Dampf, der von ihrer Tasse aufstieg. Linn wartete, ihr Atem ging schneller.

Schließlich fuhr die Frau fort. »Unsere Bibliothek ist im oberen Stock, von wo aus man über die Mauer zu Nico rübersehen kann, you know? Manchmal, wenn ich Carlotta eine Tasse Tee gebracht habe, stand sie am Fenster, vor allem abends, wenn bei Nico Licht brannte. Ich fand das ziemlich unreif für eine Neunzehnjährige. So etwas tut man doch nicht.« Wieder hob sie ein paar Krümel vom Tisch auf und streifte sie an ihrer Untertasse ab.

»Haben Sie das der Polizei erzählt?«

Megan schüttelte den Kopf. »Carlottas Verhalten war mir peinlich. Abgesehen davon hatte Carlotta ja nie Kontakt zu Nico. Es war nichts als kindliche Schwärmerei. Auch wenn ich sauer war, weil sie an dem Abend, als wir auf der Vernissage waren, heimlich das Auto meines Mannes genommen hat, wollte ich sie nicht in Schwierigkeiten bringen. Und uns auch nicht, nebenbei gesagt. Sie ist ein bisschen merkwürdig, aber sie hatte bestimmt nichts mit Nicos Tod zu tun.«

Linn setzte sich aufrecht hin. »Sie hat an dem Abend, als Nico Benten gestorben ist, das Auto Ihres Mannes genommen? Wo ist sie hingefahren?«

»Mein Mann hat ein Elektroauto, und es war zum Glück fast nicht aufgeladen. Carlotta ist ein paar Meilen von hier im Nirgendwo in der Nähe von Trelake an einer winzigen Landstraße liegen geblieben. Wer weiß, wie weit sie sonst gefahren wäre.« Die Stimme der Frau klang jetzt aufgeregt. »Sie hatte erst seit ein paar Monaten den Führerschein. Sie hätte umkommen können. Wenn das English-Institut so was mitbekommt, dann können wir nie wieder Sprachschüler aufnehmen. Aber dieses Geld ist uns derzeit sehr willkommen. Sie … Sie müssen das doch niemandem erzählen, oder?« Ihre Fingernägel klickten ein nervöses Stakkato auf ihrer Teetasse. »Ein Glück, dass Bill, also einer der Farmer, Carlotta um kurz nach zehn dort gefunden und uns informiert hat. Wir sind sofort aufgebrochen und haben sie abgeholt.«

»Hat sie gesagt, wo sie eigentlich hinwollte?«

»Nein. Sie hat sich nicht mal entschuldigt, sie hat nur komisch gegrinst und gesagt, sie wisse jetzt, dass sie recht habe. Am nächsten Morgen haben wir jedenfalls gemeinsam beschlossen, dass sie ihren Flug umbucht. Sie konnte noch am gleichen Tag nach Freiburg heimfliegen. Sie war, glaube ich, genauso froh wie wir.«

»Können Sie mir die Telefonnummer von dieser Carlotta geben?«

Megan zögerte. Schließlich sagte sie: »Sie sind Graces Anwältin, das wird schon in Ordnung gehen.«

Auf dem Heimweg ins Hotel gab Linn *Trelake* in ihr Smartphone ein. Ihr Herz klopfte schneller. Der Ort, an dem diese Sprachschülerin liegen geblieben war, war ganz in der Nähe der Klippen der Wahrheit.

Zurück im Hotel rief Linn sofort die Handynummer an, die ihr Bentens Nachbarin gegeben hatte. Nach dem dritten Klingeln meldete sich eine verschlafene, dünne Frauenstimme.

»Mein Name ist Linn Geller«, sagte Linn. »Bitte entschuldigen Sie die Störung. Ich bin die Anwältin von Grace Riccardi und …«

»Wow, das ist ja Wahnsinn, Wahnsinn«, sagte die Frau. Ihre Stimme klang auf einmal völlig aufgedreht. »Ich habe Sie im Fernsehen gesehen. Man hat einen Farbbeutel auf Sie geworfen. Und Sie sind wirklich Gracies Anwältin? Wahnsinn. Ich kenne Gracie gut, wissen Sie. Sie meint, ich könnte ein richtig tolles Model werden. Sie will mich fördern.« Ihre Stimme nahm einen verschwörerischen Ton an. »Sie kann nur nicht, weil der Geheimdienst sie daran hindert. Deshalb bin ich auch hier eingesperrt, und sie ist im Gefängnis. Alles falsche Anschuldigungen vom Geheimdienst. Aber niemand kann echte Freundinnen auseinanderbringen.«

»Ah«, sagte Linn ein wenig irritiert.

»Können Sie mir hier raushelfen? Sie sind doch Anwältin. Jetzt, wo Nico gestorben ist, braucht Gracie doch eine echte Freundin, nicht wahr? Ich bin für sie da, können Sie ihr das ausrichten? Ich bin sicher, dass sie unschuldig ist. Ich kann vor Gericht für sie aussagen. Dass das alles eine Aktion des Geheimdienstes ist. Um uns auseinanderzubringen.«

»Warum sollte der Geheimdienst Sie auseinanderbringen wollen?« Linn setzte sich ein wenig bequemer auf den engen Hotelstuhl an dem kleinen Tisch aus Holz. Ihre Narbe spannte.

»Na, was glauben Sie denn? Das ist eine Kampagne zur Unterdrückung erfolgreicher Frauen. Die maskuline Vorherrschaft muss gesichert werden. Um jeden Preis. Was denken Sie, warum man einen Farbbeutel auf Sie geworfen hat? Oder warum ich hier in der Klinik sitze und mit Medikamenten ruhiggestellt werden soll?«

Der Geheimdienst, der die maskuline Vorherrschaft sicherte, na klar. »Sie haben, als Sie in England auf der Sprachschule waren, ja direkt gegenüber dem Ferienhaus von Nico Benten gewohnt. Vielleicht haben Sie zufällig etwas beobachtet, was meiner Mandantin helfen könnte?«, fragte Linn trotzdem.

»Was könnte ihr denn helfen? Ich bin bereit, alles auszusagen.«

»Das ist sehr freundlich, aber ihr hilft nur die Wahrheit. Vielleicht wissen Sie zum Beispiel, ob Nico Benten eine Affäre hatte?«

Carlotta Schmidt schnaubte. »Patriarchale Scheißgesellschaft. Haben die behauptet, dass Nico eine Affäre hatte? Er hatte keine. Ganz im Gegenteil. Er war sehr fromm. Er hat manchmal gebetet.« Sie machte eine kurze Pause. »Nico kam von einem anderen Planeten, haben Sie das gewusst?« Sie stockte, ihre Stimme wurde traurig. »Nico musste sich verstecken, aber er konnte mir eine Nachricht zukommen lassen. Da war mir alles klar.« Sie klang, als würde sie gleich in Tränen ausbrechen. »Ich konnte es trotzdem nicht verhindern. Sie haben ihn umgebracht. Weil er eine Frau wie Gracie unterstützt hat. Und weil er von einem anderen Planeten kam. Das konnte der Geheimdienst natürlich nicht zulassen.«

»Haben Sie beobachtet, wie Nico Benten umgebracht wurde?«

»Quatsch. Der Geheimdienst musste ihn doch erst noch entführen. Als ich ihn gesehen habe, da hat ihn dieses außerirdische Wesen gefahren. Also ich denke, dass es ein außerirdisches Wesen war. Das Haar hat so geglänzt wie der Mond. Es könnte ein Weibchen gewesen sein.«

Linn schüttelte langsam den Kopf. Dennoch fragte sie weiter.

»An dem Abend, als Sie mit dem Auto Ihres Gastvaters weggefahren sind, wo wollten Sie denn hin?«

»Wie gesagt, ich wollte schauen, wo Nico ist. Ich wollte wissen, ob er sich mit seinem Raumschiff trifft.« Sie kicherte. »Nico ist Richtung Meer gefahren, das habe ich aus dem Fenster gesehen, und also bin ich später, als meine Idiotengasteltern weg waren, auch in die Richtung gefahren. Die von der Regierung hatten natürlich mein Auto manipuliert. Ich bin nicht weit gekommen. Aber sie haben nicht damit gerechnet, dass ich meinen Auftrag trotzdem zu Ende bringen würde, obwohl ich zuerst stundenlang nur in der kaputten Karre herumgesessen bin. *Er* hat nämlich *mich* gefunden. Und es mir mitgeteilt. Dass er Kontakt mit seinem Raumschiff hatte. Über dem Meer, so ein Raumschiff braucht Platz.« Sie räusperte sich. »Er ist ganz dicht vorbeigefahren. Er kann Gedanken übertragen.«

Linn presste ihre Fingernägel in ihre Handballen. Die Frau war offensichtlich psychisch nicht gesund, und wahrscheinlich bildete sie sich das alles nur ein, aber auf der anderen Seite ... »Wann ist Nico Benten denn an Ihnen vorbeigefahren?«

»Na, da war es schon düster unter den Bäumen. Das war kurz bevor dieser nach Kuhmist stinkende Trottel von Farmer mich gefunden hat. Nico hat sich auf dem Rücksitz versteckt. Aber als sie ganz dicht bei mir waren, hat er den Kopf gehoben.«

»Und Sie sind sicher, dass es schon düster war? Das muss ja dann recht spät am Abend gewesen sein.«

»Auf jeden Fall. Ich hatte schon angefangen, mir Sorgen zu machen. Dass ich die ganze Nacht dort bleiben muss.«

»Wissen Sie noch, was für eine Automarke es war? Oder sogar das Nummernschild?«

»Natürlich, es war ein schwarzer Aston Martin«, kicherte Carlotta Schmidt. »Aber das Nummernschild ... Ganz ehrlich so unter Frauen: Wenn ein Mann wie Nico Benten vorbeifährt, da schaut man doch nicht auf das Nummernschild, oder?«

Linn verspürte trotz aller Zweifel, wie ihre Hände vor Aufregung ganz taub wurden. Auch wenn es noch so unwahrscheinlich war, aber wenn diese Carlotta die Wahrheit sagte, dann hatte sie Nico Benten lange nach seinem mutmaßlichen Todeszeitpunkt lebend gesehen. Dann konnte er am Abend des 2. Juni nicht von diesen Klippen gestürzt sein.

16

Linn blieb einige Minuten nach dem Gespräch mit Carlotta Schmidt in dem schmalen Hotelsessel sitzen und überlegte, ob sie Faber anrufen sollte oder nicht. Schließlich legte sie das Handy auf den Sekretär und lehnte sich in den Sessel zurück.

Ihre Gedanken fuhren Karussell, als sie versuchte, das, was sie aus der Akte wusste, mit dem in Einklang zu bringen, was sie gerade gehört hatte, und da war an Einklang nicht zu denken. Für die Theorie, dass Benten die Klippen lebend verlassen hatte, gab es keine objektiven Anhaltspunkte oder Spuren, im Gegenteil. Die kurzzeitige Euphorie, die sie während des Gesprächs mit der jungen Frau ergriffen hatte, verebbte. Sie kaute auf ihrer Unterlippe herum.

Natürlich musste sie darüber nachdenken, Carlotta Schmidt als Zeugin zu benennen, aber solange es keine weiteren Hinweise gab, konnte sie sich lebhaft vorstellen, was Richterin Borchert und die Staatsanwaltschaft vom Geheimdienst, dem Raumschiff und dem außerirdischen Wesen halten würden.

Trotzdem. Einiges von dem, was die junge Frau erzählt hatte, passte von den Zeit- und Ortsangaben eigentlich zu genau, um ein Zufall zu sein. Sie stand auf und streckte sich. Vielleicht war das auch nur der Wunschtraum einer Verteidigerin. Sie humpelte zu ihrem Koffer, suchte ihren dünnen Pulli heraus und legte ihn auf das Hotelbett. Aber angenommen, nur einmal angenommen, Nico Benten lebte noch, was konnte passiert sein? Sie setzte sich neben den Pulli. Vielleicht hatte ihn jemand entführt und hielt ihn gefangen? Aber wenn es eine Lösegeldforderung gegeben hätte, dann hätte ihr ihre Mandantin das bestimmt gesagt. Sie strich über den Pullover.

Hatte sich Benten mit jemandem angelegt? Vielleicht doch mit der Mafia, wenn stimmte, was Harris ihr über die Familie ihrer Mandantin erzählt hatte? Die hatten versucht, ihn auf der Klippe zu töten, aber er war blutend geflüchtet, versteckt auf dem Rücksitz eines Autos, und hielt sich nun aus Angst versteckt? Carlotta Schmidt hatte davon gesprochen, dass der Fahrer des Wagens »ein Weibchen« gewesen war. Wen konnte sie gesehen haben? Grace Riccardi selbst? Linn schüttelte den Kopf. Wenn Benten an der Sprachschülerin vorbeigefahren war, als es unter den Bäumen dunkel geworden war und kurz bevor der Farmer sie gefunden hatte, musste das gegen 22.00 Uhr gewesen sein. Um die Zeit war ihre Mandantin bereits auf dem Weg zum Flughafen gewesen. Das bestätigten auch die Daten der Handyortung und die Auswertung des Navis in Grace Riccardis Mietwagen, die Linn sich in der eingescannten Akte auf dem Handy noch einmal anschaute. Hatte also die Geliebte den Wagen gefahren? Und Carlotta Schmidt hatte sie für ein außerirdisches Wesen gehalten? Linn schüttelte erneut den Kopf. Das war Unsinn. Die Spuren, die auf der Klippe gefunden worden waren, sprachen dafür, dass Benten dort mit einem Taser getötet worden war. Sie hatte doch bei den Ermittlungen zu ihrem Unfall gesehen, wohin es führte, wenn man sich Hirngespinste ausdachte und Ohren und Augen vor allen Beweisen verschloss, die nicht ins eigene Bild passten. Nico Benten war tot. Und Carlotta Schmidt hatte vermutlich irgendwo im Dorf aufgeschnappt, dass er auf den Klippen der Wahrheit gestorben war, und als sich zufällig herausgestellt hatte, dass sie in der Nähe mit dem Auto liegen geblieben war, hatte sie sich im Nachhinein zusammenfantasiert, sie habe Benten gesehen und er habe ihr seine Gedanken übertragen. Linn ging ein paarmal im Zimmer auf und ab und blieb schließlich stehen. Der schwarze Aston Martin sprach auch dafür. Sie hatte erst vor ein paar Tagen im Internet gelesen, dass Mason Shepard in der Serie so ein Auto gefahren hatte. Kein Wunder also, dass diese verstörte junge Frau glaubte, ein schwarzer Aston Martin sei an ihr vorbeigefahren.

Linn warf einen Blick auf die Uhr und erschrak. Sie musste sich fertigmachen, in einer Viertelstunde würde dieser Harris vor der Tür stehen. Von einem Moment auf den anderen dachte sie nicht mehr an Carlotta Schmidt, ihren Unfall oder irgendwelche Aston Martins. Sie schaltete das Radio ein, und die Stimme von Bruno Mars schallte ihr entgegen. Während sie ins Bad ging, sang sie aus vollem Hals mit.

Das Restaurant war klein und gemütlich. Die hellen Holztische waren mit bunten Deckchen und Blumen dekoriert, und durch die große Glasscheibe hatte man einen schönen Blick über die Bucht und die tiefstehende Sonne, die vor einer Stunde unerwartet aus den Regenwolken aufgetaucht war. Linn und Harris saßen anders als die meisten anderen Gäste drinnen, weil sie ihre Jacke »vergessen« und in ihrem dünnen Pulli draußen vor Kälte gezittert hatte. Harris hatte ihr zwar sofort sein dunkelgraues Jackett, das perfekt zu seinen Jeans passte, angeboten, aber er hatte dabei so fies gegrinst, dass sie es hatte ablehnen müssen. Während sie nach dem Spaziergang zum Restaurant langsam wieder auftaute und die Wärme genoss, hatte Harris bereits sein Jackett über den Stuhl gehängt und die Ärmel seines weißen Hemdes hochgekrempelt. Locker zurückgelehnt saß er da und winkte dem Kellner. Sie bestellte gegrillten Fisch, Gemüse und ein Glas Wein und Harris eine Sheperd's Pie und ein Pale Ale.

»Kommen Sie gut voran mit Ihren Ermittlungen?«, fragte er, nachdem der Kellner die Getränke gebracht hatte.

»Ich habe mich heute Mittag mit Professor Buchanan unterhalten. Und mit dem Wirt vom Pete's Inn.« Sie nahm einen Schluck Wein. Und noch einen. Sollte sie Carlotta Schmidt ansprechen?

»Wir arbeiten oft mit Buchanan zusammen. Guter Mann.

Ein Schotte«, sagte Harris und griff nach seinem Bier. »Haben Sie denn irgendwelche Erkenntnisse gewonnen, die über die Erkenntnisse der Polizei hinausgehen?«

Die Frage war zu beiläufig gestellt, um beiläufig zu sein.

Sie schüttelte den Kopf. »Bei Buchanan nicht.«

»Und sonst?«

»Ich weiß noch nicht.«

Harris trank einen großen Schluck von seinem Ale. »Sie werden sehen, dass alles seine Ordnung hat. Meine Jungs leisten wirklich gute Arbeit«, sagte er.

»Das habe ich nicht bezweifelt.«

»Aber trotzdem prüfen Sie jeden Schritt nach, den wir gemacht haben.«

»Das ist mein Job.«

Der Kellner kam an den Tisch und stellte dampfende, köstlich riechende Teller vor ihnen ab. Sie wickelten ihr Besteck aus den Servietten. Harris bohrte mit seinem Messer ein kleines Loch in den Deckel seiner Pie. »Der deutsche Staatsanwalt meinte, Sie würden diesen Job noch ernster nehmen als andere. A pain in the ass, so hat er Sie, glaube ich, genannt. Aber sein Englisch war nicht ganz so gut wie Ihres.«

Scheinbar ungerührt spießte sie ein Stückchen Fisch auf die Gabel, obwohl ihr fast die Luft wegblieb. »Staatsanwalt Faber hat mit Ihnen über mich gesprochen?«

»Er meinte, ich solle mich vor Ihnen in Acht nehmen. Gut aufpassen, was Sie tun. Sie hätten einen Unfall gehabt, wären ein bisschen durchgedreht, und seither hätten Sie nur ein Ziel: den Ermittlungsbehörden Unfähigkeit nachzuweisen. Ihre Interpretation der Beweismittel sei wild und …«

»Das ist eine Unverschämtheit.«

»Ich zitiere nur.«

»Sind Sie deswegen hier? Weil Sie wissen wollen, was die durchgeknallte deutsche Anwältin vorhat?« Für eine Sekunde ging ihr wieder durch den Kopf, dass sie gedacht hatte, das hier könne ein Date werden. Sie warf ihre Serviette neben den Teller, legte Messer und Gabel dazu. Sie hatte plötzlich keinen Hunger mehr.

Harris schaute auf den Tisch. Er schien etwas anmerken zu wollen, ließ es aber bleiben und hob sein Glas, um einen Schluck zu trinken.

»Ich werfe niemandem Unfähigkeit vor«, sagte sie und zwang sich zu einem Lächeln. »Aber ich habe vorhin mit einer Frau gesprochen, die Nico Benten nach seinem offiziellen Todeszeitpunkt noch lebend gesehen hat. Und es wundert mich nun doch ein wenig, dass diese Zeugin nirgends in der Akte zu finden ist, wenn die Arbeit der Polizei so perfekt ist.«

Harris verschluckte sich fast an seinem Ale. Als er wieder sprechen konnte, sagte er: »Are you kidding?«

»Sehe ich so aus?«

»Und was für eine Zeugin soll das sein?« Harris' Tonfall klang jetzt hart und professionell, und sie konnte sich vorstellen, wie er mit Verdächtigen sprach.

»Eine Sprachschülerin.« Sie erzählte ihm alles, was sie von Bentens Nachbarin erfahren hatte.

»In der Nähe von Trelake ist ihr Auto liegen geblieben, sagen Sie?«

Linn nickte.

»Dann scheidet diese Sprachschülerin jedenfalls als Mordverdächtige oder als Zeugin für den Mord aus.«

»Und warum?«

»Wenn man sich die Luftlinie anschaut, mag das vielleicht in der Nähe sein. Wenn sie aber zu Fuß von da aus zu den Klippen der Wahrheit gelaufen ist, dann hätte sie in dem wilden Gelände Stunden gebraucht. Sie konnte unmöglich um kurz nach 22.00 Uhr wieder in der Nähe von Trelake gewesen sein, wo dieser Farmer sie gefunden hat.«

»Ich glaube ja auch nicht, dass sie ihn getötet hat. Sie ist eine Zeugin, die sagt, dass Benten gegen 22.00 Uhr noch gelebt hat.«

»Und was ist mit all den Spuren auf der Klippe? Glauben Sie etwa, er hat seinen Tod nur inszeniert? Warum? Da hätte er sich ziemlich gut mit Forensik auskennen müssen.«

Ein inszenierter Tod war eine Möglichkeit, die sie noch gar nicht bedacht hatte. Es kam immer wieder vor, dass Leute einfach genug von allem hatten und spurlos verschwanden. Vielleicht hatte er schlicht und ergreifend mit seiner Geliebten ein neues Leben anfangen wollen? Der Name Bethany Colville schoss ihr durch den Kopf.

»Vielleicht wurde Benten auch entführt. Oder er war auf der Flucht. Es gäbe einige Möglichkeiten, die Sinn machen«, sagte sie.

»Ich finde überhaupt nicht, dass da irgendwas Sinn macht. Benten ist an dem Abend gestorben. Für eine Entführung gibt es keine Anhaltspunkte. Und er war bestimmt nicht auf der Flucht. Auf der Flucht vor was auch?«

»Es ist Aufgabe der Polizei, das herauszufinden.«

Harris aß eine Gabel voll von seiner Sheperd's Pie. Linn beobachtete ihn. Er war sich nicht sicher, was er von ihrer Idee halten sollte, das sah man ihm an. Schließlich schüttelte er den Kopf.

»Es ist unmöglich, dass Ihre Zeugin Benten an dem Abend an der Stelle gesehen hat. Und zwar nicht nur, weil er zu dem Zeitpunkt schon tot war«, sagte er, als er den Mund wieder leer hatte. »Es gibt nur eine einzige Straße von den Klippen der Wahrheit Richtung Trelake.«

»Ja,und?«

»Benten wäre bei seiner ›Flucht‹ von der Überwachungskamera am Ortseingang von Trelake gefilmt worden. Und die Kamera haben wir natürlich überprüft. Im Übrigen alle Kameras, die irgendwo in der Nähe der Klippen waren. Und nirgends ist ein verdächtiges Auto drauf. Ich kann Ihnen das morgen zeigen, wenn Sie das nicht in Ihrer Akte haben. Wir machen unseren Job ordentlich.«

»Und es gibt wirklich überhaupt keine Möglichkeit, ohne von einer Kamera aufgenommen zu werden, von den Klippen der Wahrheit Richtung Trelake zu fahren?«

»Keine gangbare.« Harris wischte sich den Mund mit der Serviette ab. »Wenn dieser Schauspieler nicht lebensmüde war und hier aufgewachsen ist, was er nicht ist, dann gab es keine andere Möglichkeit.«

»Was im Klartext heißt, dass es doch eine andere Möglichkeit gab?« Sie nahm Gabel und Messer wieder hoch und begann, den Fisch zu zerlegen.

»Dieser deutsche Staatsanwalt hatte recht«. Harris grinste sie an. »Sie sind wirklich nervig.«

Sie schlug mit der Serviette nach seinem Arm.

»Essen Sie auf, dann zeige ich Ihnen, wie man ungesehen von den Klippen der Wahrheit auf die Bundesstraße Richtung Trelake kommen könnte. Ich werde Ihnen beweisen, dass niemand, der seine Sinne beisammen hat, so lebensmüde ist, diesen Weg zu nehmen. Ich kann den Vorwurf der Unfähigkeit nicht auf mir sitzen lassen.« Er führte die Gabel zum Mund. »Auch wenn ich glaube, dass das für den Fall nicht relevant ist.« Er steckte sich ein großes Stück Pie in den Mund, kaute und schluckte. »Ich hoffe, Sie haben Ihr Testament schon gemacht. Vielleicht kommen wir nämlich nicht zurück.«

17

Harris hatte darauf bestanden, das Essen zu bezahlen, jetzt saßen sie in einem Taxi und fuhren durch die immer dunkler werdende Dämmerung, Linn neben dem Fahrer, Harris auf der Rückbank. Der Innenraum des Autos war erfüllt von seinem Aftershave.

Sie wusste nicht genau, was sie von der Aktion halten sollte, ob Harris sie veräppeln oder ihr helfen wollte, aber ihre Neugierde war stärker als alles andere.

»Wurde Benten eigentlich irgendwo gefilmt, als er *zu* den Klippen *hin*gefahren ist?«, fragte sie, nachdem der Taxifahrer sie in einem kleinen Waldstück an einer abgelegenen Landstraße hatte aussteigen lassen und davongefahren war.

»Nur am Ortsausgang von Padstow bei einer Tankstelle, da ist er auf die Straße abgebogen, die zu den Klippen führt«, sagte Harris. »Danach gibt es auf der Strecke keine Kameras mehr. Er hat sein Auto abseits von den üblichen Touristenparkplätzen abgestellt, dort haben wir es später auch gefunden.«

»Ich kann mir bis heute nicht vorstellen, was er auf diesen Klippen gewollt haben sollte.« Sie verschwieg, dass ihre Mandantin erzählt hatte, er habe sich dort mit seiner Geliebten getroffen.

»Nun, vielleicht wollte er einen romantischen Abend mit seiner Frau verbringen? Wäre nicht das erste Date, das ein wenig anders läuft als geplant.« Er schaute sie von der Seite an.

Sie verspürte ein leichtes Kribbeln im Magen. Hatte er sich etwa auch vorgestellt, dass dieser Abend ein Date hätte werden können? Beinahe unbewusst strich sie mit der Hand über ihre Narbe. Sie hatte seltsamerweise den ganzen Abend nicht daran gedacht. Sie verschränkte die Arme. Sie würde auch jetzt nicht darüber nachdenken.

»Wir befinden uns hier auf der Landstraße ungefähr an der Stelle, an der Ihre Zeugin, sofern stimmt, was sie sagt, Benten gesehen haben müsste. Da hinten sind Trelake und die offizielle Straße zu den Klippen der Wahrheit. Und hier kommt der unmögliche Geheimweg.« Harris deutete auf einen Pfad, der zwischen uralten, moosbewachsenen Bäumen in die Dunkelheit führte. Trotz des Jacketts, das er ihr regelrecht aufgezwungen hatte, fing sie schon wieder an zu frieren. Mit ihren letzten sauberen Schuhen betrat sie den matschigen Waldweg. Vielleicht hatte Faber recht. Vielleicht hatte sie wirklich einen Knacks seit ihrem Unfall.

Etwa zehn Minuten gingen sie langsam schweigend nebeneinander her. Ein leichter Nebel zog auf und erinnerte sie an einen alten Hound-of-Baskerville-Film. Zwischen den Bäumen raschelte und knackte es gespenstisch, und einmal hatte sie das Gefühl, etwas habe sie von hinten berührt, aber als sie sich ruckartig umdrehte, war da nichts. Die winzige Mondsichel, die ohnehin kaum Licht gab, wurde immer wieder von Wolken verdeckt, die bedrohlich über den Himmel zogen. Irgendwo schrie eine Eule. Ihr versehrtes Bein begann zu schmerzen, aber sie ignorierte es. Schließlich blieb Harris an einem verwitterten Holztor stehen, das den Weg versperrte. »Vor eineinhalb Jahren ist hier eine junge Frau verschwunden, eine Touristin«, sagte er düster. »Sie war ungefähr in Ihrem Alter.«

Linns Nackenhaare stellten sich auf.

»Und ein paar Monate später ein Obdachloser«, fuhr Harris fort. Sie beobachtete ihn, während er das quietschende Tor öffnete. Sie kannte Harris nicht. Und sie war hier mutterseelenalleine mit ihm im Wald. Er hatte ihr nie seinen Polizeiausweis gezeigt, was, wenn er … Sie schüttelte den Kopf.

»Die Leiche des Obdachlosen ist Wochen später aufgetaucht«, sagte Harris. »War eine merkwürdige Geschichte. Das Ganze sah aus wie ein autoerotischer Unfall, aber wir konnten Fremdverschulden nie ganz ausschließen. Kommen Sie.«

Sie folgte ihm durch das Tor, das sich mit einem Knall hinter ihnen schloss. »Willkommen im Moor der Sünder, wie dieses wunderschöne Stück Land liebevoll genannt wird. Es heißt, wer sich hier mit unreinem Gewissen hineinwagt, der wird vom schwarzen Schlund des Moores verschluckt und taucht nie wieder auf.«

»Das ist ja beruhigend.« Linn zitterte leicht, nicht nur vor Kälte. Je weiter sie dem Weg folgten, desto elastischer, gummiartiger wurde der Boden. Irgendwo plätscherte ein Bach. Sie schaltete die Taschenlampe ihres Handys ein und leuchtete den Pfad ab.

»Keine Sorge, ich bin hier ganz in der Nähe aufgewachsen, ich kenne mich aus«, sagte Harris. »Aber wir werden sowieso nicht mehr weit gehen. Ist viel zu gefährlich bei Nacht. Außerdem haben wir schon was getrunken. Ich will Ihnen nur noch etwas zeigen.« Sie gingen den relativ breiten Weg noch ein Stück weiter.

»Und es wäre möglich, hier mit dem Auto zu fahren? Falls jemand Benten beispielsweise bei den Klippen abgeholt haben sollte?«, fragte sie. Es erschien ihr jetzt, nachdem sie den Ort gesehen hatte, ziemlich abwegig.

»Das größte Stück ja«, sagte Harris. »Aber nur bei Tag. Und es ist sehr gefährlich, vor allem weiter innen im Moor. Wenn man einmal die falsche Abzweigung nimmt, dann war's das. Dann führt einen der Weg direkt in einen der Moorseen. Und die sind ziemlich tief. Vermutlich werden Sie nicht einmal mehr aus Ihrem Auto kommen. Und wenn doch, stecken Sie mit ziemlicher Sicherheit im Morast fest. Wenn Sie nicht ertrinken, erfrieren Sie in der Nacht.« Sie sah sein Grinsen. »Von den Irrlichtern und den Geistern der ertrunkenen Sünder will ich gar nicht sprechen. Es heißt, sie könnten Stimmen imitieren, und sie hätten schon mehr als einen Menschen um den Verstand gebracht.«

Harris blieb plötzlich stehen, und sie wäre fast mit ihm zusammengestoßen. »Hier, das wollte ich Ihnen zeigen.« Beinahe direkt vor ihnen lag ein riesiger, schwarzer See, den sie in der

Dunkelheit vermutlich übersehen hätte. Im nicht besonders hellen Licht ihres Handys konnte sie erkennen, dass das Schilfgras am Ufer so dicht aus dem Wasser herauswuchs, dass es aussah wie eine Wiese.

»Lake Lywin«, erklärte Harris. »Hier hätte Benten über diese Brücke fahren müssen, was ich für unmöglich halte. Und das ist nicht die einzige quasi unüberwindbare Stelle.« Er deutete auf eine im düsteren Licht nur zu erahnende alte Steinbrücke, die sich über einen Arm des Sees spannte. »Ich bin mir nicht sicher, ob sie überhaupt ein Auto aushalten würde.« Er trat an die schmale Brücke, leuchtete jetzt ebenfalls mit seinem Handy. Hielt plötzlich inne und winkte sie her. Selbst bei den schlechten Lichtverhältnissen war eindeutig erkennbar, dass an einem hervorstehenden Stein am Rand der Brücke vor kurzem etwas entlanggeschrappt sein musste. Das Moos war abgekratzt, und etwas, das aussah wie ein dünner Streifen dunkler Farbe, war darauf zu erkennen.

Harris ging in die Knie und betrachtete die Spur. »Ich kann im Moment nicht sagen, ob das von einem Auto stammt, aber es kann noch nicht allzu lange hier sein. Ich war erst vor ein paar Wochen mit … mit jemand hier spazieren, und da war das ganz bestimmt noch nicht da.« Er richtete sich wieder auf. »Na gut, ich denke, es schadet nicht, wenn wir einmal mit dieser Zeugin sprechen. Und jemanden rausschicken, der eine Probe von diesem Lack nimmt und nach Reifenspuren sucht. Wobei in diesem Boden Abdrücke schnell wieder verschwinden, und ich davon ausgehe, dass sie nach der langen Zeit schon weg sind.« Er schaltete sein Handy aus und steckte es wieder ein. »Die Spuren hier haben bestimmt nichts mit Nico Bentens Tod zu tun. Sie stammen wahrscheinlich von Forstarbeitern oder von einem dieser verrückten Radfahrer, die Moore und Klippen für schöne Downhillstrecken halten, oder ein Tourist hat die falsche Straße genommen.«

»Natürlich«. Linn konnte ein Grinsen nicht unterdrücken. Harris rollte die Augen. In diesem Moment hörten sie beide das leise Knallen, mit dem das Holztor am Eingang des Moores zuschlug.

18

Harris richtete sich auf. Sie konnte sehen, wie sich seine Muskeln anspannten. Er legte seine Hand auf ihren Rücken und schob sie über die Brücke. »Kommen Sie. Und machen Sie das aus«, flüsterte er.

Linn schaltete ihre Handytaschenlampe aus. Geduckt gingen sie beide über die Brücke, Harris schaute sich immer wieder um. Die Dunkelheit des Waldes hinter ihnen war undurchdringlich. Auf der anderen Seite des Seearms führte der breite Moorweg weiter in die Finsternis. Harris bedeutete ihr mit einer Geste, vom breiten Weg abzuweichen und einem kleinen Pfad zu folgen, der nach ein paar Metern auf eine alte, etwa hüfthohe Steinmauer mit einem zerfallenen Durchgang stieß.

»Hier war im Mittelalter eine winzige Kirche und ein Friedhof«, sagte Harris leise. »Dieses Stück Land ist eine feste Insel.« Er führte sie hinter ein dichtes Gestrüpp und holte sein Handy heraus. Fluchte, als er feststellte, dass sie keinen Empfang hatten. Spähte immer wieder durch die Äste hinüber zu der Brücke und dem See. Einmal hatte Linn das Gefühl, eine menschliche Gestalt zu sehen, aber als sie noch einmal hinschaute, war sie verschwunden. Vermutlich hatte sie sich das nur eingebildet. Sie warteten etwa fünfzehn Minuten. Nichts geschah. Die Kälte kroch ihr unerbittlich in die Knochen. Sie konnten nicht die ganze Nacht hierbleiben, sonst würde sie wahrscheinlich tatsächlich erfrieren, auch ohne im Moor eingesunken zu sein. »Haben Sie vielleicht eine Waffe oder so?«, fragte sie schließlich. Ihre Zähne klapperten.

Sie hörte Harris leise auflachen. »Habe nicht daran gedacht, dass ich eine brauchen würde, wenn ich mit Ihnen essen gehe«, sagte er. »Aber ich denke, wir können gefahrlos zurück zur Straße.

Excuse me. Ich war nur vorsichtig, weil hier bei Nacht meistens nur die Leute rauskommen, die keine redlichen Ziele haben. Zu viele Jahre als Mordermittler machen einen paranoid.« Er wirkte, als sei ihm die ganze Sache peinlich. »Vermutlich waren das Jugendliche, die hier in Ruhe einen Joint rauchen wollten. Wir werden sie mehr erschrecken als sie uns.«

Sie war nicht ganz überzeugt, aber nachdem die Anspannung etwas nachgelassen hatte, wurden die Kälte und die Schmerzen in ihrem Bein unerträglich. Langsam gingen sie zurück, Harris stützte sie am Arm. Jedes Mal, wenn es im Gebüsch knackte, zuckte sie zusammen, aber nichts passierte. Schließlich erreichten sie das Holztörchen.

Der Nebel war dichter geworden, und der Weg schien sich hinter dem Tor im Nichts zu verlieren. Linns Herzschlag beschleunigte sich. Harris schaute aufmerksam auf das dunkle Gestrüpp am Wegesrand, als sie durch das Törchen Richtung Straße gingen. Alles war ruhig. In ein paar Minuten würden sie wieder vorne an der Straße sein, konnten sich ein Taxi rufen oder nach Trelake laufen und von dort … Ein lautes Rascheln ließ sie zusammenfahren. Harris leuchtete mit seinem Handy in Richtung des Geräusches, aber da war nur Nebel und dunkler Waldrand.

»Ist da jemand?«, fragte er laut. »Kommen Sie raus.«

Nichts passierte. Harris ergriff ihren Arm fester, und sie gingen weiter, so schnell sie mit ihrem Bein laufen konnte. Erneut raschelte es im Gebüsch, Zweige knackten.

»Hey«, rief Harris, »wer ist da?« Er ließ ihren Arm los und machte einen Schritt auf die Büsche zu. Das Rascheln wurde lauter, irgendetwas schien zu flüchten. Schnell ging Harris zum Wegrand auf das Rascheln zu, das sich eilig in den Moorwald entfernte, bis es nicht mehr zu hören war. »Vermutlich ein Tier«, sagte er, und sie sah deutlich, dass er selbst nicht sonderlich überzeugt von dieser Erklärung war. Vor allem, weil sie sicher war, dass er es auch gerochen hatte: Für eine Sekunde hatte unverkennbar ein schwacher Geruch nach fremdem menschlichem Schweiß in der Luft gelegen.

Sie waren fast am Parkplatz angelangt, als Linn mit dem Mann, der regungslos auf der Straße stand, zusammenstieß und vor Schreck aufschrie. Harris packte ihn sofort, drehte ihm den Arm auf den Rücken und hielt ihn fest. »Sorry, aber dürfte ich erfahren, was Sie hier um kurz vor Mitternacht tun?«, fragte er scharf.

»Das Gleiche könnte ich dich auch fragen«, erwiderte der Fremde. Er trug eine schwarze Regenjacke und Gummistiefel und kam Linn plötzlich bekannt vor. Es war der blonde Typ aus dem Hotel, der sie beinahe angefahren hatte.

Ein helles Licht ging an, und eine Frau kam jetzt aus dem düsteren Nebel vom Parkplatz. Sie trug eine Kamera.

Harris ließ den Mann los. »Francis«, sagte er. »Bist du jetzt schon einer dieser Journalisten, die im Gebüsch herumschleichen und andere Leute zu Tode erschrecken?«

»Gebüsch, du spinnst wohl.« Der Blonde sah Harris verächtlich an. »Ich stehe seit gut einer Stunde genau hier und friere mir den Arsch ab und werde dann auch noch von einem sogenannten Vertreter des Gesetzes misshandelt.« Er spuckte auf den Boden. »Das ist wohl dein feuchter Wunschtraum, dass ich vom Weg abweichen würde. Du bist nicht der Einzige, der einen Großteil seiner Jugend in diesem tristen Moor verschwendet hat. Kannst du dich noch erinnern, als der blödsinnige Tourist fast ertrunken ist, der seinen Hund gesucht hat?«

Harris antwortete nicht, legte seine Hand auf Linns Rücken und führte sie an Francis vorbei.

»Gibt es neue Erkenntnisse im Mordfall Nico Benten?«, fragte der. »Oder gibt es andere Gründe, warum seine Anwältin und mein geschätzter Freund hier draußen im Moor herumlungern?«

»Ich bin sicher nicht dein geschätzter Freund.«

»Uuh, wollen wir uns mal wieder prügeln? Wie damals vor der Schule?«

»Get lost«, knurrte Harris. »Und nimm deine Leute gleich mit.«

Der Journalist lachte und spuckte erneut auf den Boden. »Nicht so unfreundlich«, sagte er. »Sonst könnte es sein, dass ich in meiner nächsten Reportage ein paar private Dinge über deine jüngste Vergangenheit mit einflechte.«

Harris trat ganz dicht an ihn heran. »Das würde ich lieber bleiben lassen.«

»Sonst was?«, fragte der blonde Typ. Linn hielt die Luft an. Die Frau mit der Kamera filmte die ganze Zeit.

Harris lächelte und sprach direkt in die Kamera. »Sonst könnte es sein, dass ich euren Sender verklage«, sagte er freundlich. Dann drehte er sich zu Linn um. »Möchten Sie den investigativen Damen und Herren von unserem bekanntesten Vorabend-Promimagazin noch etwas mitteilen?«

»Get lost«, sagte sie.

»Es war wirklich ein netter Abend«, sagte Harris, nachdem das Taxi sie vor ihr Hotel gebracht hatte. »Besonders der Teil auf dem alten Friedhof.«

Linn grinste. »Ja, das hatte was.«

Harris gab ihr die Hand. »Ich bin übrigens Marc. Aber alle nennen mich Harris.«

»Linn«, sagte sie.

»Vielleicht brauchst du ja noch mehr Hintergrundwissen zu deinem Fall, Linn?«

»Das wäre gut möglich. Sehr gut möglich.«

»Wir können telefonieren. Hast du eine Handynummer?«

Sie tauschten ihre Nummern aus. Dann zog sie sein Jackett aus und hängte es ihm über die Schultern. Er lachte leise. Sie standen sich kurz gegenüber, dicht an dicht. Sollte sie ihn umarmen? Der entscheidende Moment verstrich ungenutzt. Harris berührte sie leicht an der Schulter und drehte sich weg. »Schlaf gut. See you«, sagte er. Dann war er in der nebligen Dunkelheit verschwunden.

19

Als Linn in ihrem Hotelbett lag, war sie so aufgekratzt, dass sie nicht einschlafen konnte, obwohl sie todmüde war. Harris schien sie zu mögen. Er wollte sich noch einmal mit ihr treffen, das war ganz klar. Sie zwang sich, an etwas Anderes zu denken. An den seltsamen Reporter mit den blonden Haaren zum Beispiel. Francis. Der so drohend die »jüngste Vergangenheit« von Harris angesprochen hatte. Was konnte er gemeint haben? Sie hatte sich nicht getraut zu fragen. Harris hatte ihr von sich aus nur gesagt, dass Francis ein Klassenkamerad von ihm gewesen sei, den er schon als Kind nicht habe leiden können. Sie hätten sich einmal um ein Mädchen geprügelt, mit zwölf, und danach seien sie beinahe von der Schule geflogen.

Sie drehte sich auf der harten Matratze hin und her und dachte an den belustigten Blick in Harris' freundlichen Augen. Betrachtete die flackernden Punkte an der Wand, Licht von der Laterne auf dem Parkplatz, das durch die Jalousie hereindrang, und spähte zu der Digitaluhr am Fernseher hinüber. Beinahe 4.00 Uhr früh. Sie sollte lieber ein bisschen schlafen, denn sie hatte auch am nächsten Tag ein volles Programm. Sie würde ans Set von *Schmerzen des Erfolgs* fahren und mit der Darstellerin der Annie sprechen. Zwar hatte die wie die meisten ihrer Kollegen ein Alibi, aber der Großteil von Bentens Leben hatte sich am Set abgespielt. Wenn sie etwas über seine geheimen Seiten erfahren konnte, dann dort. Vielleicht wussten die sogar, wo er sich versteckt halten könnte, falls er tatsächlich noch lebte. Außerdem musste sie zu der Forensikerin, die als Erste am Tatort gewesen war.

Draußen vor ihrem Zimmer knarrte es plötzlich laut, und Linn zuckte zusammen. Ein Schauder überlief sie. Waren das

Schritte? War da jemand vor ihrem Zimmer stehengeblieben? Sie setzte sich im Bett auf, machte das Licht an, kontrollierte mit unruhigen Händen, ob ihr Handy neben ihr lag, und nahm sicherheitshalber das Tränengas, dass sie wie zu Hause auf ihrem Bettschränkchen stehen hatte, in die Hand. Sie saß ungefähr zehn Minuten so da, bis ihr kalt wurde. Keinerlei Geräusche von draußen. Sie war offenbar nur ein bisschen angespannt seit der Geschichte im Moor. Sie stellte das Tränengas wieder weg, legte sich auf ihr Kissen zurück und deckte sich zu. Löschte das Licht. Niemand verfolgte sie. Das war nach ihrem Unfall nicht so gewesen, und jetzt war es auch nicht so. Das war alles Einbildung, sie hatte darüber wer weiß wie oft mit ihrer Therapeutin gesprochen.

Sie schaltete das Licht wieder an. Das Geräusch hier hatte sie sich vielleicht eingebildet, aber das Rascheln im Gebüsch draußen im Moor – niemals. Das war real gewesen. Harris hatte es auch gehört. Und der Reporter hatte es nicht sein können, er hatte nach Duschbad gerochen, nicht nach Schweiß, ebenso wenig wie die Kamerafrau. Also ein Tier. Ein großes Tier, so laut wie es geraschelt hatte. Aber was für ein Tier roch wie ein schwitzender Mensch und versteckte sich erst eine Weile am Wegrand, bevor es in den Wald floh?

Linn lehnte sich wieder in ihr Kissen. Ein durchgedrehter Fan. Oder ein anderer Journalist. Das war bestimmt die Erklärung. Denn der Mensch war ja geflohen, hatte ihnen nichts getan. Sie blätterte eine Weile in einem Hotelmagazin, sah sich wahllos Bilder von Ausflugszielen an. Schließlich löschte sie das Licht. Bevor sie in den Schlaf hinüberglitt, wanderten ihre Gedanken noch einmal zu den Kratzspuren und dem dunklen Lack auf der kleinen Brücke im Moor, und sie musste lächeln. Hatte sie jetzt tatsächlich objektive Beweise für Carlotta Schmidts Aussage? Den Lack des schwarzen Aston Martins, mit dem Nico Benten verschwunden war? Oder waren das nur die Spuren von Waldarbeitern?

Wenn Nico Benten noch leben sollte und es ihr gelänge, ihn aufzuspüren, würde das ein außergewöhnlicher Freispruch werden. So einen genialen Sieg vor Gericht erzielte man nicht oft im Leben.

Am Set von *Schmerzen des Erfolgs* herrschte bereits um 8.00 Uhr morgens ein reges Treiben. Linn hatte es vor diesem Termin gegraut, weil sie sich schon inmitten eines Heers wunderschöner Schauspieler gesehen hatte, die sie anstarrten, aber die Wirklichkeit war keinesfalls grausam. Niemand starrte sie an, sie wurde hier und da höchstens einmal freundlich und beiläufig angelächelt, als sie den Flur entlanghumpelte. Schließlich hörte sie auf, sich die Haare immer wieder mit der Hand über die Wange zu legen.

Über den gesamten Boden verteilt lagen Kabel. Scheinwerfer wurden aufgebaut und ausprobiert. Es war heiß und roch nach Parfüm, angebranntem Staub und starkem Kaffee. Überall in den Gängen des riesigen Herrenhauses, in dem im Moment gedreht wurde, wuselten Leute herum. Götz hatte sich eindeutig getäuscht in der Annahme, dass er nie erfahren würde, wie die Geschichte von *Schmerzen des Erfolgs* ausging. Es war viel eher so, dass mit einem anderen Schauspieler weitergedreht wurde, obwohl noch nicht einmal Bentens Leiche aufgetaucht oder sein Verschwinden aufgeklärt war. Die Produktionskosten, so erklärte der Pressesprecher, der sie durchs Haus führte, mit einem entschuldigenden Unterton, seien so hoch, dass man es sich nicht leisten könne, die Dreharbeiten für längere Zeit zu unterbrechen. »Und Benten, Gott hab ihn selig, wird nicht wiederkommen. Es ändert ja nichts, ob wir jetzt seine Für-Tot-Erklärung abwarten oder nicht«, sagte er.

»Fragen Sie sich nicht manchmal, ob er noch lebt? Ich meine, seine Leiche wurde nicht gefunden.«

Der Pressesprecher lachte, es klang ein wenig peinlich berührt. »Man kann das vielleicht nur verstehen, wenn man Künstler ist, aber für mich gibt es keinen Zweifel, dass er irgendwo im Atlantik seinen ewigen Frieden gefunden hat. Das hier war sein Leben. Und da er nicht hier ist …« Er wartete oben an einer steilen Treppe, die sie nur langsam bezwang, bis sie neben ihm angekommen war. »Da hinten drehen wir gerade. Das war sein Lieblingsplatz, im Ballsaal«. Er zeigte auf eine Tür am Ende des Flurs. »Es sind die ersten Takes mit Erasmus. Erasmus Gutmann, er wird die Rolle des Mason Shepard übernehmen, vielleicht haben Sie davon in den Medien gehört. Ein hervorragender Schauspieler. Und er sieht Nico sehr ähnlich.« Seine Stimme klang jetzt aufgeregt. »Sie können sich schon auf die nächsten Folgen freuen. Mason wird endlich die Mysterien rund um seine große Liebe Annie aufklären, ein wundervolles Drehbuch, ganz wundervoll, mehr darf ich aber nicht verraten.« Er zwinkerte ihr zu.

Linn nickte. Sie musste Götz nachher anrufen, vielleicht würde ihn das ein wenig aufmuntern, er hatte so gestresst und abwesend geklungen bei ihrem letzten Gespräch.

Sie erreichten einen hellen, kleinen Raum, in dem auf zwei Tischen Snacks und Getränke für die Crew aufgebaut waren. Fünf junge Leute luden sich belegte Brote und Obstsalat auf einen Teller. Sie schauten neugierig hoch, als Linn und der Pressesprecher ins Zimmer kamen. Eine hübsche, dunkelhaarige Frau in einer Art Prinzessinnenkleid steckte sich eine Traube in den Mund und kam auf sie zu. Für eine Sekunde blieb ihr Blick an Linns Narbe hängen, dann schaute sie wieder in ihre Augen und streckte ihr mit einem strahlenden Lächeln die Hand entgegen. Die Schauspielerin, die in der Serie die Annie darstellte, wirkte im wahren Leben kleiner und drahtiger als im Film, aber Linn erkannte sie trotzdem auf den ersten Blick. Sie war die Einzige, die sich bereit erklärt hatte, mit ihr zu sprechen.

»Ich bin Leonie Meier«, stellte sie sich vor. »Möchten Sie einen Kaffee? Oder was zu essen? Der Porridge ist gewöhnungsbedürftig, aber ansonsten kann man sich nicht beklagen.« Sie hielt ihr eine dampfende Tasse hin.

Linn nahm die Tasse und bedankte sich.

»Erasmus ist wie gesagt beim Take«, mischte sich der Pressesprecher ein. »Er wird daher leider für ein Gespräch nicht zur Verfügung stehen.«

»Er will nicht noch einmal gefragt werden, ob er froh ist, dass Nico tot ist, weil er ja nur deshalb diese Rolle bekommen hat«, fügte Leonie Meier hinzu. »Die Polizei hat stundenlang mit ihm gesprochen.«

»Er hatte ein unumstößliches Alibi und kein Motiv. Denn bis zu Nicos Tod hieß es, dass die Serie nicht fortgeführt wird, falls Nico Benten einmal aussteigen sollte«, warf der Pressesprecher schnell ein. »Erasmus Gutmanns Unschuld wurde zweifelsfrei erwiesen. Nicht, dass wir auch nur eine Sekunde geglaubt haben, er hätte mit dieser widerlichen Sache etwas zu tun.«

»Wie kann ich Ihnen helfen? Ich habe nicht viel Zeit. Das neue Drehbuch sieht nämlich vor, dass ich ständig irgendwo dusche, bade oder mich sexy halbnackt auf einem Bett drapiere«, sagte Leonie Meier, während sie sich einen Kräutertee eingoss.

»Wann haben Sie Benten das letzte Mal gesehen?«

Die Schauspielerin lächelte. »Am Morgen seines Todestags. Er hat mir noch zugewinkt, als er gegangen ist. Hat mich ein bisschen gewundert, dass er weggefahren ist, sonst hat er immer hier gegessen. Und normalerweise hat er seine Drehpausen am Set verbracht und Text gelernt. Oder den Statistinnen beim Umkleiden zugeschaut. Er hatte einen eigenen Liegestuhl, einen roten, da lag er immer wie der letzte Pascha, und alle sind um ihn herumgewuselt und haben ihm Getränke serviert.«

Der Pressesprecher räusperte sich, offenbar kurz davor, einzugreifen.

»War Nico Benten an dem Tag anders drauf als sonst?«, fragte Linn.

Leonie Meier nippte an ihrem Tee. »Ich denke nicht, nein. Er war wie immer.«

»Und wie war Nico Benten so?« Linn trank ebenfalls einen Schluck. »Gab es vielleicht Gründe, warum ihn jemand hätte umbringen wollen?«

»Er war ein Heiliger«, sagte Leonie Meier. Ihre Stimme triefte vor Sarkasmus. »Natürlich haben wir ihn alle geliebt, und niemand wollte ihn umbringen. Und wer etwas Gegenteiliges behauptet, der muss eine verdammt hohe Vertragsstrafe zahlen. Sonst noch was?«

»Hatte er eine Affäre?«

Die Schauspielerin lachte auf.

»Natürlich nicht«, mischte sich der Pressesprecher ein. »Nico Benten hatte einen ausgezeichneten Ruf. Er liebte seine Frau. Er hat hart gearbeitet, und in seiner Freizeit hat er soziale Projekte betreut. Da war überhaupt keine Zeit für so was.«

»Ja«, sagte die Darstellerin der Annie, »er hat sich wirklich sehr intensiv um seine sozialen Projekte gekümmert. Besonders um ganz bestimmte Projekte. Zum Beispiel eine Stiftung, die Universitäts-Stipendien an benachteiligte Jugendliche vergibt, auch an benachteiligte junge Frauen mit großer Oberweite. Wenn ich offen reden …«

»Ich glaube, wir sind hier fertig«, fiel ihr der Pressesprecher laut ins Wort. »Nico war ein wundervoller Mensch, der für alle das Beste wollte, und wir sind schockiert und traurig, dass er tot ist.« Und zu Linn gewandt fuhr er mit einem Lächeln fort, das nicht bis zu seinen Augen reichte: »Eifersüchteleien sind beim Film einfach nicht wegzudenken. Auch das macht einen Teil des Charmes aus.«

»Ich hatte meine Erfahrungen mit Benten und habe ihn verlassen«, sagte Leonie Meier. »Schon vor Jahren. Es war nicht so besonders, dass man da auf Nachfolgerinnen eifersüchtig sein müsste. Er war nicht normal mit seinem Geheimhaltungsfaible.«

Sie blaffte den Pressesprecher an: »Meine Anwältin hat mir erklärt, dass die Schweigeverpflichtung nicht über seinen Tod hinaus gilt.« Sie rauschte effektvoll aus der Tür.

Linn ging ihr so schnell wie möglich nach, dicht gefolgt von dem Pressesprecher, der versuchte, sie an der Schulter zurückzuhalten. Sie schüttelte ihn ab. Er blieb, wohl ein wenig ratlos, was nun zu tun sei, stehen.

»Bitte, warten Sie«, rief sie der Schauspielerin hinterher.

Leonie Meier stoppte abrupt.

»Was meinen Sie mit Geheimhaltungsfaible?«

Die Schauspielerin lächelte mit zusammengekniffenen Lippen, kam ganz dicht an Linn heran und flüsterte ihr kaum hörbar ins Ohr: »Sie haben das nicht von mir, aber bevor man an ihn ran durfte, musste man eine Schweigepflichterklärung unterschreiben, die einen mit horrenden Geldstrafen bedrohte. Wenn man quatschen sollte.« Sie tippte sich an die Stirn. »Nicht, dass es da viel zu quatschen gab. Man hat einen Akt mit Nico am besten schnellstens vergessen.« Ihre Stimme wurde ein klein wenig lauter. »Er hat mir ein Prepaidhandy gegeben, und nur damit durfte ich ihn anrufen. Nur zu bestimmten Zeiten und nur auf einem anderen Prepaidhandy, das er benutzt hat. Als die Sache mit uns vorbei war, hat er das Handy zurückgefordert. Nochmal: Sie haben das nicht von mir.«

Der Pressesprecher kam jetzt zu ihnen herüber. »Ich denke, Sie möchten jetzt gehen.« Etwas ungeschickt nahm er Linns Arm und wollte sie von Leonie Meier wegziehen.

»Eine Frage noch«, sagte Linn. »Können Sie sich vorstellen, dass Nico Benten noch lebt?«

Leonie Meier zog erstaunt die Augenbrauen hoch. Ihr Blick sah auf einmal traurig aus. »Nein«, sagte sie und ging mit gesenktem Kopf den Gang entlang, verschwand schließlich in einem der Zimmer und knallte die Tür zu.

20

Nur vierzig Minuten nach ihrem Eintreffen stand Linn wieder draußen vor dem Garten des Herrenhauses und ging auf ihren Mietwagen zu, der ein wenig schief am Straßenrand parkte. Sie hätte zu gerne noch den Aston Martin aus der Serie auf Kratzspuren überprüft, aber der Pressesprecher hatte sie richtiggehend durch das Gartentor geworfen und hinter ihr mit einem altmodischen Schlüssel abgeschlossen. Sie setzte sich auf den Fahrersitz. Es war erst kurz vor 9.00 Uhr, und sie hatte noch eine ganze Weile Zeit bis zu ihrem nächsten Termin.

Diese Leonie Meier war offenbar ziemlich wütend auf Benten. Aber da sie am Tatabend am Set gewesen war, was ungefähr hundert Leute bestätigt hatten, wie sie aus der Akte wusste, konnte sie mit seinem Verschwinden oder seinem Tod nichts zu tun haben. Ihre Aussage war trotzdem interessant. War etwa die geheimnisvolle Geliebte der Grund dafür, dass Benten zwei nicht registrierte Handys gekauft hatte? Damit er von seiner Frau unbemerkt Kontakt mit ihr haben konnte? Das klang ziemlich logisch. Und die Prepaidhandynummer aus Exeter, die er an seinem Todesabend angerufen hatte, was war mit der? Unterstellt, seine Geliebte war an dem Abend mit ihm auf den Klippen gewesen, wem gehörte diese Nummer?

Eine Weile dachte Linn nach und beobachtete eine kleine Katze, die im Garten des Herrenhauses Mücken jagte. Wie auch immer, sie musste auf jeden Fall endlich die mysteriöse Geliebte finden. Denn wenn Benten tot und die Geliebte tatsächlich auf der Klippe gewesen war, war sie einer der letzten Menschen, die ihn lebend gesehen hatten, und damit möglicherweise seine Mörderin. Und falls er noch lebte, musste sie das Auto gefahren haben, mit dem er abgehauen war, und somit wissen, wo er sich versteckte. Carlotta Schmidt hatte ja von einem weiblichen Fahrer geredet.

Mit ihrem Smartphone ging Linn ins Internet. Die Stiftung, von der Leonie Meier gesprochen hatte, nannte sich Mason-Shepard-Foundation und wandte sich an Jugendliche in Deutschland und in England. Das Büro in Deutschland wurde von einem Mann namens Markus Boder geleitet, der sich, nachdem Linn ihn endlich am Telefon hatte, in Lobpreisungen auf Nico Benten erging und auflegte, nachdem er kapiert hatte, dass sie seine mutmaßliche Mörderin vertrat. Sie versuchte es im Büro in London und wurde von einer Sekretärin mit genervter Stimme darüber aufgeklärt, dass die Leiterin, Lucy Brown, nicht zu sprechen sei. »Es sitzt die Richtige im Gefängnis«, fauchte die Frau noch, bevor sie das Gespräch beendete. »Wie können Sie nur glauben, dass unser Nico eine Affäre mit einer unserer Stipendiatinnen hat!«

Sie hätte gerne Harris angerufen. Er hätte ihr bestimmt weiterhelfen können bei der Frage, wie sie diese mysteriöse Geliebte finden konnte. Aber sie durfte die Polizei nicht auf diese Spur bringen. Nicht auszudenken, wenn die Geliebte Grace Riccardi dabei gesehen hatte, wie sie gerade ihren Mann umbrachte.

Sie wählte Götz' Handynummer. Sie brauchte den Rat eines guten Freundes. Eines Freundes, der zudem ein erfahrener Strafverteidiger war.

Götz hörte sich an, als läge er noch im Bett und hätte die Nacht durchgesoffen. Etwas, das sie bislang noch nie erlebt hatte, aber sie waren ja auch noch nicht lange zusammen selbständig. Bisher war Götz meistens gut gelaunt und früh in der Kanzlei gewesen.

»Habe ich dich geweckt?«

»Nein, nein.« Götz' Stimme war rau. »Ich glaube, ich habe die ganze Nacht nicht geschlafen.«

»Was ist los?«

»Nichts, nur eine temporäre Schlafstörung. Weshalb rufst du an?«

»Ich brauche deinen Rat«, sagte sie, wenig überzeugt von seiner Antwort. »Es besteht die Möglichkeit, dass Benten noch lebt und mit seiner Geliebten untergetaucht ist.«

Keine Reaktion von Götz, nicht das leiseste Anzeichen von Erstaunen.

»Ich muss die Frau unbedingt finden, aber die Polizei kann ich nicht einschalten«, fuhr sie irritiert fort. »Glaubst du, wir sollten einen Privatdetektiv …?«

»Linn«, unterbrach er sie. »Du bist doch die mit dem Spitzenexamen, wenn du also meinst, dass du die Kosten eines Privatdetektivs von unserem Kanzleikonto vorschießen solltest, um einer Mörderin in einer aussichtslosen Sache zu helfen … Ach Scheiße, ich würde es vielleicht genauso machen, darum geht es auch gar nicht. Es geht um das große Ganze. Ich … Ich kann einfach nicht mit ansehen, wie du …« Er schluckte, dann stieß er hervor: »Es funktioniert nicht. Wir sollten wieder getrennte Wege gehen. Diese gemeinsame Kanzlei war eine Schnapsidee.«

Er legte auf.

Sie war völlig vor den Kopf gestoßen. Ein bitterer Geschmack stieg ihre Kehle hoch. Was, um alles in der Welt, sollte das denn? Warum sollte ihre gemeinsame Kanzlei aus heiterem Himmel eine Schnapsidee sein? Sie nahm das Handy vom Ohr, starrte es an wie einen unbekannten Gegenstand. Deshalb hatte Götz also den Gründungsvertrag gesucht. Weil er aussteigen wollte. Weil er nicht mehr mit ihr zusammenarbeiten wollte. Aber warum? ›Ich kann einfach nicht mit ansehen, wie du …‹, hatte er gesagt. Was konnte er nicht mit ansehen? Wie sie ihre Fälle bearbeitete? Die Fälle, in denen jeder andere außer ihr erkannte … Linn schaltete das Handy aus und warf es auf den Beifahrersitz. Das erinnerte sie doch stark an das traurige Ende ihrer Großkanzleizeit. Blind für die Realität zu sein, das hatten sie ihr damals doch auch vorgeworfen, als sie sich richtig in die Ermittlungen zu ihrem Unfall reingekniet und schließlich Ungereimtheiten gesehen hatte, wo keine gewesen waren. Ihr ehemaliger Chef Terry hatte ihr ins Gesicht gesagt, dass er sie für verrückt hielt und … Sie ballte die rechte Hand zur Faust und schlug aufs Lenkrad. Die Sache Riccardi war etwas ganz anderes. Erneut schlug sie aufs Lenkrad. Wirklich? War die Sache Riccardi etwas anderes? Es gab niemand außer ihr, der auch nur in Betracht zog, dass Nico Benten noch lebte. Oder dass er zwar tot war, dass ihre Mandantin ihn aber nicht getötet hatte. Selbst ihre Mandantin sagte, dass sie schuldig war. Linn schnallte sich an, steckte den Schlüssel ins Zündschloss und fuhr los, bis das Herrenhaus außer Sichtweite war. Ihre Hände krampften sich so ums Lenkrad, dass sie schmerzten.

Sie fuhr nach Padstow, stand eine Zeitlang einfach am Hafen und schaute den Möwen zu, die über das Wasser schossen, und den bunten Booten, die leise klappernd im Hafen schaukelten. Langsam beruhigte sie sich wieder.

Sie dachte an die Lackstreifen draußen im Moor und an Harris, wie er in die Knie gegangen war, um sie genauer zu betrachten. Schließlich schüttelte sie entschlossen den Kopf. Nichts von dem, was sie tat, war Unsinn. Es hatte vor allem wirklich nichts mit ihrem Unfall zu tun. Und dass Götz, ein Anwalt, der außer kleinen Drogendealern noch nie ein richtiges Mandat bearbeitet hatte, sich jetzt anmaßte, ihr zu sagen, dass sie ihre Arbeit so schlecht machte, dass er nicht zuschauen konnte, war eine Unverschämtheit. Sie musste aufhören, so empfindlich zu sein. Der Typ konnte sie mal kreuzweise. Wenn er gehen wollte, bitte. Sie schaffte das auch allein. Und ihre neue Kanzlei würde sie behalten.

Sie kaufte an einem Stand ein Fischbrötchen, das sie mit einem Creamtea hinunterspülte, und ging danach in ein winziges Geschäft, in dem sie sich einen zu teuren Pulli, eine weite Hose und anständige Schuhe kaufte. Sie zog die neuen Kleider noch direkt im Laden an und schaltete ihr Handy wieder ein. Zehn entgangene Anrufe von Götz, die sie sofort löschte. Keiner von Harris, was sie ein bisschen enttäuschte, aber es war ja nun auch noch nicht lange her, seit sie sich von ihm verabschiedet hatte.

Linns Handy klingelte, als sie zu schnell auf der vielbefahrenen, aber ländlichen Straße Richtung Exeter fuhr. Eine englische Nummer. Ihr Herz machte einen Satz. Sie zwang sich, erst in eine der vielen Ausbuchtungen zu fahren und anzuhalten, bevor sie den Anruf entgegennahm. Harris. Das musste Harris sein.

»Sind Sie die Anwältin von Grace Riccardi?« Eine kultivierte Stimme, bestes Oxford-Englisch.

Sie bejahte enttäuscht. »Und wer sind Sie?«

»Das tut nichts zur Sache. Aber ich möchte Ihnen einen Tipp geben.«

Die Art, wie er das sagte, ließ sie frösteln. Trotzdem erwiderte sie scharf: »Dann hoffe ich, dass der Tipp gut ist.«

Der Anrufer lachte leise. »Nehmen Sie den nächsten Flieger nach Hause.«

»Ich lasse mir ganz bestimmt nicht von Ihnen vorschreiben, was ich zu tun habe.«

»Wenn Sie nicht freiwillig gehen, machen Sie den Rückflug im Gepäckraum.« Seine Stimme war immer noch freundlich und kultiviert. »In einem Leichensack.« Ein leises Knacken, dann war die Leitung tot.

Mit eiskalten Händen schaltete Linn das Handy endgültig ab und steckte es in ihre Handtasche. Sie durfte jetzt auf keinen Fall panisch werden. Sie würde direkt nach ihrem Termin mit der Kriminaltechnikerin zur Polizei fahren und die Sache anzeigen. Sie atmete ein paarmal tief durch, bevor sie weiterfuhr.

21

Die Kriminaltechnikerin, die Franny hieß, war eine rundliche Frau mit einem strengen Dutt und einem grauen Kleid, das ihre Fettpölsterchen am Bauch betonte. Sie wurde begleitet von einem großgewachsenen Sergeant. Sie bat Linn in ihr klinisch sauberes, in Grün und Weiß gehaltenes Büro. Linn nahm auf einem Stuhl vor dem Schreibtisch Platz. Der Sergeant blieb etwas entfernt von ihr stehen, musterte sie auf eine herausfordernde Art, die ihr unangenehm war, und sie kämmte sich mit der Hand die Haare ins Gesicht.

Franny holte einen großen Karton voll mit Kopien aus einem halbleeren Regal, stellte ihn Linn hin und setzte sich ihr gegenüber.

»Die Akten in der Todesfallermittlung Benten, die Sie wollten«, sagte die Kriminaltechnikerin und deutete auf den Karton. »Da ist alles drin, was wir gefunden haben, bevor die Deutschen den Fall an sich gerissen haben, selbst die Sachen, die sich als nicht relevant herausgestellt haben.«

Linn bedankte sich und holte die Liste mit Fragen aus ihrer Tasche. »Gibt es Anhaltspunkte dafür, dass Nico Benten noch leben könnte?«, begann sie das Gespräch.

Sie erntete erstaunte Blicke, aber keine Zustimmung. Stattdessen führten die Kriminaltechnikerin und der Polizist detailreich aus, wie sie den Fall sahen: Die Kratzspuren am Boden und Nico Bentens Blut sprachen für die beiden ohne jeden Zweifel dafür, dass Benten auf den Klippen der Wahrheit mit einem Taser beschossen und sich im Todeskampf auf dem Boden gewälzt hatte. Später musste seine Leiche mindestens zwei Stunden auf der Plattform gelegen haben, sonst hätten die Leichenspürhunde nicht angeschlagen, er konnte also unmöglich bis kurz vor 21.00

Uhr gelebt haben. Auch die Schleifspuren und weitere verschmierte Tropfen von Nico Bentens Blut am Rande der Schleifspuren waren nicht anders zu erklären, als dass hier seine Leiche gezogen worden war.

Aus der Tatsache, dass sein in der Nähe des Tatorts gefundenes Jackett und Hemd keinerlei Kampf- oder Taserspuren aufwiesen, schlossen die Ermittler, dass Benten sich vor seinem Tod freiwillig ausgezogen hatte, vermutlich, um Sex zu haben. Sie hatten in der linken Tasche des gefundenen Jacketts ein frisch aufgerissenes, leeres Kondompäckchen gefunden.

In dem am mutmaßlichen Leichenlageort abgetragenen Erdreich hatte man Fasern von Grace Riccardis Wollumhang, in den die Leiche wohl eingewickelt gewesen war, das Haar und Bentens DNA gefunden.

»Wäre es möglich, die Spuren auch anders zu deuten?«, fragte Linn mit einer gewissen Ernüchterung. Sie hatte sich seit Carlotta Schmidt und diesen Lackspuren, von denen sie doch nicht einmal wusste, ob sie überhaupt für den Fall relevant waren, in Gedanken vielleicht doch etwas zu weit von dem entfernt, was sie am Anfang in der Akte gelesen hatte.

»Ich denke nicht«, sagte die Kriminaltechnikerin.

»Aber keine der Spuren belegt doch eindeutig, dass meine Mandantin überhaupt am Tatort war. Dass zum Beispiel die Fasern des Wollumhangs dort waren, heißt doch nur, dass der Umhang dort war und nicht meine Mandantin, oder sehe ich das falsch?«

»Der Wollumhang war nach Zeugenaussagen rosa mit grünen Herzchen. Glauben Sie, den hat dieser Schauspieler getragen?« Der Sergeant lächelte und rieb an seiner Nase.

»Warum nicht?«, fragte sie. »Und das Haar, ich meine, es wurde doch nur mitochondriale DNA gefunden. Und außerdem hätte Benten es versehentlich an den Tatort schleppen können.«

»Das Pflegemittel, das wir in dem Haar gefunden haben,

wurde speziell für Ihre Mandantin hergestellt«, sagte Franny. »Wenn es nur das Haar und die Fasern gewesen wären, könnte man sicherlich diskutieren, ob Ihre Mandantin dort war, aber zusammen mit den Fingerabdrücken auf der gefundenen Tatwaffe, den Fahrrad- und Fußabdrücken und den Handydaten gibt es da für mich keine vernünftigen Zweifel mehr.«

»Frau Riccardi ist unfruchtbar«, merkte Linn an. »Warum hätte Benten ein Kondom benutzen sollen?«

»Nach den Angaben seines Hausarztes hatte er nicht lange vor seinem Todestag eine Pilzinfektion. Vielleicht wollte er seine Frau nicht anstecken?« Der Sergeant rieb sich erneut über die Nase.

»Könnte es sein, dass noch weitere Menschen zum mutmaßlichen Tatzeitpunkt auf dieser Klippe waren?«

Der Sergeant kratzte sich am Kinn und schüttelte dann energisch den Kopf. »Bei einer Sache war sich der Augenzeuge sicher: Da war nur eine Person.«

»Sie meinen, er hat nur eine Person gesehen.«

»In diesem Fall dürfte das ein und dasselbe sein.« Der Sergeant warf ihr einen vernichtenden Blick zu.

»Wäre es möglich, dass es nicht Nico Bentens Leiche war, die dort gelegen hat? Dass Nico Benten am Tattag vielleicht gar nicht auf diesen Klippen war?«

»Nein«, sagte die Kriminaltechnikerin. Sie wirkte genervt. »Das ist nicht möglich.«

»Aber es gäbe doch noch eine weitere Möglichkeit, oder? Es war nun ziemlich viel Blut auf diesen Klippen. Könnten die Leichenspürhunde nicht deshalb angeschlagen haben? Vielleicht haben sie nur das verwesende Blut gerochen, und es lag überhaupt keine Leiche dort?«

»Natürlich gibt es eine winzige Möglichkeit, dass es so gewesen sein könnte. Die Hunde zeigen ausschließlich den Verwesungsgeruch an, und der entsteht natürlich auch, wenn nur Blut zersetzt wird.«

Linn musste ein siegessicheres Lächeln unterdrücken. Faber hatte Unrecht gehabt, was die Spürhunde anging. Es war also doch möglich, dass überhaupt kein Toter auf der Plattform gelegen hatte.

»Wenn wir den Tatort nun einmal objektiv betrachten und …«

»Wir sind immer objektiv«, unterbrach Franny sie scharf. »Das ist unser Job.«

»Aber war es nicht vielleicht so, dass ab einem gewissen Punkt nur noch nach den Spuren gesucht wurde, die darauf hindeuteten, dass Benten auf den Klippen gestorben sein muss, getötet von seiner Frau, und andere Spuren deshalb nicht mehr oder nicht mehr ausführlich beachtet worden sind? Benten könnte zum Beispiel an einem ganz anderen Tag dort gewesen sein. Oder die Klippen lebend verlassen haben. Es ist doch bekannt, dass häufig zuerst eine Hypothese aufgestellt und dann so ermittelt wird, dass alles zu dieser Hypothese passt.«

Die Frau schlug mit ihrer dicklichen Handfläche leicht auf den Schreibtisch. »Ms. Geller«, sagte sie. »Sie sind die Verteidigerin einer Mörderin. Sie wollen, dass diese Mörderin freigesprochen wird. Vielleicht haben Sie die falsche Anfangshypothese?«

Der Sergeant machte einen Schritt auf Linn zu, die Hüfte nach vorne gedrückt, eine Hand an seinem Gürtel. »Wir wissen genau, was Sie hier versuchen und wie das vor Gericht läuft«, knurrte er. »Sie verstricken den Richter und die Geschworenen, oder was Sie da in Deutschland haben, in unsinnige hypothetische Spielereien, die dazu führen, dass Mörder freikommen, die wir in monatelanger Arbeit festgenagelt haben. Sagt Ihnen der Name Nathan Peterson etwas? Ist gar nicht lange her. Sein Anwalt hat ihn rausgeholt, weil eine DNA-Probe anscheinend nicht richtig gelagert wurde. Und danach hat er sieben junge Frauen ermordet. Oder Jenny M.? Die konnte noch einen weiteren Ehemann vergiften, weil ihre Anwältin nachgewiesen hat, dass sie nicht den Bus um 17.56 Uhr genommen hat, wie die Polizei vermutet hatte. Ich denke, wir beenden dieses Gespräch jetzt. Lesen Sie sich doch die Akten durch.«

Linn stand mühsam auf, bedankte sich, nahm den schweren Karton mit den Aktenkopien und verließ den Raum.

Wenn es möglich war, dass die Leichenspürhunde nur verwesendes Blut auf der Plattform gerochen hatten und gar keine Leiche, dann war es möglich, dass Nico Benten noch lebte, egal, was die Forensikerin und alle anderen glaubten. Wenn man dann noch Carlotta Schmidts Aussage und die Spuren im Moor hinzunahm … Hatte Benten seinen Tod vielleicht wirklich nur inszeniert, vielleicht, weil er mit seiner Geliebten ein neues Leben anfangen wollte?

Oder verdrehte sie die Fakten?

Sie ging einen langen Flur entlang und eine geschwungene, breite Treppe nach unten, bis sie sich schließlich in der lichtdurchfluteten Eingangshalle wiederfand.

»Hey«, sagte eine Stimme hinter ihr, und sie wandte sich ruckartig um. Musste lächeln. Der Mann sah einfach umwerfend aus mit diesen gestylt strubbeligen Haaren.

»DCI Harris«, sagte sie. »Was tust du denn hier?«

»Mein Büro ist im Nebengebäude.« Er nahm ihr den Karton ab. »Ich habe Franny bestochen. Die Kriminaltechnikerin. Damit sie mich anruft, sobald ihr fertig seid. Dein Handy war ausgeschaltet. Ich hatte eigentlich auf ein Mittagessen gehofft, aber …« Er schaute auf die Uhr und lächelte.

»Ich habe das Telefon ausgeschaltet, weil mich so ein seltsamer Typ angerufen hat.« Sie erzählte Harris alles, versuchte, es lächerlich klingen zu lassen, aber es gelang ihr nicht.

Harris' Gesichtszüge wurden hart. »Warum hast du dich nicht sofort mit mir in Verbindung gesetzt? Ich habe Mittel und Wege, um solche Arschlöcher aufzuspüren.«

»Ich wollte dich wegen so einer Kleinigkeit nicht belästigen.

Es war vermutlich nur ein durchgedrehter Fan oder ein Journalist mit einem seltsamen Humor.«

»Du belästigst mich nicht. Wir werden jemanden abstellen, der auf dich aufpasst.« Er stellte den Karton hin und zückte sein Smartphone.

Sie legte ihm die Hand auf den Arm. »Wollen wir nicht zuerst was essen? Ich bin am Verhungern. Und davor muss ich dich noch was zu dem Fall fragen.« Sie war eine emanzipierte Frau, aber sie konnte nicht leugnen, dass es ihr gefiel, dass Harris sich Sorgen um sie machte. Dass er sie offensichtlich beschützen wollte.

»Excuse me«, sagte Harris. »Du hast recht. In der Zwischenzeit habe ja ich ein Auge auf dich. Was willst du zu dem Fall wissen?« Er nahm den Karton wieder hoch, und gemeinsam gingen sie zum Ausgang.

»Das ist jetzt gänzlich inoffiziell, weil es meiner Mandantin schaden könnte, aber glaubst du, dass Benten eine Affäre gehabt haben könnte?«

Harris grinste. »Du hast mit dieser Schauspielerin gesprochen. Leonie Meier, stimmt's?« Er sprach »Leonie« mit einem so starken englischen Akzent aus, dass sie es kaum verstand. »Und sie hat angedeutet, dass Benten eine Affäre mit jemandem von dieser Stiftung hatte? Ich persönlich glaube, sie versucht nur, ihn schlecht zu reden. Denn sie hatte, bevor er deine Mandantin geheiratet hat, eine kurze Beziehung mit ihm. Er muss sie wirklich ekelhaft abserviert haben. Sie musste damals eine Schweigeerklärung unterschreiben, und obwohl sie als Gegenleistung viel Geld von Bentens Anwälten bekommen hat, ist sie wohl einfach immer noch sauer.«

Linn nickte. Die Polizei machte ihre Arbeit gut, bescheuert, dass sie etwas anderes gedacht hatte.

»Wir haben im Laufe unserer Ermittlungen natürlich Bentens gesamtes Umfeld durchforstet. Und die meisten Leute haben gesagt, dass er göttlicher war als Gott. Nur diese Leonie Meier eben nicht. Wir haben zuerst ihr Alibi überprüft, aber das ist bombenfest. Danach sind wir ihrer Aussage nachgegangen und haben sämtliche Stiftungsunterlagen beschlagnahmt und alle jungen Frauen kontaktiert, auch die ehemaligen. Wir sind auf nichts Auffälliges gestoßen.« Harris zuckte die Schultern. »Wir haben auf freiwilliger Basis die DNA von allen geförderten Frauen bekommen und sie mit den Spuren verglichen. Keine der Frauen war am Tatort oder je in Bentens Ferienhaus.«

»Was nichts heißen muss.«

»Was nichts heißen muss, aber wenn du ein Ferienhaus hinter einer Mauer hast und deine Frau hunderte von Meilen weg ist, fändest du es da nicht sicherer, die Frau zu dir nach Hause zu bestellen, als mit ihr in ein Hotel oder ständig in die freie Natur zu gehen? Vor allem, wenn du bekannt bist wie ein bunter Hund?« Er zuckte die Schultern. »Wir haben wirklich alles durchwühlt. Kein Skandal. Keine Affäre, nichts. Seine Telefonlisten zum Beispiel, die sprechen eine ziemlich eindeutige Sprache. Die müsstest du doch auch haben, oder? Ich meine, er hat nie mit einer verdächtigen anderen Frau auch nur telefoniert.« Sie waren bei seinem Auto angekommen, einem schwarzen Audi, und blieben stehen. Harris stellte den Karton in den Kofferraum.

»Er hat Prepaidhandys benutzt«, sagte sie.

»Selbst dann dürfte es schwierig gewesen sein, eine Geliebte geheim zu halten, don't you think? Aber natürlich konnten wir eine andere Frau nicht vollkommen ausschließen.«

»Warum waren diese Untersuchungen zu einer möglichen Geliebten nicht in meiner Akte?«

»Vermutlich deshalb, weil der deutsche Staatsanwalt die Spur für irrelevant erachtet hat. Wir haben ja auch nichts gefunden«, sagte Harris. »Der ganze Kram ist bestimmt hier in diesem Karton. Oder ich schick dir alles zu, wenn du wieder in Deutschland bist.«

Sie nickte. »Was ist eigentlich Beltaines Abend?«

Harris schaute sie durchdringend an. »Wir waren uns nicht sicher, ob deine Mandantin von diesem Sagenquatsch etwas gewusst hat oder nicht. Aber jedenfalls ist der Abend des 2. Juni gut gewählt, wenn man auf den Klippen alleine sein möchte. Zum Beispiel, weil man nicht bei einem Mord gestört werden will. Denn von den Einheimischen geht niemand da rauf. Und Touristen gibt es dort selten, der Ort ist ziemlich abgelegen und nicht ganz ungefährlich, das hast du ja gesehen.«

»Was passiert denn nach Ansicht der Einheimischen, wenn man an Beltaines Abend auf die Klippen geht?«

Harris grinste jetzt. »Oh, da gibt es ganz verschiedene Sagen, aber die meisten haben mit Druiden und Opferritualen oder mit beidem zu tun. Und mit Flüchen und Hexerei natürlich. Meine Oma hatte ein Buch darüber, das ich geerbt habe. Ich leih es dir gerne aus.« Er ging zur Beifahrertür und hielt sie ihr auf. »Lass uns was essen gehen. Und auf der Fahrt kannst du mir erzählen, was du mit Franny gemacht hast. Sie war ja ganz außer sich.« Harris lachte leise.

Sie boxte ihn leicht gegen den Oberarm und stieg ein.

22

Harris fuhr sicher und aufmerksam, aber nicht langsam, und es gefiel ihr, neben ihm im Auto zu sitzen, seine Stimme zu hören, sein Aftershave zu riechen und gelegentlich einen Blick auf die wunderschöne Landschaft zu werfen, saftige Wiesen, die von dunkelgrünen Hecken umrandet wurden, knorrige alte Bäume und gelbe Felder. Hier zu sein war aufregend und entspannend zugleich, und sie hatte sich seit Ewigkeiten nicht mehr so lebendig gefühlt. Der bedrohliche Anruf, das Gespräch mit der Kriminaltechnikerin und auch Götz' merkwürdiges Verhalten rückten in den Hintergrund. Der Himmel war blau, und die Sonne schien. Es roch nach Heu und ein wenig nach Meer. In der Nähe von Padstow bogen sie in eine kleine Landstraße ab. Die sanft geschwungenen Hügel teilten sich und gaben einen atemberaubenden Blick auf die Küste frei. Vor ihnen lag ein Sandstrand, umgeben von Felsen, die sich bis auf den Strand erstreckten. Hohe Wellen brachen sich an den schwarzen, kantigen Steinen. Harris parkte den Audi in einer Ausbuchtung und half ihr galant aus dem Wagen. Der Wind pfiff, die Luft schmeckte salzig. Möwen segelten am Himmel. Von der langen Fahrt war ihr Bein ganz steif geworden, und sie brauchte ein paar Schritte, bis sie nicht mehr das Gefühl hatte, gleich hinzufallen. Harris wartete am Kofferraum auf sie. Er trug eine trendige Sonnenbrille, modische Jeans und ein dunkelblaues Hemd. Wie gut, dass sie am Morgen Kleider gekauft hatte. Sie lächelte ihn an.

»Das hier ist einer der Strände, an denen sie oft *Schmerzen des Erfolgs* gedreht haben«, sagte Harris. »Ich dachte, vielleicht willst du das mal im Original sehen. Und da oben«, er wandte sich vom Meer ab und zeigte auf ein Häuschen an einem Hügel, »hat Mason Shepard gewohnt. Der Typ, den Nico Benten gespielt hat.«

Sie nickte.

»Ich weiß nicht, wie oft dieser Serienheld hier irgendwelche Leute gerettet hat, die in Seenot geraten waren.« Harris grinste.

»Du scheinst die Serie ja gut zu kennen.«

»Es ist eine deutsche Serie, die aber komischerweise in Cornwall spielt. It's fun, schon allein deshalb, weil fünf der englischen Synchronsprecher einen so starken amerikanischen Akzent haben, dass es schwierig ist zu glauben, dass die Leute, die sie synchronisieren, Ureinwohner von Padstow sein sollen. Und es ist mehr als amüsant, wie die Deutschen denken, dass wir Engländer ticken und leben. Es ist hier Kult, sich die Serie anzuschauen.«

»So anders tickt ihr ja wohl auch nicht.«

Harris lachte. »In manchen Punkten vielleicht nicht, aber ich kenne keinen kornischen Boy, der mit seiner Geliebten hier bei Sonnenuntergang auf einem Boot Sex haben würde.« Er drehte sich wieder zum Meer um. »Hier gibt es die gefährlichsten Strömungen der ganzen Küste. Ich surfe seit Jahren, und ich weiß, wovon ich rede. Wenn du hier das Steuer deines Bootes auch nur für eine Sekunde aus der Hand lässt, dann war das dein letzter Ritt.«

Sie lachte.

»Der Felsen da draußen wird zum Beispiel ›die schlafende Riesin‹ genannt, übrigens auch eine Sage, bei der es um eine Beltaine geht.« Harris zeigte auf einen Felsen, der vor einer Steilküste ein paar Meilen entfernt aus dem Wasser ragte. »Und was du da siehst, ist nur der Kopf der Riesin. Der Körper liegt mit messerscharfen Zacken dicht unter der Meeresoberfläche. Es wird erzählt, dass an diesen Steinen die größten Fische leben, angelockt von einer bestimmten Sorte Rotalgen, die nur dort vorkommt. Aber kein Fischer, der noch klar im Kopf ist, würde sich auch nur in die Nähe der Riesin wagen. Genau da gibt es einen Strudel, der alles, was er in die Fänge bekommt, in die Tiefe reißt.«

Er packte einen großen Picknickkorb und eine Decke aus dem Auto. »Und wir Engländer essen auch nicht nur Pastys. Und warum Shepards Geliebte süßen Blutwurstpudding mit Baked Beans mögen soll …«

Linn grinste wieder. »Mich brauchst du nicht zu überzeugen.« Sie deutete auf den Picknickkorb. »Was hättest du denn gemacht, wenn ich keine Zeit oder Lust gehabt hätte?«

»Ein paar Tage Sandwiches und Salat gegessen.« Er zwinkerte ihr zu. »No risk, no fun.«

Sie fühlte sich plötzlich so gut, dass sie am liebsten einen Luftsprung gemacht hätte. Möwen flogen in den strahlend blauen Himmel. »Ich verstehe, warum sie hier gedreht haben. Die Küste ist unglaublich«, sagte sie. »Hier der Sandstrand und direkt daneben schon wieder diese schroffen Steilhänge.« Sie beschattete mit einer Hand ihre Augen, während sie das Meer betrachtete. »Sind das da hinten, hinter dieser Riesin, nicht sogar die Klippen der Wahrheit?«

Harris schloss den Kofferraumdeckel. »Exactly. Nur ein paar Meilen entfernt von hier. Und wenn du noch einige Meilen weiter und um die Ecke sehen könntest, dann wäre da Tintagel. König Arthus soll dort geboren sein, you know?«

Sie nickte. Harris nahm den Picknickkorb in die Hand und klemmte sich die Decke unter den Arm. Langsam gingen sie den steilen Weg zum Strand hinunter. Eine Möwe flog kreischend über sie hinweg, als sie den Sand betraten. Sie verlangsamte ihre Schritte noch mehr. Jedes Mal, wenn sie mit ihrem versehrten Bein in den weichen, weißen Körnchen einsank, schaffte sie es kaum, es wieder anzuheben. Nach kurzer Zeit war sie völlig aus der Puste. Harris, der sie beobachtet hatte, blieb stehen. In seinen Augen war schon wieder dieses belustigte Funkeln. »Falls ich dich stützen soll, sag Bescheid, ich mach das wirklich gerne. Ich bin nur Engländer, und wir sind von Natur aus etwas unterkühlt und würden außerhalb des Schutzes der Nacht nie eine Frau anfassen. Habe ich in eurer Serie gelernt«, sagte er.

Sie musste erneut lachen. Harris hatte kein Mitleid mit ihr wie die meisten anderen, und genau das war so gut an ihm. »Wenn du Shepard wärst, würde sich jetzt herausstellen, dass du versteckte Superkräfte hast und mich an den Picknickort beamen kannst.«

»Und danach würde ich mit den bloßen Händen ein Feuer entzünden und einen süßen Blutwurstpudding und meine Baked Beans mit dir teilen. Eine äußerst romantische Vorstellung.«

Sie lachten beide und kamen dadurch noch langsamer voran. Eine kleine Gruppe Rentner in grellbunten Windjacken, die vor wenigen Minuten mit einem Minibus angekommen waren, überholte sie geradezu leichtfüßig und erreichte in Kürze den vorderen Teil des Strandes, an dem Treibholz und angespülte Wasserpflanzen lagen. Sie nahm Harris' Arm, biss die Zähne zusammen und humpelte weiter.

»Hey«, sagte Harris nach einer Weile. »Wir können auch direkt hier picknicken. Oder umdrehen. Ich wollte dir nur einen meiner Lieblingsplätze zeigen. War eine doofe Idee von mir. Excuse me.«

Sie schüttelte den Kopf. »Nein, war es nicht. Es ist sehr schön hier.«

»Lass uns eine kleine Pause machen.« Er ließ sich auf einen der großen, am unteren Rand mit Muscheln überwachsenen Steinbrocken nieder, die überall am Strand herumlagen. Sie setzte sich zu ihm und stützte sich mit beiden Händen ab. »Früher habe ich gern stundenlange Spaziergänge am Strand gemacht. Und ich war laufen. Im Wald. Manchmal sogar schon morgens vor der Arbeit.« Sie strich mit ihrer Hand über den Sand auf dem Stein. »Man macht sich nie Gedanken darüber, dass es von einem Tag auf den anderen anders sein könnte.«

Harris nickte grimmig. Er schien etwas hinzufügen zu wollen, es sich dann aber doch anders zu überlegen. Er legte seine Hand ebenfalls auf den Stein, neben ihre. Ihre Hände lagen so dicht beieinander, dass sie sich fast berührten.

»Du verteidigst die Angeklagte in einem Mordfall, und ich

stehe auf der anderen Seite. Ich meine, wir arbeiten zwar in verschiedenen Ländern, und ich leiste nur Amtshilfe, aber ob das moralisch vertretbar ist …« Seine Hand rutschte noch etwas näher an ihre. Die kleinen Finger berührten sich jetzt, ein kaum spürbares Kitzeln, das ihr einen Stromstoß durch den Körper jagte.

»Es ist ja ein rein geschäftliches Picknick.« Langsam ließ sie ihre Hand über den rauen, sandigen Stein auf seine gleiten, Millimeter für Millimeter, fühlte seine warme, weiche Haut, die Knöchel seiner Finger, die Härchen auf seinem Handrücken. »Rein geschäftlich.« Ihr Körper glühte.

»Bist du verheiratet?«, fragte Harris.

Sie schüttelte den Kopf.

»Boyfriend?«

»Nein. Und du?«

Harris erstarrte und machte eine abwehrende Kopfbewegung. Sie war sich kurz nicht sicher, ob das die Antwort auf ihre Frage war oder ob er ihre Frage nicht beantworten wollte. Es verunsicherte sie ein wenig, aber nur für eine Sekunde, weil ihre Finger sich in diesem Moment fanden und festhielten. Es war eigentlich zu perfekt, um wahr zu sein, dass sie und er, der tollste Typ, den sie seit Jahren, ja, den sie vielleicht überhaupt getroffen hatte, trotz allem … Sie lächelte strahlend. Harris lächelte auch. Sie schaute ihn an, seine Augen, sein Mund, sie wollte diesen Mund küssen, und zwar jetzt sofort, und nichts, gar nichts, würde sie davon abhalten. Sie näherte ihr Gesicht seinem. Ein markerschütternder Hilfeschrei gellte über den Strand.

Harris sprang auf und rannte los. »Stay here«, rief er ihr noch zu, dann sprintete er auf einen großen Felsen zu, hinter dem die Rentnergruppe schreiend hervorkam. Sie verstand nicht viel, weil der Wind nur Gesprächsfetzen zu ihr herüberwehte, aber einer dieser Fetzen ließ ihr die Haare zu Berge stehen. »Drowned Body«. Wasserleiche.

Sie dachte sofort an Nico Benten.

23

Linn brauchte über zwanzig Minuten, um wieder zum Parkplatz zu kommen. Harris, der am Fundort der Leiche hatte bleiben müssen, hatte ihr einen jungen Constable organisiert, der sie nach Padstow zurückbringen und bis zum Abend bei ihr bleiben und auf sie aufpassen sollte. Weil sie dem Mann vielleicht etwas zu ruppig zu verstehen gegeben hatte, dass sie keine Hilfe beim Laufen auf dem Sand benötige, war er alleine zum Parkplatz zurückgekehrt, hatte ihre Kiste mit Beweismitteln in sein Auto umgeladen und wartete jetzt, an ein Polizeiauto angelehnt, auf sie und flachste mit einer Kollegin herum.

Die Parkbucht war mittlerweile voll mit Polizeiautos, Blaulichter blinkten, Stimmen schrien. Ein schwarzer BMW, der langsam auf der kleinen Straße unterwegs war, wurde fast von einem Krankenwagen gerammt und bremste scharf. Sie beobachtete das Geschehen, während sie die letzten Meter auf den Constable zuging.

Harris hatte ihr auf ihre Frage noch zugeraunt, er könne ihr im Moment noch nichts Genaues sagen, die Leiche sei schon längere Zeit im Wasser gewesen und extrem stark beschädigt, er habe auf den ersten Blick nicht einmal erkennen können, ob es sich um einen Mann oder eine Frau handle. Sobald er wisse, ob die Möglichkeit bestehe, dass die Leiche Benten sei, würde er sie sofort benachrichtigen. Dann war er wieder hinter den Felsen gesprintet.

Linns Augen streiften erneut den BMW, der wieder beschleunigte und direkt vor der Polizeiabsperrung anhielt. Den Fahrer kannte sie doch. Dieser Journalist, Francis. So schnell es ging, stieg sie zu dem Constable ins Auto.

Der Constable war ein freundlicher, schlaksiger Mann mit Akne, der übervorsichtig fuhr. Sie brauchten lange, um nach Padstow zurückzukehren. Trotzdem fühlte Linn sich mit ihm sicherer, denn sie musste dauernd an den Drohanruf denken. Außerdem sah sie im Rückspiegel, dass der schwarze BMW ihnen folgte.

Als sie schließlich in Padstow ankamen, parkte der Polizist bei der Hummeraufzuchtstation und fragte sie gestelzt, was sie denn in der City zu erledigen wünsche. Da sie gerne etwas essen wollte, führte er sie zu einem großen Fish and Chips am Hafen, wo sie sich beide einen riesigen Teller mit Fritten und in Fett knusprig ausgebackenen Fischfilets holten und sich an einen Tisch vor dem Restaurant setzten. Der Journalist Francis, der ihnen gefolgt war, trat an ihren Tisch und zückte ein Aufnahmegerät. Der Constable versuchte, ihn wegzuschicken, was ihm erst gelang, nachdem er Verstärkung angefordert hatte, die den Mann einfach mitnahm. Linn merkte, wie erschöpft sie war. Sie schaute über den kleinen Hafen, während sie ausgehungert den mittlerweile lauwarmen Fisch aß. Die Anwesenheit des bislang stillen Constables, der jetzt mit aller Macht, aber nicht sonderlich geschickt, versuchte, Smalltalk zu machen, strengte sie an. Sie war erleichtert, als sich ein alter Mann mit wettergegerbtem Gesicht zu ihnen setzte, der sich als Onkel des Constables entpuppte und dachte, sie sei dessen Freundin, obwohl sie sich vom Alter her eher wie dessen Mutter fühlte. Naja, nicht ganz die Mutter vielleicht, aber zehn verdammte Jahre war sie bestimmt älter. Trotzdem schmeichelte ihr das Ganze.

Der alte Mann erzählte, er sei Fischer, und seine Erzählungen über Riesenfische und Robbenbabys waren amüsant und mit trockenem, englischem Humor gewürzt. Immer mehr ältere Herren, offenbar ebenfalls Fischer, kamen nach und nach zu ihnen an den Tisch, tranken ein Ale oder ein Mineralwasser und unterhielten sich angeregt.

»Sie haben eine Wasserleiche unten bei Trevone gefunden,

nicht wahr?«, sagte plötzlich einer der Fischer, ein weißhaariger Hüne, zu dem Constable und legte ihm die Hand auf die Schulter. »Wir alle wissen, was das heißt.«

Der Constable rutschte unruhig auf seinem Stuhl hin und her. »Ich darf darüber nicht reden«, sagte er, und sie hatte das Gefühl, dass es an ihr lag und dass er an einem anderen Tag vielleicht aus dem Nähkästchen geplaudert hätte.

»Was heißt es denn, wenn eine Wasserleiche bei Trevone angespült wird?«, fragte sie den Hünen neugierig.

»Beltaine«, antwortete der Hüne und nickte grimmig.

»Ich hab es doch gesagt.« Der Onkel des Constable schlug mit der Faust auf den Tisch. »Hab ich es nicht gesagt?«

»Du hattest verflucht noch mal Recht«, mischte sich jetzt ein anderer Fischer ein.

»Sie ist aufgewacht. Das Meer hat geblutet.«

»Diese Dame hier ist eine Bekannte von meinem Chef«, sagte der junge Constable unruhig und zeigte auf Linn. »Du weißt doch, was mein Chef von solchen Märchen hält. Das Meer blutet nicht. Mein Chef hat gesagt, das sind Rotalgen.«

»Harris, dieser studierte Besserwisser. Sein Großvater hätte sich im Grab umgedreht. Rotalgen. Glaubst du, ich kann eine Rotalgenkolonie nicht erkennen, wenn ich sie sehe?«

»Doch, Onkel, nur …«

»Miss, ich werde Ihnen jetzt mal was erzählen.« Er wandte sich an sie. »Ich fahre seit fünfzig Jahren zur See. Seit fünfzig Jahren.« Seine wettergegerbten Hände gestikulierten wild. »Hier gibt es einen Felsen, den sie ›die schlafende Riesin‹ nennen.«

»Onkel, bitte!«

»Ich habe den Felsen vorhin gesehen.« Linn spielte mit der Hand an ihrem Colaglas. »Sehr beeindruckend. Harris hat ihn mir selbst gezeigt«, fügte sie an den Constable gewandt hinzu. Das schien ihn ein wenig zu beruhigen.

»Hat er Ihnen auch erzählt, warum der Felsen so heißt?«

Sie schüttelte den Kopf.

Der Onkel des Polizisten zündete sich eine Zigarette an und lehnte sich bequem in seinem Stuhl zurück. »Vor Urzeiten lebte in Norwegen ein stolzes, seit Jahrhunderten unbezwingbares Herrschergeschlecht. Der tapferste und stärkste unter seinen Kriegern war Eilif, Sohn des Aghi, der mit seinen Schiffen gerne die Küste Cornwalls unsicher machte.« Der Alte nahm einen großen Schluck Ale und aschte die Zigarette ab, bevor er weitersprach. Die anderen Fischer lauschten ihm gebannt. »Zur gleichen Zeit lebte an der Flussmündung des River Camel die schöne Göttin Beltaine, eine Riesin, die ihre schützende Hand über die Küste hielt und dafür sorgte, dass alle Fischer abends heil und mit vollen Körben nach Hause kamen. Eilif erblickte die schöne Riesin, verliebte sich unsterblich in sie und beschloss, sie zu heiraten. Aber Beltaine war bereits dem jüngsten Sohn eines Gottes versprochen, Halvard, dem Hüter der Felsen, den sie von Kindesbeinen an kannte und über alles liebte.« Der Fischer machte eine Kunstpause. »Eilif schlug den Rat eines Druiden in den Wind, Beltaine ein Tieropfer zu bringen und so schnell wie möglich in den hohen Norden zu verschwinden, statt sich mit den Göttern anzulegen«, fuhr er fort. »Er erschlug Halvard im Schlaf und versuchte, Beltaine zu vergewaltigen. Beltaine aber befreite sich, schnitt ihm die Kehle durch, ließ sein Blut ins Meer fließen und gebot mit ihren Händen den Wellen, einen tödlichen Strudel zu bilden, der Eilif und seine Flotte in die Tiefe saugte. Und alles, was danach in den Strudel geriet, ebenso. Wie von Zauberhand gebunden kann nichts Irdisches den Strudel verlassen, während die Riesin schläft und von ihrem Geliebten Halvard träumt. Aber alle dreihundert Jahre erwacht die Riesin, und ihr Zorn ist noch genauso groß wie am ersten Tag. Sie gebietet dem Strudel, Eilif und seine Krieger auszuspucken, die für ein paar Stunden zum Leben erwachen, um noch einmal auf die gleiche Weise zu sterben. Ihre Schreie hallen durch grässliche

Nebel bis in alle Ewigkeit. Das ist der Fluch. Und das Meer wird rot vom Blut Eilifs.«

Einige der Fischer nickten grimmig, einer bekreuzigte sich, nachdem der alte Fischer geendet hatte.

»Ich verstehe noch nicht ganz, was das mit der Wasserleiche zu tun haben soll?«, fragte Linn.

»Nun«, ergriff jetzt der Hüne noch einmal das Wort, »an den Strand, an dem sie die Leiche gefunden haben, wird normalerweise nie etwas angespült. Der Strudel holt sich alles. Wenn jetzt aber trotzdem etwas angespült wird, eine Wasserleiche zum Beispiel, dann muss der Strudel sie freigegeben haben. Und das ist nur möglich, wenn die Riesin erwacht ist und dem Strudel Einhalt gebietet. Das sogenannte Beltaine-Phänomen.«

»Das mit dem Strudel stimmt wirklich«, mischte sich der Constable ein. »Deshalb ist der Strand auch so sauber. Aber das Beltaine-Phänomen ist eine Fischerlegende. Ein Strudel kann nicht einfach aufhören zu strudeln.«

Sein Onkel schüttelte missmutig den Kopf und brummte: »Und wie soll dann die Wasserleiche an den Strand kommen?«

»Das werden wir herausfinden. Irgendwie wird es möglich sein.« Der Constable errötete.

»Sie könnte schon in der Nähe des Strandes gestorben sein«, kam Linn ihm zu Hilfe.

Der Constable schüttelte den Kopf. »Sie war lange im Wasser, ich habe sie gesehen. Sie wäre viel früher gefunden worden, wenn sie in der Nähe des Strandes gestorben wäre.«

Den Abend verbrachte Linn in ihrem Hotelzimmer. Der Constable war von einer noch jüngeren Polizistin abgelöst worden, die nun vor dem Zimmer saß und ein Buch las. Linn hatte ihr Handy neben sich liegen, während sie vom Bett aus ein wenig fernsah. Sie hoffte, noch etwas von Harris zu hören. Aber der hatte im Moment vermutlich mit der Wasserleiche zu tun. Um kurz vor

Mitternacht schickte sie ihm schließlich noch eine WhatsApp-Nachricht und wünschte ihm eine gute Nacht. An den blau werdenden Häkchen sah sie, dass er die Nachricht gelesen hatte, er schickte aber keine Antwort. Gegen halb eins machte sie den Fernseher aus, ohne etwas von ihm gehört zu haben, und legte sich schlafen. Sie träumte von Eilif und der Riesin Beltaine, die eine blutige Wasserleiche mit Bentens Gesichtszügen in Stücke rissen.

24

Am nächsten Morgen frühstückte Linn zeitig und checkte aus dem Hotel aus, diesmal wieder begleitet von dem Constable, der ihr »mit besten Grüßen vom DCI« ein zerfleddertes Buch mit den Mythen Cornwalls in die Hand drückte. Er bot ihr an, bis zum Flughafen mit ihr mitzufahren, Harris habe ihm extra deshalb den Tag freigegeben. Sie lehnte das Angebot dankend ab. Sie hatte vor, über Bristol zu fahren, um sich mit dem Trauzeugen und nach Grace Riccardis Schilderung besten Freund von Nico Benten, Jake Stanton, zu unterhalten. Sie wollte ihn genauer nach den Schwierigkeiten in der Ehe fragen und danach, ob Benten eine Geliebte gehabt hatte, und die Antworten waren nicht für die Ohren der Polizei bestimmt. Denn seit die Wasserleiche aufgetaucht war, ertappte sie sich gelegentlich bei dem Gedanken, dass die Ansicht der Polizei über den Tathergang und ihre Mandantin als Täterin durchaus nicht abwegig war. Und sie durfte auf keinen Fall diejenige sein, die der Polizei die Geliebte und damit ein weiteres Motiv ihrer Mandantin präsentierte.

Sie verabschiedete sich von dem Constable, bat ihn, Harris liebe Grüße auszurichten, und redete sich ein, dass sie sich bei strahlendem Sonnenschein und ausgeruht nicht in Gefahr befand. Sich noch nie in Gefahr befunden hatte. Der Anrufer war mit Sicherheit nur ein durchgedrehter, aber harmloser Fan gewesen, nichts weiter. Auch wenn es ein bisschen seltsam war, dass er ihre private Handynummer herausgefunden hatte. Sie brauchte niemanden, der auf sie aufpasste. Mit einem unguten Gefühl im Magen ging sie in die Tiefgarage. Die Wahrheit war, dass sie ein bisschen sauer auf Harris war. Selbst wenn er viel zu tun hatte, eine SMS oder WhatsApp-Nachricht hätte er ihr wenigstens schicken können. Er wusste schließlich, dass sie heute heimflog. Und nur jemanden zu beauftragen, der sich um sie kümmerte … Sie war ungerecht. Natürlich konnte Harris sie nicht selbst zum Flughafen nach London bringen, die Fahrt dauerte Stunden. Er musste arbeiten, genau wie sie. Und er hatte einen seiner Mitarbeiter freigestellt, damit der sie begleitete. Das war ziemlich nett und nicht alltäglich. Sogar an das Mythenbuch seiner Großmutter hatte er gedacht. Sie versuchte zu lächeln und lenkte den Mietwagen aus der Tiefgarage ans Tageslicht. Als sie auf die Fernstraße auffuhr, sah sie im Rückspiegel schon wieder den schwarzen BMW. Sie stand kurz davor, anzuhalten und dem Journalisten die Meinung zu geigen, als der BMW in einem Kreisverkehr eine andere Ausfahrt nahm als sie. Sie schaute sich auf der weiteren Fahrt mehrfach um, aber der BMW blieb verschwunden.

Linn traf Bentens besten Freund in Bristol im Garten seines Ateliers in der Nähe des Millenium Square. Jake Stanton war ein zierlicher, nicht sonderlich großer Mann in den Dreißigern mit weichen Händen und einer sanften Stimme. Er trug einen perfekt sitzenden grauen Anzug und einen altmodischen Hut, den er abgenommen hatte, als er ihr die Hand gab und »Nice to meet you, I'm Jake« sagte. Sein Gesicht war an einigen Stellen pockennarbig, und seine Lippen waren zu schmal, um gut auszusehen, aber seine dunklen Augen mit den langen Wimpern und die halblangen, stohblonden Haare gaben ihm etwas Anziehendes.

Die Sonne schien, und trotz eines leichten Windes war es angenehm warm. Die Luft roch nach frisch gemähtem Gras und Abgasen und man hörte Stimmengewirr von der Straße. Stantons Garten war angelegt wie ein Klostergarten im Mittelalter, mit kleinen Mäuerchen, duftenden Gewürzen, Rosen und einem See. Überall um den See herum standen größere und kleinere, hauptsächlich männliche Statuen, deren Körper perfekt ausgearbeitet waren, während ihre Köpfe aus rohem, unbehauenem Stein oder aus großen Betonblöcken bestanden, in die lediglich Zahlenreihen eingraviert waren. Linn hatte sich schon immer für Kunst interessiert, und auch wenn ihr diese Figuren nicht wirklich gefielen, betrachtete sie einige aus der Nähe: ein dicker Körper mit sich dauernd wiederholenden Zahlen *565656565656* auf dem Kopf. Ein gebückter Körper mit den Zahlen 18181807070718. Ein dünner, fast kindlicher Körper mit weiblichen Rundungen, der schüchtern aussah, mit den Zahlen 5555555555555. Als sie genauer hinschaute, erkannte sie, dass die Zahlen sich wie ein filigranes Spinnennetz über das Gesicht zogen.

»Wir definieren Schönheit heutzutage doch nur noch über Maße und Zahlen«, sagte Stanton. »Das habe ich versucht darzustellen.«

Sie nickte und schaute sich weiter um. Das Aufheulen eines Motors auf der Straße ließ sie frösteln, und sie war froh, dass der Garten von einer hohen Hecke umgeben war, so dass sie die Autos, die außen vorbeifuhren, wenigstens nicht sehen konnte.

»Man hat ja gelegentlich das Gefühl, dass alles, was nicht perfekt und schön ist, keine Existenzberechtigung hat«, fuhr Stanton fort. Die Art, wie er sie dabei anschaute, machte sie unsicher und wütend, aber bevor sie etwas erwidern konnte, sagte er: »Aber das ist Quatsch, in jedem steckt etwas Perfektes, man muss es nur ans Licht bringen. Ein Künstler kann aus allem etwas Perfektes machen.«

Obwohl sie ihm am liebsten deutlich erklärt hätte, dass er auch nicht gerade eine perfekte Schönheit war, sagte sie nichts, da sie noch Informationen von Stanton wollte. Gemeinsam gingen sie weiter und blieben schließlich an einem kleinen Häuschen stehen. Stanton bot ihr etwas zu trinken an. Linn entschied sich für Cappuccino.

Mit den Getränken setzten sie sich an einen kleinen Tisch

unter einer Laube, die überwuchert war von einer lila blühenden, stark riechenden Pflanze. Mit einer vorsichtigen, gezierten Bewegung rührte Stanton eine Prise braunen Zucker in seinen Chai-Tee. Linns Blick fiel auf eine Statue am Rande der Laube. Erst jetzt bemerkte sie, dass es sich dabei nicht um einen mit einem Kind spielenden Hund handelte, wie sie zunächst gedacht hatte, sondern dass der Hund eine Spinne war, bereit, das Kind zu fressen.

Stanton, den ihr Erstaunen zu amüsieren schien, sagte: »Eines meiner frühen Werke. Ich nenne es die Hüterin des Schicksals. Die Spinne hält all die Fäden in der Hand, verstehen Sie?« Er lächelte. »Im Grunde ist es nichts weiter als eine Auseinandersetzung mit meiner Spinnenphobie, aber es wurde vielseitig interpretiert. Das ist doch sowieso immer das Interessanteste, nicht wahr? Wie die anderen das eigene Werk interpretieren.« Er lächelte immer noch, aber sein Lächeln wirkte jetzt künstlich. »Linn«, sagte er. »Ich wusste zuerst nicht, ob ich mit Ihnen sprechen soll. Sie vertreten immerhin die Mörderin meines allerbesten Freundes.«

Sie ersparte sich, »mutmaßliche« zu sagen, und fragte stattdessen: »Und warum haben Sie es sich anders überlegt?«

»Weil ich mein ganzes Leben geschwiegen habe. Über so viele Dinge. Und jetzt habe ich das Gefühl, dass ich nicht eine Sekunde länger schweigen kann. Sonst platze ich. Ich weiß nicht, ob Sie das verstehen können.« Seine Stimme klang immer noch sanft, aber seine Augen waren schwarz, jegliche Gelassenheit, die sie bis jetzt darin zu erkennen geglaubt hatte, war daraus verschwunden. »Es hat sich von Anfang an abgezeichnet, dass diese Ehe schwierig werden würde. Aber Nico hat sie mehr geliebt als sein Leben. Und natürlich wollte ich das Beste für ihn. Also habe ich den Mund gehalten, wie immer. Mit diesem Wissen muss ich jetzt leben.«

Er ließ noch einige Körnchen Zucker in seinen Tee fallen. Als er umrührte, spritzte etwas Flüssigkeit auf den Tisch. Er wischte sie sorgfältig mit einer Serviette weg.

»Warum hielten Sie die Ehe für schwierig?« Linn nahm einen Schluck Cappuccino. Er schmeckte köstlich sahnig und ein wenig nach Kakao.

Jake Stanton antwortete zunächst nicht und rührte weiter in seinem Tee. Sein Lächeln wirkte jetzt kalt. »Grace ist ein komplizierter Mensch, wissen Sie?«, sagte er schließlich. »Mit vielen Wunden auf der Seele. Sie kann das nur gut verbergen.« Erneut tippte er mit der Serviette auf ein Spritzerchen Tee. »Graces Eltern sind, als sie noch ein Kind war, nach Deutschland ausgewandert. Ihr Vater hat da eine Pizzeria aufgemacht. Die Situation hat sich von Anfang an als sehr unglücklich dargestellt. Das Geld war mehr als knapp, und Graces Mutter konnte sich nicht mit der neuen Heimat anfreunden. Sie wurde depressiv und blieb es auch dann noch, als die Familie nach Italien zurückging.« Vorsichtig legte er die Serviette auf den Tisch. »Das Hauptproblem war Graces Vater. Er muss ein Ungeheuer gewesen sein, wenn man glaubt, was Nico mir erzählt hat. Und ich habe keinerlei Gründe, daran zu zweifeln.« Er nahm einen Schluck Tee. »Wenn ich nicht gehört hätte, dass er am Tatabend im Gefängnis war ...« Er machte eine wegwerfende Handbewegung.

Linn schaute ihn an und wartete ab, während sie an ihrem Cappuccino nippte.

»Graces Vater hat seine Kinder vernachlässigt und misshandelt, vor allem hat er sie verprügelt, mit jedem Gegenstand, der ihm in die Finger gekommen ist. Seine Kinder und seine Frau auch. Marco, Graces jüngerer Bruder, wurde einmal so verletzt, dass er einen bleibenden Schaden davongetragen hat. Er und sein Bruder Gianni sind später leider in die Fußstapfen ihres Vaters getreten, sie sind beide ebenfalls gewalttätig und sehr dem Alkohol zugetan. Ich habe einmal auf einer Party erlebt, wie sie Nico angepöbelt haben, es war grauenvoll. Selbst wenn man so eine Geschichte erlebt hat, muss man sich doch besser im Griff haben.« Sein Gesicht verzog sich in Missfallen. »Grace konnte ihrer Familie irgendwann entkommen, weil sie sehr früh mit Modeln angefangen hat, aber trotzdem hat sie in ihrer Kindheit und Jugend nie eine andere Antwort erlebt als Gewalt, wenn es darum ging, ein Problem zu lösen. Sie ist bestimmt kein schlechter Mensch, nur war da manchmal eine solche Kälte in ihr …« Er brach ab und schaute mit einem unruhigen Flackern in den Augen zu den Bienen, die in den blauen Blumen herumsurrten. »Es gab in der Ehe der beiden jede Menge Probleme.« Eine Biene flog in die Nähe seines Tees, und er zuckte panisch zurück, stieß fast seinen Stuhl um. Die Biene verschwand wieder in die Blüten. Er zeigte auf die surrenden Tiere. »Sie haben keine Ahnung, wie oft man gestochen wird, wenn man als Kind die Ferien auf dem Land verbringen muss.« Seine Hand zitterte ein wenig.«

»Grace konnte keine Kinder bekommen. Nico liebte Kinder. Das war sehr schwierig für ihn. Natürlich haben sie über Adoption nachgedacht, aber das ist nicht das Gleiche.« Er hüstelte. »Grace war außerdem sehr, wie soll ich das sagen?, lustfeindlich. Nico hat mir erzählt, dass sie ihren Körper hasst. Sie kann es nicht ertragen, sich ohne Bekleidung zu sehen. Sie hält sich für zu dick.« Stanton machte ein Geräusch, das entfernt wie ein Kichern klang. »Ich will nicht indiskret sein, aber Sie können sich vielleicht vorstellen, dass das Sexualleben der beiden alles andere als befriedigend war.« Seine Wangen röteten sich, und er sprach jetzt so leise, dass sie sich ein wenig über den Tisch beugen musste.

»Und eines Tages hat Nico dann angefangen, Grace zu betrügen«, warf sie ein.

Stanton fuhr auf, und seine Stimme wurde etwas lauter. »Das behauptet Grace? Das ist gelogen! Nico hätte sie nie betrogen. Genau das war sein Problem. Dass er so ein netter Mensch war.«

»Hat er meine Mandantin nicht verprügelt?« Linn legte beide Hände um ihre Tasse.

Die Augen des Trauzeugen verengten sich für einen Moment, aber er geriet nicht erneut aus dem Konzept.

»Ich kenne diese Gerüchte. Aber Grace hat sich die blauen Flecken selbst zugefügt, um Nicos fast schon panische Angst vor negativer Publicity auszunutzen und ihn so zu zwingen, dass er bei ihr bleibt.« Er hob seinen Löffel hoch und faltete die Serviette darunter. »Grace ist krankhaft besitzergreifend.« Er schüttelte traurig den Kopf und legte den Löffel zurück. »In letzter Zeit hat Nico gemerkt, dass er so nicht weitermachen kann. Obwohl er sie mehr als alles geliebt hat. Hört sich komisch an, oder?« Er richtete den Löffel kerzengerade aus. »Wir haben ein paar Tage vor seinem Tod am Telefon darüber gesprochen. Wie er es Grace am besten beibringen kann. Ohne dass sie durchdreht. Er hatte ein großzügiges Angebot für sie. Wenn sie der Scheidung zugestimmt hätte.« Erneut ertönte das merkwürdige Kichern, diesmal klang es wie ein Schluchzen. Stanton starrte auf den Tisch, nahm seinen Hut, den er neben seine Tasse gelegt hatte, und setzte ihn auf. Er wirkte plötzlich klein und hilflos und unendlich traurig. Bevor sie ein tröstendes Wort äußern konnte, hob er den Kopf. In seinen Augen glitzerten Tränen. »Ich denke, Grace hat kapiert, dass es nun wirklich zu Ende ging mit ihrer Ehe und deshalb … Vielleicht hat sie noch eine andere, letzte Verwendung für ihn gesehen? Diese Egoistin.« Mit einem Stofftaschentuch, das er aus seiner Hemdtasche gezogen hatte, wischte er sich übers Gesicht. Als er Linn wieder anschaute, waren seine Züge schmerzverzerrt. »Hat sie es wirklich getan? Hat sie ihn geopfert? Darüber muss ich dauernd nachdenken. Bitte erzählen Sie es mir. Als ihre Verteidigerin wissen Sie es doch bestimmt. Ehrlich gesagt hatte ich mir erhofft, dass ich, wenn ich mit Ihnen spreche, etwas Klarheit …« Seine Stimme brach, und es dauerte eine Zeit, bis er fortfuhr. »Grace hat in letzter Zeit so oft über Magie und andere schreckliche Dinge gesprochen. Daran glaubt sie.«

»Geopfert? Wie meinen Sie das?«

»An dem Abend war Beltaines Abend.«

»Das habe ich schon gehört. Beltaine ist diese Riesin, die ihren Geliebten erschlagen hat.«

Stanton schaute sie mit einer gewissen Herablassung an. »Das ist nur ein keusches Märchen, um die Landbevölkerung zu verdummen. Beltaine ist in Wirklichkeit eine mächtige keltische Fruchtbarkeitsgöttin.« Er ballte die Hände zu Fäusten, öffnete sie wieder. »In den alten Zeiten haben sie ihr dort draußen auf dem Felsen an bestimmten Abenden Opfer gebracht. Meistens Tieropfer. Sie haben sich mit dem Blut eingerieben und Orgien gefeiert.« Er schwieg eine Weile, bevor er weitersprach. »Es heißt, wer unfruchtbar ist und sich an einem ihrer Abende auf die Klippen wagt, Geschlechtsverkehr hat und seinen Sexualpartner danach tötet und das Ritual durchführt …« Er rieb sich die Arme, als würde er frieren. »Ich bin Künstler, vermutlich habe ich einfach zu viel Fantasie. Ich dachte nur, vielleicht hat sie Ihnen etwas erzählt.«

»Was ist das für ein Ritual?«

»Dem Toten werden an mehreren Stellen Verletzungen zugefügt, um an sein Blut zu kommen. Danach muss die Leiche gewaschen und auf eine bestimmte Art hergerichtet werden, ich glaube mit keltischem Schmuck und einem Umhang. Im Internet können Sie dazu einiges finden.« Er schluchzte auf. »Ich darf es mir gar nicht vorstellen. Nico war mein bester Freund, ich kenne ihn von klein an. Dass er so sinnlos gestorben sein soll.« Er schlug die Hände vors Gesicht.

»Es tut mir leid.« Sie erhob sich langsam. »Ich werde jetzt gehen und Sie in Ruhe lassen. Danke für Ihre Zeit.«

In ihrem Kopf rasten die Gedanken. Wenn Benten wirklich die Wasserleiche war, und ihre Mandantin … Ein Fruchtbarkeitsritual. Hatte die Leiche etwa nicht deswegen so lange auf der Klippe gelegen, weil Grace Riccardi bei ihrer Tat gestört worden war, wie die Polizei vermutete, sondern weil sie ein Ritual durchgeführt hatte?

»Ich begleite Sie hinaus.« Stanton wischte sich mit dem Stofftaschentuch das Gesicht ab. Er sah blass und erschöpft aus. »Wir können hinten herumgehen, dann zeige ich Ihnen noch einen Teil meiner Ausstellung, der normalerweise nicht für die Öffentlichkeit zugänglich ist. Nico mochte diesen Teil besonders. Wenn Sie sich das anschauen, verstehen Sie vielleicht ein bisschen mehr, wer er gewesen ist.«

Hintereinander gingen sie über einen schmalen Pfad zwischen immer höher werdenden Hecken auf einen Schuppen zu. Hier wirkte der Garten düster, ungepflegt und einengend.

»Warum haben Sie das alles nicht der Polizei erzählt?«, fragte Linn.

Stanton senkte den Kopf. »Es fällt mir schwer, über Nicos Privatleben zu sprechen. Ich habe jahrelang dafür gesorgt, dass all seine Geheimnisse gewahrt bleiben. Dafür hat mich Nico gut bezahlt. Aber jetzt sehe ich es als meine letzte Pflicht an … Deshalb werde ich auch zur Polizei gehen.«

»Besteht Ihres Erachtens die Möglichkeit, dass Nico Benten noch lebt?«

Stanton blieb so abrupt stehen, dass sie fast auf ihn aufgelaufen wäre. Er drehte sich um. Seine Augen waren feucht, plötzlich voller Hoffnung.

»Warum?«, fragte er.

»Nun, seine Leiche wurde nicht gefunden.« Beziehungsweise noch nicht identifiziert, dachte sie.

»Ach so.« Die Hoffnung in Stantons Augen erlosch. »Er hat für seinen Beruf gelebt.« Seine Stimme war tonlos. »Er hat immer gesagt, wenn er nicht vor einer Kamera steht, dann ist sein Leben kein Leben. Wo sollte er denn jetzt sein?«

»Vermutlich haben Sie recht.« Es tat ihr leid, dass sie Nicos Freund falsche Hoffnung gemacht hatte. Trotzdem musste sie noch ein paar Dinge fragen. »Sagt Ihnen der Name Bethany Colville etwas?«

Es dauerte eine Weile, bis Stanton die Frage beantwortete. »Sie war die Tochter des Hausmeisters in unserer Schule«, sagte er schließlich.

»Sie ist verschwunden, als sie noch eine Jugendliche war«, fügte sie hinzu.

»Das hat ehrlich gesagt keinen von uns verwundert. Sie kannten den Hausmeister nicht. Er war ein langweiliger, kleiner Mann mit Machtkomplexen.«

»Hat Benten diese Bethany Colville näher gekannt?«

Stanton kicherte, als sei er in eine Erinnerung versunken. »Nein, ich denke, die zwei mochten sich nicht besonders.«

»Und das Tattoo?«

»Was für ein Tattoo? Davon weiß ich nichts.«

»Hatte Nico Benten Feinde?«

»Sie meinen, ob jemand anders als Grace einen Grund gehabt hätte, ihn zu töten?«

Sie nickte.

Stanton schien zu überlegen. Sie gingen weiter. Vor dem Tor des Schuppens blieben sie stehen. Er schloss auf. Ein Geruch nach nassem Ton und modriger Luft kam ihnen entgegen.

»Ich hatte immer den Eindruck, dass alle ihn mögen. Seine Schauspielkollegen waren ihm sehr zugetan, ich habe einige lustige Feiern mit ihnen erlebt. Aber wenn du ein Licht bist, dann ziehst du natürlich auch Motten an.«

Stanton trat in den Schuppen. Sie schaute durch die Tür, sah auf dem Boden unfertige Statuen mit Zahlenköpfen, an denen er offenbar gerade arbeitete, und seltsame Gebilde aus Metall, die aussahen wie skurrile Urzeitinsekten mit übergroßen Köpfen. Sie wollte gerade ebenfalls eintreten, als es hinter ihr laut raschelte.

Sie fuhr herum. Der Reporter mit dem schwarzen BMW, dieser Francis, kam aus dem Nichts um die Ecke. »Mr. Stanton, Ms. Geller«, rief er laut. »Wir hätten ein paar Fragen.«

Wut stieg in ihr hoch. »Ich werde sie nicht beantworten.«

Stanton kam aus dem Schuppen und schlug die Tür zu. »Haben Sie dieses Ungeziefer mitgebracht? Um mich in die Sache mit reinzuziehen?«, zischte er ihr zu.

Linn schüttelte den Kopf. »Verschwinden Sie«, fuhr sie den Reporter an. »Das habe ich Ihnen schon im Moor gesagt, und das gilt noch immer.«

Francis grinste. »Ach ja, unsere Begegnung im Moor. Das hätte ja noch ein Zufall sein können. Aber gestern am Strand, da waren Sie doch auch mit dem ermittelnden DCI zusammen, oder etwa nicht?«

»Natürlich, ich bin die Anwältin der Angeklagten. Es ist notwendig, dass ich die Schauplätze anschaue.«

»Und was für Schauplätze haben Sie da am Strand mit einem Picknickkorb angeschaut?«

Sie antwortete nicht.

»Unser Harris favorisiert doch sonst immer die Ballköniginnen, vor allem, wenn sie mit einem anderen Mann liiert sind.« Francis betrachtete sie abschätzig. »Wird Ihre Affäre Auswirkungen auf den Prozess haben?«

»Ich habe keine Affäre mit ihm. Und sollten Sie etwas Gegenteiliges auch nur erwähnen, dann werden Sie eine Klage am Hals haben, wie Sie es noch nie erlebt haben.«

Sie stieß ihn zur Seite und ging so schnell sie konnte an ihm vorbei aus dem Garten. Hinter ihrem Rücken hörte sie sein Lachen. Sie stoppte erst wieder, als sie bei ihrem Mietwagen angekommen war, stieg ein und machte die Tür unsanft zu. Dieser Reporter war eine echte Pest, aber dass er solche Dinge sagte, nur um sie zum Reden zu bringen … Für eine Sekunde betrachtete sie ihr Gesicht im Innenspiegel. Dann startete sie den Wagen.

Was würde passieren, wenn er über ihr Picknick berichtete? Ihr selbst konnte das egal sein, aber Harris hatte möglicherweise Konsequenzen zu befürchten. Sie musste ihn warnen. Sie zog ihr Handy heraus, wählte seine Nummer. Nicht zu erreichen. Sie schickte ihm eine kurze Nachricht mit der Bitte um Rückruf.

25

Am späten Nachmittag erreichte Linn nach mehreren Staus endlich die Londoner Außenbezirke. Es hatte wieder angefangen zu nieseln, und das monotone Trommeln der Regentropfen und das leise Quietschen der Scheibenwischer machten sie müde. Sie bog trotzdem noch nicht Richtung Flughafen Heathrow ab, sondern folgte der M 25 in die entgegengesetzte Richtung. Ihr Flug ging spät in der Nacht, und vorher musste sie noch bei der kleinen Polizeidienststelle vorbeifahren, die damals in der Sache Bethany Colville ermittelt hatte. Hinweise auf mögliche alternative Tathergänge waren nach dem Gespräch mit Stanton noch wichtiger als zuvor.

Sie war eine weitere Stunde unterwegs, bis sie das kleine Örtchen erreichte, in dem auch Bentens ehemaliges Internat lag. Sie fuhr langsam daran vorbei, erhaschte einen Blick auf einen parkähnlichen Garten mit riesigen Buchen, gelb und rot blühenden Sträuchern und einem riesigen See, aus dem Wasserfontänen aufstiegen. Hinter dem See lag ehrfurchtgebietend ein Haus, das aussah wie eine mittelalterliche Burg, an die einige moderne Glasanbauten angebracht waren. Sie hätte gerne angehalten und mit jemandem gesprochen, aber die Anwälte des Internats hatten ihr noch kurz vor der Abreise per Fax mitgeteilt, dass sie den Grund und Boden der Schule unter keinen Umständen betreten durfte.

Detective Inspector Warrington, der damals in der Sache ermittelt hatte, führte sie in sein Büro. Er war ein etwa fünfzigjähriger blasser Mann mit roten Haaren und Sommersprossen in einem zu engen schwarzen Anzug, der sich mit einem leichten Seufzen in seinen ergonomisch geformten Bürostuhl fallen ließ und ihr eine Schale mit Erdnussflips zuschob. Linn lehnte dankend ab und ließ sich auf dem gepolsterten Stuhl auf der anderen Seite des Tischs nieder. Der DI schlug eine zerfledderte Akte auf, holte aus einer Schublade eine Lesebrille hervor und setze sie umständlich auf. »Die kleine Bethany, ja, war eine schreckliche Sache damals. Sie ist abgehauen und vermutlich in London unter die Räder gekommen. Drogen vermute ich.«

»In dem Fall hätte doch ihre Leiche auftauchen müssen?«

»Die Leiche, ja, wissen Sie, wie viele Fälle von Vermissten es gibt, die nie wieder auftauchen? Ich will gar nicht wissen, wie viele das sind, ja. Manche davon sind tot. Im Meer, wie dieser Benten, auf dem Grund eines Sees, in der Themse, in alten, verschütteten Eisenbahntunneln, es gibt tausendundeine Möglichkeit. Vielleicht lebt sie auch noch? Wir konnten das nie ausschließen, ja, denn sie war nicht das erste Mal weg. Sie ist schon öfter durchgebrannt, das erste Mal ...« Er blätterte durch die Akte. »Ja, das erste Mal mit elf. Da hat sie sich vier Wochen bei einem fünfundzwanzig Jahre älteren Mann versteckt, gekifft und Bier getrunken. Mit elf! Ihre Eltern, James und Mary, das waren anständige Leute, die hatten es nicht leicht mit ihr. Sie hatte so ein schönes Zuhause, sie war ein Einzelkind, sie hatte das ganze Dachgeschoss für sich allein, ja, im Gesindehaus neben dem Internat.«

»Sprach denn etwas bei ihrem Verschwinden für ein Gewaltverbrechen?«

Warrington schüttelte energisch den Kopf. »Aber natürlich muss man das immer in Betracht ziehen, ja, wenn ein so junges Mädchen plötzlich nicht mehr da ist. Auch wenn sie ihre Tasche gepackt und alles mitgenommen hatte, was sie gebraucht hat. Sie hat ihrer Mutter fünfzig Pfund aus der Jacke geklaut, ja, sie hat eine Zugkarte nach London gekauft, am Vortag. Ich denke nach wie vor, dass sie nach London abgehauen ist.«

»Was hatte Nico Benten mit der Sache zu tun?«

»Ich habe unseren Juristen gefragt, und er hat gesagt, ich darf mit Ihnen als Anwältin darüber sprechen. Ja, also ich verstehe sowieso nicht, warum das überhaupt geheim gehalten werden sollte, weil das doch nichts weiter als dumme Jungenstreiche waren.«

Sie schaute ihn aufmerksam an.

Warrington nahm seine Brille wieder ab, faltete sie sorgsam zusammen und legte sie neben die Akte. Schließlich fuhr er fort: »Es gab an der Schule eine Art Geheimbund, den ein paar Schüler gegründet hatten. Sie nannten sich *Wächter des schwarzen Gottes*. Einer dieser Schüler war Nico Benten. Sie hatten ein altes Buch über die Mythen und Legenden von Cornwall, ja, und haben sich anscheinend mit okkulten Praktiken befasst, aber nichts Schlimmes, nur harmlose Sachen, die kleine Jungen eben interessant finden könnten. Feuer anzünden, bei Kerzenschein Gruselgeschichten lesen, solche Dinge eben. Sie glaubten an Geister und dass sie Dämonen beschwören könnten, und einmal wurde ein Junge dabei erwischt, wie er in das Haus einer gerade im Heim gestorbenen Achtzigjährigen eingedrungen war. Er sagte damals aus, er habe Kontakt mit einer Toten aufnehmen wollen, ja, nur stellte sich später heraus, dass er eher Kontakt mit dem Geldversteck der Toten hatte aufnehmen wollen.«

»Das hört sich für mich aber nicht völlig harmlos an«, sagte sie. »Wer waren die anderen Jungen?«

Warrington setzte die Brille wieder auf. »Da sie damals noch minderjährig waren, ja, sind die Akten unter Verschluss. Nur weil wir uns in einer Todesfallermittlung befinden, darf ich offiziell über Benten reden. Ich halte mich immer an die Regeln, nicht so wie mein alter Vorgesetzter.«

»Hat er sich in der Sache Colville nicht an die Regeln gehalten?«

»Doch, doch, das hat er. Ich meinte nur, vielleicht kann er Ihnen mehr sagen als ich.«

»Hatte Nico Benten nun irgendetwas mit dem Verschwinden von Bethany Colville zu tun?«

»Überhaupt nichts, nein. Benten war nicht mal da, als Bethany verschwunden ist. Es war viel eher so, dass Benten und ein anderer Junge im Nachhinein angeboten hatten, die Dämonen zu beschwören, ja, um Bethany wieder herzuzaubern. Aber da war sie schon Tage weg. Ich habe Ihnen Bentens damalige Aussage kopiert.« Er schob ihr zwei Blätter über den Tisch. »Das mit den Dämonen war es, glaube ich, was Bentens Vater so schockiert hat, dass er seinen Sohn wenig später wieder nach Deutschland geholt hat und weswegen es diese Schweigeerklärung gab.«

Draußen vor der Polizeidienststelle überflog Linn im düsteren Licht ihres Mietwagens das bisher geheime Vernehmungsprotokoll von Nico Benten. Seine Aussage erschien ihr wirklich wie die harmlose, wenn auch zugegebenermaßen ein wenig verrückte Fantasie eines Kindes, das zu viele schlechte Comics gelesen hatte und sich für Superman hielt. Geister und Dämonen beschwören, damit sie sich dazu äußerten, wo Bethany Colville steckte, klar.

Sie warf die Akte in den Karton, der neben dem Koffer auf ihrem Rücksitz stand. Sie hatte den DI noch gebeten, seinen alten Vorgesetzten zu bitten, sie anzurufen, aber viel versprach sie sich davon nicht. Wenn Benten nicht einmal vor Ort gewesen war, als Bethany Colville verschwunden war, wie sollte er dann etwas mit ihrem Verschwinden zu tun haben?

Den ganzen Rückflug las Linn in dem Buch, das Harris ihr hatte geben lassen. Es war genau das gleiche Buch, das damals auch Nico Benten und sein Geheimbund gelesen hatten, wie sie dem Vernehmungsprotokoll entnahm. Der Klassiker über uralte Mythen und Sagen Cornwalls schlechthin. Und über Hexenrituale. In jedem Touristenführer als Lesetipp für schaurige Stunden vorgeschlagen. Es wäre also überhaupt nicht verwunderlich, wenn Grace Riccardi dieses Buch ebenfalls gelesen hatte, das vielleicht immer noch in Bentens Bücherregal stand und das die Opferrituale und magischen Handlungen so detailliert beschrieb, als sei es eine Bedienungsanleitung. Gruselig bebildert konnte man so nicht nur die genaue Abfolge von Ritualhandlungen lernen, sondern zum Beispiel auch, welche Knotentechnik man für die Fesselung einer Hexe benötigte und dass es am besten war, ihre stark angewinkelten Beine durch eine Schnur mit einem Samtband um ihren Hals zu verbinden, so dass sie sich selbst erwürgte, wenn die Krämpfe in ihren Beinen zu stark wurden. Um ihren Fluch zu bannen, mussten Zeichen in die Wand geritzt werden, und wenn man nicht selbst sterben wollte, musste man strengstens darauf achten, dass es der Hexe nicht gelang, eines ihrer Haare zu verbrennen und die zu ihrer Tötung entzündeten Kerzen zu löschen. In einigen anderen Kapiteln war beschrieben, wie man hilfreiche Geister beschwören konnte, oder es wurden Ausführungen dazu gemacht, welches Tierblut bei Vollmond versprüht werden musste, um Trolle von seinem Haus abzulenken oder Kontrahenten krank zu machen.

Linn ging kopfschüttelnd alles gründlich durch, die Geschichten über die alten Götter und das Fruchtbarkeitsritual zu Ehren der Göttin Beltaine, das auch in dem Buch erwähnt wurde, sogar zweimal. Auch wenn Stanton offensichtlich versucht hatte, ihre Mandantin reinzureiten, passte die Geschichte leider wirklich ausgesprochen gut zu den Spuren am Tatort. Der Umhang zum Einwickeln der Leiche. Das lange Liegenlassen des Toten, um ihn mit Kräutertinkturen einzureiben, Gebete zu sprechen und ihn zu schmücken. Das Blut auf dem Boden. Und es würde auch erklären, warum ihre Mandantin über den Tathergang log. Vielleicht hatte sie auch die Geliebte nur erfunden, um den Mord für andere verständlicher erscheinen zu lassen oder ihn vor sich selbst zu rechtfertigen? Der Flieger setzte zur Landung an, und Linn schnallte sich an. Wenn sich herausstellte, dass ihre Mandantin ihren Mann geopfert und sich mit seinem Blut eingerieben hatte, dann gute Nacht. Dann konnte sie höchstens noch versuchen, auf verminderte Schuldfähigkeit oder Schuldunfähigkeit zu plädieren. Sie lehnte sich in ihren Sitz zurück. Bisher hatte niemand von der Staatsanwaltschaft eine Ahnung von dieser Opfergeschichte. Und sie musste unbedingt dafür sorgen, dass das auch so blieb. Die Häuser unter ihr wurden größer und größer, der Flughafen kam näher und näher. Sie ertappte sich bei dem Gedanken, ob sie ihre Mandantin weiter vertreten wollte, falls die wirklich etwas so Abartiges getan haben sollte. Sie schüttelte den Kopf. Sie war Strafverteidigerin. Als der Flieger auf das Rollfeld aufsetzte, zwang sie sich, nur noch an die Spuren im Moor und an ihre Zeugin Carlotta Schmidt zu denken. Es war ohne Weiteres möglich, dass die Wasserleiche jemand anderes war. Irgendein nie gefundener Selbstmörder. Nico Benten lebte bestimmt noch. Daran musste sie sich festhalten. Auf jeden Fall so lange noch, bis die Identität der Leiche festgestellt war.

26

Die Hitze in Stuttgart erschien Linn nach ihrem Trip nach England noch stickiger und quälender. Trotz der geschlossenen Fensterläden und der zwischen den Häuserfronten recht schattigen Lage hatte die Sonne ihre Kanzleiräume wie einen Hochofen aufgeheizt.

Die nächsten Tage arbeitete sie sich schwitzend durch die Rückstände und die neuen Akten, die sie aus England mitgebracht hatte. Dabei versuchte sie, nicht an Harris zu denken, von dem sie nichts mehr gehört hatte. Sie würde ihn, sollte er sich nicht melden, in ein paar Tagen geschäftlich anrufen, wenn sie neben der Wasserleiche noch weitere gute Gründe dafür in den Akten gefunden hatte. Gründe, die ihr einen Rückzug in Würde erlaubten, sollte sie Harris' Verhalten in England falsch gedeutet haben. Und dafür sprach ja einiges. Er hatte sie nicht zurückgerufen und nicht einmal eine WhatsApp-Nachricht geschickt.

Götz tauchte ebenfalls keinen einzigen Tag in der Kanzlei auf und war auch telefonisch nicht zu erreichen. Auf ihrem Schreibtisch hatte sie einen handschriftlichen Brief gefunden, in dem er sich für sein merkwürdiges Verhalten am Telefon entschuldigte. Eine Erklärung dafür oder für die Tatsache, dass er im Moment nicht arbeitete, gab er nicht, er beteuerte lediglich, dass er nicht krank sei und dass »alles« seine Schuld sei. Notgedrungen begann sie, auch seine Fälle zu bearbeiten, da die Mandanten unruhig wurden.

Jedes Mal, wenn sie durch den Flur ging, lief sie an ihrem Gründungsvertrag vorbei, der dort offen auf einem Hocker lag und an den Ecken schon ganz zerknickt war. Offenbar hatte Götz sehr viel darin gelesen. Das verstand sie nun wirklich nicht, denn ihre gemeinsame Kanzlei gab es ja erst seit ein paar Wochen, so dass eine Aufteilung ihrer Mandate, sollten sie die Zusammenarbeit beenden, nicht sonderlich schwierig werden würde.

Manchmal, wenn sie alleine in der Küche stand und einen Kaffee machte, vermisste sie trotz allem die Zeit, als zwischen Götz und ihr alles gut gelaufen war, als sie voller Vorfreude ihre neuen Räume renoviert hatten und abends manchmal in der Küche gelandet waren, um noch ein Glas Wein oder einen Espresso zu trinken und einen Fall zu besprechen. In solchen Momenten versuchte sie zweimal, Götz anzurufen, erreichte aber nur seinen Anrufbeantworter. Sie dachte oft über ihr Telefonat in England nach und kam irgendwann zu dem Schluss, dass sie überreagiert hatte und dass Götz mit dem, was er nicht anschauen konnte, nicht ihre Arbeitsweise gemeint haben konnte. Er hatte nicht anklagend oder hämisch geklungen, eher, als wolle er sich entschuldigen. Nur was hatte das zu bedeuten? Mittlerweile machte sie sich Sorgen. Vielleicht war Götz doch krank? Zwar hatte er in dem Brief geschrieben, es gehe ihm gut, aber was, wenn er gelogen hatte? Gleichzeitig wurde sie immer wütender darüber, dass er sie so im Dunkeln ließ und dass er sich nicht mehr um seine Fälle kümmerte. Wenn er so weitermachte, würden sie Mandanten verlieren, und das konnten sie sich nicht leisten. Und es war auch nicht ihre Aufgabe, sich mit dem Schreiner, der nicht mehr kommen wollte, weil er anscheinend noch nicht seine volle Bezahlung bekommen hatte, alleine herumzuschlagen. Noch waren sie Kanzleipartner.

Obwohl sie Götz noch nicht lange kannte, hatte sie ihm mehr vertraut als den meisten anderen Menschen, und es war der Vertrauensbruch, der ihr so zu schaffen machte. Götz hatte sie von Anfang an so behandelt, als habe sie keine Narbe. Er hatte nur die Anwältin in ihr gesehen und den Menschen. Sie schüttelte den Kopf. Die guten Zeiten lernte man immer erst zu schätzen, wenn sie vorbei waren. Das war nach ihrem Unfall genauso gewesen. All die scheinbaren Normalitäten fehlten am Ende am meisten. Das Haus zum Beispiel, das sie damals gemietet hatte, mit dem wundervollen kleinen Bauerngarten und der Nachbarskatze, die zu ihr auf den Schoß gesprungen war, wenn sie nach einem langen Arbeitstag draußen gesessen hatte. Ihr Büro bei Vance, Lewis und Smith, die komplizierten Riesenverfahren, die spannenden Rechtsfragen und der Cappuccino mit der leckeren Schaumhaube vom Italiener gegenüber. Die Kollegen, die sich immer an sie gewandt hatten, wenn sie einen Rat in einer besonders schwierigen rechtlichen Angelegenheit gebraucht hatten. Sogar Terry, ihren schrecklichen alten Chef, vermisste sie manchmal. Die Urlaube, die sie in ihrer knapp bemessenen freien Zeit am Meer gemacht hatte. Ja, sie hatte gedacht, es würde immer so bleiben. Bis es eines Tages mit einem Knall zu Ende gewesen war. Sie strich über ihre Narbe und humpelte in ihr Büro zurück, wo sich die Akten mittlerweile überall stapelten. Kickte gegen einen Farbkübel. Sie hatte seit der Annahme des Riccardi-Mandats nicht einen Tag Zeit gehabt, sich um die noch ausstehenden Malerarbeiten zu kümmern. Immer noch war ein Großteil der Kanzlei mit Plastikplane abgedeckt, immer noch standen Leitern und Farbeimer herum, immer noch musste sie Mandanten in der Küche empfangen. Sie nahm die Post aus ihrem Posteingangsfach und öffnete einen Brief nach dem nächsten, versah jeden mit einem Eingangsstempel, trug Fristen ein, sortierte die Blätter den jeweiligen Akten zu. Ein Schreiben der Staatsanwaltschaft über eine gynäkologische Untersuchung von Grace Riccardi fiel ihr in die Hand. Sie überflog den Brief, und noch größere Wut auf Götz loderte in ihr hoch. Auch darum hatte er sich also nicht gekümmert.

Wenigstens war das Ergebnis der Untersuchung in ihrem Sinne: Grace Riccardi war nicht schwanger gewesen, als Nico Benten sie misshandelt hatte. Dieses Motiv konnte Faber sich also abschminken. Sie konnte keine Kinder bekommen, genau wie sie gesagt hatte. Linn hätte beinahe den letzten, kurzen Absatz überlesen, den der Gynäkologe noch angefügt hatte. Vor Erstaunen weiteten sich ihre Augen.

Am nächsten Tag hatte Linn am späten Nachmittag einen Termin mit ihrer Mandantin, um ihr unter anderem endlich von den Ergebnissen ihrer Cornwallreise zu berichten.

Sie hatte eigentlich gehofft, noch mehr Anhaltspunkte für die Theorie zu finden, dass Nico Benten noch lebte, bevor sie mit ihrer Mandantin sprach, aber ihre Recherchen in den englischen Akten waren erfolglos geblieben. Auch ein weiteres Gespräch mit Carlotta Schmidt hatte kein Ergebnis gebracht und sie eher in der Ansicht bestärkt, dass sich die Zeugin täuschen musste. Harris hatte sich nicht gemeldet, weder privat noch wegen der Spuren im Moor oder der Wasserleiche. Auch die geheimnisvolle Geliebte, vorausgesetzt, es gab sie wirklich, hatte sie nicht gefunden. Selbst wenn sie existierte, war es immer noch möglich, dass sie nur eine Zeugin und keine Tatverdächtige war. Der Gerichtstermin würde bald stattfinden, und sie hatte nicht sonderlich viel in der Hand, um ihre Mandantin rauszuholen, wenn sie ehrlich war.

Linn verließ die Kanzlei angespannt und wollte gerade in die Straße Richtung U-Bahn einbiegen, als ihr Geschäftshandy klingelte. Eine Reporterin mit lauter Stimme fragte, was sie denn von den neuesten Entwicklungen hielte. Linn blieb stehen und fragte scharf zurück, welche Entwicklung denn genau gemeint wäre.

Die laute Stimme sagte: »Stimmt es, dass Grace Riccardi ihren Mann durch ein keltisches Opferritual umgebracht hat?«

Linn wurde schwindlig. Wie hatten die das rausgefunden? Sie presste ein »Kein Kommentar« heraus und legte auf.

In der U-Bahn ging sie sofort mit ihrem Handy ins Internet und musste feststellen, dass es einen langen Film über sie und Grace Riccardi gab. Von Francis, dem englischen Journalisten mit dem BMW, der ihr Gespräch mit Stanton offensichtlich belauscht hatte. Er führte genussvoll aus, dass er »aus sicherere Quelle« erfahren habe, dass Grace Riccardi ihrem Mann bei lebendigem Leib das Herz herausgerissen und ihn im Rahmen eines keltischen Rituals geopfert habe, um ein Baby mit dem Teufel zu zeugen. Außerdem befragte er mehrere Spezialisten zu dem Mythenbuch. Linn konnte nur hoffen, dass ihre Mandantin, wenn sie ihren Mann nicht tatsächlich geopfert hatte und daher alles schon wusste, im Gefängnis keinen Zugang zum Internet hatte und den Shitstorm, der nach dem Erscheinen dieses Beitrags über sie hereingebrochen war, nicht mitbekam. Grace Riccardis Agentur, die bisher immer sachlich gewesen war und den Ausgang des Gerichtsverfahrens hatte abwarten wollen, hatte sich nun von ihr distanziert, ebenso wie die meisten Designer. Einige von Nico Bentens Fans drohten damit, Frau Riccardi ebenfalls zu opfern, und zwar öffentlich.

Francis hatte noch angedeutet, dass die Verteidigerin mit dem ermittelnden DCI am Strand gepicknickt hatte, statt ihrer Mandantin in dieser schweren Zeit beizustehen, was einige andere Medien aufgegriffen hatten. *Eines der grausigsten Verbrechen unserer Zeit – und die Verteidigerin hält Händchen mit dem Leiter der Ermittlungsbehörde*, so endete ein Artikel. Linn schlug mit der Faust gegen die Scheibe der U-Bahn. Sie konnte vielleicht gegen das Ganze vorgehen, aber ungeschehen machen konnte sie es nicht mehr. Die Staatsanwaltschaft wusste mittlerweile bestimmt auch Bescheid. Sie entsperrte ihr Telefon, um Harris' Nummer zu wählen, und ließ es dann doch bleiben.

Ihre Mandantin sah blass und krank aus, schien sich aber trotzdem zu freuen, sie zu sehen. Nachdem sie sich an den kleinen Tisch im Besprechungsraum gesetzt hatten, kam Grace Riccardi sofort mit zitternder Stimme auf den Film im Internet zu sprechen.

»Ich werde vermutlich nie mehr als Model arbeiten können«,

sagte sie. Ihre abgemagerten Unterarme rieben über den Tisch, immer von rechts nach links und zurück. »Und hier im Gefängnis, Sie können sich gar nicht vorstellen, wie ich behandelt werde. Ich wusste gar nicht, wie viele von Nicos weiblichen Fans hinter Gittern sitzen.« Sie wirkte völlig verzweifelt.

Linn versuchte, ihr Mut zu machen. »Wir können beantragen, dass Sie ...«, setzte sie an.

Grace Riccardi richtete sich mit einer merkwürdigen Entschlossenheit auf und unterbrach sie mit einer abwehrenden Handbewegung. »Wie kommen die Reporter auf so was?«

»Ein englischer Journalist hat vermutlich ein Gespräch belauscht, das ich mit Ihrem Trauzeugen geführt habe.«

»Jake behauptet, dass ich Nico auf diesem Felsen geopfert habe? Dieser kleine Wichtigtuer.« Grace Riccardi riss die Augen auf und wurde noch blasser. Sie knetete ihre Hände, schien etwas hinzufügen zu wollen, ließ es dann aber bleiben. Linn fasste das Gespräch mit Stanton zusammen. Als sie geendet hatte, waren Grace Riccardis Augen feucht. »Werden die Richter das glauben? Dass ich Nico geopfert habe, meine ich?«

»Ich denke nicht. Jedenfalls nicht, wenn Sie mir endlich erzählen, was an dem Abend wirklich passiert ist, und ich entsprechend ...«

»Ich hätte Nico niemals sowas angetan.« Eine Träne rann Grace Riccardi über die Wange. War sie eine gute Schauspielerin, oder war das tatsächlich der Schock?

»Stanton war der Ansicht, dass Sie Ihren Mann deshalb geopfert haben, weil Sie keine Kinder bekommen können, aber gerne welche wollen.« Linn schob das Schreiben des Gynäkologen, das sie vor sich auf dem Tisch liegen hatte, zu ihrer Mandantin. »Wenn ich das hier richtig verstehe, haben Sie aber schon ein Kind?«

Ihre Mandantin schwankte leicht, schien kurz vor der Ohnmacht zu stehen. Linn reichte ihr ihren noch unangerührten

Kaffeebecher und wartete, bis das Model ein paar Schlückchen getrunken hatte und wieder ein wenig Farbe ins Gesicht bekam. So gut konnte man nicht spielen, oder?

»Ich habe ein wenig nachgeforscht. Es wurde zur Adoption freigegeben«, fuhr Linn schließlich fort.

»Sie müssen mir versprechen, dass er nicht in die Sache hineingezogen wird. Unter keinen Umständen.«

»Es ist Ihr Fall.«

»Marco, von dem glauben ja alle, dass er mein Bruder ist«, sagte ihre Mandantin schließlich so leise, dass Linn es kaum verstand. »Aber das ist er nicht. Er ist mein Sohn.« Sie stockte, sprach dann weiter. »Ich war nur ein bisschen älter als er jetzt und habe im Urlaub am Strand einen neunundzwanzigjährigen Mann kennengelernt, von dem ich schwanger geworden bin. Sergio. Im Moment sitzt er sein zweites Verfahren wegen Totschlags ab. Das ist bestimmt einer der Gründe, warum mein Sohn zu Gewalt neigt.« Sie brach ab und starrte auf das winzige, weit oben angebrachte Fenster des Besprechungsraums. »Als ich damals kapiert habe, dass ich ein Kind erwarte, bin ich abgehauen. Aber ein wohlmeinender Freund meines Vaters hat mich gefunden und wieder nach Hause gebracht. In die Hölle.« Von draußen setzte gedämpft durch die dicken Wände das Rattern eines Presslufthammers ein. »Mein Vater war … Sie können sich das gar nicht vorstellen. Ich war starr vor Angst, als ich in die Wohnung kam, denn ich wusste, was mich erwarten würde. Aber an diesem Tag war es noch viel schlimmer. Sein Gesicht war eine verzerrte Maske. Er hat mich mit einem Gürtel geschlagen und mir den Arm gebrochen. Er hat mich stundenlang im Keller eingesperrt, obwohl ich vor Schmerzen kaum atmen konnte und Angst vor der Dunkelheit hatte.« Sie brach ab, schaute eine Weile auf ihre Hände, die ruhelos ihre Finger kneteten. Unerbittlich ratterte der Presslufthammer. »Wissen Sie, was ich am schlimmsten finde? Meine Mutter hat nie was dagegen unternommen.

Ihr ging es nur darum, was die Nachbarn dachten und dass wir ordentlich angezogen in die Schule gingen und den Mund hielten.« Sie lachte bitter auf. »Nur an dem Abend, als er mich aus dem Keller geholt hat und mich bespuckt und weiter geprügelt hat, ist meine Mutter das erste und einzige Mal dazwischengegangen. Er wollte mir ein Fleischermesser in den Bauch stoßen, und sie hat geschrien, es sei Sünde, ein Kind zu töten. Damit meinte sie nur das Ungeborene. Marco.« Grace Riccardi lachte erneut bitter auf. »Sie sind strenggläubige Katholiken und haben mich weggeschickt, zusammen mit meiner Mutter, und als wir zurückkamen, war Marco offiziell der Sohn meiner Mutter. Sie haben mir gesagt, das sei das Beste für alle, und haben mich wieder zu meiner ›Berufung‹ geschickt, zum Modeln, so weit weg wie möglich. Sie können sich gar nicht vorstellen, was für eine Erlösung es war, Model zu sein und da wegzugehen. Auch wenn ich nichts mehr essen durfte und jeder geglaubt hat, er kann mir zwischen die Beine fassen.« Grace Riccardis Blick war leer. »Ich bin als Jugendliche nach Los Angeles gezogen und habe Marco in der Hölle zurückgelassen.« Sie schluchzte jetzt. »Ein Jahr später habe ich erfahren, dass Marco in Obhut genommen wurde, weil er so viele unerklärliche Prellungen und Verletzungen hatte. Mein Vater mochte kein Babygeschrei. Aber Marco kam immer wieder zurück in die Familie.« Sie stockte. »Und als er sieben war, da hat mein Vater zu hart zugeschlagen, und seither ist Marco ein bisschen anders. Wenn er wütend wird, dann weiß er manchmal nicht …« Sie tupfte sich mit einem Taschentuch die Tränen vom Gesicht. »Es war oft fast eine Erlösung für mich, wenn mich Nico geschlagen hat, können Sie das verstehen? Ich habe nichts anderes verdient. Ich bin ein schlechter Mensch. Ich habe mein Kind alleine gelassen.«

»Sie waren damals selbst noch ein Kind«, sagte Linn.

Ihre Mandantin sah sie mit leerem Blick an. »Und? Auf jeden Fall kann ich jetzt etwas tun. Wissen Sie, ich habe Nico mehr geliebt als mein Leben, und trotzdem …« Sie schluckte und holte tief Luft. »Was ich Ihnen jetzt erzähle, muss unter uns bleiben.«

Linn nickte.

»Marco weiß nicht, dass ich seine Mutter bin. Er denkt, ich sei ein guter Mensch. Seine Schwester, die ihn vor der einen oder anderen Tracht Prügel bewahrt hat, wenn sie mal zuhause war.« Sie rieb sich die Augen. Der Presslufthammer verstummte so plötzlich, wie er angefangen hatte. »Marco hat mich kurz vor Nicos Tod hier in Stuttgart besucht, und er hat die blauen Flecken gesehen, die Nico mir … Also er ist so was von sauer geworden. Er hat eine Stunde lang mit Gianni telefoniert, und einen Tag später ist er zu meinem großen Bruder gefahren, der in England wohnt. Ich konnte nichts dagegen machen. Er hat geschworen, dass er Nico umbringen wird, aber ich dachte doch nicht, dass er es wirklich tut!« Der Presslufthammer setzte wieder ein. »Marco hat Nico getötet, verstehen Sie?! Gianni hat ihm geholfen. Deshalb werde ich bei dem Gerichtstermin gestehen, auch wenn ich damit dafür sorge, dass der Mörder meines geliebten Mannes freikommt. Sie müssen mir versprechen, dass Marco aus der Sache herausgehalten wird. Der arme Junge, er hat es nur für mich gemacht. Er tut so etwas für mich. Für mich! Ich habe es am wenigsten verdient.« Sie brach ab. »Ich werde Marco nie mehr im Stich lassen. Nie mehr.«

Für eine Sekunde war Linn verwirrt. So konnte das Verbrechen unmöglich abgelaufen sein, und das musste Grace Riccardi doch eigentlich auch wissen. »Ihre Brüder, also vielmehr Ihr Sohn und Ihr Bruder, haben aber doch ein Alibi für den Tatabend«, erwiderte sie. »Sie waren zur Tatzeit in einer Kneipe namens Pete's Inn in Padstow. Ich habe das nachgeprüft.«

Die Augen ihrer Mandantin weiteten sich, sie war totenblass und rührte sich nicht. Es schien, als bräuchte sie eine Weile, um die Bedeutung von Linns Worten zu verstehen. Mit ihrer weißen Hand griff sie schließlich nach Linns Hand, drückte sie. »Wirklich? Sind Sie da ganz sicher? Denn ich dachte … Ich … ich war mir so sicher. Weil Batu mich hier angerufen hat. Er wusste nichts Genaues, aber … Außerdem hat Nico bei unserem letzten Telefonat in den Hörer geschrien, dass Marco und Gianni ihn bedrohen und er Todesangst hat. Man hatte ihm wohl ausgerichtet, dass sie am Set waren.« Sie weinte, ließ Linns Hand wieder los und drehte ihren Ehering. Schließlich bekreuzigte sie sich. »Ich habe Marco nicht geglaubt, als er den Mord an Nico abgestritten hat, und ihm verboten, mich noch einmal anzurufen, weil ich Angst hatte, die Polizei könnte das Telefon abhören, aber wenn das stimmt mit dem Alibi …«

»Es stimmt. Ich war dort. Und die Staatsanwaltschaft sieht das genauso. Es gibt keinen Grund, dass Sie eine Tat auf sich nehmen, die Sie nicht begangen haben. Und Ihr Sohn auch nicht.«

Grace Riccardi schaute sie lange an und lächelte plötzlich unter Tränen. »Grazie a Dio. Ich danke Ihnen. Frau Dr. Geller, Sie haben keine Ahnung, wie sehr Sie mir geholfen haben.« Ihr Blick wirkte auf einmal verwirrt. »Aber wenn Marco es nicht war, wer war es denn dann? Meinen Sie, Nicos Geliebte hat ihn hinuntergestoßen? Haben Sie sie eigentlich gefunden? Ich hatte die ganze Zeit Angst, dass sie Marco gesehen haben könnte oder dass er sie genau wie Nico …« Sie schüttelte den Kopf. »Wenn die Puttana Nico getötet hat, dann reiße ich ihr den Kopf ab.«

»Ich weiß nicht, was auf den Klippen passiert ist. Aber Sie waren doch dort. Oder weshalb wurden Ihre Fußabdrücke sonst in der Nähe des Tatorts gefunden?«

Grace Riccardi schüttelte den Kopf. »Nein, nein, ich war nie auf den Klippen. Ich war nur bei dem oberen Wanderparkplatz. Nachdem Nico mich angerufen hatte, bin ich zwar sofort vom Ferienhaus los, aber als ich gesehen habe, dass sein Auto nicht da steht, dachte ich, er wäre mit dieser Puttana abgehauen und hätte mich verlassen. Ich war so wütend. Ich saß eine Weile nur auf dem Parkplatz, und dann bin ich mit dem Fahrrad durch die

Gegend gefahren, auf einer winzigen Straße. Irgendwann war ich plötzlich in Padstow. Ich bin zurück zum Ferienhaus und mit dem Mietwagen nach London zurückgefahren und habe um 4.00 Uhr morgens den ersten Flug nach Stuttgart genommen.«

Sie konnte nicht anders, aber sie glaubte ihrer Mandantin. Grace Riccardi wirkte nicht mehr angespannt oder so, als wolle sie etwas verheimlichen, sondern es schien, als sei eine schwere Last von ihren Schultern genommen. Und dass sie gedacht hatte, ihr Sohn sei der Täter gewesen, erklärte auch ihre bisherige Haltung.

»Sie haben mir ja bereits von dem letzten Telefonat erzählt, das sie mit Nico geführt haben. Fällt Ihnen noch etwas dazu ein?«

»Wie gesagt, er war völlig außer sich. Er hat geweint und die ganze Zeit davon gesprochen, dass er mich verlassen muss. Dass er mit dieser anderen Frau auf der Klippe ist und dass er jetzt mit ihr weg … Also dass er mich wegen ihr verlassen muss. Dass er mich liebt, das hat er auch behauptet, mehrfach. Nur kann das ja nicht sein, weil er mit der Frau ein neues Leben anfangen wollte. Typisch Mann, die wissen doch nie, was sie wollen. Er hat gesagt, dass ich das Haus in Stuttgart bekomme, wenn wir uns scheiden lassen. Und dass er Angst vor Marco und Gianni hat. Da habe ich aufgelegt und bin sofort losgefahren. Ich wollte ihn zurück. Aber ich kam zu spät.«

Linn faltete ihre Hände und beobachtete ihre Mandantin genau. »Meinen Sie, es besteht die Möglichkeit, dass Ihr Mann gar nicht tot ist? Dass er einfach abgehauen ist? Mit seiner Geliebten? Ich habe in England mit einer Frau gesprochen, die behauptet, sie habe Ihren Mann an dem Abend weit nach seinem angeblichen Todeszeitpunkt noch lebend gesehen.«

Das Model erstarrte. Ihre Lippen bewegten sich, als spräche sie ein stummes Gebet. Lange saß sie einfach so da, drehte den Ring an ihrem Finger, streifte ihn ab, zog ihn wieder an, streifte ihn ab. »Nein«, sagte sie schließlich mit rauer Stimme. »Nein, das kann nicht sein. Er würde niemals die Rolle des Mason Shepard an einen Stümper wie diesen Erasmus Gutmann abgeben. *Schmerzen des Erfolgs* war sein Ein und Alles, sein Baby, seine Berufung, sein Leben. Und außerdem war er kein schlechter Mensch. Er war in gewisser Weise altmodisch. Ein Gentleman. Er würde mich niemals unschuldig im Gefängnis sitzen lassen. Selbst wenn es eine andere Frau gibt. Sie kannten ihn nicht, Frau Dr. Geller.«

Linn sagte nichts dazu. »Carlotta Schmidt hieß die Zeugin. Sie meinte, sie sei eine Freundin von Ihnen.«

Grace Riccardi schwankte auf ihrem Sitz, kurz hatte Linn erneut Angst, dass sie in Ohnmacht fallen würde. »Carlotta. Oh Gott, ich habe gedacht, wenigstens dieser Alptraum wäre zu Ende«, brachte sie heraus. Ihre Stimme zitterte.

Linn legte ihr beruhigend die Hand auf den Arm. »Kennen Sie sie? Was für ein Alptraum?«

Es dauerte eine Weile, bis Grace Riccardi wieder sprach. »Die Anwälte meines Mannes haben Frau Schmidt aufgefordert, damit aufzuhören. Wir hatten uns schließlich außergerichtlich geeinigt, weil sie psychisch so krank ist. Ihre Eltern haben uns zugesichert, dass sie von jetzt an besser aufpassen würden.« Ihre Stimme brach. Sie räusperte sich. »Sie hat mich gestalkt, wissen Sie? Und Nico auch. Monatelang. Sie hat gedacht, sie müsse uns vor der Regierung beschützen. Deshalb habe ich mir den Taser gekauft. Einen, der nicht erlaubt ist. Gianni, mein Bruder, der kennt die richtigen Leute in London.«

»Haben Sie mal damit geschossen?«

»Ich habe ihn mal ausprobiert, ja. Beim Kauf. Warum?«

»Damit hätten wir eine Erklärung für die Fingerabdrücke.«

»Ich habe das Ding danach nie wieder benutzt, das schwöre ich Ihnen. Er lag in unserem Ferienhaus oben im Schrank.«

»Haben Sie eine Idee, wie der Taser zum Tatort gekommen sein könnte?«

Grace Riccardi schüttelte den Kopf. »Nico hätte ihn nicht angerührt, er wollte ihn nicht mal in der Wohnung haben. Vermutlich wurde er gestohlen. Vom Mörder.« Für eine Sekunde schwieg sie. Dann fragte sie: »War sie … War Carlotta in England als es … als Nico auf den Klippen …?«

»Ja. Etwa eine halbe Autostunde vom Tatort entfernt auf einer Straße. Der englische Ermittlungsleiter meinte aber, es sei aufgrund der Entfernung und dem zeitlichen Ablauf nicht möglich, dass sie mit dem Tod Ihres Mannes etwas zu tun hatte.«

Grace Riccardi ballte die Hände so fest zu Fäusten, dass ihre Fingerknöchel grellweiß wurden. »So sehr ich es mir auch wünsche, ich kann mir nicht vorstellen, dass sie Nico an diesem Abend gesehen hat. Sie ist sehr krank und bildet sich Sachen ein.«

Linn überlegte kurz, die Lackspuren anzusprechen, ließ es dann aber doch bleiben, um nicht noch mehr bei dieser Sachlage mit ziemlicher Sicherheit falsche Hoffnungen zu wecken. Sie wollte zuerst mit Harris sprechen.

»Leonie Meier hat angedeutet, dass Ihr Mann eine Affäre mit einer Jugendlichen aus dieser Mason-Shepard-Stiftung gehabt haben könnte. Glauben Sie, da ist was dran?«, fragte sie stattdessen.

Ihre Mandantin runzelte die Stirn. »Das glaube ich nicht. Das waren doch noch Kinder.« Sie lachte bitter auf. »Und selbst wenn er eine Affäre mit einer Jugendlichen hatte, dann hätte er keine Spuren hinterlassen. Für solche Dinge hat Jake gesorgt. Er war Nicos Berater, was das anging. Nico hat viel von ihm gelernt. Wissen Sie, Nico war krankhaft ängstlich, was sein Privatleben anging. Wie Sie sehen, hat er ja auch vor mir eine Menge versteckt.« Sie schüttelte den Kopf. Stoppte abrupt und schlug die Hand vor den Mund. »Darüber habe ich noch gar nicht nachgedacht«, sagte sie. »Hat die Polizei den USB-Stick eigentlich gefunden? Oder hat Nico seine dreckigen Geheimnisse mit in den Atlantik genommen?«

27

Auf der Busfahrt zu Grace Riccardis Villa am Kräherwald rieb Linn über ihre Wange und dachte nach. Benten hatte seine Frau zwar geschlagen, aber ob er sie, wenn er noch lebte, unschuldig wegen Mordes an ihm lebenslang ins Gefängnis gehen lassen würde, darüber hatte sie noch gar nicht nachgedacht. Und wenn stimmte, dass Carlotta Schmidt den Schauspieler gestalkt hatte, wenn sie extra wegen ihm in England gewesen war, ihre Gedanken vermutlich permanent um ihn gekreist hatten, dann war es noch wahrscheinlicher, dass sie sich nur eingebildet hatte, ihn gesehen zu haben. Nahm man noch die Spuren am Tatort hinzu, dann musste man davon ausgehen, dass Benten nicht mehr lebte.

Das alles aber führte zurück zu der Frage, wer Benten getötet haben könnte, wenn es ihre Mandantin nicht gewesen war, und wen sie dem Gericht gegebenenfalls als Tatverdächtigen präsentieren konnte. Und da blieb im Moment nur die unbekannte Geliebte übrig, die sie immer noch nicht gefunden hatte.

Eine Weile schaute sie aus dem Fenster auf die langsam an den Busscheiben vorbeigleitenden Hauswände. Sie musste plötzlich an etwas ganz anderes denken. »Ist eigentlich was dran an der Geschichte mit Ihnen und diesem Detective Chief Inspector? Oder hat der Reporter das auch nur erfunden?«, hatte Grace Riccardi gefragt, als Linn hatte gehen wollen, ziemlich zufrieden damit, dass ihr genau dieser Teil des Gesprächs erspart geblieben war. Zum Glück hatte ihre Mandantin ihr geglaubt, als sie ihr versichert hatte, dass die Sache mit Harris keinerlei Auswirkung auf die Verteidigung hatte. Grace Riccardi hatte sogar bekräftigt, dass sie ihr vollkommen vertraute, worüber Linn sich freute. Deshalb hatte sie sich auch gleich auf den Weg gemacht, um in der Villa des Models und des Schauspielers eine Kette mit einem Anhänger in Form eines Kreuzes, das eigentlich ein USB-Stick war, zu suchen.

Ihr Magen knurrte, und sie dachte sehnsüchtig an Abendessen, als sie endlich vor dem Haus stand, das Törchen in einem hohen, undurchsichtigen Eisenzaun öffnete und den Garten betrat. Ihr entfuhr ein erstauntes Raunen. So einen klinisch sauberen Garten hatte sie noch nie gesehen, eigentlich passte das Wort »Garten« nicht. Außer einem kleinen Areal mit einem Apfelbaum, einem großen Pool und fünf winzigen Beeten mit Ziergräsern, die wie Inseln auf den Zacken eines Pentagramms aus Wegen lagen, war jedes Fleckchen Erde mit strahlend weißem Kies oder Platten aus Sandstein bedeckt. Überall waren Kameras angebracht, die jedoch nach Angaben ihrer Mandantin wegen eines technischen Defekts ausgeschaltet waren.

Mit dem Schlüsselbund, den Linn sich von der Haushälterin, die die Villa weiterhin in Ordnung hielt, besorgt hatte, ging sie ins Haus, schaltete die Alarmanlage mit einem Chip aus und ließ die Eingangstür hinter sich zufallen. Ein starker Geruch nach Putzmittel und Zitronenraumerfrischer hüllte sie ein. Und ein anderer Geruch, den sie nicht einordnen konnte, ein wenig modrig, wie in einer Gruft. Es war totenstill. Die Fenster waren offenbar so gut isoliert, dass man nicht einmal die viel befahrene Kräherwaldstraße hören konnte. Sie strich über ihre Narbe und trat in den langen weißen Flur, der bis auf ein riesiges Foto, das eine Magnolie zeigte, und einen futuristischen Garderobenständer, an dem ein einziges, weißes Tuch hing, vollkommen leer war. Ihre halbhohen Schuhe klapperten unnatürlich laut. Normalerweise fühlte sie sich im Inneren eines Gebäudes sicherer als auf der Straße, aber hier wollte sich das Sicherheitsgefühl nicht einstellen. So schnell es ging, humpelte sie durch den Flur, der in ein riesiges Wohnzimmer mit einer beigen Couchlandschaft und einem Panoramafenster mündete, und blieb stehen. Der Blick über die

Stadt war atemberaubend. Für dieses Haus würde ein Stuttgarter Immobilienmakler morden, so viel stand fest. Vielleicht war sie ja bisher von völlig falschen Annahmen ausgegangen? Sie zwang sich zu einem halbherzigen Grinsen, das zu einer Grimasse geriet, die sich in der blank geputzten Scheibe spiegelte. Von so was hatte sie auch immer geträumt, als sie noch bei Vance, Lewis und Smith gewesen war. Und mit ihrem Jahresgehalt als Partnerin wäre ein solches Millionenobjekt erschwinglich gewesen. Sie hatte kurz davor gestanden, genau so etwas auch zu besitzen. Stattdessen wohnte sie in einer alten Dachgeschosswohnung und musste im Auftrag ihrer Mandantin einen Stick suchen. Und ohne die Narbe und das Bein und als Partnerin einer Großkanzlei hätte so ein DCI wie dieser verdammte Harris sie bestimmt sofort zurückgerufen. Denn ganz ehrlich, was für einen Grund außer ihrem Aussehen konnte Harris haben, sich nicht zu melden? Sie holte einmal tief Luft. Und noch einmal. Ballte die Hände zu Fäusten. Sie würde den Mann einfach vergessen. Sie wandte sich ab und humpelte auf die ins obere Stockwerk führende Wendeltreppe zu, die sich neben der halb geöffneten Küchentür befand. Oben knarrte es leise. Waren das Schritte? Sie zwang sich, weiterzugehen. Sie musste diesen Stick finden. Denn falls er noch hier war, hatte ihn die Polizei übersehen, er war in der Akte nicht erwähnt. Sie ergriff das Geländer und wollte gerade einen Fuß auf die Treppe setzen, als sie das Obst bemerkte. Sie zog den Fuß zurück, als sei die Treppe aus glühendem Eisen, und spähte noch einmal an der halboffenen Tür vorbei. Auf dem Küchentisch lag eine geöffnete Papiertüte mit frischen Pflaumen. Linns Hand fing an zu zittern. Sie versuchte sich einzureden, dass es eine rationale Erklärung dafür gab, dass in einer seit Wochen unbewohnten, bis vor wenigen Tagen von der Polizei gesperrten Villa eine Tüte mit frischen Pflaumen lag. Trotzdem stieg Panik in ihr auf. Aber als sie nach ihrem Unfall aus der Rehaklinik zurückgekommen war und das Gefühl gehabt hatte, jemand habe ihre Sofakissen anders aufs Sofa gelegt, war das auch ein völlig verrückter und falscher Gedanke gewesen, deshalb … Linn zwang sich, nicht aus der Wohnung zu rennen, sondern zur Küche zu gehen. Vermutlich hatte die Haushälterin die Pflaumen hier vergessen oder sie aus purer Gewohnheit auf den Tisch gelegt. Linn stieß die Küchentür weit auf und betrat den Raum. Der süßliche Geruch der Früchte stieg ihr in die Nase. Ihr Genick kribbelte vor Angst, als sie sich dem Kühlschrank näherte. Das war Quatsch, sie sollte das lassen. Trotzdem riss sie die Tür auf. Eine angebrochene Milchtüte, die dem Geruch nach noch frisch war. Neben der Spüle stand eine gebrauchte Tasse inmitten von ein paar Krümeln. Bestimmt hatte einer der Gärtner oder die Haushälterin hier einen Kaffee getrunken … Oben knarrte es wieder leise, und Linn biss sich auf die Lippe, um nicht aufzuschreien. Das waren Schritte. Sie war nicht allein. Sie musste hier raus, so schnell wie möglich. Sie humpelte durch den Flur, blieb an der Eingangstür noch einmal stehen, ihr Blick fiel auf das weiße Tuch über dem Garderobenständer. Dieses Tuch roch so modrig, es sah aus wie ein … Leichentuch. Sie rannte ins Freie, schlug die Tür zu, schloss mehrmals ab und verließ eilig den Garten. Vor dem Gartentörchen sank sie auf die Knie. Ihre Angst war nicht real. Sie war nur in ihren Gedanken. Wie oft hatte sie in den letzten Jahren schon gedacht, jemand würde sie verfolgen oder sie sei nicht allein? Eigentlich wurde sie das Gefühl überhaupt nicht mehr los. Ihre Therapeutin hatte sie getröstet, sie würde das überwinden, sie arbeiteten ja auch an der Sache. Linn zog sich am Zaun hoch. Sie würde da jetzt noch einmal reingehen. Sie konnte das. Es war absolut niemand in diesem Haus. Ihre Fantasie hatte ihr einen Streich gespielt. Sie hatte ein leises Knarren gehört, keine Schritte. Sie stützte sich am Gartentörchen ab. Sie musste einfach zurück. Denn wenn es so war, wie Grace Riccardi vermutete, dann konnte dieser Stick eine Menge nützliche Informationen enthalten. Vielleicht genau die Information, die sie brauchte, um den Prozess zu gewinnen.

»Er hat ihn immer um den Hals getragen, an einer Kette«, hatte ihre Mandantin gesagt. »Aber zum Duschen hat er ihn abgenommen. Ich bin gar nicht darauf gekommen, dass er ihn an dem Tag nicht bei sich haben könnte.« Ihr waren Tränen in die Augen gestiegen, und sie hatte eine Weile mit sich gekämpft, bis sie wieder sprechen konnte. »Ich habe Ihnen doch erzählt, dass wir uns gestritten hatten. Dass er mich geschlagen hat, weil er dachte, ich hätte einen Geliebten.« Sie hatte kurz geschwiegen. »Er kam gerade aus der Dusche, als es passiert ist. Danach habe ich ihn rausgeschmissen, und er war nie mehr im Haus. Er ist so überstürzt rausgerannt. Vielleicht hatte er die Kette mit dem Stick ja gar nicht an, und sie hängt immer noch irgendwo im Bad.«

»Was ist denn auf dem Stick gespeichert?«

Grace Riccardi hatte das Gesicht verzogen. »Ich weiß es nicht. Ich weiß nur, dass es etwas sein muss, das er um jeden Preis geheim halten wollte. Ich habe am Anfang gar nicht kapiert, dass dieses Kreuz ein USB-Stick ist. Ich dachte, er trägt das Kreuz mir zuliebe, weil mir der Glaube sehr wichtig ist. Erst als ich Nico mal dabei gesehen habe, wie er es gerade in seinen Computer gesteckt hat, da ist es mir klar geworden. Es war das einzige Mal, dass ich dachte, dass Nico richtig Angst hat. Er hat mich angebrüllt, ich soll verschwinden. Ich dürfe niemals sehen, was auf diesem Stick ist. Ich hätte den Stick nie angerührt. Aber jetzt …«

Linn drückte das Gartentörchen auf, doch ihre Beine machten keinen Schritt. War da oben am Fenster ein seltsamer Schatten gewesen? Ihre Panik kehrte mit voller Wucht zurück und ließ ihre Entschlossenheit wie Staub zerfallen. Sie schlug das Gartentörchen wieder zu und ging den schmalen Fußweg zur Straße zurück. Autos rasten an ihr vorbei. Sie verschränkte die Arme, versuchte, das Zittern zu ignorieren, das ihren Körper durchdrang. Sie musste doch nur ein winziges Stück an der Straße entlanggehen, um wieder zur Bushaltestelle zu kommen. Wenigstens das würde sie jetzt schaffen. Aber sie holte ihr Handy aus der Handtasche und rief sich ein Taxi. Als sie damit bis zur Haltestelle fuhr, fühlte sie sich wie der letzte Versager. Es war nicht mehr lange bis Prozessbeginn, und sie konnte einer vielleicht wichtigen Spur nicht nachgehen, weil ein Dachbalken knarrte und ein Gärtner eine Milch in einen Kühlschrank gestellt hatte. Es war gut, dass sie selbständig und niemandem Rechenschaft schuldig war. Denn als angestellte Anwältin hätte sie sich solche Verhaltensweisen nicht erlauben können.

Als Linn wieder zu Hause war, verschloss sie alle Türen und prüfte mehrmals die Schlösser. Schließlich setzte sie sich an ihren Wohnzimmertisch. Morgen würde sie noch einmal zur Villa fahren und den Stick suchen. Sie strich über die Tischplatte, schob die leere Vase, die dort stand, hin und her. Überlegte kurz, ihre Freundin Amelie anzurufen, ließ es jedoch bleiben und wählte stattdessen Götz' Nummer. Niemand hob ab. Sie warf einen Blick auf ihre Armbanduhr. Es war noch nicht spät am Abend. Sie konnte jetzt entweder weiterhin über ihr Versagen vor Grace Riccardis Haus nachdenken, oder etwas anderes erledigen, das sie seit Tagen hätte erledigen sollen. Sie ging in den Flur, entriegelte alle Schlösser ihrer Haustür wieder und verließ ihre Wohnung.

28

Linn verspürte ein ungutes Gefühl, als sie aus der U-Bahn stieg, aber ganz egal, wie sie sich fühlte, sie musste die Sache mit Götz endlich klären. Die Luft war immer noch warm, als sie die U-Bahnstation an einer viel befahrenen Straße verließ. Die Autos machten sie nervös, und in ihrem Magen saß ein schmerzhafter Klumpen. Sie schaltete den Wegweiser ihres Handys an und entschied sich für einen kleinen Umweg über Feldwege, wo es keine Autos gab und sie wenigstens aufrecht gehen konnte und nicht bei jedem Fahrzeug, das an ihr vorbeifuhr, das Genick einziehen musste.

Götz wohnte in einer Wohnung in der Einflugschneise des Stuttgarter Flughafens. Riesige Flugzeuge rasten in kurzen Abständen mit lautem Brausen über die langen Reihen identischer brauner Mehrfamilienhäuser, die sie entfernt an die Hochhaussozialsiedlung erinnerten, in der sie aufgewachsen war.

Sie ging einen schmutzigen Pfad durch einen eintönigen, winzigen Garten, in dem außer Rasen und zwei dunklen Tannen nichts wuchs, und klingelte lange und ohne Pause, bis der Türsummer endlich ertönte. Sie stieg mehrere Stockwerke in einem heruntergekommenen Treppenhaus nach oben, bis sie an eine angelehnte Tür kam. Sie klopfte, aber aus dem Inneren war kein Geräusch zu vernehmen. Auf die Gefahr hin, in die Wohnung eines Fremden einzudringen, ging sie hinein und zog die Tür hinter sich zu.

Drinnen herrschte ein ähnliches Chaos wie in der Kanzlei. Überall standen Umzugskartons und Bücherstapel herum, Teile eines zerlegten Schrankes versperrten eine Seite des schmalen Flurs. Es roch nach abgestandener Luft, Tabak und Haschisch. »Götz?«, fragte sie, während sie sich durch den Gang schlängelte, vorsichtig darauf bedacht, nichts umzustoßen. Er antwortete mit einem Grummeln. Sie trat in ein kleines Wohnzimmer am Ende des Flurs. Dort saß er in einem gebatikten T-Shirt und Trainingshose, inmitten von Kartons auf einem abgewetzten Sofa und hatte das Gesicht in den Händen vergraben. Neben ihm lagen Kopfhörer, aus denen wummernde Schlagzeugrhythmen drangen.

»Ich denke, wir sollten uns mal unterhalten.« Linn räumte Bücher von einem Stuhl gegenüber vom Sofa und setzte sich mühsam. Götz antwortete nicht. Sie wartete eine Weile und betrachtete ihn, er wirkte verloren und verzweifelt. Ihr wurde schlagartig bewusst, wie sehr sie Götz mochte und wie sehr es ihr fehlte, dass er nicht mehr in die Kanzlei kam. Seine Gutmütigkeit und Freundlichkeit. Sie stand wieder auf, humpelte zu ihm und berührte ihn an der Schulter. Er schüttelte ihre Hand hektisch ab, und sie ging ein paar Schritte rückwärts in Richtung Tür.

»Was ist los?«, fragte sie.

Er nahm die Hände vom Gesicht. Er sah blass und krank aus.

»Linn«, sagte er. »Es war eine Scheißidee, dass wir uns zusammen selbständig gemacht haben. Wir sind zu verschieden.« Bevor sie etwas erwidern konnte, machte er eine abwehrende Handbewegung und fuhr fort. »Du gehörst in eine große Kanzlei. Und ich …«

»Was soll dieser Schwachsinn? Sag mir wenigstens ehrlich, was dich an unserer Zusammenarbeit so stört.«

»Bitte glaub mir, mich stört gar nichts. Ich … ich habe furchtbar gern mit dir gearbeitet. Aber …« Er zögerte. »Wir sollten die Trennung so schnell wie möglich vollziehen.«

»Ich werde die Kanzlei behalten.«

»Nein, das wirst du nicht. Diese Kanzlei muss ich weiterführen.«

Eine Zeitlang war es still.

»Gut«, sagte sie schließlich. »Ich verstehe dich zwar nicht, aber eines ist klar: Kampflos werde ich dir das Büro und gemeinsame Mandate nicht überlassen. Ich habe nicht gedacht, dass wir zwei mal vor Gericht landen werden, aber wenn es sein muss …« Sie hatte einen komischen Kloß im Hals, und die Härte, die sie eigentlich in ihre Stimme hatte legen wollen, war plötzlich nicht mehr da. »Ich habe gedacht, wir wären Freunde.«

Götz' Gesicht wurde rot. »Natürlich, wir … ich … Du weißt, dass ich dich mag. Es ist nur … Ich kann es dir einfach nicht … Ich kann nicht mit ansehen, dass du wegen mir …« Er rieb über seine unrasierten Wangen, wieder und wieder. »Ich habe einen riesigen Fehler bei der Bearbeitung eines meiner Mandate gemacht. Meiner Mandantin ist dadurch ein finanzieller Schaden entstanden, und den muss ich jetzt ausgleichen. Genauer gesagt müssen wir beide dafür einstehen, weil wir die Kanzlei ja zusammen führen«, sagte er schließlich tonlos. »Und unsere Versicherung wird für diesen Haftungsfall nicht aufkommen.« Er schaute auf den Boden. »Unsere Kanzlei schuldet meiner Mandantin siebzigtausend Euro, und ich habe nicht die leiseste Ahnung, wie ich dieses Geld aufbringen soll.«

Ihr blieb fast die Luft weg, und sie musste sich am Türrahmen festhalten.

»Ich habe mich nicht getraut, es dir zu sagen, weil ich Angst hatte, dass du stinksauer auf mich bist«, fuhr Götz fort. »Und du hast jedes Recht, stinksauer auf mich zu sein. Ich meine, du hast mir neulich erst erzählt, dass du so froh bist, dass es in deinem Leben wieder bergauf geht und dass du nie wieder so arm sein willst wie in deiner Kindheit. Und jetzt komme ich und mache so einen Fehler, für den du auch noch mithaften musst. Ich habe jede Seite unseres Gesellschaftsvertrags durchgearbeitet, weil ich dich raushalten wollte, ich dachte, wenn du die Kanzlei sofort verlässt …«

»Das funktioniert nicht, das brauchen wir erst gar nicht zu versuchen. Ich muss für den Schaden mit einstehen.« Linn ließ sich mühsam am Türrahmen auf den Boden gleiten. Vermutlich würde sie nachher alleine nicht mehr hochkommen, aber das spielte nun auch keine Rolle mehr. »Wir müssen auch die ganzen Handwerker bezahlen und die Miete und ...«

»Ich weiß.«

»Wenn wir die Verbindlichkeiten nicht begleichen können, und ich wüsste nicht, wie, denn wir sind arm wie die Kirchenmäuse, verlieren wir im schlimmsten Fall unsere Anwaltszulassung.«

Götz nickte und knetete seine Hände. »Ich werde selbstverständlich versuchen, das Geld aufzubringen«, beteuerte er. »Wenn ich mein Auto verkaufe und mir von meinen Eltern etwas leihen kann, dürfte ich so an die zwanzigtausend zusammenbringen. Es gibt einige Mandate, die wir abrechnen können, und vielleicht kriege ich ein bisschen von der Bank. Möglicherweise können wir Ratenzahlung mit der Gegenseite vereinbaren, aber selbst dann ...« Er schlug wieder die Hände vors Gesicht.

In Linns Kopf rasten die Gedanken. Wie sollten sie so viel Geld aufbringen? Götz würde das alleine nicht schaffen, und sie selbst hatte vielleicht noch drei- oder viertausend Euro auf ihrem Konto, ihre eiserne Reserve. Nach ihrem Unfall und dem Rausschmiss aus der Großkanzlei hatte sie ihr ganzes bis dahin angespartes Geld in eine repräsentative eigene Kanzlei in der Innenstadt gesteckt, aber es war noch zu früh nach dem Unfall gewesen, und einige Zeit später hatte sie das Projekt mit riesigen Verlusten abbrechen müssen. Und dann hatte es auch noch das Aktienpaket gegeben, mit dem sie sich verspekuliert hatte.

Als sie Götz kennengelernt und mit ihm noch einmal ganz von vorne angefangen hatte, war sie fast pleite gewesen. Sie hatte ihr letztes Geld in diese gemeinsame Kanzlei gesteckt. Und es lief gut an, aber auch die gesamten Honorare aus all ihren Fällen inklusive der Sache Riccardi würden nicht ausreichen, um so eine Summe in absehbarer Zeit zu begleichen. Und dann kamen noch die ganzen anderen Kosten dazu, von ihrem Lebensunterhalt ganz zu schweigen.

»Was ist denn passiert?«, fragte sie in die Stille, die sich zwischen ihnen ausgebreitet hatte. Selbst die Schlagzeuge aus den Kopfhörern waren verstummt.

»Ich habe einen Fehler bei einer Scheidungsvereinbarung gemacht, die ich entworfen habe. Bei dem Fall hat zu einem winzigen Teil kalifornisches Recht eine Rolle gespielt, und ich habe eine wichtige Gerichtsentscheidung übersehen und deshalb eine Klausel in dem Vertrag wohl falsch formuliert. Wegen diesem Auslandbezug zahlt auch die Versicherung nicht.« Götz schien den Tränen nahe, sein Gesicht war noch röter als vorher.

Ein vager Hoffnungsschimmer glomm in ihr auf. Sie hatte jahrelang internationales Vertragsrecht gemacht und war bekannt dafür gewesen, selbst scheinbar sichere Verträge zu knacken. Vielleicht konnte sie eine Möglichkeit finden, den Fall noch zu retten. »Um was genau geht es denn?«

»Ohne diesen bescheuerten Vertrag hätte meine Mandantin siebzigtausend Euro nach der Scheidung bekommen. Jetzt bekommt sie nichts.« Götz schaute krampfhaft auf den Boden, während er ihr die komplizierten und ziemlich hoffnungslosen juristischen Details erläuterte. »Ich habe sogar noch darüber nachgedacht, dich vor dem Vertragsschluss um Hilfe zu bitten. Aber dann ...« Er fuhr sich mit der Hand über sein glühendes Gesicht. »Ich dachte, ich kann das allein, aber ich bin einfach nicht gut genug.«

»Das ist Quatsch, jeder macht Fehler, aber ...« Sie verstummte kurz, wollte ihren aufkeimenden Ärger unterdrücken, aber dann brach es doch aus ihr heraus. »Verdammt, wie kann es sein, dass du übersehen hast, dass der Fall nicht von unserer Haftpflichtversicherung gedeckt ist?«

Götz schwieg ziemlich lange, schließlich zuckte er die Schultern. »Ich weiß es nicht, es ist einfach passiert. Ich war so geschmeichelt, dass ich so einen Fall bekommen habe. Weißt du, meine Mandantin ist eine echte Größe in der Lokalpolitik, Mareike Brese, ich glaube, ich habe dir neulich von dem Mandat erzählt …«

Oh Gott, das hieß, der Fall würde vielleicht sogar öffentliche Wellen schlagen. Und negative Werbung konnten sie in der Gründungsphase nicht gebrauchen. Linn schlug mit der Faust auf den Boden und holte sich einen Splitter an einem Schrankteil. »Kannst du mir die Akte geben?« Götz nickte, und er sah so traurig aus, und die Sache schien ihn so mitzunehmen, dass sich Mitleid in ihren Ärger mischte.

Ein wenig benommen saß Linn am nächsten Morgen an ihrem Schreibtisch in der Kanzlei und ging wieder und wieder die dünne, blaue Akte durch, die Götz ihr gegeben hatte. Obwohl sie seit dem Vorabend jeden noch so abstrusen Sonderfall durchgegangen war und sich lange mit einem kalifornischen Kollegen beratschlagt hatte, den sie noch von früher kannte, hatte sie keine Idee, wie sie aus der Sache rauskommen konnten. Einzig eine Unwirksamkeit der gesamten Scheidungsvereinbarung konnte sie noch retten, aber der von dem alteingesessenen Notar Luis Röhm beurkundete Vertrag war bedauerlicherweise vollkommen in Ordnung. Sie kannte Röhm aus früheren Fällen, und auch wenn der Notar gelegentlich abwegige Rechtsansichten vertrat oder ganze Paragraphen vergaß, hatte er hier exzellente Arbeit geleistet.

Das hieß, sie mussten um jeden Preis das Geld auftreiben, und zwar so schnell wie möglich, sonst standen sie vor ernsthaften Problemen. Der Gegenanwalt hatte schon angekündigt, sie zu verklagen, und es würde ziemlich unangenehm werden, wenn auch noch jeder im Gericht von der Sache erfuhr. Dann wäre es vermutlich für immer aus mit neuen Pflichtverteidigungen. Es war schon später Mittag, als sie die Akte schließlich mit einem

Knall gegen die Wand warf. Verdammter Götz. Sie stand auf, trug die Farbeimer, die noch in ihrem Büro standen, in die Küche und riss die restliche Plane vom Boden und von den Möbeln ab. Liebevoll tätschelte sie mit den Fingern ihre Schreibtischplatte. Das hier sollte eine frisch renovierte, erfolgreiche Kanzlei in der Gründungsphase sein, nicht ein Büro kurz vor der Insolvenz. Was für eine Ironie des Schicksals. Obwohl sie die letzten Jahre fast nur gearbeitet hatte und eine Zeitlang unglaublich erfolgreich gewesen war, war sie jetzt fast genau da, wo ihr Englischlehrer sie gesehen hatte, als er in der ersten Klasse des Gymnasiums zu ihrer Deutschlehrerin gesagt hatte, sie solle nicht so viel Energie in ein Kind aus der Siedlung stecken, die würden später sowieso alle Sozialfälle.

Linn stand auf und verließ die Kanzlei. Auf dem Heimweg kaufte sie sich ein eisgekühltes Sixpack Bier und eine Tüte Chips. Zu Hause legte sie sich bei aufgerissenen Fenstern auf ihr Bett und trank eine der Flaschen beinahe auf ex aus. Starrte danach lange durch ihr Dachfenster in den blauen Himmel, an dem kleine Wolken schwebten. Schließlich setzte sie sich mühsam wieder auf, ging ins Bad und nahm eine kalte Dusche. Sie putzte sich mehrfach die Zähne, um den Alkoholgeschmack loszuwerden. Sie würden eine Lösung finden, würden das Geld irgendwie auftreiben und ihren grässlichen Englischlehrer Lügen strafen. Und selbst wenn alles schieflaufen sollte: Noch war sie Anwältin und hatte diese Kanzlei. Und so lange das so war, würde sie ihren Job gut machen. Auch wenn das bedeutete, dass sie in eine verfluchte Villa zurückmusste, um einen USB-Stick zu suchen.

Linn fand den Stick zwischen einer Vielzahl von Ketten und Anhängern, die an mehreren Haken im Badezimmer von Grace Riccardis Villa hingen. Er sah wirklich aus wie ein normaler Kettenanhänger aus Silber. Wenn man es nicht wusste, würde man nie darauf kommen, dass er einen USB-Stick in seinem Inneren verbarg.

Ohne Zwischenfälle verließ sie das Haus. Diesmal hatte sie nicht das Gefühl gehabt, dass außer ihr jemand im Inneren war. Allerdings hatte sie sich einen Blick in die Küche nicht verkneifen können, und der Kühlschrank war blank geputzt und leer, und die gebrauchte Tasse und die Pflaumen waren verschwunden gewesen. Dafür stand ein Wischmob zum Trocknen und ein Eimer mit Putzmittelflaschen in der Ecke, was ziemlich eindeutig für die Haushälterin als Schuldige für das Obst und die Tasse sprach. Sie schüttelte den Kopf. Wie hatte sie auch etwas anderes denken können?

Draußen war es bewölkt und fing leicht an zu nieseln, als sie sich zwang, an der am frühen Abend viel befahrenen Straße bis zur Bushaltestelle zu gehen, obwohl ihre Beine fast den Dienst versagten.

Zuhause schob sie den Stick ungeduldig in ihren Laptop. Drei Zahlen ploppten auf, wohl Dateinamen. Sie versuchte, die Dateien zu öffnen, aber sie waren verschlüsselt. Linn probierte alle Passwörter durch, die ihr einfielen, Geburtsdaten, Namen, Farben. Etwa eine Stunde war vergangen, als sie bei der Datei Nummer drei mit *MasonShepard* einen Treffer landete. Sie trommelte mit den Fingern auf den Tisch. Manche Leute waren schon extrem sorglos, was ihre Passwörter anging.

Der Inhalt der Datei war sehr übersichtlich. Eine Bankverbindung. Die Zahl 600.000 mit einem Fragezeichen versehen. Und ein Name: Hayley.

Der Namen kam ihr bekannt vor, aber so sehr sie auch überlegte, sie kam nicht darauf, woher. Schließlich ging sie in die Küche, holte sich noch ein Bier, humpelte damit den kurzen Flur entlang. Hayley. Wer war Hayley? Und was für Passwörter konnte Benten benutzt haben, um die beiden anderen Dateien zu verschlüsseln?

29

Am nächsten Tag versuchte Linn, nicht über den Haftungsfall nachzugrübeln und so zu tun, als sei alles in Ordnung. Es war nicht mehr lange bis zu dem Gerichtstermin, und sie konnte es sich nicht erlauben, an etwas anderes als den Riccardi-Fall zu denken. Vor allem, weil das Internet und ein Teil der Presse voll waren mit Spekulationen über die Opfergeschichte. Sie verfasste eine schriftliche Stellungnahme für eine überregionale Tageszeitung, in der sie vehement bestritt, dass ihre Mandantin ihren Mann bei einem Ritual geopfert hatte, führte zwei Telefongespräche mit Journalisten und postete eine eigene Darstellung des Falls im Internet. Am Nachmittag überwies sie die Schreinerrechnung der Kanzlei mit zusammengebissenen Zähnen von ihrem Privatkonto. Schließlich knobelte sie weiter an Bentens USB-Stick.

Götz, der heute endlich wieder zur Arbeit gekommen war, hatte sie flüchtig begrüßt, ihr dabei aber kaum in die Augen schauen können. Den Großteil des Tages schien er in unendliche Telefonate vertieft gewesen zu sein, sie hatte sein Gemurmel bis in ihr Büro hören können.

Als Linn sich ein Glas Grapefruitsaft aus der Küche holte, kam Götz zu ihr. Er sah unglücklich und unrasiert aus. »Ich habe gerade mit dem Gegenanwalt telefoniert«, sagte er leise. »Meine Ex-Mandantin wird jetzt von Ragnar Müller vertreten. Und weißt du, was der gesagt hat? Er hat gesagt, dass wir keine Ratenzahlung bekommen werden und dass wir mal lieber ganz schnell zahlen sollen.« Er ließ sich schwerfällig auf einen der Küchenstühle fallen. »Es tut mir so leid. Und dann haben wir auch noch die hier heute im Briefkasten gehabt.« Er legte zwei neue Rechnungen auf den Küchentisch.

Ein schaler Geschmack stieg ihre Kehle hoch. So war ihre Mutter früher auch oft ins Wohnzimmer gekommen, und auch wenn sie als Kind noch nicht genau gewusst hatte, was ein Mahnbescheid oder eine Rechnung war, hatte sie doch verstanden, dass der Brief bedeutete, dass sie nicht mit in die tolle Ferienfreizeit konnte, in die all ihre Freundinnen gingen, oder dass die neuen Sportschuhe, die sie sich zum Geburtstag gewünscht hatte, erst im nächsten Monat drin waren. Linn spürte, wie Panik und Wut durch ihren Körper jagten, bis in ihre Fingerspitzen, die anfingen zu kribbeln. Sie musste raus hier, weg. Sie humpelte so schnell sie konnte aus der Küche.

Götz sprach weiter: »Dieser Chefredakteur, mit dem du neulich essen warst, hat angerufen, als du telefoniert hast. Er wollte die Exklusivinformationen, die du ihm versprochen hast. Außerdem hat jemand was für dich gefaxt. Aus England. Einen riesigen Packen.«

Linn, die schon beinahe den Flur durchquert hatte, stoppte abrupt, drehte sich um und ging wortlos zum Faxgerät. Vielleicht hatte ihr dieser verdammte Harris ja endlich die Ergebnisse der Lackuntersuchung geschickt. Oder es hatte sich rausgestellt, dass die Wasserleiche Benten und ihre Mandantin doch schuldig war. Das würde jetzt als Krönung noch fehlen. Es erstaunte sie, dass sie enttäuscht war, weil das Fax nicht von Harris kam, sondern von einer Anwaltskanzlei aus London. Bentens Anwälte hatten ihr ohne Murren die geforderten Unterlagen in der Sache Carlotta Schmidt zugeschickt. Sie ging an ihren Schreibtisch, setzte sich und schmiss die Blätter vor sich hin.

»Wann fängt denn der Riccardi-Prozess an?« Götz stand draußen im Flur vor ihrem Büro.

Sie antwortete nicht, sondern schaute krampfhaft auf die Blätter, bis sie Götz wieder in die Küche gehen hörte. Das vertraute Klappern setzte ein. Ihr Blick streifte seine blaue Akte, die wie ein malignes Krebsgeschwür immer noch auf dem Fußboden neben ihrem Schreibtisch lag. Sie schob mit ihrem gesunden Fuß eine andere Akte darüber und fing an, die gefaxten Unterlagen zu lesen.

Ihre angehende Hauptzeugin Carlotta Schmidt hatte in ihrem kurzen Leben schon eine lange Krankengeschichte hinter sich. Immer wieder hatte sie viele Monate in der Psychiatrie verbracht. Nico Benten und Grace Riccardi waren nicht die ersten, die sie gestalkt hatte. Ihr erstes Opfer war eine ihrer Lehrerinnen gewesen, die sie zunächst vergöttert, später dann bedroht und von der sie offenbar geglaubt hatte, sie sei eine Amazonenkönigin. Sie war immer wieder abgehauen, um die Lehrerin zu Hause zu besuchen. Das Ganze hatte erst aufgehört, als sie angefangen hatte, die Serie *Schmerzen des Erfolgs* anzuschauen und Nico Benten und Grace Riccardi zu verehren. Carlotta Schmidt könne, so führte ein psychiatrischer Gutachter aus, nicht richtig unterscheiden zwischen dem Schauspieler und der Serienfigur, sie habe Dinge oft vermischt. Ihr Verhältnis zu Männern sei ambivalent, sie seien entweder Heilige oder Teufel, während die Frauenfiguren in ihrer Fantasie meist positiv übersteigerte »Weltretterinnen« seien. Sie sei überzeugt davon, dass Außerirdische kommen und das Matriarchat einführen würden. Es war die Rede von wahnhaften Gedanken und von der Unfähigkeit zu erkennen, ob eine Tatsache wirklich passiert war oder ob sie sie sich nur eingebildet hatte.

Da hatte sie es also schwarz auf weiß. Linn schlug mit der flachen Hand auf den Schreibtisch und schaute von den Papieren auf. Nicht unterscheiden zu können, was die Realität war und was sich nur in der Fantasie abgespielt hatte, das war das Knockout-Kriterium für einen Zeugen. Selbst wenn Carlotta Schmidt Benten unwahrscheinlicherweise an dem Abend gesehen haben sollte, würde ihr so oder so niemand glauben.

Sie sollte jetzt Harris anrufen und nach dem Lack und der Wasserleiche fragen, aber sie hatte einfach keine Lust auf ein Gespräch mit ihm, im Moment hatte sie genug andere Probleme. Später war auch noch früh genug. Und dieser Bohmann, der konnte auf seine Exklusivinformationen warten, bis er schwarz wurde, so wie er sie nach dem Sushi-Essen gemustert hatte. Sie ging in die Küche und fand neben der Kaffeemaschine eine neue Tasse mit der Aufschrift *Linn* auf einem Post-it am Henkel, gefüllt mit Kaffee und einem kleinen Keks auf dem Unterteller. Sie schüttete den Kaffee weg, schmiss die Tasse samt Keks in den Mülleimer und knallte den Deckel so fest zu, dass er fast abbrach. Stützte sich auf den Küchentisch. Ihre Hände fingen auf einmal an, unkontrolliert zu zittern.

»Linn?«

Sie zuckte zusammen, hatte keine Ahnung, wie lange sie so dagestanden hatte. »Ja?« Sie schaute hoch. Götz stand im Türrahmen, die blaue Akte in der Hand. Er hatte einige Kilo abgenommen, fiel ihr jetzt auf. Sie setzte sich auf einen der Stühle.

»Bist du … Ich meine, hast du eine Idee, wie wir aus der Sache rauskommen könnten?« Die Hoffnung und das uneingeschränkte Vertrauen in seinem Blick rührte sie und dämpfte die Wut, die wieder in ihr aufzusteigen drohte. Sie schüttelte den Kopf.

»Was machen wir jetzt?«, fragte er. »Es ist mir gelungen, fast dreiundzwanzigtausend aufzutreiben. Aber der Rest …«

»Ich habe noch ungefähr dreieinhalbtausend auf dem Konto, die könnte ich dir geben. Und ein oder zwei nicht ganz wertlose Schmuckstücke habe ich auch, vielleicht …«

Götz schüttelte energisch den Kopf.

Lange Zeit war es still, nur der leise Verkehrslärm von draußen und das Ticken der Uhr im Flur waren zu hören.

»Ich versuche gerade, noch einmal mit dem Gegenanwalt zu verhandeln. Wenn ich die Summe drücken kann, schaffe ich es bestimmt irgendwie, sie auch ohne Ratenzahlung bald zu begleichen.« Er schaute ihr nicht in die Augen.

»Gut, das ist gut«, sagte sie. Ein Teil von ihr wollte glauben, dass Götz das Problem schnell aus der Welt schaffen konnte.

Erneut schwiegen sie.

»Ich habe mit einer Studienkollegin meiner Mutter gesprochen, die eine große, lukrative Kanzlei in Freiburg hat«, sagte Götz schließlich. »Die suchen jemand mit Doktortitel und großem Prädikat, der das Ressort Wirtschaftsrecht übernimmt, und ich habe ihr gesagt, wie gut du bist und ... Also, wenn wir pleitegehen, wäre das doch vielleicht eine Option für dich, oder?«

Sie nickte, sagte aber nichts. Wenn die sie erst mal gesehen hatten, wie sie in den Raum gehumpelt kam, und erklärte, dass sie nicht mehr in der Lage war, siebzehn Stunden am Tag sieben Tage die Woche zu arbeiten, dann würden sie sie ablehnen, wie alle in den letzten Jahren.

Götz lächelte angestrengt und schob ihr ein Blatt Papier zu, auf das er etwas gekritzelt hatte. »Ach so, und da hat vorhin auch noch so ein alter Polizist aus einem Kaff bei London angerufen. Lamar oder Lamont Kellogg. Habe ihn kaum verstanden. Es ging wohl um die Sache Bethany Colville. Er hat den Fall damals geleitet oder so. Er meinte, du hättest ihn um Rückruf gebeten, und du kannst ihn anrufen, wenn du willst.«

Linn erhob sich und ging langsam zurück in ihr Zimmer. Dort legte sie den Zettel mit der Nummer auf ihren Schreibtisch, packte ihre Sachen und verließ das Büro.

Linn stand lange vor dem Zigarettenautomaten am Supermarkt, entschied sich aber doch dagegen, ging in den Markt und zwang sich, das Gegenteil von dem zu kaufen, was sie hatte kaufen wollen, mit Ausnahme einer Flasche Wein.

Als sie zuhause angekommen war, telefonierte sie mit ihrer Freundin Amelie, kochte sich einen Gemüseauflauf, trank ein Glas Wein dazu und googelte schließlich die Freiburger Kanzlei, von der Götz gesprochen hatte. Die Kanzlei bearbeitete internationale Mandate, machte viel Vertragsrecht und viel Gesellschaftsrecht, und die Partner und Angestellten sahen alle ganz nett aus. Genau ihr Ding eigentlich. Und wenn Götz die Frau kannte, dann würde das Vorstellungsgespräch bestimmt anders laufen als ihre letzten.

Es war spät am Abend, als sie schließlich ihre Bewerbungsunterlagen beisammen hatte und ermutigt durch den Wein sofort per Mail an die Freiburger Anwälte schickte. Da sie kein neues Passfoto besaß, schickte sie einfach gar kein Bild mit. Ein wenig war es vielleicht auch Feigheit. Auf der anderen Seite würde es die neue Kanzlei mit ziemlicher Sicherheit nicht kümmern, wie sie aussah, solange sie jede Menge Geld in die Kassen spülte. Und das hatte sie vor. Sie würde wieder in einem Haus mit Garten wohnen und eines Tages vielleicht Partnerin werden. Sie verdrängte das wehmütige Gefühl, das sie bei dem Gedanken überkam, ihre jetzige Kanzlei aufzugeben.

Am nächsten Morgen hatte sie einen Kater, aber ihre Laune war deutlich besser.

Sie rief Bentens Bank an und fragte nach der Bankverbindung, die sie auf Bentens Stick gefunden hatte, aber die Bank verweigerte die Auskunft. Dann knobelte sie erneut an den noch verschlüsselten Dateien auf dem Stick. Erfolglos. Schließlich sprach sie mit Grace Riccardi. »Nein, seine Passwörter kenne ich auch nicht«, sagte ihre Mandantin. »Was war in der Datei, die Sie öffnen konnten?«

Linn erzählte es ihr. »Sagt Ihnen der Name Hayley etwas?«

Ihre Mandantin dachte kurz nach. »Ja, ich glaube, ja, nur ist das bestimmt nicht die von dem Stick«, sagte sie schließlich. »Es gab eine Hayley, die hat uns im Ferienhaus in England manchmal die Blumen geliefert. Das ist aber schon eine Weile her. So eine große, dünne mit ganz vielen Tattoos. War ganz nett, aber etwas ungepflegt. Außerdem ein bisschen sehr mitteilungsbedürftig. Hat wohl lange auf der Straße gelebt. Ihre Eltern sind beide bei irgendeinem Unfall gestorben, und sie hatte niemanden mehr. Sehr traurig.«

»Wissen Sie, wie sie mit Nachnamen heißt?«

Grace Riccardi überlegte. »Nein, da kann ich mich nicht mehr dran erinnern. Aber sie hat für James' Flowers in Padstow gearbeitet.«

Es war wahrscheinlich nicht die richtige Hayley, aber man musste jeder Spur nachgehen. »Ihr Mann und diese Hayley, haben die sich gut verstanden?«

Grace Riccardi lachte auf. »Nein, wenn er gesehen hat, dass sie geklingelt hat, hat er immer mich geschickt. Er meinte, es würde ihn zu sehr deprimieren, wenn er wieder eine ihrer Drogengeschichten hören müsste. Wir haben Anfang des Jahres dann sowieso bei einer anderen Blumenhandlung bestellt. Franzy and Sunflower. Die sind zwar teurer, aber die Blumen sind alle bio und aus der Region. Man bekommt oft Grasnelken und Bluebells, die gefallen mir. Ich glaube, Nico hatte sogar die Idee mit Franzy and Sunflower.«

»Hayley könnte also nicht die unbekannte Geliebte gewesen sein?«, hakte Linn noch einmal nach.

Grace Riccardi lachte wieder, diesmal klang es unsicher. »Er hätte eine Frau wie Hayley niemals attraktiv gefunden. Sie hatte furchtbar billige Kleidung, kaum Make-up und abgekaute Nägel, das hat Nico gehasst. Tattoos. Wirklich grässliche Tattoos. Bestimmt hatte sie irgendeine Geschlechtskrankheit, Nico hatte immer Angst vor Geschlechtskrankheiten. Wenn er gedacht hat ...« Sie zögerte. »Das ist mir sehr peinlich, aber in den Phasen, in denen er gedacht hat, dass ich einen Geliebten habe, hat er selbst bei mir Kondome benutzt.«

»Und die Sechshunderttausend, die er auf dem Stick erwähnt? Wäre es möglich, dass er dieser Hayley, wer auch immer sie war, Geld bezahlen wollte?«

»Das kann ich mir kaum vorstellen. Ich wüsste nicht, warum. Ach, jetzt kommt mir eine Idee! Er hatte kurz vor seinem Verschwinden überlegt, ein Boot zu kaufen. Noch eins, denn wir haben schon zwei, total verrückt. Vielleicht war der Name des Bootes Hayley?«

Linn sagte nichts dazu, vor allem nicht, dass Boote normalerweise keine Bankverbindungen hatten. Denn sie war sich ziemlich sicher, dass Hayley die Inhaberin des Kontos war.

Nach dem Gespräch mit ihrer Mandantin fuhr Linn in die Kanzlei und suchte sich die Adresse und Telefonnummer von James' Flowers heraus, aber ein Anrufbeantworter klärte sie darüber auf, dass das Geschäft heute geschlossen hatte.

Danach ging sie zum bestimmt zehnten Mal Bentens Geschäfts- und Bankunterlagen und einige Zeugenaussagen durch, bis sie gefunden hatte, was sie suchte. Benten hatte tatsächlich kurz vor seinem Tod bei seiner Bank angefragt, ob er sechshunderttausend Euro in bar abheben könnte, hatte das dann aber doch nicht gemacht. Zwei Jahre zuvor allerdings hatte es eine Barabhebung von fünfhunderttausend Euro gegeben, drei Jahre zuvor von siebenhunderttausend. Die Bank war zwar misstrauisch geworden, aber da Benten ein sehr guter Kunde mit einigen Millionen auf dem Konto gewesen war und Bentens Anwälte für alles Weitere gesorgt hatten, hatte er das Geld erhalten. Wohin es verschwunden war, war nicht ersichtlich. Obwohl sie wusste, dass es sinnlos war, fragte sie per Fax bei Bentens Anwälten an. Keine Stunde später erhielt sie die Antwort: *Selbstverständlich werden wir Ihnen über die Geschäfte unseres Mandanten keine Auskunft erteilen.*

Linn rief ihre Mandantin an, die von dem Geld nichts wusste.

Am nächsten Morgen war sie früh im Büro und versuchte es erneut bei James' Flowers.

»Hayley? Hayley Miller?«, fragte eine gestresste Frauenstimme.

»Die kam über so ein kirchliches Projekt. Hat ganz gut gearbeitet. Sie hat für uns Blumen ausgeliefert. Wir hätten sie vielleicht sogar übernommen. Aber vor ein paar Wochen ist sie einfach verschwunden. Kurz bevor ihre Ausbildung zur Floristin angefangen hätte. Das war ihr zu viel Druck, das hat sie manchmal angedeutet. Aber ohne Ausbildung geht heute gar nichts mehr. Wir sind froh, dass sie nicht mittendrin abgebrochen hat. Wir hätten die Ausbildung nämlich finanzieren müssen.«

»Wann genau ist sie denn verschwunden?«

»Na, nach ihrem Urlaub. Am 1. Juni war das.«

Einen Tag vor Benten. Linn spürte, wie sich alles in ihr vor Aufregung zusammenzog. »Haben Sie zufällig mitbekommen, ob Hayley eine Beziehung hatte?«

»Nein. Sie hat nicht viel geredet.«

Nach dem Gespräch rief Linn sofort bei dem kirchlichen Projekt für ehemalige Straßenkinder an. Es dauerte eine Weile, und sie musste ein offizielles Anwaltsschreiben faxen, bevor jemand bereit war, ihr Auskunft zu erteilen, aber schließlich bekam sie einen Sozialarbeiter mit leiser, trauriger Stimme an die Strippe. »Wir wissen leider nicht, wo Hayley ist«, sagte er. »Aber es ist nicht das erste Mal, dass sie einfach abtaucht. Letztes Jahr war sie drei Monate weg. Hat mit vier Hunden und einem Typen namens Bo in einer Höhle gelebt. Ganz unter uns, aber die Sozialbehörden sind seit Jahren froh, wenn sie wenigstens nicht straffällig wird, alles andere steht leider außerhalb ihrer Macht. Ich glaube, wir werden alle glücklich sein, wenn sie in einem halben Jahr volljährig wird und nicht mehr in unseren Zuständigkeitsbereich fällt.«

»Wissen Sie, ob Hayley Miller Nico Benten kannte?«

»Das glaube ich nicht, nein. Wieso sollte sie so jemand Prominentes kennen? Der geschätzte Herr Benten ist zwar seit einem Dreivierteljahr ein Förderer unserer Einrichtung, aber sein Engagement sollte rein finanzieller Natur sein. Wir hatten ausschließlich Kontakt mit seinen Anwälten, nie mit ihm persönlich. Nicht, dass das verwerflich wäre«, fügte der Mann schnell hinzu. »Er hat uns zwanzigtausend Euro zugesagt. Das ist wirklich sehr großzügig. Glauben Sie, wir bekommen das Geld, auch wenn er tot ist?«

Auf die letzte Frage ging sie nicht ein, sondern beendete das Gespräch.

Das musste alles nichts zu bedeuten haben, aber nach Bethany Colville gab es jetzt eine weitere Frau, die mit Benten zu tun gehabt hatte und spurlos verschwunden war.

Genau wie Benten selbst.

30

Linn schaute sich lange das Foto von Hayley Miller an, das ihr der Sozialarbeiter per Mail geschickt hatte. Eine magere, junge Frau mit kurzen, hellblonden Haaren und zu vielen Tattoos, deren große Augen aussahen, als hätten sie schon viel zu viel gesehen. Sie wirkte sehr verletzlich, und ihr Gesicht war zierlich und ausgesprochen hübsch. In einem Film hätte man ihr wahrscheinlich die Rolle einer Fee gegeben. Anders als ihre Mandantin hielt Linn es sehr wohl für möglich, dass Nico Benten diese Frau attraktiv gefunden hatte. War es denkbar, dass eine siebzehnjährige Blumenzulieferin die geheimnisvolle Geliebte des Schauspielers gewesen war? Hatte er seiner Frau vielleicht nur vorgespielt, nicht an die Tür gehen zu wollen, um sie nicht misstrauisch zu machen? Und dann, was war dann passiert? Hatte die Geliebte ihn erpresst? Umgebracht? Oder war er tatsächlich mit ihr zusammen untergetaucht? Und hatte diese alte Geschichte mit Bethany Colville etwas damit zu tun?

Linn legte ein Foto der Tochter des Hausmeisters aus Bentens Internat, das sie in England bekommen hatte, ebenfalls auf den Schreibtisch. Auch Bethany Colville war damals ein hochgewachsenes und ausgesprochen hübsches Mädchen gewesen. Allerdings ein ganz anderer Typ als die magere Hayley Miller, auch schlank, aber kräftiger, weiblicher, mit roten, langen Haaren und einem frechen, sympathischen Grinsen. Wenn man genau hinschaute, wirkte sie aber, als fühle sie sich nicht wohl in ihrer Haut. Die Körperhaltung war trotz des Grinsens angespannt.

Bethany Colville kam Linn plötzlich bekannt vor, aber sie kam nicht darauf, woher. Sie kramte auf ihrem Schreibtisch nach der Notiz, die ihr Götz gestern gegeben hatte, und wählte die Nummer von Kellogg.

Der ehemalige Vorgesetzte des DI, mit dem sie in England gesprochen hatte, meldete sich mit der tiefen Stimme eines langjährigen Rauchers. »Warum interessieren Sie sich nach zwanzig Jahren für die kleine Colville?«

Sie erläuterte es ihm.

»Ich konnte den armen Eltern ihr Kind nicht zurückbringen. Ich kannte die beiden persönlich, wissen Sie. Sehr nette Leute. Höflich und zuvorkommend. Und Bethany war ihr Augenstern. Solche Fälle lassen einen auch im Ruhestand nicht los.« Er lachte freudlos auf. »Sie ist damals nicht abgehauen, da bin ich mir heute noch sicher, allerdings bin ich da wohl der Einzige.«

Es war lange still am anderen Ende der Leitung. Linn wartete einfach.

»James, also Bethanys Vater, hat mich damals darum gebeten, den Streit nicht in die Akte aufzunehmen«, sagte der Expolizist schließlich. »James und Bethany haben sich oft heftig gestritten. Sie war kein einfaches Kind. Mein Kollege hat Ihnen das bestimmt schon erzählt. Sie kam zum Beispiel eines Tages mit einer knallroten Punkerfrisur nach Hause. Die hatte sie sich selbst geschnitten und gefärbt. Da war sie zehn. Sie hat geraucht, und kurz vor ihrem Verschwinden hat sie sich von irgendeinem Typen, den wir nie gefunden haben, ein Tattoo ins Gesicht stechen lassen. Ein Kreuz, das auf dem Kopf stand. Sie sah danach ziemlich erschreckend aus. Und es war irgendwie verständlich, dass James ausgerastet ist. Er hat sie angebrüllt und beschimpft, das war selbst im Haupthaus des Internats zu hören. Er hat wohl auch mehrfach geschrien, sie solle abhauen, sie sei nicht mehr seine Tochter. Bethanys Mutter hat ihrem Mann immer die Schuld an ihrem Verschwinden gegeben.«

»Ist es möglich, dass der Vater Bethany etwas angetan hat?«

»Nein, auf keinen Fall. Ganz bestimmt nicht. Das Haus der Familie wurde genauestens untersucht. Unsere Leute dachten nur, sie sei wegen des Streits einfach abgehauen. Aber der Streit hatte nichts mit dem Verschwinden zu tun, da bin ich mir sicher.«

Ein umgedrehtes Kreuz. Das war doch ein Symbol für den Teufel. War es möglich, dass dieser Schulgeheimbund, dem Benten angehört hatte, doch mit der Sache zu tun gehabt hatte? Die *Wächter des schwarzen Gottes*? Sie fragte Kellogg danach.

Er zögerte. »Denken Sie an Batu Cunningham?«

Sie hatte eigentlich an Nico Benten gedacht. Nur war der ja zum Zeitpunkt des Verschwindens des Mädchens gar nicht vor Ort gewesen. »War Cunningham auch in diesem Geheimbund?«, fragte sie, und ihr ging durch den Kopf, was ihr Grace Riccardi über diesen Freund ihres Mannes erzählt hatte. Dass er schleimig und komisch war.

Der Expolizist knurrte zustimmend. »Cunningham war der Einzige, der sich bei der Befragung sehr merkwürdig verhalten hat. Der nervös wurde. Aber dann hat Bentens Vater ihm einen Anwalt besorgt, und von dem Zeitpunkt an hat er überhaupt nicht mehr geredet. Alle Mitglieder dieses Möchtegern-Geheimbunds, jedenfalls die drei, die wir kannten, haben einen Anwalt von Bentens Vater bekommen. Das war eine Gruppe von Widerlingen, das kann ich Ihnen sagen.«

»Die Anwälte?«

Kellogg lachte. »Die auch. Aber ich meinte vor allem diese Jüngelchen Benten, Cunningham und Stanton. Stanton hat den Geheimbund übrigens gegründet. Jake Stanton, ich weiß nicht, ob Sie von dem schon mal gehört haben. Ich habe aus dem Fernsehen erfahren, dass er später Nico Bentens Trauzeuge geworden ist. Das passt, die zwei waren schon in der Schule unzertrennlich. An Stanton kann ich mich besonders gut erinnern. Er war der kleinste und schwächlichste von allen, aber er hat gewirkt wie der fieseste. Die meisten hatten Angst vor ihm. Er kannte offenbar die kleinen und größeren Geheimnisse aller seiner Mitschüler und hat nicht gezögert, diese Wissen gegen sie auszuspielen.« Er räusperte sich. »Ich denke nicht, dass der Geheimbund als solches etwas mit Bethanys Verschwinden zu tun hatte. Die haben sich erst im Nachhinein aufgespielt, weil sie es cool fanden. Ich denke, es war eine ganz banale Liebesgeschichte. Cunningham war sechzehn, zwei Jahre älter als Bethany. Er wurde von ihr verschmäht, und daraufhin hat er sie umgebracht. Er ist dieser Typ, der Frauen hinterhergeifert, aber zu linkisch ist, um sie anzusprechen. Aber das ist nichts als eine Vermutung. Es gab nicht die geringste Spur. Es war nur so ein Gefühl. Wissen Sie, Cunningham war besessen von den Themen Sex und Tod. Er hat Totenmasken gesammelt, und sein Regal im Internat war voll mit Büchern über Totenkulte aus der ganzen Welt. Er wurde als Junge einmal erwischt, wie er im Totenbett einer alten Dame lag. Er hat am Ende zwar behauptet, er habe nur nach verstecktem Geld gesucht, aber ich war mir nie sicher, ob das stimmt. Ich habe seinen Lebenslauf verfolgt. Er ist jetzt Vikar, wissen Sie? Er wurde zwei Mal in andere Gemeinden versetzt. Niemand hat offen geredet, aber die Gerüchteküche hat gesummt wie ein Schwarm Bienen. Offenbar hat er gewisse Dinge mit aufgebahrten toten Frauen angestellt.« Der Expolizist räusperte sich erneut. »Nico Bentens Vater ist ein angesehener Geschäftsmann. Sie können sich vorstellen, wie schockiert er war, als er mitgekriegt hat, was für Schulfreunde sein Sohn hat. Er hat dafür gesorgt, dass niemand davon erfährt, und ihn sofort vom Internat genommen und nach Deutschland gebracht. Aber der Kontakt zwischen den Freunden scheint nie abgebrochen zu sein.«

»Besteht Ihres Erachtens vielleicht doch eine winzige Möglichkeit, dass Bethany Colville noch lebt?«

»Ich habe in meiner gesamten Laufbahn als Polizist eines gelernt: Es gibt nichts, was es nicht gibt. Aber ich halte es für sehr, sehr unwahrscheinlich. Die meisten Vermissten, vor allem, wenn sie so jung verschwinden, tauchen doch eines Tages wieder auf. Sie merken, dass Hunger und ein Leben ohne Geld auf einer verschneiten Straße nicht ganz so angenehm ist, wie sie dachten. Oder sie werden beim Klauen oder anderen illegalen Tätigkeiten erwischt. Von Bethany Colville hingegen hat man nie wieder etwas gehört.«

Nach dem Gespräch mit dem Polizisten saß Linn lange auf ihrem Schreibtischstuhl, den Telefonhörer in der Hand. Die Sache Bethany Colville war eine interessante Geschichte, aber was der Polizist über junge Ausreißer gesagt hatte, klang überzeugend. Die Chance, dass die Frau noch lebte, war gering. Und es gab keinerlei Anhaltspunkte dafür, dass sie irgendetwas mit Bentens Tod oder seinem Verschwinden zu tun hatte. Und Batu Cunningham oder Stanton? Zwar tauchten ihre Namen in den offiziellen Ermittlungsakten auf, aber lediglich im Rahmen von Hintergrundrecherchen. Sie waren beide zum Zeitpunkt von Bentens Tod oder seinem Verschwinden nicht mal ansatzweise in der Nähe der Klippen gewesen. Stanton hatte in Bristol, gut dreieinhalb Stunden vom Tatort entfernt, zu Abend gegessen. Und Cunningham … Sie blätterte durch die Zeugenbefragungen. Spürte plötzlich, wie ihr Herzschlag sich beschleunigte, weil ihr etwas eingefallen war. Etwas, das nichts mit Cunningham oder Stanton oder Bethany Colville oder einer anderen alten Geschichte zu tun hatte. Sondern mit Hayley Miller. Linn rieb sich über die Stirn. Es war so offensichtlich. Wie hatte sie das nicht sofort erkennen können? Es gab sogar einen Beweis. Sie hatte ihn bislang einfach übersehen: die Steine von dem Namensarmband, die man am Tatort gefunden hatte. a, y, y. Hayley. Sie hatte doch sofort gedacht, dass ihr der Name bekannt vorgekommen war. Hayley Miller – Bentens Geliebte? – musste am Tatort gewesen sein und die Steine dort verloren haben. Linn nahm noch einmal das Foto von der Blumenzulieferin in die Hand. Wenn Benten tot war, war Hayley Miller eindeutig eine Hauptverdächtige, die sie dem Gericht präsentieren konnte. Und falls er noch lebte, dann war es sehr wahrscheinlich, dass sie das Fluchtauto gefahren hatte. Dieses Feenhafte, das die Frau hatte, ließ sie bei entsprechenden Lichtverhältnissen bestimmt entrückt und geheimnisvoll erscheinen. So, als stamme sie nicht von dieser Welt. Kein Wunder, wenn jemand wie Carlotta Schmidt sie für ein außerirdisches Wesen gehalten hatte. Ein außerirdisches Wesen, das am Steuer von Bentens Wagen saß.

31

Nach einigem Zögern wählte Linn Harris' Nummer. In ihrem Magen krabbelten tausend Schmetterlinge, sie konnte nichts dagegen tun. Der Mann hatte offensichtlich kein Interesse an ihr. Die Schmetterlinge krabbelten trotzdem weiter.

»Harris.« Seine Stimme klang angespannt und geschäftlich.

»Hallo Marc, ich bin's, Linn.«

Harris schien sich über ihren Anruf zu freuen. Sein Ton wurde weicher. Ein paar Minuten plauderten sie unverfänglich über das Wetter und ihren kurzen Aufenthalt in England. Dann sagte er: »Ich wollte dich anrufen, aber ich hatte mein Handy verlegt.«

Wer's glaubt, wird selig, dachte sie. Und selbst wenn: Ein Blick ins Internet, und er hätte ihre Kanzleinummer herausfinden können.

»Kein Problem, ich hab's ja auch nicht geschafft, dich anzurufen.« Sie versuchte zu lächeln. »Hast du die Reportage von diesem Francis gesehen? Hast du deswegen Schwierigkeiten gehabt?«

Er räusperte sich. »Wir waren aus beruflichen Gründen im Moor. Wieso sollte ich Schwierigkeiten gehabt haben?«

»Dann ist gut. Hast du was wegen dem Lack herausgefunden, den wir im Moor aufgespürt haben? Oder mit dieser Carlotta Schmidt gesprochen?«, brachte sie das Gespräch wieder auf geschäftlicheres Terrain.

»Ich bin noch nicht dazu gekommen.« Harris klang plötzlich unverbindlich und unbestimmt und ein bisschen, als habe er ein schlechtes Gewissen. Kurzzeitig war es still. »Weißt du«, sagte er schließlich, »ich … Also ich darf nicht einfach so irgendwelche Dinge ermitteln, die vermutlich keinen Zusammenhang mit einem meiner Fälle aufweisen. Ganz klare Anweisung vom Behördenleiter. Wir haben die Sache Riccardi schließlich auch deshalb nach Deutschland abgegeben, weil wir ebenfalls der Ansicht sind, dass deine Mandantin die Täterin ist.«

»Ich dachte immer, man wird Polizist, weil man die Wahrheit herausfinden will. Und wenn Nico Benten gar nicht tot sein sollte und …«

»Linn, Nico Benten ist tot. Ich hatte an dem Abend einfach Lust, mit dir ins Moor rauszufahren, mehr nicht. Ich dachte, dir ging es genauso.«

»Ach so.« Sie zwang sich, ihrer Stimme einen lustigen Klang zu geben. Keine Ahnung, ob ihr das gelang. Die Schmetterlinge in ihrem Magen hörten auf zu krabbeln. »Harris, ich will dich gar nicht lange aufhalten, und ich habe auch gleich ein Mandantengespräch, aber darf ich dich noch was fragen?«

»Kommt drauf an, was.« Er lachte angespannt.

»Ich bin auf zwei weitere Namen gestoßen, die nicht in der Akte stehen«, sagte sie.

Harris räusperte sich. »Ich weiß nicht, ob ich dir solche Fragen beantworten darf, du müsstest dich vermutlich an diesen Staatsanwalt Faber wenden, und er kann einen Antrag auf Amtshilfe …«

»Harris, verdammt, der Prozess beginnt bald, und Faber hat nicht das geringste Interesse daran, mir zu helfen. Du hast mir, als ich in England war, auch Fragen beantwortet.«

»Das waren nur Fragen, die in der Akte standen.«

»Das ist nicht wahr.«

»Na gut, nicht ganz. Also, weil du es bist, ich werde versuchen, deine Fragen zu beantworten.«

»Bethany Colville, sagt dir der Name was?«

»Nope. Noch nie gehört. Wer ist das?«

»Die Tochter des Hausmeisters in Bentens Internat. Sie ist vor Jahren spurlos verschwunden.«

»Linn, ich verstehe, dass du als Verteidigerin jeder Spur nachgehen musst, aber ich kann nicht … Ich habe einen riesigen Berg

Arbeit auf dem Schreibtisch, und der Fall Riccardi ist ein Fall der deutschen Behörden. Wollen wir vielleicht mal abends telefonieren? Da habe ich mehr Zeit und bin nicht so angespannt.«

»Hayley Miller«, sagte sie. »Schon mal von der gehört?«

Am anderen Ende der Leitung war es plötzlich ganz still. Dann sagte Harris: »Du willst jetzt aber nicht andeuten, dass der Name Hayley Miller im Zusammenhang mit der Ermordung von Nico Benten aufgetaucht ist?«

»Sie hat ihm mal Blumen geliefert und war vielleicht am Tatort. Er hat die kirchliche Stiftung unterstützt, von der sie vermittelt worden ist. Wieso?«

»Shit.« Erneut war es still. »Die Wasserleiche, die in Trevone angespült wurde«, sagte Harris schließlich. »Das ist Hayley Miller.«

Linn wurde so schwindlig, dass sie sich am Schreibtischrand festhalten musste.

Harris räusperte sich. »Was kannst du mir über sie erzählen?«

»Ich hatte eigentlich gehofft, dass du mir etwas über sie erzählen könntest.«

»Es ist uns erst gestern gelungen, sie zu identifizieren. Die Leiche war fast gänzlich zerstört, auch ein Großteil des Kopfes und die Hände haben gefehlt, und niemand hatte sie als vermisst gemeldet. Dass eine Jugendliche, um die sich unsere Sozialbehörden kümmern, einfach so verschwinden kann, ohne dass jemand etwas unternimmt, das ist ein Armutszeugnis für die Gesellschaft«, sagte er.

»Wieso wusste der Sozialpädagoge, mit dem ich heute morgen gesprochen habe, eigentlich noch nichts davon?«

»Weil wir völlig unterbesetzt sind. Es kann noch Tage dauern, bis wir mit allen Menschen in ihrem Umfeld gesprochen haben.«

»Wie ist sie gestorben?«

»Es ist sehr wahrscheinlich, dass sie erwürgt wurde. Ich habe das endgültige Gutachten zwar noch nicht, aber …« Er räusperte sich erneut. »Sie kam aus dem Drogenmilieu, hatte eine sehr schwierige Vergangenheit und kannte die falschen Leute. Die Sache mit Benten könnte einfach ein Zufall sein.«

»Wann ist sie gestorben?«

»Der Gerichtsmediziner konnte nur vage Vermutungen anstellen, aber es muss Anfang Juni gewesen sein. Das deckt sich auch mit den ersten Befragungen des Umfelds. Es sieht im Moment so aus, als sei sie am 1. oder 2. Juni verschwunden.«

»Oh mein Gott«, sagte sie. Sie hatte das Gefühl, plötzlich keine Luft mehr zu bekommen. Wie hatte sie nur so blind sein können? Es war doch die ganze Zeit so klar gewesen. Sie wühlte in den Aktenkopien. »Harris«, brachte sie noch heraus, »ich ruf dich bald mal wieder an.«

Auf einmal passte alles. Bentens DNA am Tatort, Hayleys Armband, die Beobachtung des Fischers, der Anruf in Exeter. Sie wusste plötzlich mit absoluter Klarheit, was da draußen auf der Klippe passiert sein musste. Sie waren alle von gänzlich falschen Voraussetzungen ausgegangen. Nur die Leichenspürhunde nicht. Auf dieser Klippe hatte tatsächlich eine Leiche gelegen, und das hatten die Spürhunde gerochen. Aber es war nicht Bentens Leiche gewesen. Benten lebte noch. Er war nicht ermordet worden. Er war der Mörder. Der Mörder von Hayley Miller, seiner Geliebten. Deshalb war er auch geflohen. Und ihre Mandantin war unschuldig, war nur zur falschen Zeit am falschen Ort gewesen. Jetzt brauchte sie nur noch mehr Beweise, die ihre Theorie endgültig untermauern konnten.

32

In der Zeit bis zu dem Gerichtsverfahren kniete sich Linn noch mehr in den Fall hinein als bisher. Sie durchforstete Berge von Papieren, befasste sich ausführlich mit den gefundenen Spuren und sprach mit unzähligen Leuten, unter anderem mit weiteren Schauspielern. Und sie beauftragte einen Sachverständigen für Autolacke. Obwohl sie gut vorankam, musste sie auch Rückschläge hinnehmen, so erhielt sie den Autopsiebericht von Hayley Miller trotz mehrmaliger Nachfrage bei der englischen Polizei nicht. Sie versuchte auch, mit Hilfe ihrer Mandantin herauszufinden, wo Benten sich versteckt halten könnte, allerdings ebenfalls ohne Erfolg.

Zwei Tage vor Prozessbeginn richtete Linn gerade das Frühstück, als ihr Handy klingelte. Eine englische Vorwahl leuchtete auf dem Display. Ihr fiel fast die Butter auf den Boden, so schnell nahm sie ab. Obwohl sie sich nach dem letzten Telefonat vorgenommen hatte, dass Harris sie mal kreuzweise konnte. Handy verlegt, natürlich. Und wie er sich bei dem Gespräch verhalten hatte, fast schon unfreundlich, das war …

»Marc here«, ertönte Harris' tiefe, angenehme Stimme.

»Hi«, sagte sie.

»How are you?«

»Gut, und du?«

»Auch gut. Tut mir leid wegen unserem letzten Gespräch, ich war ziemlich im Stress.« Er kam ins Stocken. Für einen Moment sagte keiner etwas. Dann ergriff Harris wieder das Wort. »Ich habe den Lack aus dem Moor jetzt doch untersuchen lassen. Du hattest recht«, sagte er. »Er stammt von einem schwarzen Aston Martin, Viertürer, Baujahr 2014.«

Die Butter fiel mit einem leisen Plopp aus ihrem Behälter auf die Fliesen. Linn beachtete sie nicht. So weit war ihr Gutachter noch lange nicht.

»Wir haben den dazu passenden Aston Martin auch schon gefunden«, fuhr Harris fort. »Er gehört zufällig der Mason-Shepard-Stiftung für benachteiligte Jugendliche. Er stand seit Wochen auf einem öffentlichen Parkplatz. Es konnte leider nicht mehr festgestellt werden, wer den Wagen dort abgestellt hat. Oder wann. Und wo er die Tage vor dem … dem *Verschwinden* von Benten war, wissen wir auch noch nicht.« Harris räusperte sich. »Im Moment sind wir dabei, Aufzeichnungen von Überwachungskameras von Straßen und Parkplätzen zu sichten, um herauszufinden, ob das Auto am Tattag zu den Klippen der Wahrheit gefahren ist, woher es kam und wohin es fuhr. Und natürlich, wer der Fahrer war. Aber das wird noch eine Weile dauern. Je nach Route könnte der Wagen auch auf keiner der Aufzeichnungen zu finden sein, vor allem, weil nach der langen Zeit einiges auch schon gelöscht wurde. Wir haben aber Hinweise darauf, dass er aus Exeter kam.«

»Benten hat an dem Abend, an dem er gestorben sein soll, eine unbekannte Prepaidhandynummer in Exeter angerufen.«

»Ich weiß. Es könnte da einen Zusammenhang geben. Vielleicht wollte er abgeholt werden. Da sind wir im Moment noch dran.«

»Meine Zeugin hat den Fahrer des Wagens für ein außerirdisches Wesen gehalten. Sie meinte, es sei vielleicht ein Weibchen gewesen, falls dir das was bringt.«

»Ich fürchte nicht, es gab keine weibliche DNA am Steuer. Was auch bedeutet, dass deine Mandantin noch nie damit gefahren ist, das nur am Rande.«

Linn atmete erleichtert auf.

»Habt ihr interessante Spuren in dem Aston Martin entdeckt?«, fragte sie.

»Das Auto war recht sauber geputzt, aber nicht sauber genug. Wir haben einiges gefunden. Natürlich gab es jede Menge Spuren von Benten selbst auf beiden Vordersitzen, was nicht verwunderlich ist, der Wagen stammt schließlich von seiner Stiftung, und er hat ihn benutzt. Dann aber Erde von der Klippe und einen blutigen Handabdruck von ihm auf dem Rücksitz an einer merkwürdigen Stelle, als hätte er sich dort versteckt. Zwar meinte einer seiner Freunde, so ein Vikar, dass Benten sich einmal während eines Angelausflugs verletzt habe und dass das Blut daher rühren könnte, aber …«

»Aber das Blut könnte auch dafür sprechen, dass meine Zeugin Carlotta Schmidt in fast allen Punkten recht hatte, ob sie nun psychisch krank ist oder nicht«, vollendete sie den Satz. Ein Grinsen überzog ihr Gesicht.

Harris brummte, es klang zustimmend.

Sie hob die Butter auf und schmiss sie in den Müll. Nahm eine Milchtüte, öffnete sie und goss etwas davon in ihren Kaffee.

»Aber das ist noch nicht alles, und jetzt wird es richtig merkwürdig«, fuhr Harris fort.

Sie wagte kaum zu atmen.

»Am Steuer und auf dem Fahrersitz des Autos haben wir eine Spur gefunden, bei der wir einen Treffer in der DNA-Datenbank gelandet haben. Ein Mann. Wir wissen noch nicht, wer er ist. Aber die DNA dieses Unbekannten ist eindeutig im Zusammenhang mit einem anderen ungeklärten Todesfall schon einmal aufgetaucht. Ich glaube, ich habe dir von dem Fall erzählt. Der Obdachlose, den wir vor etwa einem Jahr im Moor gefunden haben. In der Sache gab es jede Menge Indizien, die für einen versehentlichen autoerotischen Todesfall gesprochen haben: Der Obdachlose war ein Einzelgänger, der Auffindeort ist sehr einsam gelegen, er hatte eine Plastiktüte über dem Kopf, die unten zugebunden war, und sein Unterleib war entblößt. Der Mann hatte außerdem eine Vorgeschichte im SM-Bereich, und überall lag Sexspielzeug herum.« Harris machte eine kurze Pause. »Mich hat immer ein bisschen gestört, dass es an dem Tag, an dem er gestorben ist, so kalt war und so stark geregnet hat, dass ich mir nicht vorstellen konnte, wie jemand da zum Sex in den Wald geht. Und er hatte nicht mal eine Schere dabei, um die Schnur um seinen Hals im Notfall durchzuschneiden. Die meisten Menschen, die sich zur Steigerung des Lustgewinns die Luft abschnüren, wollen keinesfalls daran sterben, und deswegen findet man eigentlich immer irgendeine Vorrichtung oder einen Gegenstand, der es ihnen ermöglichen soll, sich im Notfall zu befreien.« Er schwieg für einen Moment. »Wir konnten nie ausschließen, dass der Unbekannte, dessen DNA wir jetzt auch in dem Aston Martin gefunden haben, etwas mit dem Tod des Obdachlosen zu tun hatte. Oder ob er vielleicht nur ein harmloser Kunde von ihm war, denn der Tote hat sein Geld auf dem Strich verdient.«

Linn dachte eine Weile nach. Spuren, die auf einen toten Stricher und einen unbekannten Mann, der vielleicht damit zu tun hatte, hinwiesen, im Auto von Nico Bentens Stiftung.

»Glaubst du, dass Benten mit dem Tod des obdachlosen Strichers etwas zu tun hatte? Oder jedenfalls denjenigen kannte, der damit zu tun hatte?«

»Wir wissen es noch nicht, aber wir untersuchen natürlich sein Umfeld. Aber um noch einmal auf diese Hayley Miller zu sprechen zu kommen«, sagte Harris. »Wir haben jetzt tatsächlich Anhaltspunkte dafür gefunden, dass sie am 2. Juni auch auf den Klippen war. Und es mehren sich die Hinweise, dass sie Bentens Geliebte gewesen sein könnte. Hattest du das nicht auch vermutet?«

Sie antwortete nicht.

»Wir haben zum Beispiel ihr Tagebuch versteckt unter Kisten in der Gärtnerei gefunden«, fuhr Harris fort. »Und da führt sie aus, dass N.B. ihr absoluter Traummann ist, dass sie mit ihm ein Kind kriegen will und dass sie es ungeheuer romantisch findet, dass er ihr und sich ein Prepaidhandy gekauft hat, um ungestört mit ihr zu telefonieren.« Er schien etwas zu trinken, Linn hörte, wie er schluckte. »Sie wurde erwürgt. Und zwar mit bloßen Händen von jemandem, der sehr stark gewesen sein muss, der Gewalt nach zu urteilen, die angewandt wurde. Sie hatte extreme Verletzungen im Halsbereich und gleich mehrere Frakturen des Kehlkopfs und des Zungenbeins, von denen einige nur bei übermäßig starkem Druck entstehen. Außerdem erfordert es im Normalfall sehr viel Kraft, jemanden mit bloßen Händen zu erwürgen. Vielleicht hat das ein Schauspieler mit Boxerstatur getan, dessen Namen man mit N.B. abkürzen kann? Der abgehauen ist und sich jetzt irgendwo versteckt?« Sie hörte sein Lächeln. »Ich weiß genau, was du denkst, und es ist das erste Mal, dass ich einer Verteidigerin von Herzen recht geben muss. Aber noch gibt es keine eindeutigen Beweise. Es könnte auch anders gewesen sein. Ich meine, selbst die Spuren auf dem Rücksitz des Aston Martin müssen noch nicht einmal unbedingt bedeuten, dass Benten die Klippen an dem Abend verlassen hat.«

»Und warum nicht?«

»Weil er auch an einem anderen Tag auf der Klippe gewesen und auf dem Rücksitz liegend heimgefahren sein und deiner Zeugin Botschaften geschickt haben könnte.«

»Na klar. Ich glaube auch an den Weihnachtsmann.«

Harris lachte. »War irgendwie schön, als du hier warst«, sagte er. »Falls du mal wieder hier bist, gibt es noch ein paar Moore, die ich dir nicht gezeigt habe.«

»Das machen wir auf jeden Fall.« Sie lächelte breit. Dann hörte sie, wie bei Harris eine Tür aufgeschlossen wurde und jemand hereinkam. »Hey Darling«, sagte eine weibliche Stimme.

»Ich muss aufhören.« Harris Tonfall wurde förmlich, und er sprach auf einmal sehr schnell. »Aber wir bleiben in Kontakt. War nett, mit dir gesprochen zu haben, Frau Dr. Geller. Ich schicke dir nachher alle Unterlagen zu.«

»Danke. Ich fand's auch nett, mit dir gesprochen zu haben.«

Sie behielt das Telefon in der Hand, nachdem sie aufgelegt

hatte, und setzte sich auf einen der Stühle an ihrem Küchentisch. Harris, dieser Arsch. Er hatte sich bis auf dieses eher dienstliche Telefonat heute nie bei ihr gemeldet. Er hatte ihre Theorie mit dem Lack nicht ernst genommen, erst, als eine weitere Leiche aufgetaucht war. Und was verdammt noch mal war dieses »Frau Dr. Geller« und dieses »Hey, Darling«? Sie musste auf einmal daran denken, wie sie Harris auf dem Felsen am Strand danach gefragt hatte, ob er verheiratet war oder eine Freundin hatte. Er hatte gezögert. Trotzdem hatte sie in Cornwall das Gefühl gehabt, dass da etwas zwischen ihnen … Oh ja, sie hatte in dieser Hinsicht ja so ein gutes Gespür. Das erinnerte sie doch irgendwie an Chris, ihre letzten großen Liebe. Zum Glück hatte sie das mit der anderen Frau bei Harris herausgefunden, bevor sie etwas mit ihm angefangen hatte. Denn bei Chris hatte sie schon große Pläne gemacht, sogar an ein Baby hatte sie manchmal gedacht. Sie lachte wütend auf. Chris, der Idiot, der auf dem Flughafen mit ihr Schluss gemacht hatte. Er hatte es auf die Arbeitsbelastung geschoben, aber in Wirklichkeit war er verheiratet gewesen und hatte Kinder gehabt, wie sie später herausgefunden hatte. Auch bei ihm war ihr Gespür so fantastisch gewesen, dass sie überhaupt nichts mitbekommen hatte, obwohl sie monatelang mit ihm zusammen gewesen war. Sie hatten in London sogar eine gemeinsame Wohnung gehabt. Linn stand langsam auf und humpelte durch die Küche. Wenn sie schon belogen worden war, als sie jung und gutaussehend gewesen war, wie musste es dann erst jetzt sein? Was hatte sie denn gedacht? Sie stampfte mit ihrem gesunden Fuß auf. Dass es mit Harris anders wäre. Dass Chris ein Einzelfall gewesen war. Und irgendwie konnte sie immer noch nicht glauben … verdammt. Sie stampfte erneut auf den unschuldigen Holzboden.

Immerhin hatte Harris ihr alle Unterlagen in die Kanzlei gefaxt, und den ganzen restlichen Tag und auch den nächsten war sie selbst abends im Bett noch mit Untersuchungsberichten und Beweisanträgen beschäftigt. Insbesondere den Autopsiebericht von Hayley Miller hatte sie gründlich durchgearbeitet. Sie würde einen Freispruch erzielen, das war klar! Benten hatte die Frau umgebracht, und der Fischer hatte ihn beim Entsorgen der Leiche gesehen. Grace Riccardi teilte ihre Meinung. Seit sie wusste, dass ihr Sohn Marco unschuldig war, hatte sie sich verändert, war bereit zu kämpfen.

Linn vertröstete alle Mandanten, die sie anriefen, auf die folgende Woche. Bohmann, der Journalist aus dem Sushi-Restaurant, hatte ebenfalls erneut angerufen und nach dem Exklusivinterview gefragt, sie hatte einfach wieder aufgelegt. Zum Einkaufen hatte sie es auch nicht geschafft und schon gar nicht dazu, über Harris nachzudenken, auch wenn das ziemlich schwierig gewesen war, weil viele der Blätter seine Unterschrift trugen. Nur einmal war sie schwach geworden und hatte daraufhin als Trostpflaster einen dicken Burger mit Pommes gegessen und sich auf dem Heimweg einen Strauß Blumen in einem kleinen Geschäft um die Ecke gekauft, nur um sich zu beweisen, dass es ihr gutging und dass sie Harris im Grunde schon vergessen hatte.

Am Vorabend des Prozesses fiel Linn irgendwann mit einem vom Meeresbiologen Buchanan erstellten vorläufigen Strömungsgutachten in der Hand, in dem von Strudeln, in die die Leiche von Hayley Miller geraten sein könnte, die Rede war, in einen unruhigen Halbschlaf, träumte von ihrem Unfall und davon, wie sie in Cornwall fast von den Klippen gefallen war.

Als sie schreiend aufwachte, war es in der Wohnung stockdunkel. Sie richtete sich verschlafen auf, ihr Rücken schmerzte, sie hatte wohl auf dem Collegeblock gelegen. Sie schlug die Decke zurück, sie hatte Durst, sie brauchte ein Glas Wasser aus der Küche. Ein leises Knacken aus dem Wohnzimmer. Sie erstarrte in ihrer Bewegung. Wo war ihr Tränengas? Wieso war es nicht hier? Sie hatte es vorhin doch an ihr Bett gestellt, oder nicht? Sie schaute durch die offene Schlafzimmertür in den dunklen Flur, in dem ihre Jacken und Taschen hingen und bedrohliche Schatten warfen. Es waren doch nur drei Schritte, dann konnte sie das Licht anmachen, und die Schatten würden … Es knackte wieder. Die Dachbalken. Das waren nur die Dachbalken, das müsste sie doch langsam gewohnt sein. Oh Gott, sie hatte vergessen, die Eingangstür zu verriegeln. Sie hatte noch den Müll nach unten tragen wollen, aber dann war sie eingeschlafen, und diese Tür, wenn sie nicht verriegelt war, mit einem Einbruchwerkzeug zu öffnen, war ein Kinderspiel. Eine Diele quietschte, dann knarrte es leise. Waren das Schritte? Wo war ihr Handy? Wo hatte sie ihr Handy hingelegt? Sie setzte sich so leise wie möglich an den Bettrand. Mit einem Zischen fiel ihr Collegeblock auf den Boden und schlug gegen die Wand. Das Knarren – kam es aus dem Wohnzimmer? – verstummte. Sie lauschte in die Dunkelheit, hörte nur das Rasen des Blutes in ihren Ohren. Tastete mit ihren Händen nach ihrem Handy, fand es neben sich auf der Bettdecke, stand fast unhörbar auf und tapste vom Bett die wenigen Schritte zur Tür, erwartete jede Sekunde einen Angriff. Nichts geschah. Natürlich nicht. Wie viele Nächte seit ihrem Unfall hatte sie schon so verbracht? Sie stand da, die Klinke der Schlafzimmertür in der Hand, bereit, die Tür sofort zuzuschlagen, und spähte in den Flur. Was, wenn Nico Benten verhindern wollte, dass sie die Wahrheit ans Licht brachte? Wenn er jemanden geschickt hatte, der sie verschwinden lassen sollte? Sie hielt den Atem an. Es war totenstill in der Wohnung. Nur das Rauschen des Blutes, das dumpfe Bollern ihres Herzschlags, viel zu schnell. Da war nichts. Es würde Benten ja auch nichts bringen, die Polizei wusste sowieso schon … Doch, es knarrte wieder. Oh Gott, da war jemand in der Wohnung! Sie glaubte sogar, keuchende Atemzüge zu hören. Linn knallte die Schlafzimmertür zu, der Schlüssel fiel auf den Boden, sie schob mit aller Kraft ihre kleine Kommode davor, die zu leicht war, um jemanden abzuhalten, der ernsthaft zu ihr wollte, aber sie hatte nichts Besseres, und wenn sie sich selbst noch dagegenlehnte, und oh Gott, kamen da Schritte auf ihr Zimmer zu? Sie drückte mit aller Kraft die Kommode gegen die Tür, umklammerte weiter den Gegenstand in ihrer Hand, dass ihre Hand fast schmerzte, wurde sich bewusst, dass es ihr Handy war, lockerte ihren Griff, sollte sie vielleicht lieber die Notrufnummer ihrer Therapeutin …? Nein, sie bildete sich das nicht ein. Sie wählte mit bebenden Händen die Nummer der Polizei und lauschte auf das Knarren und Knacken, das verstummte, als unten auf der Straße Sirenengeheul ertönte.

Die beiden Polizisten, die ihre Wohnung und das Treppenhaus gründlich durchsuchten, fanden keine Einbruchspuren, auch von einem möglichen Einbrecher fehlte jede Spur. Linn war sich mittlerweile selbst sicher, sich alles nur eingebildet zu haben, und sie schämte sich. Nachdem die freundlichen Polizisten gegangen waren, ging sie zurück in ihr Schlafzimmer und suchte den Schlafzimmerschlüssel. Obwohl ihr die Sache peinlich war, schloss sie ab, schob sicherheitshalber auch noch die Kommode vor die Tür und schaute drei Mal unter ihrem Bett nach, ob da auch wirklich niemand war. Anschließend saß sie in ihre Bettdecke gehüllt auf dem Bett, alle Lichter an, das Tränengas in der Hand, und wartete auf die Morgendämmerung.

Als am nächsten Morgen in aller Frühe ihr Wecker klingelte, stand Linn trotz der durchwachten Nacht sofort auf, duschte, schminkte sich sorgfältig und zog sich an. Frühstücken würde sie auf dem Weg. Sie packte ihren Laptop und ihr Eröffnungsplädoyer ein und verließ die Wohnung. Heute war der große Tag. Sie würde ihre Mandantin rausholen. In aller Öffentlichkeit würde sie einen bombastischen Freispruch erzielen. Sie allein hatte das geschafft. Sie hatte in einer scheinbar aussichtslosen Sache einen Durchbruch erzielt. Die Kanzlei aus Freiburg würde sie danach bestimmt einstellen. Es würde ihr guttun, aus Stuttgart wegzukommen, alles hinter sich zu lassen, die Großkanzlei, ihren Unfall, ihre winzige Wohnung. Es war doch kein Wunder, dass man sich bei dem Geknarre und Geknacke des uralten, wahrscheinlich morschen Dachstuhls einbildete, Fremde seien in der Wohnung.

Mit einem Croissant in der einen und ihrer Aktentasche in der anderen Hand erreichte sie die Kanzlei, um noch einige wichtige Unterlagen für den Gerichtstermin zu holen. Es war sehr früh am Morgen, ein kühler, regnerischer Herbstmorgen, und sie zog ihren neuen schwarzen Blazer ein wenig enger über ihrer weinroten Bluse zusammen. Jemand hatte in der Nacht *Verrecke Anwaltsfotze* auf die Hauswand gesprüht.

In der Kanzlei holte sie zwei Aktenordner aus dem Aktenschrank und steckte sie in die Tasche. Ihr Handy klingelte, eine englische Nummer. Schlechtes Timing. Sie drückte auf Ablehnen. Wenn sie jetzt eines nicht gebrauchen konnte, dann Harris, der sie aus dem Konzept brachte. Sie schaltete das Handy auf stumm und schaute auf die Uhr. In spätestens fünf Minuten musste sie los. Sie zuckte zusammen, als plötzlich Götz in ihrem Büro stand. Sie hatte nicht mitbekommen, dass er schon in der Kanzlei war. Sein Gesicht war eingefallen, seine Haut aschfahl, fast grünlich. Er sah aus, als habe er in seinen Kleidern übernachtet. »Auch eine schlechte Nacht gehabt?«, fragte sie.

Seine Lippen verzogen sich zu einem schwachen Lächeln. »Dir sieht man es jedenfalls nicht an. Du siehst toll aus. Du wirst bestimmt gewinnen!«

»Wolltest du nicht mitkommen?«

»Ich kann nicht.« Etwas an seiner Stimme war merkwürdig.

»Was ist los?«, fragte sie.

»Wir sollten das vielleicht erst nach dem Gerichtstermin …«

»Nein, sag es mir lieber jetzt gleich.« Wenn er noch einen Haftungsfall gebaut hatte, dann würde sie ihn eigenhändig erwürgen.

»Meine Ex-Mandantin hat sich an die Anwaltskammer gewandt, und sie will die Geschichte von meinem Haftungsfall an die Presse verkaufen. Als Lokalpolitikerin sei es ihre Pflicht ›Pfuschern das Handwerk zu legen‹.«

Linn fiel beinahe die schwere Aktentasche aus der Hand.

»Anscheinend hat sich dieser Bohmann an sie gewandt, so ist sie auf die Idee gekommen. Er hat ihr wohl gesagt, du hättest ihn beim Sushi-Essen betrogen und dass er schon immer eine große Reportage darüber schreiben wollte, wie kleine Kanzleien ihren Mandanten schaden. Egal was genau er schreibt, danach wird jedenfalls ganz Stuttgart wissen, zu welchen Anwälten man nicht mehr gehen darf.«

Im ersten Moment überrollte Linn Panik, bis sie sich klarmachte, dass sie gerade auf dem Weg zu einem phänomenalen Freispruch war, der eine unzufriedene Mandantin sicherlich überlagern würde. »Sag das nicht. Ich glaube, die Sache Riccardi wird uns so viel positive PR einbringen, das überstehen wir schon.«

»Dein Wort in Gottes Ohr«, antwortete Götz. Aber er war nicht mehr ganz so blass wie vorher.

33

Der Prozess gegen Grace Riccardi wegen Mordes an ihrem Mann fand im Schwurgerichtssaal statt. Draußen hatte es angefangen zu winden und zu nieseln, und über dem nächsten Gebäude hingen dunkelgraue Wolken. Durch die gekippten Fenster drang kalte, nach Abgasen stinkende Luft. Linn saß am Tisch der Verteidigung und wartete auf ihre Mandantin. Sie ging ihre Notizen und die wichtigsten Seiten der zwei Aktenordner, die vor ihr auf dem Tisch lagen, noch einmal durch und verdrängte jeden Gedanken an Bohmann und die seltsam knarrenden Balken in ihrer Wohnung. Sie musste jetzt voll da sein. Im Hintergrund surrten Stimmen durcheinander, der Saal füllte sich immer mehr. Zuschauer, vor allem Reporter und Zeugen, strömten herein und wurden von Gerichtsbediensteten auf ihre Plätze gewiesen. Es herrschte die aufgeregte Stimmung, die vermutlich früher in römischen Arenen vor Kampfspielen geherrscht hatte. Linn wurde euphorisch, zugleich durchströmte sie die zufriedene, konzentrierte Gelassenheit, die sie meistens bei Gericht ergriff. In einem Gerichtssaal zeigte sich die wahre Zivilisation in der Fähigkeit, Streit und Unrecht mit Worten zu lösen, und es erfüllte sie jedes Mal mit Stolz, dass sie daran mitwirken durfte. Sie schaute auf die Uhr, noch fünf Minuten bis Verhandlungsbeginn. Sogar der Vertreter der Staatsanwaltschaft war schon da, ein hochgewachsener, unterkühlter Mittfünfziger, der auf sie zukam und ihr mit einem ernsten Nicken eine sehr trockene Hand gab. Dann ging er aufrecht wie ein Rohrstock zu seinem Sitz neben der Richterbank und hängte umständlich seine Robe um, während er ein leises Gespräch mit dem Anwalt von Nico Bentens Vater, dem Nebenklägervertreter, begann. Linn zog ebenfalls ihre Robe über. Der Stoff fühlte sich angenehm weich und kühl an, sie trug die Robe gerne.

Kurz vor Sitzungsbeginn kam Götz doch noch. Er hatte sich rasiert und frische Kleider angezogen und hielt einen gestreckten Daumen nach oben, als sie die Hand zum Gruß hob. Da kein Sitzplatz mehr frei war, stellte er sich hinten an die Wand. Es war gut, dass er da war, gut, jemand zu haben, der ihr den Rücken deckte, falls ein Verrückter auf die Idee kommen sollte, einen Farbbeutel oder Schlimmeres nach ihr zu werfen.

Ein junger Mann mit strubbeligen blonden Haaren, einem schief sitzenden weißen Langbinder und einer zerfledderten Aktentasche, den sie zuerst für einen weiteren Vertreter der Staatsanwaltschaft oder einen Referendar gehalten hatte, weil er die ganze Zeit vorne am Richtertisch in der Nähe des unterkühlten Mittfünfzigers gestanden hatte, kam auf sie zu und streckte ihr die Hand entgegen. »Ich weiß nicht, ob man Sie informiert hat?«

»Informiert über was?«

»Dass ich zusätzlich als Pflichtverteidiger für Frau Riccardi bestellt worden bin? Schuler mein Name.«

Linn schüttelte langsam den Kopf. Na toll, die vorsitzende Richterin Borchert hatte ihnen also zwangsweise einen ihrer unterwürfigsten Anwälte zur Seite gestellt. Auch wenn das in solch einem Prozess zu erwarten gewesen war, um Verzögerungen zu vermeiden.

Sie lächelte den Mann an. »Solange Sie mir nicht in die Quere kommen, habe ich kein Problem damit.«

Rechtsanwalt Schuler lachte und rieb die Hände aneinander, als fröstle er, sagte aber nichts, denn in diesem Moment wurde ihre Mandantin in den Saal geführt. Während Linn noch mühsam auf den Tisch gestützt aufstand, war der junge Anwalt schon pflichtbewusst aufgesprungen und zog dem Model den freien Stuhl in der Mitte zwischen ihm und Linn zurecht. Grace Riccardi lächelte ihn an, er verbeugte sich vor ihr und sagte strahlend: »Immer zu Ihren Diensten.« Linn setzte sich wieder und bat darum, dass ihrer Mandantin die Handschellen abgenommen wurden, und als dies geschehen war, gaben sie sich die Hand. Grace Riccardi war in den letzten Tagen noch dünner geworden, als sie sowieso schon gewesen war. Ihre Wangenknochen standen spitz aus ihrem perfekt geschminkten Gesicht heraus, und die Knochen ihrer Ellenbogen waren deutlich unter der engen, weißen Bluse zu erkennen. Ihre Hände sahen aus wie die Hände einer Verhungernden. Trotzdem strahlte sie über das ganze Gesicht.

Sie kamen nicht dazu, sich zu unterhalten, denn die Türen an der Stirnseite des Saals öffneten sich, und die Richter kamen herein. Alle standen auf, nur Linn, die sich versehentlich auf ihr versehrtes Bein gestützt hatte, kam nicht richtig hoch.

»Bitte setzen Sie sich.« Richterin Borcherts Stimme klang forsch. Sie ließ ihren Blick über den Saal schweifen wie eine Großgrundbesitzerin, die ihre Tiere zählte. Ihre Augen blieben an Linn hängen und musterten sie. Schließlich sah sie wieder auf ihre Akte. »Es kommt zum Aufruf die Strafsache …«

»Werde ich heute schon rauskommen?«, flüsterte ihre Mandantin ihr aufgekratzt ins Ohr. »Wenn das stimmt, was Sie mir erzählt haben, und wir Nico lebend finden, dann muss das Gericht mich doch freisprechen, oder?«

»Ich kann Ihnen nicht versprechen, dass Sie heute schon rauskommen, aber in den nächsten Tagen werden wir auf jeden Fall …«

»Frau Dr. Geller? Wäre es möglich, dass Sie Besprechungen mit Ihrer Mandantin später durchführen?«, fuhr die Richterin dazwischen, bevor Linn weiterreden konnte.

Linn nickte und schaute wieder nach vorne. Wandte sich dann erneut ihrer Mandantin zu. »Ich werde mein Bestes tun, dass es nicht allzu lange dauert.«

»Danke.« Grace Riccardi legte Linn eine Hand auf den Arm und strahlte. »Ich halte es langsam nämlich nicht mehr aus. Seit ich weiß, dass Marco nichts getan hat, will ich nur noch raus aus diesem Gefängnis.«

Sie lächelte ihre Mandantin an. Die Richterin, die schon wieder böse in ihre Richtung schaute, belehrte gerade die Zeugen, die danach den Raum verließen, und wandte sich jetzt Grace Riccardi zu, die mit ruhiger Stimme ihre Fragen beantwortete. Rechtsanwalt Schuler nickte der Vorsitzenden dabei ständig zu.

Nachdem der Staatsanwalt ratternd den Anklagesatz verlesen hatte, während ihre Mandantin immer mehr zusammengesunken war unter der Gewalt dieser Worte, sagte Linn: »Frau Vorsitzende, in den letzten Tagen gingen einige sehr hässliche Gerüchte über meine Mandantin durch die Medien. Sie wurde zu einem Monster abgestempelt und hatte nie die Gelegenheit, ihre Sicht der Dinge darzulegen. Wir möchten daher nun unsererseits der Anklageschrift etwas entgegenhalten, und ich habe mich im Einvernehmen mit meiner Mandantin entschlossen, bereits zu Beginn des Prozesses etwas zu erklären.«

»Ein Opening Statement ist in unserer Prozessordnung nicht vorgesehen.« Die Richterin schaute missbilligend. »Sie werden im Schlussplädoyer noch ausreichend Gelegenheit haben, vorzutragen. Ich werde die Angeklagte jetzt belehren und dann …«

»Ich würde aber gerne jetzt etwas sagen, und ich bin der Ansicht, dass ich das auch darf. Wenn Sie mir diese Gelegenheit nicht einräumen möchten, so müsste ich einen Antrag nach Paragraph …«

Sie hörte ein leises, hämisches Lachen aus Richtung der Besuchertür und drehte sich nach hinten um. Erst jetzt sah sie, dass Oberstaatsanwalt Faber dort stand, lässig an den Türrahmen gelehnt. Sein rechter Mundwinkel zuckte nach oben. Die Richterin warf ihm einen Blick zu, der giftiger war als alles, was Linn je gesehen hatte, ignorierte ihn dann aber. Stattdessen wandte sie sich an den unterkühlten Mittfünfziger, der auf dem Podest der Staatsanwaltschaft saß. Einige Minuten diskutierten sie, dann sagte die Richterin: »Von mir aus, dann reden Sie halt. Aber machen Sie schnell. Ich gedenke, so Mittagspause zu machen, dass ich noch etwas vom Mittagstisch bei *Boninios* abkriege.«

Linn erhob sich. Zu stehen gab ihr ein Gefühl von Kontrolle, das sie im Sitzen, unterhalb der erhöhten Richterbank, nicht hatte. Sie schaute die Richter an, einen nach dem anderen. »Jeder hier in diesem Raum scheint davon auszugehen, dass Nico Benten am Abend des 2. Juni gestorben ist. Dass Frau Riccardi hier«, sie zeigte auf ihre Mandantin, »ihn getötet hat. Obwohl die Unschuldsvermutung gilt. Eine Vielzahl von Indizien sollen eine falsche Sicherheit und Wissenschaftlichkeit vermitteln und Frau Riccardi belasten, täuschen aber darüber weg, dass das Hauptbeweisstück fehlt: die Leiche nämlich.« Sie sah, wie die Richterin die Stirn runzelte und sich flüsternd mit ihrem Sitznachbarn unterhielt, einem jungen Mann mit rundem Kopf und tiefen Geheimratsecken. Linn sprach ein wenig lauter. »Unserer Kanzlei liegen Hinweise darauf vor – und wir werden in Kürze auch die entsprechenden Beweisanträge stellen –, dass Nico Benten noch lebt.« Ein Raunen ging durch den Saal, danach wurde es mucksmäuschenstill. Auch die Richter, selbst Richterin Borchert, schauten nun aufmerksam in ihre Richtung.

»Nico Benten ist am Abend des 2. Juni nicht getötet worden, sondern er ist quicklebendig auf dem Rücksitz eines schwarzen Aston Martin von den Klippen der Wahrheit weggefahren, chauffiert vermutlich von einem Unbekannten mit einem Prepaidhandy aus Exeter, den er zwei Stunden vor seiner Flucht angerufen hat. Wir behaupten das nicht einfach so: Eine junge Frau, Carlotta Schmidt, hat ihn bei dieser Flucht gesehen.« Im Saal brach ein Tumult los, den Richterin Borchert mit einem lauten Ruheschrei und dadurch, dass sie einige Reporter des Saals verwies, unterband. Als die Unruhe sich wieder gelegt hatte, sprach Linn weiter. »Aber was ist dann an diesem Abend auf dieser Klippe passiert?« Sie machte eine winzige Kunstpause. »Nico Benten lernt vor einiger Zeit eine minderjährige Blumenzulieferin kennen, Hayley Miller. Sie wird seine heimliche Geliebte. Aber irgendetwas in dieser Beziehung geht schief. Will Hayley Miller vielleicht mehr als nur eine Affäre? Will Benten sich von ihr trennen? Droht Hayley Miller damit, meiner Mandantin alles zu sagen? Oder der Presse? Jedenfalls beschließt Benten zunächst, die Sache friedlich zu lösen und seiner Geliebten Schweigegeld anzubieten. Er ruft seine Bank an, weil er sechshunderttausend Euro in bar abheben möchte, offiziell zum Kauf einer Yacht, inoffiziell aber, so vermuten wir, um das Schweigen seiner Geliebten zu erkaufen. Wir denken, dass er das bereits zwei Mal bei anderen Geliebten erfolgreich so gemacht hat, einmal mit fünfhunderttausend und einmal mit siebenhunderttausend Euro. Nico Benten ging gerne fremd, aber er wollte das um jeden Preis geheim halten, um sein Image nicht zu gefährden.«

Die Richterin kniff die Lippen zusammen. Der Anwalt von Nico Bentens Vater sagte schneidend: »Wir werden uns diese lächerlichen Unterstellungen nicht länger anhören, Frau Kollegin.«

»Ihre Kanzlei hat die Zahlungen doch veranlasst«, wagte sie einen Schuss ins Blaue und fuhr ungerührt vom Schnauben des Anwalts fort. »Hayley Miller aber möchte Bentens Schweigegeld nicht. Da beschließt Benten, sie kaltblütig zu ermorden. Er lockt sie auf die am Beltaine-Abend einsamen Klippen, erwürgt sie dort mit brutaler Gewalt auf einer Zeltplane, deren Fasern gefunden, aber für irrelevant erachtet worden sind, und lässt sie vermutlich aus Schock über die eigene Tat eine Weile liegen. Dann zieht er die Leiche im Umhang meiner Mandantin an den Rand der Felsplattform und wirft sie ins Meer, wo sie Wochen später wieder auftaucht, angespült an den Strand von Trevone. Vermutlich um der Verfolgung durch die Justiz zu entgehen, inszeniert Benten daraufhin seinen Tod, vor allem Kampf- und Blutspuren. Vielleicht sind die Spuren auch dadurch entstanden, dass er vor oder nach der Tat außer sich war und mehrfach auf den Boden geschlagen und sich verletzt hat. Er hinterlässt jedenfalls einen Taser mit den Fingerabdrücken meiner Mandantin, vermutlich, um ihr die Tat in die Schuhe zu schieben. Vielleicht hatte er die Waffe auch ursprünglich dabei, um seine Geliebte damit zu töten, aber da er sie bereits erwürgt hatte, benötigte er die Waffe nicht mehr.« Sie machte eine winzige Pause, bevor sie sagte: »Dort auf den Felsen ist nicht Nico Benten gestorben, sondern seine Geliebte Hayley Miller. Nico Benten ist nicht das Opfer. Nico Benten ist der Täter. Und meine Mandantin hat mit der ganzen Sache nichts zu tun. Sie war nur zufällig in der Nähe des Tatorts.«

Erneut brach im Saal ein lauter Tumult aus, den die Richterin nur mühsam unter Kontrolle bekam. »Das kann ich mir nicht vorstellen«, sagte sie schließlich zu Linn. »Der Mann ist tot.«

»Das ist nicht wahr. Es gibt zum Beispiel Autolackspuren, die er bei seiner Flucht auf einer Brücke im Moor hinterlassen hat. Er hält sich irgendwo versteckt. Nico Benten ist noch am Leben.«

»Nein, das ist er nicht. Er ist am Abend des 2. Juni gestorben.« Fabers Stimme aus der Nähe der Eingangstür des Sitzungssaals unterbrach sie so ruppig, dass sie sich erneut zu ihm umwandte. »Ihre Theorie, Frau Dr. Geller, ist wirklich nicht schlecht und deckt sich sogar mit den meisten Spuren, sie hat nur einen winzigen Haken.« Seine Mundwinkel zuckten. »Die englische Polizei hat vor ein paar Stunden Nico Bentens Leiche gefunden. Sie wurde angespült. Unten in St. Ives. Und da der Mann nicht Jesus Christus ist, ist das für mich der eindeutige Beweis dafür, dass er tot ist.«

Grace Riccardi machte ein leises, herzzerreißendes Geräusch, dann sank sie ohnmächtig in ihrem Stuhl zusammen.

34

Linn war völlig durcheinander und konnte immer noch kaum glauben, was vor vierzig Minuten in diesem Sitzungssaal passiert war. Ihre gesamte Strategie ein Witz, ihre Ansicht über den Tatablauf gänzlich falsch. Sie hatte sich getäuscht. Sie hatte auf ganzer Linie versagt und sich lächerlich gemacht. Genau wie bei ihrem Unfall. Aber diesmal hatte sie durch ihre Arroganz, durch ihre Besserwisserei und ihre Blindheit für die Realität ihre Mandantin in riesige Schwierigkeiten gebracht. Sie war so vernarrt in ihre Idee der Unschuld gewesen, dass sie nicht eine Sekunde darüber nachgedacht hatte, dass Grace Riccardi vielleicht am Anfang doch die Wahrheit gesagt hatte, dass man über ein Geständnis hätte nachdenken müssen. Und über Dinge wie Notwehr. Davon abgesehen war es wirklich das Allerletzte, wie Faber sie lächerlich gemacht hatte. Er hatte alles schon gewusst und sie trotzdem vortragen lassen. Sie hätte ihn am liebsten geohrfeigt, und diese Wut hatte sie offenbar mit Richterin Borchert geteilt, die gänzlich unrichterlich von ihrem Richterstuhl herabgesprungen war, mit der Hand auf den Tisch gehauen und Faber angeschrien hatte, wie es sein könne, dass sie von Bentens Tod noch nichts wisse, sie habe es als Erstes erfahren müssen, als ERSTES in Großbuchstaben. Faber hatte etwas von Unsicherheiten gemurmelt und einer Bestätigungsmail, auf die er noch gewartet habe, aber Borchert war fauchend aus dem Saal gestürmt, gefolgt von den anderen Richtern und dem Vertreter der Staatsanwaltschaft, die offenbar ebenfalls nichts gewusst hatten. Linn war, nachdem sie sich um ihre Mandantin gekümmert und sie einem Notarzt übergeben hatte, ebenfalls zu Faber gegangen und hatte ihm in ihrem schärfsten Anwaltston die Meinung gegeigt. Er hatte sie eine Weile wortlos betrachtet, seine Mundwinkel hatten gezuckt, dann hatte er sich umgedreht und sie einfach stehenlassen. Sie hatte Götz, der versucht hatte, sie davon abzuhalten, abgeschüttelt und war Faber im Blitzlichtgewitter hinterhergehumpelt.

»Sie haben mich vorgeführt!«

»Ist das das Einzige, was Sie im Moment kümmert?« Faber blieb abrupt stehen. »Ich will ja nichts sagen, aber schämen Sie sich nicht? Sie werden das zwar kaum von mir denken, aber ich glaube wirklich an den Rechtsstaat und an das Recht des Beschuldigten auf bestmögliche Verteidigung.«

Sie stand immer noch auf dem Schlauch. Dass Bentens Leiche aufgetaucht war, hatte sie ja wohl nicht wissen können.

»Ich habe gedacht, dass Sie nach Ihrem Unfall eine zweite Chance verdient hätten«, fuhr er fort. »Die meisten Ihrer Anwaltskollegen haben mir nur Gutes über Sie berichtet, dass Sie sehr gründlich wären und sehr scharfsinnig, und obwohl ich persönlich eher dachte, dass Sie verwirrt und …«

»Jetzt hören Sie auf mit diesen Beleidigungen. Es ist nach wie vor ohne weiteres möglich, dass es genauso gelaufen ist, wie ich es vorgetragen habe. Nico Benten tötet erst seine Geliebte und wird später nach seiner Flucht von jemand anderem getötet.«

»Vom unbekannten Dritten etwa? Den hatten wir doch schon zu Genüge. Hören Sie auf mit diesem Unfug, und akzeptieren Sie es wenigstens, wenn Sie verloren haben.« Fabers Mundwinkel zuckten so stark, dass er kurz innehalten musste. »Ihre Mandantin war es. Ihre Mandantin hat an dem Abend beide getötet, nicht wahr? So ist es doch abgelaufen. Sie hat erfahren, dass Benten eine Affäre mit dieser Hayley Miller hatte, und dann ist sie zu dieser Klippe gefahren und hat ihn mit dem Taser umgelegt und diese Jugendliche erwürgt. Ich weiß nicht, ob Sie Ihrer Mandantin wirklich geglaubt haben oder ob Sie nur uns täuschen wollten, aber was soll das denn für eine Verteidigungsstrategie sein, die dazu führt, dass Ihre Mandantin jetzt nicht nur wegen

Mordes an ihrem Mann angeklagt wird, sondern bald ein Verfahren wegen Doppelmordes an der Backe hat? Sie haben den englischen Ermittlungsbehörden doch dankenswerterweise die Zusammenhänge zwischen den Fällen aufgezeigt, war es nicht so? Und dann haben die so lange nachgebohrt, bis sie die Zusammenhänge auch beweisen konnten. Der Fall Hayley Miller galt doch schon als so gut wie abgeschlossen, bis Sie kamen und diesen Harris mit der Nase darauf gestoßen haben. Er war ganz beeindruckt von Ihnen und Ihren Hirngespinsten, bis er dann Bentens Leiche aus dem Atlantik gefischt hat. Ein Anwalt, der seine Mandanten verrät, das ist das Allerletzte.«

Erst in diesem Moment wurde ihr klar, was sie getan hatte. Eiskaltes Entsetzen machte sich in ihrer Magengrube breit. Sie drehte sich ohne ein weiteres Wort um und ging.

Im Hintergrund hörte sie Götz' Stimme. »Ist es möglich, Herr Dr. Faber, dass Sie sich darüber aufregen, dass Sie bisher so schlampig gearbeitet haben? Oder darüber, dass Sie jetzt in zwei Todesfällen ermitteln müssen? Oder dass die Engländer plötzlich auch ein Interesse an Grace Riccardi zeigen und den Fall selber wollen? Denn an Ihrem Glauben an den Rechtsstaat und das Recht auf bestmögliche Verteidigung liegt das mit Sicherheit nicht.«

Faber hatte irgendetwas gekeift, aber die Eingangstür des Gerichtsgebäudes war hinter ihr zugefallen, und sie hatte es nicht mehr verstanden. Sie hatte sich erst einmal an der Wand abstützen und tief durchatmen müssen. So hatte Götz sie schließlich vorgefunden. »Es kommt immer mal wieder vor, dass man sich irrt und von Mandanten getäuscht wird«, sagte er leise. »Mir ist das auch schon mehr als einmal passiert.«

Sie wollte lächeln, konnte aber nicht. »Ich hätte es wissen müssen. Ich habe mir einfach zu viel zugetraut.« Sie schluckte. »Tut mir leid, dass ich so sauer auf dich war wegen dem Haftungsfall. Insgeheim dachte ich, mir würde sowas Banales nicht passieren, was totaler Quatsch ist. Das sieht man ja jetzt.«

»Du brauchst dich nicht zu entschuldigen. Ich habe deine Wut mehr als verdient. Ich freue mich, falls du eines Tages wieder ohne Groll mit mir redest.«

Jetzt musste sie doch lächeln. »Ich war mir so sicher«, sagte sie. »So sicher, dass ich recht habe. Und jetzt wird sie wegen mir wegen zweifachen Mordes angeklagt.«

»Ich war mir in meinem Fall auch sicher«, erwiderte Götz kaum hörbar. »Aber so ist der Job eben. Manchmal übersieht man was. Ein Hochrisikogeschäft.«

»Verdammte Scheiße.«

»Ja, so kann man das sagen.«

Linn fuhr nach Hause, saß stundenlang an ihrem Wohnzimmertisch und starrte die weiß gestrichene Wand und den angewelkten Blumenstrauß an. Hatte ihre Mandantin wirklich nicht nur einen Menschen getötet, sondern zwei? Sie war stinksauer auf sich selbst. Und auf Faber, weil er recht hatte mit allem, was er ihr vorgeworfen hatte. Und auf Harris, wobei der vielleicht heute Morgen sogar noch versucht hatte, sie zu warnen.

Eine schwarze Spinne krabbelte über die Wand, Linn folgte ihr mit dem Blick, bis sie hinter dem Sofa verschwand. Am liebsten wäre sie auch verschwunden. Auf den Klippen der Wahrheit hatte man Fasern einer Zeltplane gefunden, daneben den Urin einer Frau, aus dem man kein aussagekräftiges DNA-Material hatte gewinnen können, und die Perlen eines Armbändchens. Hayley Miller stammte aus dem Drogenmillieu und hatte eine schwierige Vergangenheit. Die Chancen standen nicht schlecht, dass ohne ihr Zutun niemand einen Zusammenhang zwischen den Fällen entdeckt hätte. Aber sie musste ja herausposaunen, dass die Frau Bentens Geliebte war, und andeuten, dass sie auf der Zeltplane erwürgt worden war, so dass es auf dem Gras kaum Spuren von ihr gab. Das DNA-Material aus dem Urin mochte alleine nicht aussagekräftig sein, aber jetzt, wo sie es mit Hayley Millers DNA vergleichen konnten ... Sie streckte ihr Bein, in dem es kribbelte. Sie hatte sich doch bei den Ermittlungen zu ihrem Unfall geschworen, nie wieder so störrisch in Richtungen zu ermitteln, die niemand außer ihr logisch fand. Sie hatte sich geschworen, offen zu bleiben. An welcher Stelle in ihren Ermittlungen war sie nun schon wieder so verdammt falsch abgebogen?

Sie stützte ihr Kinn auf ihre Hände. Vielleicht sollte sie einfach aufhören. Vielleicht war sie seit ihrem Unfall wirklich keine gute Anwältin mehr?

Ihr Handy klingelte. Eine Nummer, die sie nicht kannte, vermutlich ein Journalist oder sonst jemand, mit dem sie bestimmt nicht sprechen wollte. Sie schaltete ihr Handy aus. Einen Moment später klingelte es an der Tür. Sie spähte durch das kleine Fenster nach draußen. Eine ganze Meute Reporter hatte sich dort versammelt, sie glaubte sogar, den blonden Reporter aus England, Francis, zu erkennen. Sie zog ihren Kopf vom Fenster zurück.

Als ihr Festnetztelefon einige Stunden später klingelte, lag sie gerade in Shorts und T-Shirt auf ihrem Bett und ging die Unterlagen noch einmal durch, vor allem ihr Gespräch mit der Zeugin Carlotta Schmidt, während das Wort »Doppelmord« in ihren Ohren surrte. Es war Götz, der meinte, er stünde unten vor ihrer Tür. Er bräuchte jetzt dringend ein Bier. Sie zog sich schnell eine lange Jeans an und ließ ihn herein, hörte, wie er unten wütend die Reporter abwimmelte und die Tür zuknallte. Keine zwei Minuten später keuchte er mit einem Sixpack und zwei Tüten vegetarisch-chinesischem Fastfood die Treppe nach oben. Er lächelte sie an, sein gelb-grünes Hawaiihemd hing locker über seinem früher runden Bäuchchen. Er streckte ihr das Sixpack entgegen, sie nahm es ihm ab, ging in die Küche und legte es bis auf zwei Flaschen in den Kühlschrank. Er folgte ihr und ließ sich auf einen Küchenstuhl fallen. »Beschissener Tag.«

Sie antwortete nicht, sondern öffnete die Biere, verteilte das Fastfood auf zwei Teller und legte Gabeln dazu. Götz warf sein

Handy, das er in der Hosentasche getragen hatte, auf den Tisch. Sie setzte sich zu ihm. Eine Weile saßen sie schweigend da und stocherten in ihrem Essen.

»Es war ein Fehler, dass ich mit DCI Harris über Hayley Miller gesprochen habe«, sagte sie.

»Vielleicht. Es war aber auch nicht sonderlich nett von ihm, dass er Faber das direkt so weitergegeben hat. Er hätte ja behaupten können, er habe es selbst herausgefunden.« Götz schaute ihr nicht in die Augen, nestelte an dem Etikett seiner Bierflasche herum.

»Ich bin echt sauer auf ihn. Wobei ich glaube, er dachte, ich hätte recht. Jedenfalls, bis Bentens Leiche aufgetaucht ist.« Klar, jetzt verteidigte sie Harris sogar schon.

Götz schnaubte.

»Ich alleine bin schuld, dass meine Mandantin wegen Doppelmordes angeklagt wird«, fügte sie hinzu. »Da gibt es nichts zu deuteln.«

Götz schüttelte den Kopf. »Du wolltest das Richtige tun, du hast möglicherweise nur den falschen Weg gewählt.« Er hörte auf, an dem Etikett herumzufalten, und sah wieder hoch. »Wobei ich in diesem Fall selbst nicht gewusst hätte, welchen Weg ich gegangen wäre. Denn du musstest schließlich eine vernünftige Erklärung dafür liefern, warum die Leichenspürhunde auf dieser Klippe angeschlagen haben, wenn du auf der anderen Seite argumentieren wolltest, dass Benten noch lebt. Und eine bessere Erklärung als eine andere Leiche fällt mir da auch nicht ein.« Er trank mehrere große Schlucke, ging zum Kühlschrank und zog zwei neue Biere heraus. Dann griff er nach seinem Handy auf dem Tisch, das wie wild surrte. »Eine neue App. Sie versorgt mich ständig mit aktuellen Nachrichten aus aller Welt zu Themen, die mir gefallen. Ich teste sie seit drei Tagen, und ich glaube, nachdem sie heute schon ungefähr hundert Mal gesurrt hat, weil irgendwo irgendwer einen Furz gelassen hat und in dem Beitrag die Wörter

Stuttgart und *Gerichtsver*...« Er schaute auf den Bildschirm, seine Gesichtszüge wurden hart. »Ach du Scheiße.« Er schien zu zögern, ob er ihr zeigen sollte, was er gesehen hatte. Linn nahm ihm das Handy aus der Hand, und ihr wurde so schlecht, dass sie beinahe das wenige chinesische Essen, das sie heruntergebracht hatte, wieder ausgespuckt hätte. Eine riesige Schlagzeile im Internetauftritt des großen Promiklatschmagazins. *Verteidigung hinkt der Anklage hinterher. Wie kleine Kanzleien ihren Mandanten schaden. Von F. Bohmann.* Der Beitrag begann mit einem kurzen Film von ihr, wie sie Faber im Flur des Gerichts hinterherhumpelte und den sie nicht anschauen konnte, und endete mit einer genüsslichen Zusammenfassung des Desasters, das sich am Vormittag ereignet hatte. Ein Interview mit Faber, der in leuchtenden Farben schilderte, dass es Anhaltspunkte dafür gab, dass Frau Riccardi einen Doppelmord begangen hatte und ein nicht wiedergutzumachender *Verteidigerfehler* vorlag, rundete das Ganze ab.

Damit waren sie und Bohmann jedenfalls quitt, sie brauchte sich keine Gedanken mehr über den Vorschuss zu machen, den er ihr gegeben hatte.

Sie trank ihr zweites Bier fast auf ex. Langsam wurde sie so betrunken, dass sie alles nur noch verschwommen wahrnahm. Zum krönenden Abschluss war die Kamera auf Bohmann selbst gerichtet, er stand vor ihrer Kanzlei, das Kanzleischild deutlich lesbar hinter sich. »Und das ist nicht die einzige Schädigung eines Mandanten, den diese Kanzlei verursacht hat. Uns liegen Hinweise darauf vor, dass hier ein weiterer Riesenhaftungsfall verursacht wurde. Leidtragende ist die Bürgermeisterin Mareike Brese, deren Vater, der nahmhafte Notar Professor Luis Röhm, vorhin mit uns ...« Götz schaltete sein Handy aus, steckte es in die Hosentasche zurück. Ignorierte, dass es schon wieder surrte.

»Egal, wie dieses Verfahren und mein Haftungsfall ausgehen, ich glaube, jetzt können wir so oder so zumachen«, sagte er. »Hast du bitte noch ein Bier?«

Als sie in den Kühlschrank griff und das dritte Bier für Götz herausholte, flimmerten schwarze Pünktchen vor ihren Augen und sie bekam kaum noch Luft. Eine Weile stand sie einfach an die Küchenarbeitsplatte gelehnt da, die eiskalte Flasche in der Hand, und schaute auf den Boden.

35

Linn und Götz hatten sich noch ein weiteres Sixpack besorgt, und Götz hatte schließlich auf ihrem Sofa übernachtet. Sie wachte davon auf, dass Kaffee- und Brötchenduft in ihr Schlafzimmer drang.

Sie ging im Schlafanzug in die Küche. Der Tisch war gedeckt wie seit langem nicht mehr, mit frisch gepresstem Grapefruitsaft, mehreren Sorten Käse, Marmelade, Honig und einer aufgeschnittenen Wassermelone. Im Ofen kühlten Brötchen ab. Götz hatte offenbar eingekauft. Ihr war immer noch schwindlig von dem vielen Bier und ein bisschen schlecht, und sie musste sich erst mal hinsetzten. Götz drückte ihr eine riesige Tasse Kaffee in die Hand. Lächelte sie an und wurde rot.

»Wow«, sagte sie. »Tolles Frühstück.«

Sie trank einen Schluck von ihrem Kaffee. Und noch einen. Ihr Gehirn kam langsam wieder in Schwung. Ihre Gedanken sortierten sich, wurden klarer. Die dumpfe Verzweiflung vom Vorabend verschwand. Man konnte es verbohrte Idiotie nennen. Oder Kampfgeist. Aber plötzlich war sie nicht mehr so sicher, dass Faber recht hatte. Sie nahm sich ein Brötchen aus dem Korb und schnitt es auf.

»Es kann so einfach nicht abgelaufen sein«, überlegte sie laut. »Diese Hayley Miller wurde mit brutaler Gewalt erwürgt. Das kann nicht meine Mandantin gewesen sein. Das hätte sie nicht geschafft. Daran hat sich nichts geändert.«

»Das ist alleine die Einschätzung dieses DCIs und eines Gerichtsmediziners, oder? Was, wenn die sich täuschen und sie doch in der Lage war? Ich meine, Wut kann Menschen sehr große Kräfte verleihen. Und das Opfer, diese Jugendliche, die war ja nur ein Strich in der Landschaft, die hätte vermutlich jeder töten können.« Götz legte ihr die Hand auf den Arm. Sie zog vorsichtig ihren Arm unter seiner Hand weg, stand auf und holte die Unterlagen zum Todesfall Hayley Miller. Legte sie Götz hin. Der wandte sich von den Fotos der stark beschädigten Leiche ab und verzog den Mund. »Ich frühstücke noch. Du darfst das nicht so persönlich nehmen. Es ist nur ein Mandat. Ein Job. Du hast dein Bestes gegeben. Es ist immer ärgerlich, wenn man sich täuscht.«

»Götz, das war kein Doppelmord.«

»Ich verstehe, dass du dich schuldig fühlst, aber es ist nicht deine Schuld, dass sie jemanden getötet hat. Nur ihre.«

»Sie hat niemanden getötet«, sagte sie. »Diese Lackspuren von dem Aston Martin und all die anderen Spuren gab es wirklich und die Zeugin auch. Benten hat seine Geliebte getötet und ist abgehauen, und dann hat ihn jemand anderes umgebracht.«

»Also gut, unterstellen wir einmal, dass deine Mandantin zu schwach war und dass daher tatsächlich Benten seine Geliebte umgebracht hat. Was macht dich so sicher, dass deine Mandantin nicht dennoch auf dieser Klippe dabei war? Vielleicht hat sie bei dem Mord zugeschaut? Und später hat sie Benten getötet? Aus Wut oder Angst oder weil er sie trotzdem verlassen wollte oder warum auch immer? Hast du da mal darüber nachgedacht?«

Das war eine Möglichkeit, die sie im Hinterkopf behalten sollte, aber … »Meine Mandantin hat mir versichert, dass sie nicht auf dieser Klippe war und nichts mit der Sache zu tun hat. Und ich glaube ihr«, sagte sie fest. »Ich bin ihre Verteidigerin und nicht die Polizei.«

Götz äußerte sich nicht dazu, aber sein Blick verriet ihr, dass er nicht viel von ihrer Theorie hielt. Schweigend aßen sie. Schließlich machte sich Götz auf den Weg zu einem Gerichtstermin, und sie fragte ihre Mails ab. Harris hatte ihr geschrieben, nur ein Wort: »Sorry«. Im Anhang der vorläufige Autopsiebericht von Bentens Leiche.

Außerdem hatte sie eine Mail der Freiburger Kanzlei bekommen, die ihr »aufgrund des hohen negativen Medieninteresses« absagte. Die zweite Mail löschte sie sofort, dann machte sie sich an die Arbeit.

Drei Mal las sie die vorläufigen Ergebnisse des Gerichtsmediziners zu Bentens Tod und schaute sich die Fotos an, die Harris eingescannt hatte. Benten war mit ziemlicher Sicherheit mit einem starken Stromschlag, wohl von einem Taser, betäubt worden und erst danach ins Wasser geworfen worden. Er war ertrunken, und man hatte Meerwasser in seiner Lunge gefunden, das der Zusammensetzung nach aus der Gegend rund um die Klippen der Wahrheit stammte. Der genaue Todeszeitpunkt hatte nicht festgestellt werden können. Er lag, so hatte der Gerichtsmediziner vermutet, irgendwann zwischen seinem Verschwinden am Mittag des 2. Juni und Anfang Juli. Benten konnte am gleichen Tag gestorben sein wie Hayley Miller – oder auch nicht.

Obwohl Bentens Körper nach Aussage des Gerichtsmediziners auf jeden Fall einige Wochen im Wasser gelegen haben musste, war die Leiche in einem ziemlich guten Zustand. Sie war aufgequollen und von Fischen angenagt, aber dennoch so gut erhalten, dass man Bentens Gesicht mit etwas Fantasie ohne weitere Hilfsmittel wie Zahnstatus erkennen konnte. Seine Knochen wiesen kaum Brüche auf. Das war ziemlich merkwürdig. Wie zum Teufel sollte Benten von der Klippenplattform viele Meter in die Tiefe gestürzt sein, ohne sich jeden einzelnen Knochen gebrochen zu haben?

Sie sah erneut die Unterlagen zu Hayley Miller durch. Deren Leiche hingegen war vollkommen zerstört, fast alle Knochen waren kaputt, ganze Teile fehlten. Sie sah aus, als sei sie mit Wucht gegen jeden nur vorstellbaren Felsen gestoßen.

Linn suchte sich das vorläufige Gutachten von Professor Buchanan zu Hayley Miller aus den Unterlagen. Als sie wegen Benten bei dem Meeresströmungsforscher gewesen war, hatte er ihr doch gesagt, dass eine Leiche, die am 2. Juni von den Klippen der Wahrheit fiel, normalerweise nur zwei Wege nehmen konnte: Entweder sie trieb ins offene Meer, oder sie gelangte in den Hartland-Point-Strom und wurde in St. Ives an Land gespült. Wie kam es nun, dass Hayley Millers Leiche keinen dieser beiden Wege gegangen war, sondern in Trevone angespült worden war? Hieß dass, sie konnte nicht am 2. Juni gestorben sein? Nicht von den Klippen gestürzt sein? Oder gab es noch eine dritte Möglichkeit? Das Gutachten schwieg zu diesen Fragen, es wurde nur ausgeführt, dass hierzu noch genauere Nachforschungen angestellt werden mussten. Linn strich über ihre Wange. Und die Fischer hatten doch erzählt, dass es unmöglich sei, dass an den Strand von Trevone überhaupt etwas angespült werden konnte. Wie also war Hayley Millers Leiche dorthin gekommen? Hatten die Fischer Unrecht gehabt? Sie tippte mit ihrem Kuli auf den Tisch und schüttelte den Kopf. Die Fischer hatten gesagt, es sei *normalerweise* unmöglich, außer, dieses merkwürdige Beltaine-Phänomen trat auf. Was war das genau? Bestand vielleicht ein Zusammenhang zu Beltaines Abend? Sie stockte plötzlich. Rotalgen. Es war doch bei dem Gespräch auch um Rotalgen gegangen. Und im Autopsiebericht von Hayley Miller, da stand doch auch etwas über Rotalgen. Man hatte überall in und an ihrem Körper eine spezielle Sorte Rotalgen gefunden, die laut den Ausführungen nur rund um diesen Riesinnenfelsen zu finden waren, den Harris ihr gezeigt hatte.

Bei Bentens Leiche wiederum waren überhaupt keine Rotalgen entdeckt worden. Hatte das etwas zu bedeuten? Und hatte es außerdem etwas zu bedeuten, dass Bentens Leiche, wie es nach den Meeresströmungen zu erwarten gewesen wäre, in St. Ives angespült worden war, Hayley Millers hingegen nicht? Linns Hände waren vor Anspannung feucht, als sie Buchanan anrief.

36

»Als Sie damals bei mir waren, habe ich Ihnen ja erklärt, dass die Leiche in einer Normalsituation zwei Wege gehen kann«, sagte Buchanan. »Der Hartland-Point-Strom oder das offene Meer.«

Linn nickte, obwohl der Meeresströmungsforscher sie am Telefon nicht sehen konnte.

»Als ich alle Daten beisammenhatte, haben meine weiteren Untersuchungen und die Gespräche mit Fischern aber nun ergeben, dass am Abend des 2. Juni keine Normalsituation vorlag.«

Sie hielt den Atem an.

»Der Hartland-Point-Strom muss direkt hinter den Klippen der Wahrheit an einem Felsen vorbei, der auch die schlafende Riesin genannt wird. Ein kleiner Teil des Stroms spaltet sich ab und umströmt die Riesin«, sagte er. »Und wie immer, wenn ein Felsen von einem Fluss umspült wird, bildet sich hinter dem Felsen sogenanntes Totwasser. Wasser, das zwischen den von beiden Seiten des Felsens kommenden Strömungen sozusagen eingeschlossen ist und sich nicht mehr bewegt. An den Rändern des Totwassers kommt es allerdings zu Strudelbildung, besonders bei Flut, und dadurch kann es passieren, dass ein Gegenstand, zum Beispiel eine Leiche, ins Totwasser gelangt.« Er lachte meckernd. »Ein wundervoller Begriff in diesem Zusammenhang, *Totwasser*, finden Sie nicht?«

Sie bejahte, und Buchanan fuhr fort: »Eine Besonderheit der Küstenformation führt hier nun aber dazu, dass eine Leiche oder ein sonstiger Gegenstand, der von den Klippen der Wahrheit ins Wasser fällt, normalerweise niemals in den Strudel bei der Riesin geraten kann, sondern immer in den großen Hartland-Point-Strom gelangt und Richtung St. Ives oder aufs offene Meer getrieben wird.« Er führte diesen Punkt ausführlich aus. »Außer, wenn das sogenannte Beltaine-Phänomen auftritt. Es ist so selten und ungewöhnlich, dass ich es selbst beinahe übersehen hätte. Es ist vulkanischer Natur, tritt nur Anfang Juni auf, das letzte Mal im Übrigen vor etwa dreihundertzwanzig Jahren. Davor wird es nur zwei Mal in alten kirchlichen Schriften als möglicher Vorbote des Weltuntergangs erwähnt. Es wird von einem extremen Auftreten von Blut- oder Rotalgen angekündigt, die durch die Erwärmung des Wassers gedeihen und von den Fischern früherer Zeiten für das Blut eines Kriegers gehalten wurden.« Er lachte wieder meckernd. »Eigentlich ist es ja egal, jedenfalls führt das Beltaine-Phänomen dazu, dass sich der Strudel rund um die Riesin und ihr Totwasser für einige Stunden so verstärkt, dass er ein sogenannter Spin-Top wird, die gefährlichste Strudelart überhaupt. Alles, und zwar wirklich alles, was in diesen Stunden von den Felsen der Wahrheit ins Wasser fällt, wird von diesem Strudel aufgesaugt, also genau umgekehrt wie sonst. Und hier kommen wir zu einem für Sie sehr interessanten Punkt.«

Linn merkte plötzlich, dass sie die Daumen drückte, ihr Mund war ganz trocken.

»Wenn das Beltaine-Phänomen auftritt, wie es am Abend des 2. Juni der Fall war, dann musste eine Leiche, die in einem Zeitraum zwischen 16.00 Uhr und etwa 2.00 Uhr am nächsten Morgen von den Klippen fällt, zwingend von dem Strudel angesaugt werden.«

»Heißt das also, Hayley Miller muss am Abend des 2. Juni von den Klippen gefallen sein? Können wir den Zeitpunkt so auf ein paar Stunden eingrenzen?«

Buchanan lachte erneut. »Sie passen wirklich gut auf. Ist mir beim letzten Mal schon aufgefallen. Und es heißt nicht nur das. Es heißt auch, dass es unmöglich ist, dass zwei Leichen an diesem Abend von diesen Klippen gestürzt sind und nur eine Leiche von dem Strudel angesaugt worden ist und die andere Richtung St.

Ives treibt. Es ist einfach unmöglich. Sie hätten beide in den Strudel geraten müssen. Dieser Schauspieler ist an dem Abend nicht von den Klippen gestürzt, jedenfalls nicht vor 2.00 Uhr morgens, und selbst das hielte ich noch für unwahrscheinlich, darauf kann ich beruhigt meine beste Flasche Single Malt verwetten.«

»Und Sie sind da ganz sicher? Keine Besonderheit, die auftreten könnte?« Ihre Stimme überschlug sich fast.

»Ganz sicher.« Buchanan lachte wieder. »Wir haben sogar die Satellitenfotos zu Rate gezogen. Und man sieht den Verlauf des Sogs eindeutig, der von diesem Spin-Top ausgeht. Ein richtiges Loch im Wasser, ein tödlicher Trichter.« Er räusperte sich. »Der Leiche von dieser Hayley Miller sieht man es im Übrigen auch an, dass sie in einen Strudel geraten ist. Sie ist so kaputt, als sei sie in den Mixer gekommen, und genau so wirkt dieser Strudel zwischen den Felsen. Allerdings ist sie nicht kaputt genug, um wochenlang in dem Strudel gewesen zu sein, was wiederum dafür spricht, dass sie recht schnell ins Totwasser gelangt ist, wo auch die höchste Blutalgenzahl … Egal.«

Linn schlug mit der flachen Hand auf den Tisch. Jetzt hatte sie den Beweis. Jetzt hatte sie endgültig den Beweis. Sie hatte recht gehabt, die ganze Zeit. Nico Benten war nicht von diesen Klippen gestürzt, sondern seine Geliebte. Und wenn er später als 2.00 Uhr nachts gestorben war, dann hatte ihre Mandantin ein Alibi für seinen Tod. Dann musste Grace Riccardi bereits seit Stunden auf dem Weg zum Flughafen gewesen sein, sonst hätte sie niemals den frühesten Flug um 4.00 Uhr morgens schaffen können.

»Das Beltaine-Phänomen führt aber nicht nur dazu, dass sich der Strudel verstärkt«, fuhr Buchanan fort. »Einige Wochen nach dem kurzzeitigen Verstärken führt es dazu, dass der Strudel für wenige Stunden ganz verschwindet. Und das führt dann zwangsläufig dazu, dass alles, was bisher im Strudel oder im Totwasser war, an den Strand von Trevone oder eine der anliegenden Buchten gespült wird. So kann man denn auch erklären, dass Hayley Miller dort angespült werden konnte.« Er machte eine kurze Pause. »Ich bin gerade dabei, das endgültige Gutachten zu erstellen, das ich zuerst Harris schicke. Der wird es dann an Ihren Staatsanwalt und das Gericht weitergeben, nehme ich an.«

Alles in ihr fühlte sich leicht und gut an, auch dann noch, als ihr auf der Krankenstation des Gefängnisses Rechtsanwalt Schuler, der zusätzliche Pflichtverteidiger ihrer Mandantin, entgegenkam und sagte: »Ach, Frau Kollegin, mit Ihnen habe ich jetzt nicht gerechnet. Ich dachte, Sie vertreten Frau Riccardi gar nicht mehr.«

»Davon weiß ich noch nichts.«

»Nun«, Schuler und rieb seine Hände aneinander, als sei ihm kalt, »wenn Sie Frau Riccardi noch vertreten, sollte ich Sie über den neuesten Stand der Dinge informieren: Frau Riccardi hat mich gerade gebeten, der Richterin anzukündigen, dass sie beide Taten gestehen will. Den Schriftsatz können Sie ja dann …«

Linn hörte nicht mehr, was der Anwalt weiter ausführte, denn sie war in das Krankenzimmer hineingegangen und hatte die Tür hinter sich zugemacht.

Als sie ihre Mandantin im Bett liegen sah, bleich, halb verhungert, mit geschlossenen Lidern und blassem Gesicht, überflutete sie eine Welle des Mitleids. Grace Riccardi öffnete die Augen. »Habe ich Ihnen nicht gesagt, es wird nur schlimmer, wenn ein Anwalt in der Sache herumstöbert?« Sie lächelte traurig. »Ich hätte nur nicht gedacht, dass es auf die Art schlimmer werden würde. Aber ob ich nun wegen zwei Morden oder wegen einem verurteilt werde, dieser nette Herr Rechtsanwalt Schuler meinte, das macht den Klee nicht wirklich fett.«

»Es tut mir sehr leid, wie unser erster Prozesstag verlaufen ist.« Linn nahm auf dem Stuhl neben dem Bett Platz. »Wir haben einen Rückschlag erlitten.« Weil sie nicht gut genug vorbereitet gewesen war. »Aber ich habe gerade ein Gespräch mit einem

Meeresströmungsforscher geführt, und jetzt haben wir etwas Sensationelles in der Hand. Ihr Mann kann an dem Abend nicht von den Klippen gestürzt sein.«

»Spielt die Wahrheit irgendeine Rolle? Beinahe jeder hält mich für schuldig.«

»Das wird sich bald ändern.«

Grace Riccardi lachte bitter auf. »Die, die mich nicht für schuldig halten, so wie Sie, die glauben doch, ich bin naiv und dumm und mit einem Mörder verheiratet, der mich die ganze Zeit nur betrogen und geschlagen hat. Das ist genauso schlimm. Wissen Sie, in meiner Welt ist Image alles. Klatsch und Tratsch und wache Augen überall, aber wir sind auch nur Menschen. Wir machen Fehler.« Sie stockte. »Ich denke, dass es genauso war, wie Sie bei Gericht gesagt haben. Nico hat diese Hayley umgebracht, weil er sie zum Schweigen bringen wollte. Er war sehr ängstlich, was seinen guten Ruf anging. Es fällt mir nur schwer, mir das vorzustellen. Er war nicht perfekt, aber ein Mörder?«

»Und Ihren Mann? Wer könnte den umgebracht haben?«

»Ich. Das war ich.« Sie schaute Linn nicht an. Nestelte an der hellgrün bezogenen Bettdecke herum. »Ich werde die Tat gestehen. Beide Taten. Ich werde einfach beide Taten gestehen. Es ist am sichersten so. Außerdem werden dann die ganzen schmutzigen Details nicht an die Öffentlichkeit gelangen. Glauben Sie, man kann verhindern, dass dieser Meeresströmungsforscher aussagt und all die entlastenden Dinge ans Tageslicht kommen?« Sie sprach zu schnell, ihre Stimme zitterte.

»Aber das ergibt überhaupt keinen Sinn.«

»Doch, Frau Dr. Geller. Ich habe schon mit diesem Rechtsanwalt Schuler gesprochen. Er glaubt, dass ich schuldig bin, und findet es toll, dass ich gestehen will. Das wird die Strafe mildern, hat er gesagt. Vielleicht kann er sogar erreichen, dass ich nicht wegen Mordes, sondern wegen Totschlags in minder schwerem Fall verurteilt werde. Es wäre vielleicht am besten, wenn Sie das

Mandat niederlegen.« Ihre Hände nestelten ruhelos an der Bettdecke. Sie trug keinen Ehering mehr.

»Frau Riccardi, ich kann gut verstehen, dass Sie sauer auf mich sind nach diesem Gerichtstermin, aber warum Sie zwei Morde gestehen wollen, die Sie nicht begangen haben, das erschließt sich mir nicht.«

»Frau Dr. Geller, ich bin nicht sauer auf Sie. Sie sind einer der wenigen Menschen, die mir wirklich Gutes wollen, das habe ich in den letzten Wochen kapiert.« Ihre Stimme klang brüchig, das traurige Lächeln reichte nicht bis zu ihren Augen. Da war nichts als nackte Verzweiflung. »Trotzdem müssen Sie die Sache auf sich beruhen lassen. Sie müssen. Egal, was Sie herausgefunden haben, vernichten Sie es. Alles andere ist viel zu gefährlich.«

»Aber ich dachte … Sie werden bedroht, oder?«

»Nein, nein, nicht ich.« Ihre Mandantin stützte sich im Bett hoch, kam mit ihrem Mund dicht an Linns Ohr. Sie zitterte. »Er ist der gefährlichste Mann, den ich kenne, und er bedroht Marco«, flüsterte sie so leise, dass Linn es kaum verstand. »Also hören Sie auf. Ich werde Marco schützen. Um jeden Preis.«

»Sie wissen also, wer Ihren Mann umgebracht hat, und er bedroht Ihren Sohn? Wir werden Polizeischutz für Sie und Ihren Sohn beantragen!«

»Vor diesem Menschen kann uns niemand schützen. Schon gar nicht die Polizei«, sagte ihre Mandantin. »Auch Sie kann niemand schützen. Er war schon einmal bei Ihnen in der Wohnung. Er hat gesagt, er stand an ihrem Bett, als sie geschlafen haben.«

Linn schlug die Hand vor den Mund. Eisige Kälte kroch ihren Rücken hinauf.

Grace Riccardi griff ihren Arm und drückte ihn. »Er hat gesagt, er kommt noch einmal zu Ihnen, wenn Sie nicht aufhören, und quält sie langsam zu Tode. Beenden Sie Ihre Nachforschungen sofort, er meint das ernst. Ich will nicht, dass Ihnen was passiert.«

»Wer ist es?«

Grace Riccardi öffnete ihren Griff, ließ sich auf ihr Kissen zurücksinken und drehte sich zur Wand. Ihr Körper bebte.

»Nennen Sie mir seinen Namen, verdammt! Ich habe ein Recht darauf, es zu erfahren, er war in meinem Schlafzimmer. Warum hat er Ihren Mann getötet?«

Grace Riccardi lag zitternd da, zur Wand gedreht, ohne ein Wort zu sagen. Linn stand auf, beugte sich über sie. »Wer war es? Bitte. Nur so können wir ihn hinter Gitter bringen.«

»Die Leute vertrauen ihm.« Grace Riccardis Stimme war tonlos. »Sie vertrauen ihm aufgrund seiner Stellung. Und deshalb kann er tun und lassen, was er will. Niemand wird ihn stoppen. Er hat Nico getötet. Und wenn Marco etwas passiert, könnte ich das nicht ertragen. Bitte, gehen Sie jetzt. Geben Sie mir Ihr Wort, dass Sie die Sache nicht weiter verfolgen. Dann wird er Marco und Ihnen nichts tun, das hat er versprochen. Legen Sie das Mandat einfach nieder, ich will Ihnen nicht kündigen müssen. Dieser Rechtsanwalt Schuler scheint ein anständiger Mensch zu sein. Er kann dafür sorgen, dass ich nicht allzu lange ins Gefängnis muss.«

Sie sprach nicht weiter. Linn sah eine Träne über ihre Wange rinnen.

»Und was, wenn der Mörder sein Versprechen nicht hält? Am Steuer des Aston Martin, mit dem Ihr Mann geflohen ist, hat man DNA gefunden, die mit einem anderen ungeklärten Todesfall in Verbindung steht, wussten Sie das? Wenn das der gleiche Mann ist, dann tötet er öfter, verstehen Sie das nicht?« Linn richtete sich auf.

Ihre Mandantin antwortete nicht.

»Wann hat er Sie bedroht? Hat er Sie angerufen?«

Grace Riccardi schwieg.

»Ich werde zur Polizei gehen«, sagte Linn. »Es tut mir leid. Aber alles andere wäre Wahnsinn.« Sie ging langsam zur Tür.

»Frau Dr. Geller?«

Sie blieb noch einmal stehen und drehte sich um. Ihre Mandantin hatte den Kopf ein wenig gehoben und schaute sie mit Tränen in den Augen an. »Vielleicht haben Sie recht. Vermutlich. Man kann ihm nicht trauen.« Sie stockte. »Ich will nicht, dass Ihnen und Marco etwas passiert, deshalb werde ich ... Sie sind eine gute Anwältin und ein guter Mensch. Sie haben wirklich Mut, und Sie geben offenbar niemals auf. Was ich am Anfang gesagt habe ... das mit dem Make-up. Wissen Sie, ich glaube eigentlich selbst nicht daran, dass man eine Sache ungeschehen macht, wenn man sie verdeckt, aber ich kann nicht anders. Sie allerdings müssen nichts verstecken, Frau Dr. Geller. Sie sind perfekt. Ich will nur, dass Sie das wissen.«

Sie ging schnell nach draußen, damit Grace Riccardi nicht sah, dass diese Worte sie so sehr berührten, dass sie fast auch weinen musste. Draußen tupfte sie sofort die eine Träne ab, die über ihre Wange rollte, und rief sich zur Ordnung. Sie konnte hier nicht herumstehen und weinen, sie musste herausfinden, wer der Mann war. Sofort. Einen Anhaltspunkt hatte sie schon: Ihre Mandantin war nicht die ganze Zeit bedroht worden, da war sie sich ganz sicher. Nachdem Grace Riccardi gewusst hatte, dass ihr Sohn ein Alibi hatte, war sie bereit gewesen zu kämpfen. Sie hatte keine Angst gehabt. Erst jetzt. Und das bedeutete, dass der Mörder sie erst nach dem Beginn des Prozesses hier im Gefängnis kontaktiert und bedroht haben konnte.

Im Büro der Gefängnisleitung roch es nach frisch verlegtem Teppich und Zwiebeln. Die Leiterin, eine magere Frau mit grauen Haaren, wirkte angespannt, als sie Linn einen Platz auf der anderen Seite des Schreibtisches anbot.

»Ich würde gerne wissen, ob meine Mandantin in den letzten Tagen Besuch hatte. Ob sie Post bekommen hat oder angerufen wurde«, sagte Linn.

»Fragen Sie Ihre Mandantin.«

»Sie ist krank und im Moment nicht in der Lage, darüber Auskunft zu erteilen.«

»Sie wissen, dass ich da leider einen schriftlichen Antrag benötige.«

Linn kramte ein Stück Papier aus ihrer Aktentasche, schrieb mit ihrem Kuli ein paar Wort darauf und knallte es der Frau auf den Tisch. »Hier. Würden Sie mir jetzt bitte meine Frage beantworten?«

»Ich kann leider nicht sofort über den Antrag entscheiden. Es bedarf einer sorgfältigen Abwägung und Rücksprache mit Ihrer Mandantin.«

»Bitte, es ist sehr wichtig und dürfte mit Sicherheit auch im Interesse des Gefängnisses sein. Es besteht die Möglichkeit, dass meine Mandantin und ihr Sohn bedroht werden und in Lebensgefahr schweben. Und ich auch.«

Die Frau zögerte kurz. Schließlich sah sie in ihren Computer. »Das kann ich mir kaum vorstellen«, sagte sie. »In den letzten zwei Tagen hatte Frau Riccardi nur offizielle … ach, ein Anruf war privat. Da hat ihr Seelsorger angerufen, aus England. Herr Batu Cunningham, ein Vikar.«

37

Linn fuhr als Erstes zur Polizei. Den ganzen Weg dachte sie darüber nach, dass ein Vikar eindeutig jemand war, dem die Leute aufgrund seiner Stellung vertrauten. Und darüber, dass sie das Gefühl gehabt hatte, sie sei nicht allein in Grace Riccardis und Bentens Villa gewesen. Cunningham war doch schon zu seiner Schulzeit dabei erwischt worden, wie er in das Haus einer verstorbenen Dame eingedrungen war. Was, wenn er das jetzt immer noch tat? Wenn er Nico Benten getötet hatte und dann später in sein Haus gegangen war, weil er glaubte, er könne mit dem Toten Kontakt aufnehmen? Sie schüttelte den Kopf. Dass ein Mörder versuchte, mit seinem toten Opfer Kontakt aufzunehmen, hatte sie noch nie gehört, nicht mal in einem Hollywoodfilm. In solchen Filmen versuchten die Mörder doch eher alles, damit die Geister der Toten sie in Ruhe ließen. Ihr lief ein Schauer über den Rücken.

»Ich werde jetzt als Erstes ein paar Nachforschungen über diesen Cunningham anstellen«, sagte Linn, als sie nach ihrem wenig befriedigenden Besuch bei der Polizei in die Kanzlei zurückgekommen war. »Meine Mandantin hat erzählt, dieser Vikar sei schleimig. Sie mochte ihn ganz offensichtlich nicht. Der war nie im Leben ihr Seelsorger. Warum also hat er angerufen? Das stinkt doch zum Himmel.«

Götz nickte. »Genau. Deshalb musst du verdammt vorsichtig sein. Er hat aller Voraussicht nach Benten getötet. Er war bei dir in der Wohnung, da hätte weiß Gott was passieren können.« In seinen Birkenstocksandalen schlappte er ein paarmal aufgebracht in seinem Büro hin und her. Die Plastikplane, die immer noch den Fußboden bedeckte, knisterte.

»Ich habe mit der Polizei geredet, die waren absolut nicht überzeugt von Grace Riccardis neuerlichen Behauptungen. Sie meinten, sie würde ständig lügen, und es könne genauso gut sein, dass Frau Riccardi nicht mit ihrer Schuld leben kann und deshalb immer wieder andere Schuldige sucht. Der Richterin habe ich auch Bescheid gegeben, sie war zum Glück etwas offener. Und ich habe versucht, Polizeischutz für Frau Riccardi und den Sohn in Italien zu bekommen, keine Ahnung, ob das funktioniert.«

Götz blieb stehen. »Und für dich?«

»Ich gelte in den Augen der Polizei noch nicht als besonders bedroht. Sie sind nicht sicher, ob der Einbruch in meine Wohnung überhaupt stattgefunden hat, und meinten, sie könnten nicht jeden Anwalt schützen, der sich unwohl fühlt.«

»Verdammt noch mal. Dann wohnst du bei mir.« Er wurde knallrot. »Ich meine … also nur … bis klar ist …«

»Danke. Das ist ein liebes Angebot.« Das sie auf keinen Fall annehmen konnte, schon allein deshalb nicht, weil Götz, der selbst Fliegen, die an der Fensterscheibe saßen, vorsichtig mit einem Glas nach draußen brachte, sie nie im Leben gegen einen Mörder schützen konnte und sie ihn nur in Gefahr bringen würde. Außerdem war der Täter doch wohl in England. »Ich werde nachts nicht alleine draußen rumlaufen, und ich habe Tränengas. Solange Cunningham glaubt, dass Frau Riccardi gestehen wird, passiert bestimmt nichts, das wäre ja viel zu riskant für ihn.« Sie war nicht vollständig überzeugt von dem, was sie da sagte. Sie konnte vielleicht in ein Hotel gehen. Das war ein guter Kompromiss. Auch wenn sie fast pleite war, ein oder zwei Nächte … Aber es ging hier nicht nur um ein paar Nächte. Sie konnte nicht den Rest ihres Lebens in einem Hotel verbringen. Nicht einmal für den Rest des Riccardi-Prozesses reichte ihr Geld, schon gar nicht im Hinblick auf die Schadenersatzforderung, die bald auf sie beide zukommen würde.

Götz zögerte. Schließlich murmelte er: »Gut.« Er schien enttäuscht zu sein, weil sie sein Angebot nicht angenommen hatte, versuchte aber offenbar, es sich nicht anmerken zu lassen. »Weißt du, wir machen es so: Du rufst mich alle zwei Stunden an oder schickst eine SMS, sagst mir, wo du gerade bist und was du in nächster Zeit machen willst. Wenn ich nichts von dir höre, dann schaue ich vorbei.«

»Und wie machen wir es in der Nacht?«

»Genauso.«

Sie willigte ein, mehr, um Götz nicht noch mehr vor den Kopf zu stoßen, als in dem Glauben, das Ganze würde etwas bringen.

Nach dem Mittagessen schickte Linn Götz eine erste SMS mit einem Smiley, obwohl der im Nebenzimmer saß. Danach überprüfte sie das Alibi von Cunningham für die Nacht, in der Benten verschwunden war. Ihr stellten sich die Nackenhaare auf. Cunningham hatte mit niemand anderem als mit seinem alten Geheimbundskumpel, dem Trauzeugen Jake Stanton, am 2. Juni in Bristol zu Abend gegessen. Wie hatte ihr das bisher entgehen können?

Auf der anderen Seite konnte sie sich nicht vorstellen, warum Stanton, der Nico Benten sehr gemocht zu haben schien, seinem Mörder ein Alibi geben sollte? Vielleicht war es also doch nicht Cunningham und der Anruf bei ihrer Mandantin nichts als ein Zufall? Sie schüttelte den Kopf. Doch. Es musste Cunningham gewesen sein. Er hatte als Einziger Kontakt mit ihrer Mandantin nach deren Festnahme gehabt und somit als Einziger die Gelegenheit, sie zu bedrohen. Und sein Motiv? Linn wurde plötzlich ganz kalt. Was, wenn Cunningham immer noch in Grace Riccardi verliebt war und sein Motiv verschmähte Liebe gewesen war? Ihre Mandantin hatte ihr doch erzählt, dass Cunningham sie schon einmal angemacht hatte. Und dieser Expolizist aus England, Kellogg, hatte doch gemeint, Cunningham sei ein Mann, der Frauen hinterhergeifere, es aber nicht schaffe, sie erfolgreich anzusprechen. Ein Mann, der besessen war vom Thema Sex und vom Thema Tod. Was, wenn Cunningham ihre Mandantin dafür bestrafen wollte, dass sie Benten und nicht ihn liebte? Linn streckte ihr versehrtes Bein. Zuerst half Cunningham Benten bei der Flucht, und als er mit ihm alleine war, nutzte er die Gelegenheit, um ihn zu töten. Und dann überredete er Grace Riccardi noch, die Tat auf sich zu nehmen, in dem er ihr gegenüber telefonisch andeutete, Marco könne der Täter gewesen sein und sie müsse ihn schützen. Später versuchte er eventuell, in Bentens Wohnung Kontakt mit dem Toten aufzunehmen, und bedrohte Grace Riccardi schließlich offen am Telefon, als er befürchten musste, dass sie doch freigesprochen werden würde.

Es war schwieriger, an Informationen über Batu Cunningham zu kommen, als sie gedacht hatte. Mit Hilfe der Polizisten, die in der Sache Bethany Colville ermittelt hatten, erfuhr Linn immerhin ein wenig mehr über seine Vergangenheit und ein kleines bisschen über seinen Werdegang bis heute. Kellogg vermittelte ihr schließlich einen Kontakt mit einem ehemaligen Klassenkamerad von Benten, Cunningham und Stanton, einem Abgeordneten im House of Commons. Nach einigem Zögern erklärte sich der Mann bereit, mit ihr zu sprechen.

»Batu Cunningham hat sich immer als Bodyguard von Benten und Stanton geriert«, erzählte er. »Ein kräftiger Körperbau und by the way ein exzellenter linker Haken.« Das Lachen des Politikers, das dem Satz folgte, hörte sich wohldosiert und eingeübt an. »Ich hätte eher darauf spekuliert, dass Batu einmal Boxer wird. Aber ein Mann der Kirche …« Erneut lachte er. »Nicht dass Sie mich missverstehen. Er hat in der Schule keinen Schulgottesdienst versäumt. Er war immer an vorderster Front, wenn es darum ging, Gläubigkeit zu zelebrieren, sei es durch exzessives Beten oder durch frömmige Unterwürfigkeit gegenüber dem Pfarrer. Aber sein Interesse an Glaubensdingen war, nun, sehr vielschichtig. Ich denke, es war nicht ausschließlich der Katholizismus, der ihn interessiert hat, sondern auch die alten, verbotenen Gottheiten.«

»Wie meinen Sie das?«

»Es ist nur eine Vermutung.«

»Aber wie kommen Sie auf diese Vermutung?«

»Nun, ich hatte das Vergnügen, im gleichen Zimmer wie er zu schlafen, und er hat jeden Abend verstaubte Bücher über Mittsommerkulte und rituelle Opferungen gelesen. Und dann gab es natürlich noch diesen merkwürdigen Geheimbund, dem er angehörte.« Der Mann schien auf einmal sehr zurückhaltend zu werden. »Das war keinesfalls im Sinne unseres Schulethos, und eigentlich sollte ich nicht …«

»Sie könnten einer unschuldigen Frau zurück in die Freiheit verhelfen. Bitte, sagen Sie mir alles, was Sie wissen.«

Am anderen Ende der Leitung war es eine Weile still. Schließlich sagte der Politiker: »Ein paar Tiere im Umkreis unserer Schule sind auf merkwürdige Weise, nun, verschwunden. Eine Zeitlang ging das Gerücht, dass Cunningham oder ein anderer Junge aus dem Geheimbund sie gefangen und getötet haben könnte. Es konnten aber nie Beweise für diese Gerüchte erbracht werden, und die Anwälte von Nico Bentens Vater haben die Weiterverbreitung schließlich sehr erfolgreich untersagt.« Er räusperte sich. »Dann war da noch die Geschichte mit Anthony Maclennan jr. Er wurde eines morgens eingesperrt im alten Kohlenkeller aufgefunden. Hier gab es den Verdacht, dass Jungen aus dem Geheimbund ihre Finger im Spiel hatten. Aber dem Verdacht erging es wie einem unlösbaren politischen Problem vor der Wahl: Er hat sich einfach in Luft aufgelöst. Anthony hat bei seiner endgültigen Anhörung geschwiegen wie ein Grab.«

»Warum hat er geschwiegen, was glauben Sie?«

»Ich weiß es nicht. Maclennans Vater hatte ebenfalls sehr gute Anwälte. Es wird Gründe gegeben haben.«

»Wissen Sie, wer alles in dem Geheimbund war?«

»Ich jedenfalls nicht. Mich wollten sie nicht.« Der Abgeordnete schien zu überlegen. »Ich bin mir nicht sicher. Ich dürfte eigentlich auch nicht darüber sprechen, aber ich werde eine Ausnahme machen, weil die Angelegenheit nun schon so lange zurückliegt und ich die Typen furchtbar fand.« Er lachte wieder, diesmal klang sein Lachen echt. »Nico Benten war auf jeden Fall Mitglied, Batu Cunningham und vielleicht noch zwei oder drei andere, deren Namen ich nicht weiß. Jake Stanton, natürlich, der war auch von der Partie. Vielleicht auch das Mädchen.«

»Welches Mädchen?«

»Die Tochter unseres Hausmeisters. Bethany. Sie hatte plötzlich so ein seltsames Tattoo im Gesicht und hat über satanische Gottesdienste geredet.«

Nachdem sie aufgelegt hatte, dachte sie eine Weile über das Gespräch nach. Der Geheimbund hatte möglicherweise noch weitere Mitglieder gehabt, unter anderem Bethany Colville. Hatte das Mädchen also vielleicht doch näheren Kontakt zu Benten gehabt als vermutet? Sie sprach noch einmal mit den englischen Polizisten, die davon aber offenbar nichts wussten.

Schließlich durchsuchte sie weiter das Internet. Cunningham hatte nach der Schule Theologie studiert, sogar promoviert, das Thema lautete *Totenmasken der Welt*. Er hatte sich offenbar während des Studiums überhaupt viel mit dem Thema Tod befasst und hierzu sogar Artikel geschrieben, die sich mit dem Paradies, der Hölle, einer Zwischenwelt und der Frage befassten, ob die Seele eines Verstorbenen auch nach dem Tod einem Schuldigen noch vergeben könne. Linn versuchte, an den Artikel mit der Vergebung zu kommen, aber er war im Internet nicht verfügbar.

Seine erste Stelle hatte Cunningham in der Nähe von London angetreten, nach einigen unbewiesenen Gerüchten über das unsittliche Berühren von Frauenleichen war er zwei Mal versetzt worden.

Mittlerweile war Cunningham seit fünf Jahren als Vikar in einer kleinen Gemeinde tätig, die Gerüchteküche war seither verstummt.

Linn fand ein Foto von ihm auf einer Kirchenseite, schwarze, kurze Haare, ein nicht unfreundliches Lächeln. Die Wangenknochen standen merkwürdig hervor und gaben seinem Gesicht ungewöhnlich spitze Konturen. Es war möglich, dass Carlotta Schmidt diesen Mann gesehen und für einen Außerirdischen gehalten hatte. Dass sie ihn für ein Weibchen gehalten hatte, war schwerer vorstellbar, aber nicht ausgeschlossen. Zumal sie offenbar in ihrer Fantasie, so stand es jedenfalls in dem Gutachten, Frauen als Retterinnen der Welt sah, und es in diesem Kontext recht logisch wäre, wenn eine Frau Benten gerettet hätte.

Linn fand auch ein Foto der Kirche, in der Cunningham tätig war, eine wundervolle, große alte Steinkirche mit einem angrenzenden Park, in dem sich auch ein Friedhof befand. Sie betrachtete das Bild kurz und wollte es schon wieder schließen, als ihr auffiel, dass das, was sie für Grabsteine gehalten hatte, eine Gruppe von fünf Betonstatuen war, die um eine Steinbank herum standen. Offenbar Statuen von Jake Stanton, denn die Figuren trugen statt ausgeformter Köpfe Klötze mit Zahlenreihen auf dem Hals. Sie vergrößerte das Bild und kam nicht umhin, die Perfektion dieser Statuen zu bewundern, auch wenn sie ihr nach wie vor nicht gefielen. Drei der Statuen waren Frauen mit großen Brüsten und ausladenden Bäuchen, die vierte war ein zusammengekrümmter Erwachsener ohne erkennbares Geschlecht, die fünfte schien ein hagerer Mann zu sein. Die Statuen wirkten wie Tänzer oder Pantomimen, die gerade eine Bewegung nachspielten, bis ins kleinste Detail perfekt ausgearbeitet, nur der Kopf war ein grober, unbehauener Block mit winzigen Zahlen, die sie nicht entziffern konnte, mit Ausnahme der fünften, die eine riesige Vierunddreißig im Gesicht trug.

Linn stieß auf einen Artikel in einer Lokalzeitung, der beim

Kauf der vierten Statue durch die Kirche vor einem Jahr erschienen war. Unter der Überschrift *Die falschen Zahlen im Kopf* machte sich der Reporter darüber lustig, dass der Kirchengemeinde des Ortes für alles das Geld fehle, außer für Statuen, die nicht einmal Gesichter hatten. Die zusammengekrümmte Statue war zu sehen, und jetzt, aus der Nähe, wirkte sie wie ein nach allen Regeln der Kunst gefesseltes Folteropfer mit den Zahlen 1111111111 auf dem Gesicht. Tatsächlich hatte Cunningham in dem für den Artikel geführten Interview auch angedeutet, dass die Statue einen Kriegsgefangenen darstellen sollte. Auf die Frage, was denn die Zahlen zu bedeuten hätten, hatte Cunningham anscheinend nur traurig gelächelt und gemeint, das bleibe dem Betrachter überlassen, jeder solle sich die Statue genau anschauen und daraus lernen.

Cunningham schien ein großer Fan von Stanton zu sein. Aber dann fiel Linn auf, wie versteckt im hintersten Winkel des alten Parks die Statuen aufgestellt waren. Fühlte Cunningham sich vielleicht eher aus irgendwelchen Gründen verpflichtet, seinem alten Klassenkameraden gelegentlich etwas Kunst abzukaufen?

Sie suchte noch eine Weile weiter in den Beiträgen der Lokalzeitung und stieß auf einen Nachruf. Einige Monate nach dem Erscheinen des Artikels über die zu teuren Statuen war der Reporter bei einem Motorradunfall tödlich verunglückt. Das war vermutlich nur ein merkwürdiger Zufall. Doch dann betrachtete Linn das Foto genauer und stockte. Irgendetwas an dem Foto kam ihr bekannt vor. Sie hatte das vor Kurzem gesehen.

Eine SMS von Götz riss sie aus ihren Überlegungen. Er sei auf dem Marienplatz und müsse sie sofort sehen.

38

Es war ein warmer Herbstnachmittag, und Linn lehnte sich im Rattansessel des Eiscafés zurück, streckte ihre Beine und ließ sich die Sonne ins Gesicht scheinen, ohne auch nur daran zu denken, ihre Haare über ihre Narbe zu streichen. Sie stand kurz davor, diesen Fall zu lösen, das fühlte sie mit jeder Pore ihres Körpers. In die Angst vor Cunningham und dem, was er vielleicht tun würde, wenn er erfuhr, dass sie ihn enttarnt hatte, und sie nicht schnell genug dafür sorgen konnte, dass er verhaftet wurde, mischte sich Stolz. Die alte Linn war endlich zurück. Der Mörder würde ins Gefängnis wandern, sie würde noch einmal mit ihrer Mandantin sprechen und sie überzeugen, kein Geständnis abzulegen. Und dann würden sie den Freispruch holen. Mit etwas Verspätung eben. Sie musste plötzlich lächeln, während sie an ihrem Eiskaffee nippte und auf Götz wartete, der schließlich langsam über den Platz auf sie zukam, sich wortlos in den Sessel gegenüber fallen ließ und die Hände vor die Augen schlug.

»Alles klar?«, fragte sie.

Wortlos holte Götz einige zerknitterte Blätter aus seiner Hemdtasche und reichte sie ihr. »Du hast auch eine gekriegt«, sagte er. »In Anbetracht der Probleme, die du gerade mit möglichen Mördern hast, die an deinem Bett lauern, tut es mir leid, dass ich dich auch noch mit so was belästigen muss, aber wir müssen schnell darauf reagieren.«

Sie faltete die Blätter auseinander. Ratternd fuhr eine Zahnradbahn im Hintergrund in die Haltestelle ein. »Eine Ladung für den Gerichtstermin in unserer Haftungssache.« Ihr Lächeln erstarrte. Sie beugte sich über den Schriftsatz der Gegenseite, der an die Ladung angeheftet war und der auch eine Kopie der

Scheidungsvereinbarung von Götz Ex-Mandantin enthielt, und überflog den Vertrag zum bestimmt zwanzigsten Mal. »Wir …«, setzte sie an und verstummte. Da war etwas, da war irgendetwas, das sie bisher nicht …

»Ach so, und dann haben wir es mal wieder in die Zeitung geschafft.« Götz holte eine Tageszeitung heraus. *Die Unfähigkeit der Anwälte.* stand da. *Mit einem Kommentar von Richter am Landgericht P. Streicher.*

Linn überflog die Überschrift und wandte sich sofort wieder der Scheidungsvereinbarung zu. Gerade hatte sie es doch gesehen, da war etwas, das ihr aufgefallen war. An den einzelnen Paragraphen hatte sich nichts geändert und die hatte sie gründlich … Ihr Blick blieb am Namen des Notars hängen. Röhm. Luis Röhm. Das war es. Oh mein Gott, wenn das stimmte. Wenn das wirklich stimmte.

»Götz«, sagte sie, und ihre Stimme war vor Aufregung ganz rau, »wir haben doch neulich diesen Film im Internet gesehen, von diesem Bohmann.«

»Ja, ich habe schon vier Mandanten deshalb verloren.«

»Zeig ihn mir nochmal.«

Götz holte mit einem verwunderten Blick sein Handy heraus, suchte den Film und gab ihr das Telefon. Sie spulte ein Stück vor, bis sie an die richtige Stelle kam, und hielt den Atem an. Der Sprecher sagte tatsächlich »deren Vater« und »Luis Röhm«.

»Das ist es.«

»Was ist was?«

»Röhm ist der Vater deiner Mandantin. Der Notar Röhm. Der diese Scheidungsvereinbarung hier beurkundet hat.« Sie streckte Götz das Handy hin, ließ den Beitrag noch einmal bis zu der Stelle laufen.

Götz wurde blass. »Ich habe gar nicht darauf geachtet, wer der Notar … Ihr eigener Vater? Das ist … Wieso hat das niemand bemerkt?« Er flüsterte »Krass« vor sich hin, während er etwas in sein Handy tippte, las, wieder etwas tippte und immer blasser wurde. Schließlich führte er ein kurzes Telefonat mit einem seiner zahlreichen Bekannten, die über den gesamten Justizapparat verteilt waren und ihn mit Informationen versorgten. Nachdem er aufgelegt hatte, stieß er einen Jubelschrei aus. Die Leute an den Tischen neben ihnen drehten sich um.

»Sie ist wirklich seine Tochter, und damit durfte er das nicht beurkunden, und damit ist die Scheidungsvereinbarung unwirksam, und ich habe gar keinen Haftungsfall gebaut, wie genial ist das denn! Wie genial bist du denn!« Er sprang auf, kam um den Tisch herum, umarmte Linn und drückte ihr einen Kuss auf den Kopf.

»Das war doch nur Zufall«, murmelte sie verlegen.

»Quatsch, das muss gefeiert werden«, strahlte er. »Sofort!« Mit dem Ellenbogen kam er an ihren Eiskaffee und stieß ihn um. Zum Glück war nur noch ein kleiner Rest in dem Glas, dessen Inhalt sich auf ihre Hose ergoss. Götz versuchte hektisch, den Fleck mit einer Serviette abzuwischen. Sie nahm ihm die Serviette aus der Hand, musste plötzlich lachen und konnte gar nicht mehr aufhören.

Götz ging zu seinem Platz zurück. »Soll ich uns eine Flasche Champagner bestellen?«

Sie winkte immer noch lachend ab. »Ein anderes Mal gerne. Ich muss zurück in die Kanzlei. Ich habe noch jede Menge zu tun.«

»Vergiss nicht, mir alle zwei Stunden eine SMS zu schicken.« Götz' Gesicht wurde mit einem Schlag wieder ernst.

Linns Handy klingelte, als sie gerade die Kanzleitür aufschloss und hineinging.

»Harris«, sagte sie, als er sich gemeldet hatte. Sie wusste nicht genau, ob sie sauer war oder ob sie sich nicht doch ein bisschen freuen sollte.

»Linn«, sagte er. »Ich denke, wir müssen mal reden.« Sie hörte laute Geräusche im Hintergrund, Stimmengewirr und Lautsprecherdurchsagen.

»Das denke ich auch. Die Staatsanwaltschaft glaubt seit dem Gerichtsverfahren, dass meine Mandantin zwei Menschen getötet hat und ich sie verraten und damit einen Riesenfehler gemacht habe, weil ich dir den Namen Hayley Miller genannt habe«, brach es aus ihr heraus. »Es war ein Fehler, aber ich dachte, ich kann dir vertrauen. Warum musstest du Faber meinen Fehler auch noch unter die Nase reiben? Du hättest behaupten können, du seiest selbst auf den Zusammenhang zwischen den Fällen gekommen.«

»Das mit Hayley Miller war kein Fehler, und das weißt du.«

»Für euch natürlich nicht. Für euch war es geschickt.«

Harris lachte leise.

»Hör auf, dich über mich lustig zu machen.«

»Das tue ich nicht. Ich wollte dir eigentlich nur sagen, dass ich mittlerweile genau wie du glaube, dass Benten seine Geliebte getötet hat und später von einer dritten Person umgebracht wurde. Benten ist an dem Abend nämlich auf jeden Fall lebend von den Klippen geflohen. Wir haben ihn dabei gesehen. Wir haben sämtliche Kameraaufzeichnungen überprüft, und es ist uns gelungen, den Aston Martin einmal zu entdecken. Sehr spät in der Nacht, gegen vier, fuhr das Auto in der Nähe der schottischen Grenze. Leider konnte man den Fahrer nicht erkennen, man sieht aber ganz kurz Bentens zur Seite gedrehten Kopf und seinen Arm, der sich bewegt. Er muss eine riesige Uhr getragen haben.«

»In Form einer Kameralinse«, ergänzte Linn. Sie wurde ganz kribbelig.

»Right«, sagte Harris. »Deine Mandantin kann daher weder Hayley Miller noch Benten getötet haben, denn Benten war zweifelsfrei noch am Leben, als sie schon in Heathrow am Flughafen war. Und um Hayley Miller zu erwürgen, war sie einfach zu schwach. Das deckt sich alles auch mit dem, was Buchanan herausgefunden und mir gerade gefaxt hat. Mit eurer Richterin habe ich schon geredet. Euer Oberstaatsanwalt hat die Informationen allerdings noch nicht, er hat mich nämlich gar nicht richtig zu Wort kommen lassen. Das schriftliche Gutachten habe ich zur Strafe an eine andere Abteilung der Staatsanwaltschaft geschickt, so dass er es ein bisschen später bekommt als alle anderen.« Sie hörte sein Lächeln. »Er ist ein schlechter Verlierer. Er hat mit mir geredet wie mit einem ungezogenen Kind, und er fand es, glaube ich, gänzlich unverschämt, dass ein Mensch, der ›nur‹ ein Polizist ist und nicht ›Jura studiert hat‹, eine andere Meinung hat als er und sie auch noch zum Ausdruck bringt. Ich nehme an, dass es ›unverschämt‹ heißen sollte, denn er hat *impertinent* so betont, dass ich mir nicht sicher war.«

Sie musste auch lächeln.

»Abgesehen davon habe ich Jura studiert«, fügte Harris hinzu.

»Das hast du mir gar nicht erzählt. Ich dachte, du kannst Anwälte nicht leiden.«

»Kann ich ja auch nicht. Weshalb, glaubst du, bin ich bei der Polizei?« Seine Stimme wurde plötzlich ernst. »Linn, ich weiß noch nicht genau, in was für einer schmutzigen Sache Benten da dringesteckt hat, aber auf jeden Fall ist es gefährlich. Du musst sofort aufhören, selbst zu ermitteln. Wir haben herausgefunden, dass die DNA, die wir am Steuer des Aston Martin gefunden haben, du erinnerst dich vielleicht, der Unbekannte, der im Zusammenhang mit dem autoerotischen Unfall aus dem Moor …«

»Ich erinnere mich.«

»Also jedenfalls ist diese DNA noch bei weiteren ungeklärten Todesfällen aufgetaucht. Es steht zu befürchten, dass der Mann, der Benten bei der Flucht geholfen und ihn vermutlich getötet hat, ein Serienmörder ist.«

Ihr stellten sich die Nackenhaare auf. Ein Serienmörder. Der in ihrer Wohnung gewesen war.

»Batu Cunningham?«

Harris machte ein erstauntes Geräusch. »Wir haben in den letzten Tagen in Bentens nahem Umfeld ermittelt, und schließlich haben sich tatsächlich die Anzeichen verdichtet, dass ein gewisser Batu Cunningham der Mörder sein könnte. Er hat sich bei den Befragungen mehr als merkwürdig verhalten. Hat zugegeben, in Bentens Haus gewesen zu sein und mit seiner toten Seele zu reden, zu einem Zeitpunkt, als die Leiche noch gar nicht in St. Ives aufgetaucht war und eigentlich noch keiner mit Sicherheit wissen konnte, dass Benten tot ist. Cunningham hat sich in Widersprüche verstrickt, was sein Alibi anging, und im Moment müssen wir annehmen, dass er von Bentens ebenfalls etwas dubiosen Trauzeugen ein falsches Alibi bekommen hat. Wir haben Cunninghams Fingerabdrücke genommen, und es hat sich herausgestellt, dass es auch hier mehrere Treffer in der Datenbank gab. Ein ungeklärter Prostituiertenmord vor drei Jahren und der Mord an einer Studentin aus Oxford. Einige Fälle von Leichenschändung. Und dann stellte sich noch heraus, dass beim Verschwinden von dieser Bethany Colville in Bentens Internat an der Tür eines Kohlenkellers ebenfalls Cunninghams Fingerabdrücke gesichert worden sind, allerdings konnte man ihm dennoch nie einen Zusammenhang mit dem Verschwinden nachweisen, weil niemand so genau wusste, ob das Mädchen sich wirklich in dem Kohlenkeller mit ihm getroffen hat oder ob sie zu verschiedenen Zeiten dort waren. Sie muss ihn nämlich nicht besonders gemocht haben. Bethany Colville fand eher Nico Benten ganz süß, und sie hat, wie sich jetzt herausgestellt hat, wohl einer Freundin erzählt, sie träfe sich an dem Abend mit ihm, er habe ihr ein Briefchen geschickt. Nur war Benten an dem Abend eindeutig nicht da. Und ein Briefchen wurde nie gefunden. Wir können das im Moment noch nicht aufklären, denn nach so langer Zeit ist es schwierig.« Er machte eine kurze Pause. »Der Typ, der dich in England angerufen und bedroht hat, das war auch Cunningham, wir haben den Anruf zurückverfolgt.«

Sie ließ sich auf einen Mandantenstuhl fallen. »Spricht er ein ganz gepflegtes Oxford-Englisch?«

»Yes«, sagte Harris. »Exactly.«

»Er hat auch meine Mandantin im Gefängnis angerufen und bedroht.«

»Das ist gut möglich. Um ihn definitiv festzunageln und mit allen verdächtigen Todesfällen in Verbindung zu bringen, auch mit denen, bei denen wir keine Fingerabdrücke gefunden haben wie bei Benten, brauchen wir jetzt nur noch seine DNA. Wir nehmen seit Tagen freiwillige DNA-Proben von allen Freunden von Benten, um sie mit der DNA aus dem Aston Martin abzugleichen. Die Proben werden gerade ausgewertet. Wer, glaubst du, hat sich als Einziger geweigert, eine Probe abzugeben? Cunningham. Im Moment sitzt er deshalb bei uns auf dem Revier und trinkt Kaffee, und wir versuchen, einen richterlichen Beschluss zu bekommen, während seine Anwälte versuchen, genau das zu verhindern. Er wird, wenn überhaupt, frühestens morgen Mittag wieder freikommen, aber dann wäre es besser, wenn du bis auf weiteres Polizeischutz erhalten könntest.«

Das Stimmengewirr im Hintergrund wurde so laut, dass Linn ihn kaum noch verstand. Dass Cunningham derzeit nicht auf freiem Fuß war, bedeutete immerhin, dass sie momentan nicht in Gefahr war, und die Anspannung in ihren Schultern, die sie seit dem Morgen verspürte, ließ ein wenig nach.

»Wo bist du eigentlich gerade?«

»Auf dem Flughafen«, antwortete er. »Auf dem Weg nach Stuttgart. Hat dir deine Mandantin das nicht erzählt? Ich habe gestern mit ihr telefoniert. Ich benötige Informationen von ihr, allerdings nur als Zeugin in der Sache Cunningham, keine Sorge. Du könntest trotzdem zu der Vernehmung kommen, das wäre nett. Ein paar meiner deutschen Kollegen werden auch da sein, und dieser Faber auch.« Er brach ab. »Hättest du Lust … Ich meine, darf ich dich heute Abend vielleicht noch mal zum Essen einladen? So gegen neun? Ein ganz normales Essen, für das ich keine Waffe brauche und ohne Ausflug in ein Moor?«

»Klar, wieso nicht.« Sie bemühte sich, ihrer Stimme einen leichten Klang zu geben. Was sollte das jetzt wieder werden? Ein geschäftliches Essen? Oder eine Affäre? Würde er ihr weiterhin verheimlichen, dass er eine Freundin oder Frau hatte? Konnte ihr das nicht egal sein, schließlich wusste sie es ja. Und Affären konnten ziemlich reizvoll sein. Sie konnte mit dem Mann ja mal essen gehen und dann weiterschauen. Sie gab ihm ihre private Adresse und legte auf.

Ihr Handy piepte und erinnerte sie daran, dass es an der Zeit war, Götz eine SMS zu schicken. Es war lächerlich, aber sie tippte trotzdem die Nachricht: *Hauptverdächtiger sitzt in England im Knast.*

Keine Sekunde später rief Götz zurück. »Linn, das sind gute Nachrichten, aber wir sollten trotzdem vorsichtig sein. Willst du nicht doch in einem Hotel übernachten?«

»Heute Nacht noch nicht. Keine Sorge, ich werde den ganzen Abend bestens bewacht sein.« Jedenfalls solange sie mit Harris unterwegs war. »Und morgen können wir weitersehen.«

Götz fragte nicht nach, obwohl sie spürte, dass er gerne gewusst hätte, mit wem sie den Abend verbrachte.

Weil sie über Cunningham und den toten Journalisten nichts weiter herausfinden konnte, rechnete Linn zwei Scheidungen ab und reichte in einer anderen Sache einen Antrag auf Regelung des Umgangs ein. Sie konnte sich nicht richtig konzentrieren, weil sie abwechselnd an den glücklich gelösten Haftungsfall, an Harris und an den Vikar, der ein Serienmörder war, denken musste. Ihr Kanzleitelefon klingelte ständig, unterbrach sie jedes Mal mitten in der Arbeit, Journalisten, zwei Mandanten, die ihr nach den Artikeln in der Zeitung das Mandat kündigen wollten, ein Gegenanwalt sowie ein Vertreter für Bürobedarf.

Es war gegen 18.30 Uhr, als sie die Akten schließlich weglegte, den Laptop zuklappte und den Kanzleianrufbeantworter einschaltete. Eine Sekunde später hörte sie das Kanzleitelefon erneut klingeln, sah eine unterdrückte Nummer und ließ den AB drangehen. Vermutlich wieder irgendein Journalist oder ein Anwaltskollege.

Als sie die Kanzlei verließ, klingelte das Telefon schon wieder. Sie ließ es klingeln. Als sie die Tür zuschloss, hörte sie noch, wie das Faxgerät sich ratternd einschaltete. Der ganz normale Wahnsinn in einer Anwaltskanzlei. Warum die Leute immer Freitagabend auf die Idee kamen, Anwälte anzurufen, erschloss sich ihr nicht.

Sie würde jetzt nach Hause gehen, eine heiße Dusche nehmen, sich eine Hose ohne Eiskaffeefleck anziehen und dann mit Harris einen schönen Abend verbringen.

Es wurde langsam dämmrig, als Linn an der großen Straße entlanglief, und die Autoscheinwerfer machten sie unruhig. Sie entschied sich für einen Umweg über eine kleine, kaum befahrene Straße und war froh, als sie endlich, fast eine halbe Stunde später als geplant, ihr Haus erreichte. In keinem der Fenster brannte Licht. Typisch für einen Freitag, wenn all die Studenten, die dort wohnten, entweder in der Kneipe unterwegs oder bei ihren Eltern zuhause waren. Ihr Handy piepte. Zeit für eine SMS an Götz. Sie schickte ihm ein Smiley und suchte ihren Schlüssel heraus. Bestimmt würde es mit Harris nachher lustig werden, und sie konnte ihm endlich dieses Buch mit den Mythen von Cornwall … Auf einmal blieb sie stocksteif stehen. Genau das gleiche Buch, das die Mitglieder von Bentens Geheimbund damals gelesen hatten. Sie hatte es von Harris. Und hatte er nicht gesagt, dass er gestern mit ihrer Mandantin telefoniert hatte? Warum hatte ihr die Gefängnisleiterin das nicht gesagt? Wie hatte es ihre Mandantin ausgedrückt? *Die Leute vertrauen ihm aufgrund seiner Stel-*

lung. Die Polizei kann schon gar nicht helfen. Was, wenn derjenige, der ihre Mandantin bedroht hatte, gar kein Geistlicher gewesen war? Sondern ein Polizist? Denn wem vertrauten die Leute uneingeschränkt, und wer hatte zusätzlich noch Zugang zu den Ermittlungen und konnte gegebenenfalls Einfluss darauf nehmen? Zum Beispiel, indem er DNA-Material in einen Aston Martin einbrachte? Ihr sträubten sich die Nackenhaare. Was, wenn das Knallen des Törchens damals im Moor keine Gefahr für sie gewesen war, sondern ihr das Leben gerettet hatte, weil Harris sie sonst … Sie hätte vorher vielleicht lieber ein bisschen über Harris recherchieren sollen als über Cunningham oder Stanton. Denn er war es, der sich im Moment auf dem Weg nach Stuttgart befand.

Du bist ja total durchgeknallt, sagte sie sich. Harris. Nie im Leben. Ein bisschen Menschenkenntnis hatte sie dann auch noch. Entschlossen steckte sie den Schlüssel ins Schloss, betrat das düstere Treppenhaus und drückte auf den Lichtschalter im Eingangsbereich. Die Lampen waren mal wieder kaputt. Vielleicht hatte sie noch eine Ersatzbirne in ihrem Flurschränkchen, sie würde gleich mal schauen. Im Halbdunkel humpelte sie die Stufen nach oben. Ein unbestimmtes Gefühl der Beklemmung überkam sie, wurde stärker und stärker, je näher sie ihrer Wohnungstür kam. Im Haus war es totenstill, nur das Knarren der Treppenstufen unter ihren Füßen war zu hören. Die Luft roch nach Staub und Holzpolitur und nach Krankenhaus. Nach Desinfektionsmittel. Linn wurde immer langsamer. Noch ungefähr zehn Treppenstufen, dann war sie in ihrer Wohnung angekommen. Sie konnte umkehren und noch ein wenig ins Büro gehen, und wenn sie sich beruhigt hatte, konnte sie Götz anrufen und doch bei ihm übernachten. Auf keinen Fall. Sie hatte heute Abend etwas anderes vor. Sie brauchte eine Dusche und eine Hose ohne Fleck. Sie stieg weiter nach oben. Sie würde nicht wieder so anfangen wie nach ihrem Unfall. Als sie die ganze Zeit gedacht hatte, jemand wolle sie töten. Sie war einfach ein bisschen angespannt. Sie hatte sogar gedacht, dass ein DCI … Noch fünf Stufen. Vier. Batu Cunningham saß in England bei der Polizei. Und Harris – wenn sie denn unbedingt paranoid sein wollte – bestimmt noch im Flugzeug. Der Geruch nach Desinfektionslösung wurde stärker. Wieso roch es hier nach Desinfektionslösung? Sie schaute sich um und hätte beinahe aufgelacht. Die neue Mieterin im vierten Stock. Die hatte das erste Mal Kehrwoche gehabt und bestimmt mit einem anderen Putzmittel geputzt als sonst. Sie hatte das Kehrwochenschild doch gestern selbst bei der Frau aufgehängt. Noch eine Stufe. Sie war auf der kleinen Plattform vor ihrer Tür angelangt. In der Wohnung war es dunkel, das sah sie, die Ritze unter der Tür war schwarz. Sie tastete in ihre Tasche. Sie hatte ihr Tränengas neben dem Bett stehen, verdammt. Sie schaltete die Taschenlampe ihres Handys an und beleuchtete zur Sicherheit ihre Schlösser. Alles in Ordnung. Keine ungewöhnlichen Kratzer, da war mit Sicherheit niemand in ihrer Wohnung. Ihre Hände zitterten, als sie den Schlüssel ins Schloss steckte. Sie drehte ihn um, die Tür öffnete sich lautlos. Sie setzte einen Fuß über die Schwelle. Sie würde jetzt duschen, sich …

Ihr Handy, das sie in der linken Hand trug, klingelte mit lautem Summen. Sie zuckte so zusammen, dass es ihr aus der Hand fiel. Sie bückte sich, Götz Nummer, sah aus den Augenwinkeln eine Bewegung, ein schwarzer Schatten in der Wohnung, der auf sie zuschoss. Im nächsten Moment fühlte sie, wie sich eine Schlinge um ihren Hals legte, sie riss die Hände nach oben, die Schlinge musste weg, sie bekam keine Luft mehr, sie wollte schreien, kein Geräusch kam aus ihrer Kehle, sie wand sich, ihre Hände an dem Band um ihren Hals, das sich unerbittlich fester und fester zuzog, sie keuchte, stöhnte, schrie lautlos. Ihr Handy auf dem Boden surrte und leuchtete, sie roch Desinfektionslösung, alles begann, sich um sie zu drehen. Sie wurde vollständig in die Wohnung hineingezogen, ihre Hände stießen nach hinten, zu dem Schatten, der sich an sie presste, der das Band um ihren Hals enger und enger zog. Sie schnappte nach Luft, Luft, sie musste atmen, nur Luft. Sie hörte wie durch Watte das Klicken, mit dem die Wohnungstür ins Schloss fiel, und das leise Surren ihres Handys, und eine qualvolle, teuflische Dunkelheit brummte in ihrem Kopf, wurde lauter und lauter – und dann Stille.

39

Linn wachte auf, weil ihr etwas Nasses ins Gesicht gedrückt wurde, das nach Desinfektionslösung roch. Sie wusste zunächst nicht, wo sie war, bis die Angst wie eine Meereswelle zurückkehrte. Der Schatten. Es war ein Schatten in ihrer Wohnung gewesen. Sie öffnete die Augen, aber da war nichts als Schwärze, ein Tuch, jemand hatte ihr die Augen verbunden, sie sah nur einen winzigen Lichtrand. Ihre Lippen versuchten sich zu bewegen, Klebeband, sie hatte Klebeband auf dem Mund. Sie reckte sich in Panik, sie lag auf dem Bauch, nur noch mit BH und Slip bekleidet. Warum war sie halbnackt, sie konnte sich nicht mehr bewegen, sie war gefesselt, ihre Hände und Füße waren gefesselt. Sie versuchte, sich aufzubäumen, drückte ihren Rücken durch, aber ein Ziehen an ihrem Hals, stärker und stärker, ließ sie aufhören. Ihr wurde schon wieder schwindlig, sie hatte dieses Seil um den Hals und gleichzeitig um die angewinkelten Beine, die durch ein Kissen gestützt wurden.

Das Kissen wurde weggezogen. »Be quiet. Wenn du dich wehrst, wird es nur noch schlimmer, dann erwürgst du dich selbst. Das ist die Kunst der Hexenfesselung«, sagte eine freundliche, gelassene Stimme auf Englisch. Sie erkannte die Stimme sofort, und ihr wurde eiskalt.

»Ich werde dir jetzt die Augenbinde abnehmen. Und das Klebeband vom Mund. Aber wenn du schreist, mache ich es sofort wieder hin. Sounds like a plan, doesn't it?«

Sie nickte hektisch, das Band um ihren Hals zog sich durch die Bewegung fester zu, löste sich wieder, als sie aufhörte zu nicken.

»Es ist sowieso niemand im Haus. Jedenfalls niemand Lebendiges mehr. Ein Glück, dass du erst so spät heimgekommen bist«, sagte die Stimme mit einem ekelhaften Lachen. »War eine ziemliche Sauerei mit dieser Frau unter dir. Sie hat sich in die Hose gemacht, ich musste danach alles desinfizieren.« Seine Schritte schienen sich zu entfernen, was hatte er vor? Verzweifelt versuchte sie, sich zu befreien, aber jedes Mal, wenn sie die Beine bewegte, zog sich die Schlinge um ihren Hals fester zu. Genau wie es in dem Mythenbuch beschrieben war. Auf dem Bauch liegend mit einem schwarzen Samtband um den Hals, das mit einer in Weihwasser getränkten Schnur mit den Fußknöcheln verbunden war. Sobald die Hexe die Beine streckte, erstickte sie und … Sie musste ruhig atmen, ganz ruhig. Möglicherweise konnte sie ihr gesundes Bein aus der Schlinge bekommen. Möglicherweise. Ein leises Knarren, direkt neben ihr. Sie erschauderte. Er war wieder hier, ganz dicht bei ihr, sie roch seinen erregten Atem und seinen Schweiß.

»Du hättest auf Grace hören sollen«, sagte er. »Nico hat sie zwar immer vor allem abgeschirmt, was er so treibt, aber dass man sich mit uns nicht anlegt, das hat sie kapiert.« Er berührte sie jetzt am Rücken, sie erstarrte. »Ich werde dich töten.« Die Stimme sprach direkt in ihr Ohr. »Aber nicht gleich. Zuerst muss ich eine Zeichnung von dir anfertigen, als Vorlage. Der schwarze Gott will es so.«

Schlagartig verstand Linn. Sie verstand, warum ihr Bethany Colville so bekannt vorgekommen war auf dem Foto und auch der Journalist, der sich über die Statuen lustig gemacht hatte, und was die Zahlen im Gesicht der Statuen bedeuteten. Das Grauen, das jetzt in ihr hochstieg, war so gewaltig, dass sie würgen musste. Sie durfte sich nicht übergeben. Nicht, solange sie dieses Klebeband noch auf dem Mund hatte. Sie musste versuchen, ruhig zu atmen. Sich nicht zu bewegen. Den Speichel, der ihr in den Mund strömte, langsam zu schlucken. Den ekelhaften Geschmack zu ignorieren, den die Magensäure … Plastikhandschuhe, grob in ihrem Gesicht, und Desinfektionsmittel, sie schüttelte sich, bäumte sich auf, das Band schnürte ihr die Luft ab, sie keuchte. Mit einem Ruck wurde ihr das Klebeband abgerissen, der scharfe Schmerz, mit dem die Haut ihrer Lippe einriss, ließ sie aufstöhnen. Danach wurde das Tuch über ihrem Gesicht aufgeknotet, sie sah in dunkle, mitleidlose Augen, die aus einem schwarz geschminkten, lächelnden Gesicht hervorstarrten, und erkannte ihre düstere Wohnung, die lediglich von drei kleinen Kerzen auf dem Fußboden erleuchtet war. Ihre Vorhänge waren zugezogen, nur durch das Dachfenster drang das letzte Licht der Abenddämmerung.

Sie lag auf dem Sofa auf einer Plane.

Der Mann, der sich über sie gebeugt hatte, wich jetzt nach hinten zurück, er trug eine aus grobem Stoff gefertigte schwarze Kutte. Sein Schatten zuckte bedrohlich im Kerzenlicht.

»Mr. Stanton. Jake«, sagte sie. Ihre Stimme zitterte so stark, dass sie kaum hörbar war. »Bitte, lassen Sie mich gehen. Dann könnte ich ein gutes Wort für Sie einlegen. Die Polizei hat bestimmt Ihre DNA, und es ist nur noch eine Frage der Zeit …«

Die Reitgerte traf ihre angewinkelten Beine völlig unerwartet, und sie schrie auf. Nico Bentens ehemals bester Freund schoss nach vorne, drückte ihren Mund tief in das Sofakissen, während er die Reitgerte weiter auf ihre Beine fahren ließ. »Ich habe dir gesagt, du sollst nicht schreien, Hexe.«

Sie schnappte nach Luft, würgte. Der Schmerz in ihren Beinen war unerträglich. Plötzlich wurde sie an den Haaren hochgezogen.

»Wer schreit, ist schwach, weißt du? Er ist nicht perfekt. Ich habe nie geschrien. Nie. Obwohl ich noch ein Kind war.«

Sie versuchte zu nicken, die Hand hielt ihre Haare immer noch wie ein Schraubstock. Ließ sie los, ihr Kopf fiel zurück auf das Sofakissen.

»Ich lasse dich bestimmt nicht gehen, Hexe, aber in einem Punkt hast du recht: Die Polizei ist jetzt wahrscheinlich auf der richtigen Fährte, und ich muss sowieso untertauchen. Dank dir.« Stanton verzog das Gesicht. »Ich wollte es zur Verdeckung der Spuren, und weil es lustig ist, eigentlich wie einen autoerotischen Unfall aussehen lassen. Aber wir müssen meine Arbeit jetzt ja nicht mehr vor der Polizei tarnen. Wir können auch ganz offen das Ritual durchführen.« Er kicherte. »Man quält die Hexe so lange, bis sie die Beine streckt und sich selbst erwürgt. Nur so kann man ihre Macht brechen und das Böse besiegen, aber das weißt du ja alles bestimmt.«

Aus den Augenwinkeln sah sie, dass er auf dem Küchentisch zwei Messer liegen hatte, einen Vibrator, Papier, Stifte, einige andere Werkzeuge, von denen sie nicht wissen wollte, wozu sie gut waren. Und einen Kanister mit Desinfektionslösung. »Du bist extrem hässlich, typisch für eine Hexe.« Mit seiner behandschuhten, kalten Hand berührte er die Narben auf ihrem Bein, rieb unsanft darüber, dann zog er ruckartig ihren Slip ein Stück nach unten, betatschte ihre Pobacken. Sie wich zur Seite, aber die Sofalehne stoppte ihre Bewegung. »Keine Sorge, nackte Frauen ekeln mich. Die überlasse ich sonst gerne Batu. Aber der ist ja gerade verhindert, unser heiliger Geistlicher.« Stanton kicherte wieder. »Er war sowieso immer so kompliziert mit seinem Wahn, dass es Sünde sei, jemanden zu töten. Wie oft musste ich ihm helfen. Musste ihm erklären, dass sie ihn nie lieben, egal, wie lange er sie einsperrt und fickt. Dass sie reden, sobald er sie freilässt.« Stanton zog ihren Slip wieder hoch, trat ein Stück zurück, griff nach dem Zeichenblock und einem Bleistift und ließ sich auf einem Stuhl gegenüber des Sofas nieder. Fing an zu malen. »Batu ist trotzdem danach immer in ihre Wohnungen gegangen und hat ihre Seelen um Vergebung gebeten.« Stanton schnaubte. »Er konnte es nicht einmal lassen, in Nicos Wohnung zu gehen, obwohl er mit seinem Tod ja nicht das Geringste zu tun hatte. Du hättest ihn fast dabei gesehen. Und er musste auch unbedingt Grace, die er vergöttert und für so was wie die Jungfrau Maria hält, im Knast anrufen und sie durch die Blume vor mir warnen. Was lustigerweise dazu geführt hat, dass jetzt alle denken, er sei der Mörder von Nico. Selbst Grace denkt das. Das wird ihn ärgern.«

»Bitte«, flüsterte sie. »Bitte, lassen Sie mich gehen.«

Stanton stand auf und legte den Block hin. Er nahm die Gerte hoch und schlug erneut auf ihre Beine. Sie biss in die Plane, um nicht zu schreien. Tränen rannen aus ihren Augen.

»Schhhhh«, machte Stanton und setzte sich wieder, die Gerte noch in der Hand. »Ich muss mich konzentrieren. Damit die Zeichnung anatomisch korrekt wird.«

»Frau Riccardi wird beide Morde gestehen«, sagte sie zitternd. »Wenn Sie mich gehen lassen, werden Sie davonkommen. Ich könnte als Anwältin dafür sorgen.«

Stanton beugte sich vor und schlug ihr den Gertengriff so stark ins Gesicht, dass sie leuchtende Punkte sah. »Du lügst! Ich bin Realist.« Er legte die Gerte neben sich. »Genau deshalb bin ich immer davongekommen.«

Eine Weile war es still. Linn hörte nur ihre keuchenden Atemzüge und das ruhige Kratzen des Stiftes. Blut rann aus ihrer Nase, über ihre Lippen, auf die Plane auf dem Sofa. Der metallische Geschmack machte sich in ihrem Mund breit und verursachte ihr erneut Brechreiz. Sie musste hier irgendwie rauskommen. Sie musste. Sie zerrte an ihren Fesseln, aber sofort schnürte sich das Band um ihren Hals zu, sie röchelte, stöhnte, weinte. Ihre Beine brannten. Ihre Hände zitterten, ihr ganzer Körper zitterte. Harris. Vielleicht, vielleicht, wenn sie es schaffte, Stanton so lange hinzuhalten, bis Harris … Und wenn er nur klingelte und wieder wegging, wenn sie nicht aufmachte? Er war ihre einzige Chance. Sie versuchte, aus den Augenwinkeln ihre Küchenuhr zu erkennen, aber der vertrocknete Blumenstrauß und das Desinfektionsmittel auf ihrem Tisch verdeckten ihr die Sicht. Sie sah nur die Messer. Oder …

Götz. Vielleicht würde Götz, weil sie nicht ans Telefon gegangen war, herkommen. Ihr Körper wurde von einem Zitteranfall erschüttert. Sie wollte etwas sagen, aber es drang nur ein Piepsen aus ihrem Mund, denn Stanton war aufgestanden und zum Tisch gegangen. Er legte den Block und die Peitsche ab, nahm eines der Messer hoch und betrachtete es.

»Nico?«, war das Einzige, das sie herausbrachte. Sie musste würgen, schluckte panisch die Spucke, die ihre Kehle hinaufschoss, hustete.

Stanton räusperte sich. »Nico«, sagte er. »hat immer gerne meine Hilfe in Anspruch genommen.« Liebevoll strich er über die Messerklinge. »Nur selbst wollte er nie Hand anlegen. Höchstens zuschauen. War schon in der Schule so. Meistens musste ich seinen Verflossenen sowieso nur Geld übergeben, ihnen ein bisschen drohen, Tierkadaver vor der Tür, Hokuspokus, ein bisschen Gerede über die alten Götter, verstehst du?« Er lächelte traurig. »War genau umgekehrt wie bei Batu. Die Frauen haben Nico immer freiwillig gefickt, nur weggehen wollten sie dann nicht mehr.« Er strich weiter über das Messer. »Nico hat Batu ab und zu eine Frau überlassen. Bethany zum Beispiel. War die Tochter unseres Hausmeisters in der Schule. Sie wollte immer überall dazugehören und alle ficken, nur mit Batu wollte sie nicht. Das fand Nico ungerecht, und deshalb hat er sie ihm geschenkt. Hat ihr einen Zettel zugesteckt und geschrieben, dass sie sich im Kohlenkeller treffen. Die hat vielleicht komisch geschaut, als statt Nico Batu dort stand.« Stanton kicherte. »Nur Hayley Miller, die wollte nicht mal Batu haben. Vor der hat er ein bisschen Angst gehabt. Die war eine Hexe, genau wie du. Hat Nico fast um den Verstand gebracht mit ihren Lügen, dass sie schwanger ist und so. Außerdem hat sich dummerweise rausgestellt, dass sie noch minderjährig ist.«

Stanton zuckte die Schultern und trat ans Sofa. Linn krümmte sich zusammen, das Messer in seiner Hand leuchtete im flackernden Licht der Kerzen. Stanton beugte sich über sie. Sie schluckte mehrfach und musste sich fast übergeben. Aber Stanton ritzte kratzend merkwürdige Zeichen in die Wand über ihr. Murmelte etwas, das sich wie Beschwörungsformeln anhörte. Sie starrte ihn an, konnte den Blick nicht abwenden, als plötzlich hinter dem Sofa an der Wand eine schwarze, haarige Spinne auftauchte, die langsam höher kroch. Stanton schrie leise auf, wich ein Stück zurück. Er hatte eine Spinnenphobie, jetzt fiel es ihr wieder ein. Im Garten seines Ateliers hatte doch diese riesige Spinnenstatue gestanden. Die Hüterin des Schicksals oder so. Wenn es ihr gelang, die Spinne auf ihren Körper zu locken, vielleicht würde er dann … Vorsichtig streckt sie sich ein wenig, langsam, ganz langsam. Aber Stanton näherte sich mit dem Messer der Spinne, die erschrocken wieder hinter dem Sofa verschwand. Die Enttäuschung tat Linn geradezu körperlich weh.

»Ich war in der Woche sauer auf Nico, weil ich dachte, dass er mich die ganze Zeit nur ausgenutzt hat und gar nicht mein Freund ist, weil er … egal. Ich hätte es ihn trotzdem nicht allein machen lassen dürfen mit Hayley. Aber ich dachte, es ist vollkommen narrensicher. Er musste endlich einmal selbst Hand anlegen, die göttliche Macht spüren. Aber er hat sich vielleicht angestellt. Hat Spuren ohne Ende auf dieser Klippe hinterlassen und sich erst nicht getraut, die Leiche im Meer zu entsorgen. Hatte nicht mal an eine gute Fluchtmöglichkeit gedacht. Als er mich auf der Notfallnummer angerufen hat, als ich gerade in Exeter … Da hätte ich schon kapieren müssen, dass die Sache schiefgehen wird. Ich hätte ihn seinem Schicksal überlassen müssen. Aber ich bin wieder weich geworden. So bin ich, einfach zu gut. Deshalb lieben mich die Leute so. Ich habe ihm genau gesagt, wie er es machen muss, damit jeder denkt, er sei tot. Denn das war seine einzige Chance zu entkommen.« Er schüttelte den Kopf, ritzte jetzt weiter in die Wand. »Was für ein Glück, dass Batu mir das Alibi geben konnte.«

»Nico Benten war Ihr Freund.« Ihre Beine wurden langsam

taub und schmerzten, aber sie durfte sie um keinen Preis strecken, um keinen Preis. »Warum lebt er nicht mehr?«

Stantons Gesicht verdunkelte sich, er hörte auf, in die Wand zu ritzen, näherte die Klinge ihrem Gesicht. »Daran ist er ganz alleine schuld. Ich habe ihn wieder rausgeholt, obwohl ich den Aston Martin hasse.« Die Klinge kam noch näher, berührte jetzt ihre Haut.

Benten war kein gutes Thema, sie musste sofort damit aufhören, sofort. »Sie sind ein Künstler«, stieß sie panisch hervor, was, wenn er sie schnitt oder bei lebendigem Leib irgendwelche Rituale an ihr vollzog, und sie die Beine streckte und qualvoll erstickte und … »Aber niemand hat bisher Ihre wahren Kunstwerke verstanden, nicht wahr? Denn es sind ja nicht nur die Rituale. Es sind auch die Statuen. Niemand erkennt, was Sie wirklich geschaffen haben. Aber ich erkenne es. Erzählen Sie es mir. Bitte. Ich will es verstehen. Mit mir können Sie darüber reden.«

Stanton zog das Messer ein Stück zurück. Sie atmete ein und aus, hatte das Gefühl, ohnmächtig zu werden. Die Angst würgte sie wie eine Boa constrictor. Sie zwang sich, eine der Übungen zu machen, die sie in der Therapie gelernt hatte, bis ihr Atem wieder ruhiger ging. »Ich kann ein Geheimnis bewahren.« Ihre Stimme versagte schon wieder. Sie holte keuchend Luft.

Stanton lächelte. »Du bist bald tot. Das ist eine noch bessere Gewähr als das Anwaltsgeheimnis, findest du nicht? Aber ich will ja nicht so sein. Von mir aus, wenn du es unbedingt erfahren willst.« Er schien sich geschmeichelt zu fühlen. »Das waren alles Leute, die es im Leben zu nichts gebracht haben«, sagte er. »Ich habe ihrem Leben einen Wert gegeben und sie den Göttern geopfert, manchmal mit Batu zusammen. Danach habe ich ihnen ein Denkmal gesetzt. Unvergänglich. Ewig. Ich bin der mächtigste Priester der alten Götter. Nico hat unsere Rituale nicht ganz verstanden, aber er hat gerne zugeschaut, vor allem, wenn es richtig blutig wurde. Er wusste, ohne unsere Beschwörungen kann er nie ein bekannter Schauspieler werden. Ich habe ihm den Erfolg gegeben – und auch wieder genommen. Weil er sich aufgelehnt hat gegen seinen Schöpfer. Ich habe ihn bei mir versteckt. Obwohl er die Sache mit Hayley so verbockt hat. Aber er hat immer nur davon geredet, dass das ein Gefängnis sei. Nur weil ich zur Sicherheit die Tür abschließen musste. Keine Dankbarkeit von ihm. Kein bisschen Dankbarkeit. Er hat sogar angefangen, mir zu drohen. Er wisse mehr über mich, als mir lieb sei, hat er gesagt. Eines Tages hatte ich genug von seinem Gejammer.« Stanton kniff die Lippen zusammen. »Grace ist schuld, dass er so geworden ist.« Er kam schon wieder mit dem Messer näher.

Sie musste das Thema wechseln. »Die Statuen haben deshalb kein Gesicht, damit niemand die Personen erkennt, das ist genial«, sagte sie schnell. »Und die Zahlen, das ist das Datum, nicht wahr? Das Todesdatum? 1111, das war zum Beispiel der 1. oder 11. Januar oder November, nicht wahr?«

Stanton lächelte wieder.

»Die Statuen sind perfekt. Bethany Colville zum Beispiel. Sie haben das Foto als Vorlage genommen, das die Polizei benutzt hat, um sie zu suchen, nicht wahr? Ich habe sie an der Körperhaltung erkannt, sie ist exakt wie auf dem Foto. Und den Journalisten haben Sie auch nachgebildet. Und …« Leider hatte sie das erst gerade eben erkannt. Viel zu spät.

»Die Knochen in den meisten Statuen sind echt«, sagte Stanton. »Wir haben die Leichen ausgeweidet. Deshalb haben die Statuen so einen großen Block als Kopf. Der Schädel musste ja rein.« Er schien ungemein stolz darauf zu sein. »Bei Nico ging das natürlich nicht, aber das macht nichts.«

Linn wurde schwindlig, das war noch schrecklicher, als sie gedacht hatte.

»Wenn du nicht diese Reporterpest in meinen Garten mitgebracht hättest, dann hätte ich dir die Statue von Nico gezeigt, an der ich gerade gearbeitet habe. Sie ist die Vollendung, selbst ohne

Knochen. Ich werde auch eine von dir machen. Das wird eine echte Herausforderung.« Er lachte leise. »Aus dir etwas Perfektes zu machen. Aber keine Sorge. Ich habe ja jetzt eine gute Zeichnung, und zum Glück braucht die Statue kein Gesicht.« Seine behandschuhten Hände streichelten ihren Kopf. Sie roch seinen Schweiß. Genau wie damals im Moor. »Du hast doch sowieso nichts mehr vom Leben nach deinem Unfall. Ich mache dich unsterblich.«

»Die werden Sie schnappen. Wenn Sie mich töten, machen Sie einen riesigen Fehler. Genauso, wie es ein Fehler war, Nico zu töten.«

Er machte einen schnellen Schritt zum Tisch, nahm die Gerte, schlug auf ihre Beine. Sie konnte den Schrei nicht unterdrücken. Schwarze Flecke tanzten vor ihren Augen, als die Peitsche eine der Narben an ihrem Bein berührte. »Ich mache keine Fehler, merk dir das.« Er redete laut. »Ich denke, wir fangen an. Wir haben schon viel zu lange geredet. Ich muss nachher noch eine Totenmaske für Batu nehmen und den magischen Kreis für Beltaine um die Kerzen aufzeichnen, und wenn der schwarze Gott kommt, um dich zu holen, dann muss alles bereit sein.«

Er riss sie vom Sofa und ließ sie fallen. Sie knallte unsanft auf den Holzboden, ihre Schulter wurde taub, ihre Beine brannten und schmerzten. Die Schlinge um ihren Hals war so eng, dass sie beinahe erstickte, Luft, sie brauchte Luft. Sie drehte sich verzweifelt, winkelte ihr gesundes Bein ein wenig mehr an, langsam lockerte sich das Band. Sie roch den Wachsgeruch der Kerzen, der sich mit dem Geruch des Holzes mischte. Die Kerzen. Sie musste die Kerzen löschen, so hatte es doch in dem Buch gestanden. Sie drehte sich leicht in Richtung der flackernden Lichtpunkte. Stanton hob die Peitsche, sie schrie auf, als der Schlag ihren Rücken traf, weinte und presste ihr Gesicht gegen den Holzboden. Sie durfte nicht die Beine strecken, nicht strecken. Sie versuchte, unter das Sofa zu kriechen, nur weg von diesem Mann, nur weg. In diesem Moment sah sie erneut die behaarte, schwarze Spinne. Sie hielt den Atem an. Das Tier krabbelte langsam näher und näher, seine Beine machten ein leises, klackendes Geräusch. Sie durfte sie nicht erschrecken, unter keinen Umständen. Sie drückte ihre Nase so dicht es ging auf den Boden, die Spinne kam näher und näher, fast berührten die behaarten Beine schon ihre Haut, fast war sie auf ihrem Gesicht, als Stanton bemerkte, was sie vorhatte, und sie mit einem schrillen Aufschrei von der Spinne wegzerrte. »Du dreckige Hexe«, schrie er. Linn drehte und wendete und wehrte sich, obwohl sie kaum noch Luft bekam. Mit einem Fuß kam sie dabei an eine der Kerzen, die Flamme erlosch, Stanton heulte vor Wut auf. Er ließ sie los, griff nach der Kerze, ging zum Tisch und holte ein altmodisches Feuerzeug heraus. Es klickte mehrfach. Sie robbte auf dem Bauch mit Hilfe ihrer Ellenbogen über den Boden in Richtung einer der anderen Kerzen, zum Glück war es nur ein winziges Stück, drehte sich auf die Seite, streckte ihre gefesselten Hände über die winzige Flamme, spürte den stechenden Schmerz, stöhnte auf, als die Kerze ihr Fleisch versengte. Das Band saß stramm an ihrem Hals, es roch nach verbrannter Haut. Stanton warf seine Kerze auf den Tisch, sprang zu ihr. In diesem Moment war ihre rechte Hand plötzlich frei, die Fessel durchgebrannt. Sie drehte den Kopf, pustete, die zweite Flamme ging aus. Stanton kreischte auf und schlug auf sie ein. Mit der freien Hand versuchte sie, sich zu verteidigen, robbte zurück zum Sofa, nur weg von ihm, die Beine immer noch angewinkelt. Stanton trat nach ihr, traf sie brutal in die Seite. Mit letzter Kraft robbte sie noch ein winziges Stück, immer darauf bedacht, nur nicht die Beine zu strecken, und blieb schließlich einfach liegen. Das Band um ihren Hals spannte, ihr wurde schummrig. In diesem Moment klingelte es an der Haustür.

40

Linn wollte schreien, aber Stanton presste ihr die Hand auf den Mund, drückte sie mit seinem gesamten Körpergewicht nach unten, drückte und drückte, aber leise hörte sie durch den Schwindel in ihrem Kopf Götz' Stimme, die von unten ihren Namen rief. Stanton ließ sie los, trat ans Fenster, spähte durch eine Vorhangritze nach unten. Es klingelte noch einmal. Und noch einmal, sehr lange. Schließlich hörte das Klingeln auf, und Götz Stimme verstummte. War er wieder weggegangen? Sie schluchzte auf, zappelte mit den Beinen, das Band schnürte sie ein, sie hielt die Beine wieder ruhig. Sie war verloren. Jetzt war alles verloren. Stanton würde sie töten.

»Hast du auf die Null spekuliert? Er ist weg«, lächelte er. »Ich denke, er wird auch nicht wiederkommen, weil wir ihm von deinem Handy eine SMS schicken werden.« Er zog ihr Handy aus seiner Hosentasche, offenbar hatte er es aufgelesen und auf leise gestellt. Es blinkte für einen eingehenden Anruf.

»Nein, das werden wir nicht.«

»Sag mir den Entsperrungscode.« Stanton angelte nach seiner Gerte, die er auf den Boden neben sich gelegt hatte, und schlug ihr damit auf ihre freie Hand. »Spiel nicht mit mir. Du machst es nur noch schlimmer. Glaub mir, ich habe immer alles unter Kontrolle. Ich bin der Hohepriester des schwarzen Gottes.«

»Nein, Sie haben überhaupt nichts unter Kontrolle. Als Sie das letzte Mal in meiner Wohnung waren, hätten Sie mich töten sollen. Warum haben Sie mich am Leben gelassen?«

Stanton verzog das Gesicht und hielt ihr das Handy hin. Schlug mit der Gerte auf ihre Beine. Sie krümmte sich zusammen. »Der schwarze Gott wollte es so«, sagte er. »Und jetzt verrate mir den Code. Ich fange langsam an, mich zu ärgern.«

»Sie müssen schon meine Hände losbinden, wenn ich …«

Er schlug erneut mit der Gerte auf sie ein. Sie schrie und schrie, bis Stanton sie auf den Boden presste.

Unbändige Wut stieg auf einmal in ihr hoch, Wut, die stärker war als ihre Angst. »Sie sind wirklich erbärmlich. Sie sind nicht mächtig. Und niemand liebt Sie, das bilden Sie sich nur ein«, stieß sie hervor. »Sie haben für Nico Benten die Drecksarbeit erledigt in ihrem komischen Club. Sie und Cunningham. Schon in der Schule war das so, nicht wahr? Sie haben ihn angebetet und immer wieder rausgeholt, aus allem. Aber er hat Sie nie so gemocht wie Sie ihn, nicht wahr? Sie kleines, erbärmliches Stück Scheiße. Sie sind kein Künstler und kein Priester, nein, Sie sind ein ganz gewöhnlicher Mörder. Ein Nichts. Sie haben nichts unter Kontrolle, Sie …«

Stanton ließ sie plötzlich los und wich ein Stück zurück.

»Und jetzt läuft es auch aus dem Ruder, was? Sie kleiner Versager. Was ist das für ein Werk, einen gefesselten Menschen zu töten? Fühlen Sie sich dann stark? Ich lache mich schief. Was für ein lächerliches Ritual soll das denn sein? Diese Götter, von denen Sie da sprechen, die scheinen Ihnen nicht sonderlich gut gesonnen zu sein? Wo war der schwarze Gott denn, als ich den Fall aufgeklärt habe, und warum wollte er nicht, dass Sie mich beim letzten Mal schon töten? Und die tolle Beltaine hat Ihnen einen bösen Strich durch die Rechnung gemacht, wissen Sie das eigentlich? Das Beltaine-Phänomen beweist, dass Grace Riccardi ihren Mann nicht umgebracht haben kann. Beltaine würde ich also auch nichts opfern, wenn ich Sie wäre. Die Polizei wird Sie schnappen, und meine Freunde werden dafür sorgen, dass Sie im Gefängnis genau das kriegen, was Sie verdienen.« Sie riss sich mit der freien Hand ein paar Haare aus. Mit einem Ruck schnellte sie zur Seite, direkt auf die letzte Kerze zu und warf die Haare hinein, die stinkend und sich zusammenkräuselnd verbrannten. Dann schlug sie mit der bloßen Hand auf die Flamme, so dass sie verlosch. »Wenn es der Hexe gelingt, ein Haar zu verbrennen und die Kerzen zu löschen«, sagte sie. So hatte es doch in dem Buch gestanden, an das Stanton bestimmt glaubte. »Dann …«

Stanton heulte auf wie ein verwundetes Tier. In seinen Augen, die starr auf sie gerichtet waren, erkannte sie jetzt Angst. Er rieb seine Hände über sein Gesicht, schien zu zögern, wiegte den Kopf hin und her und stieß merkwürdige, kehlige Geräusche aus. Schließlich drehte er sich weg und schlug mit der Stirn immer wieder gegen die Wand, während sie verzweifelt mit der freien Hand versuchte, die verbleibenden Fesseln zu lockern.

Sie hörte Schritte auf der Treppe. Stanton schien sich wieder zu fangen. Er schnellte zum Tisch und holte einen Gegenstand. Einen Taser.

»Nehmen Sie mich als Geisel. Lebend bringe ich Ihnen mehr als tot«, schrie sie verzweifelt. Dann drückte Stanton auf die Elektroschockpistole, und sie fühlte brüllende Schmerzen, ihr Herz raste, sie krümmte sich zusammen, schrie und schrie und schrie, sie hatte ihre Beine nicht mehr im Griff, das Band um ihren Hals zog sich unerbittlich zu. Auf einmal war es vorbei, sie schnappte nach Luft, hustete krächzend, Stanton legte die Pistole auf die Seite, klebte ihr mit Klebeband den Mund zu und drehte sich in Richtung Wohnungstür. Die Schritte kamen rasend schnell nach oben. »Linn?« Das war wieder Götz' Stimme. Wie war er ins Haus gekommen? »Linn, bist du da drin?«

Sie wollte brüllen, er solle so schnell wie möglich abhauen, aber nur ein »Mmmmmh« kam aus ihrem zugeklebten Mund. Sie packte Stantons Fuß mit ihrer freien Hand. Er durfte Götz nichts tun. »Mmmmmmmmh«, schrie sie, so laut es ging. »Mmmmmmmhhhh!« Stanton schüttelte sie ab wie eine Fliege, kniete sich auf sie, drückte ihr Gesicht auf den Boden, so dass ihre Stimme nur noch gedämpft zu hören war. Ein Knall. Götz versuchte offenbar, die Tür einzutreten. Oh Gott, wieso musste er den Beschützer spielen? Warum rief er nicht einfach die Polizei?

Das würde ihn jetzt das Leben kosten. Und sie auch. Plötzlich hörte sie noch eine andere Stimme. Harris. Das Rütteln an der Tür wurde lauter. »Mmmmh«, machte sie noch einmal. Mit einem Krachen ging ihre morsche Tür auf, knallte gegen die Wand. Schritte. Und noch mehr Schritte und Trappeln und Rufe. Stanton stieß einen schrillen Schrei aus und drückte ihr mit beiden Händen den Hals zu.

41

Linn wachte auf, weil ihr schon wieder etwas Nasses ins Gesicht gedrückt wurde, und panisch schlug sie um sich, bevor sie die Augen öffnete. »Unkraut vergeht nicht«, ertönte eine Stimme, die offenbar Oberstaatsanwalt Faber gehörte, und für eine Sekunde fragte sie sich, ob sie tot und in der Hölle gelandet war.

»Gott sei Dank, Linn, du lebst noch.« Götz' Stimme.

Sie klappte ihre Augenlider nach oben. Überall Polizei, und jetzt bahnte sich auch eine Notärztin ihren Weg durch ihren Flur.

»Was … wie …?«, fragte sie. Ihr ganzer Körper schmerzte.

»Ich musste schlussendlich in Betracht ziehen, dass Sie doch recht haben könnten«, sagte Faber. »Ich habe sofort mit der ganz großen Kavallerie nach Ihnen suchen lassen, als klar war, dass Sie nicht zu erreichen sind. Wir kamen gerade noch rechtzeitig.«

»Nachdem der englische DCI Stanton bereits kampfunfähig gemacht hatte«, warf Götz ein. »Wir waren nämlich als Erste vor Ort.«

Sie lächelte Götz an. »Ich weiß nicht, wie ich dir je danken soll. Wie kamst du eigentlich auf die Idee herzukommen?«

»Grace Riccardi hat versucht, sich umzubringen«, erklärte Götz, der neben ihr kniete und ihr einen kalten Waschlappen auf die geschundene Lippe drückte. Die Notärztin setzte sich neben ihn und fühlte ihren Puls.

Götz erhob sich. »Sie hat überlebt, aber den Abschiedsbrief gab es natürlich trotzdem. An dich. Darin hat sie gesagt, dass Cunningham und vielleicht Stanton Mörder sind. Sie wollte ›das Richtige tun‹, warum auch immer ein Selbstmord das Richtige sein soll. Die vom Gefängnis wusste nicht, ob man den Brief öffnen darf, denn er war als Anwaltspost gekennzeichnet, und weil sie dich nicht erreicht haben, haben sie mich angerufen. Ich bin in den Knast gefahren, habe ihn gelesen und die Polizei informiert und dich dann sofort gesucht, als klar war, dass Stanton die Fähre nach Europa genommen hatte. Zum Glück bin ich unten vor dem Haus auf diesen englischen Bullen gestoßen.«

»Wo ist Harris eigentlich?«

»Dieser Verrückte hat ihn am Arm verletzt, als er ihn von dir weggerissen hat. Er wird gerade genäht.«

Die Notärztin drängte ihn zur Seite. »Raus hier«, befahl sie. »Alle.«

»Plötzlich stand Faber dann auch hier …« Mehr hörte Linn nicht mehr, denn die Eingangstür schloss sich hinter den aus der Wohnung strömenden Menschen.

Sie hatte nach einer eingehenden Untersuchung ihres Kopfes und Halses und der Behandlung der Wunden, die Stanton und die Kerze ihr zugefügt hatten, nicht im Krankenhaus bleiben müssen. Da ihre Wohnung von der Polizei als Tatort versiegelt worden war, saß sie jetzt, nachdem sie noch eine Stunde mit Faber gesprochen hatte, mit Götz und Harris in dessen Hotelzimmer in der Nähe des Hauptbahnhofs. Es war mitten in der Nacht. Sie war seltsam aufgedreht und gleichzeitig völlig erschlagen, was vermutlich an den Beruhigungs- und Schmerzmitteln lag, die ihr die Ärztin gegeben hatte. Sie versuchte, nicht daran zu denken, was ein paar Stunden zuvor passiert war. Götz, der ihr gegenüber auf dem Bett hockte, drehte einen Joint.

»Ich brauche das jetzt«, sagte er, stand auf, schlappte in Hawaiihemd und Birkenstocksandalen auf den Balkon und lehnte die Tür an. Sie sahen durch den Vorhang sein Feuerzeug aufleuchten, kurz darauf durchzog der süßliche Geruch von Gras das Zimmer.

»Echt coole Anwälte habt ihr hier.« Harris lockerte seine Krawatte. Er saß in Anzughose und Hemd auf einem Stuhl neben ihrem Sessel und hatte die Beine auf sein Bett gelegt. Sein rechter Ärmel war hochgekrempelt, dort hatte er einen Verband.

»Du hast mir das Leben gerettet. Ich habe mich noch gar nicht richtig bedankt«, sagte sie.

»Du warst ja leider ohnmächtig und konntest meine Performance nicht bewundern«, sagte Harris. »Das wäre einem Mason Shepard in dieser Serie niemals passiert.« Er stockte, fügte dann leise und fast schüchtern an: »Ganz ehrlich, habe ich gern gemacht.«

Die Balkontür ging einen winzigen Spalt auf. Rauch zog nach innen. »Meine ›Performance‹ war auch nicht schlecht«, bemerkte Götz von draußen. »Ich habe dem Sackgesicht nämlich eine Sprudelflasche auf den Hinterkopf gehauen. Er hat die ganze Zeit etwas davon gebrabbelt, dass du eine mächtige Hexe bist. Was hat er damit gemeint?«

Plötzlich sah Linn wieder Stantons schwarz angemaltes Gesicht vor sich, wie er sich über sie gebeugt hatte, sie würgte, bekam keine Luft mehr, ihr Herz fing an zu rasen. Sie stöhnte, und Harris war sofort an ihrer Seite und nahm sie in den Arm. »Hey, tut mir leid. Dein Kanzleipartner und ich werden sofort aufhören zu reden.«

Sie lehnte sich an ihn, roch den wundervollen Geruch seines Aftershaves und wurde langsam ruhiger, während Harris' Hand über ihren Rücken strich. Stantons Gesicht verschwand. »Weißt du«, murmelte sie, bevor sie wegnickte. »Stanton wollte eine perfekte Statue aus mir machen. Und in dem Moment habe ich kapiert, dass Perfektion nicht unbedingt das Wichtigste …«

Sie hörte noch, wie die Balkontür klickte und Harris zu Götz sagte: »Hilf mir mal, sie aufs Bett zu legen.«

Am nächsten Morgen wachte Linn erschöpft und gerädert in Harris' Bett auf. Götz war in der Nacht offenbar gegangen. Harris hatte in einem Sessel geschlafen. Sie frühstückte mit ihm im

Hotel und brauchte mehrere Tassen Cappuccino, bis sie wieder einigermaßen klar denken konnte. Harris, der den ganzen Morgen im Hotelzimmer mit anderen Ermittlern telefoniert hatte, hatte schließlich sein Handy auf stumm geschaltet und war mit ihr nach unten gegangen. Jetzt berichtete er ihr, was er bislang wusste.

»Stanton sitzt in U-Haft und wird in Kürze nach England überstellt«, sagte er und schnitt eine Orange auf. »Die Kollegen haben ihn die ganze Nacht verhört. Er streitet die Taten nicht einmal ab. Wenn stimmt, was er erzählt, dann hat er in den letzten fünfundzwanzig Jahren mindestens einundzwanzig Menschen getötet. Richtig angefangen damit hat er in seiner Zeit als Krankenpfleger auf einer Intensivstation. Als er gemerkt hat, dass die Leute langsam aufmerksam wurden, hat er gekündigt und sich als Künstler selbständig gemacht. Nachdem er den Sexclub in London geerbt und verkauft hat, war er finanziell unabhängig. Er hat im ganzen Land getötet, seine Opfer genau ausspioniert und darauf geachtet, dass es von der Gesellschaft aufgegebene Menschen waren, Einzelgänger, hauptsächlich männliche Obdachlose. In den meisten Fällen sind die Leichen nie aufgetaucht, daher ist auch niemand von einem Gewaltverbrechen ausgegangen.« Harris kaute langsam ein Orangenstück. »Er hat sie zu sich gelockt, in brutalen Opferritualen für irgendwelche Götter hingerichtet, die er für altkeltisch hält und die seine Macht vergrößern sollten, hat die Weichteile der Leichen danach in einem Ferienhaus nahe der schottischen Grenze aufgelöst und die Knochen in seine Statuen eingebaut. In diesem Ferienhaus hat er im Übrigen auch Nico Benten versteckt beziehungsweise gefangen gehalten. Offenbar glaubte er anfänglich, Benten und er hätten dort eine Zukunft als Liebespaar. Ach so, und dann gab es noch ein paar Opfer, die er aus ›strategischen Gründen‹, wie er es genannt hat, töten musste. Zum Beispiel den Journalisten, der sich über seine Statuen lustig gemacht hat. Er wusste, dass der Mann

Familie hat und alle nach ihm suchen würden, wenn er einfach verschwindet. Also hat er einen Unfall inszeniert. Was ja auch geklappt hat. Oder der autoerotische ›Unfall‹ im Moor. Da hat ihm anscheinend der schwarze Gott ins Ohr gebrüllt, dass er dieses Opfer nicht will. Und deshalb musste er sich was anderes überlegen, um seine Taten zu verschleiern.«

Linn legte das Brötchen, von dem sie genau einmal abgebissen hatte, auf den Teller. Ihr war der Appetit vergangen.

»Den Ermittlern ist richtig schlecht geworden, vor allem deshalb, weil der Typ seine Horrorgeschichten so vollkommen gleichgültig und mitleidlos erzählt. Er grinst die ganze Zeit vor sich hin und erzählt zwischendurch irgendetwas von diesem schwarzen Gott und davon, dass er sich unsichtbar machen kann und dass er so mächtig ist, dass wir ihn nicht ins Gefängnis stecken können, weil uns die Götter sonst töten werden. Ich fürchte, darauf werde ich es ankommen lassen.«

Sie nickte langsam. »Und dieser Vikar? Batu Cunningham?«

»Der sitzt in England in unserem Büro, heult die ganze Zeit und schwört, er habe das alles nicht gewollt, er habe Angst vor Stantons Zauberkraft gehabt, und nur deshalb habe er die eine oder andere Frau, die er vergewaltigt hat, für die Götter töten müssen. Bethany Colville zum Beispiel. Er will uns zu ihrer Leiche führen. Sie muss irgendwo im Privatwald der Schule in einem alten Brunnenschacht liegen. Wir sollen ihn freilassen, denn er wird es im Gefängnis nicht aushalten, er sei ein Mann der Kirche und über jeden Zweifel erhaben. Er habe mit den Geistern der Toten gesprochen, für sie gebetet, und sie hätten ihm verziehen.« Harris aß ein weiteres Stück Orange. »Du hattest im Übrigen recht, was die Zahlen auf diesen Statuen angeht. Es sind wirklich die Todesdaten. Da Stanton sie jedesmal ein bisschen anders dargestellt hat, ist bislang niemand darauf gekommen.« Kurzzeitig schwieg er. »In der Schule war dieser Geheimbund noch recht harmlos. Irgendwann müssen Stanton, Cunningham und Benten dann aber gemerkt haben, dass sie eine besondere Leidenschaft teilen, und ab da ist der Geheimbund wohl eine exklusive Dreierveranstaltung geworden. Mit Tieren haben sie angefangen. Dann kam Bethany Colville. Welche Rolle Benten genau gespielt hat, ist noch nicht so ganz klar, aber offenbar hat er gelegentlich dabei zugeschaut, wenn jemand geopfert wurde, und er hat Cunningham wohl die eine oder andere Frau besorgt. Allerdings scheint er anfänglich noch so was wie ein schlechtes Gewissen gehabt zu haben. Nachdem Bethany Colville verschwunden war, hat er sich zum Beispiel ein Tattoo stechen lassen, ein ›B‹, als Mahnung. Stanton hat die ganze Zeit gekichert, als er uns das erzählt hat.« Harris stellte seine leere Tasse auf seinen Teller. Ein Kellner trug das gebrauchte Geschirr weg. »Hayley Miller scheint im Moment das einzige Opfer zu sein, dass Benten selbst umgebracht hat. Aber wie gesagt, wir sind noch ganz am Anfang. Und du kannst dir gar nicht vorstellen, wie die Anwälte von Bentens Vater abgehen. Ich glaube, der Vater weiß genau, dass mit seinem Sohn etwas nicht gestimmt hat, aber er will es nicht wahrhaben.«

Sie standen auf und schoben ihre Stühle an den Tisch. »Wir werden noch sehr lange mit dem Fall beschäftigt sein, bis wir alle Details beisammen haben. Wir werden auch diesen Stick untersuchen, den du gefunden hast. Im Moment sieht es so aus, als habe Benten hier Details über die Taten seiner Freunde gespeichert. Namen und Daten und so was. Vielleicht einen Art Lebensversicherung? Vielleicht hat er den Stick absichtlich im Bad hängen lassen?«

»Wie ist Stanton eigentlich an meine Wohnungsschlüssel gekommen?«

»Auch das wissen wir leider noch nicht. Aber ich werde es persönlich klären.«

Sie gingen am Büfett vorbei zum Ausgang. Harris holte sein Handy aus der Tasche, überflog die eingegangenen Anrufe. Sie erkannte deutlich das Foto, das mit einem der Anrufe angezeigt wurde, eine blonde, wunderschöne Frau. *Claire*, stand da. Als er sah, dass sie zu ihm hinüberschaute, steckte er das Handy schnell ein.

Harris hatte nach dem Frühstück zu einer Besprechung zur Staatsanwaltschaft gemusst, und Linn war kurz zu Grace Riccardi ins Krankenhaus gefahren, die aber das Bewusstsein noch nicht wiedererlangt hatte. Danach hatte sie lange in einem Café gesessen und war schließlich in die Kanzlei gegangen. Faber hatte ihr in einem Fax mitgeteilt, dass der dringende Tatverdacht gegen ihre Mandantin nicht mehr bestehe und der Haftbefehl aufgehoben worden sei, da es so aussehe, als sei Hayley Miller von Nico Benten getötet worden und der wiederum von Jake Stanton. Stanton, ein erfahrener Segler, habe Benten nach vorläufigen Erkenntnissen zwei Tage nach dessen Flucht mit auf sein Boot genommen, war in die Nähe der Klippen der Wahrheit gefahren, hatte ihn dort mit einem Taser getötet und ins Wasser geworfen, vermutlich in der Hoffnung, die Leiche werde verschwinden. Er wusste von Benten, dass sich Grace Riccardis Taser an den Klippen befand, und hoffte wohl, man werde diesen Mord später ihr in die Schuhe schieben.

Es klopfte an ihre Tür, und Götz kam in ihr Zimmer. Sie lächelte ihn an.

»Ich muss dir was zeigen«, sagte er. »Das ist unglaublich. Wie haben die das wieder gemacht? Dass da keiner was erfährt?«

»Wovon redest du?«

Götz hielt ihr sein Handy unter die Nase. *Nachruf auf Nico Benten*, las sie. *Tragischer Held. Größter Schauspieler aller Zeiten. Liebevoller Ehemann. Trauzeuge war ein Serienmörder.* »Kein Wort über Hayley Miller. Oder über den Geheimbund. Oder Bentens Verstrickungen in die Sache.«

Nico Benten ahnte nichts, als er seinen besten Kumpel und Trauzeugen besuchte. Es sollte ein fröhlicher Angelausflug auf dem Boot werden – und wurde eine Fahrt in die Unterwelt.

»Überall so ähnlich. Er ahnte nichts von den bösen Machenschaften seines Trauzeugen. Der gute Nico Benten. Die arme, unschuldige Grace Riccardi.«

»Was Grace Riccardi angeht, haben die ja sogar recht. Und nach ihrem Freispruch wird Bentens Beteiligung an der Sache öffentlich werden.«

Götz nickte. »Unsere Kanzlei wird im Übrigen ausnahmsweise mal von allen in den höchsten Tönen gelobt. Das hier gefällt mir am besten.« Er nahm das Handy, tippte mit dem Finger auf das Display und gab es ihr wieder. *Der ehemaligen Wirtschaftsanwältin Dr. Linn Geller ist ein großer Wurf gelungen. Wie der in dem Fall ermittelnde Oberstaatsanwalt Dr. Faber unserem Reporter mitteilte, sei es hauptsächlich der Verteidigerin Dr. Linn Geller zu verdanken, dass zwei der gefährlichsten Serienmörder unserer Zeit gestoppt wurden.*

»Faber. Das kapiere ich nun wirklich nicht«, sagte sie.

»Er war ernsthaft besorgt um dich, als du da ohnmächtig am Boden gelegen hast«, sagte Götz. »Vielleicht hatte er nur ein schlechtes Gewissen. Aber vielleicht ist er auch nicht ganz so verkommen, wie du gedacht hast. Außerdem hat ihm dieser Harris ziemlich die Leviten gelesen.«

Sie wiegte den Kopf hin und her. »Du wirst in dem Artikel gar nicht erwähnt. Ohne dich …«

Götz machte eine abwinkende Handbewegung.

Als sie sich später in der Küche einen Kaffee machte, klingelte ihr Handy. Harris, der sich mit ihr treffen wollte, um sich zu verabschieden.

Linn und Harris blieben vor dessen Mietwagen stehen. Die Peitschenverletzungen an ihren Beinen brannten stechend. Die Wirkung der Schmerztablette, die sie vor dem Frühstück eingeworfen hatte, ließ offenbar nach.

»Es war wie immer ungewöhnlich mit dir.« Harris grinste schief.

Sie nickte. Schaute ihn lange an. Sie mochte den Typen. Mochte ihn wirklich. Aber sie wollte sich das nicht antun. Sie hatte gerade die Begegnung mit einem Serienmörder hinter sich und musste ihre neue Kanzlei aufbauen, sie konnte jetzt unmöglich schon wieder etwas mit einem Mann anfangen, der mit einer anderen Frau zusammenlebte und ihr das verheimlichte.

»War auch ungewöhnlich mit dir. Ich bin blöderweise ein bisschen in Eile. Ich habe gleich einen Gerichtstermin und muss mich noch vorbereiten«, stammelte sie schließlich.

»Am Samstag?«

Sie war ja wirklich selten bekloppt. »Ein Haftprüfungstermin. In einer Strafsache«, bekam sie gerade noch die Kurve.

Harris schaute sie wieder mit diesem belustigten Blick an. Ihr wurde ganz anders. Sie stützte sich an seinem Auto ab. »Und du? Wie lange musst du jetzt fahren, nachdem kein Flug mehr zu kriegen war?«

»About eight hundred and twenty Miles. Ein Katzensprung«, sagte er lässig.

Über tausenddreihundert Kilometer. Schon alleine deswegen konnten sie und Harris nicht …

Harris kam einen Schritt auf sie zu. Und noch einen. Plötzlich packte er ihre Arme und drückte sie mit seinem Körper gegen das Auto. Sie spürte seinen heißen Atem in ihrem Gesicht. Und dann seine Lippen, die sich auf ihre drückten. Die sie küssten, wie sie noch nie geküsst worden war. Sie öffnete ihren Mund, seine Zunge fuhr langsam und zärtlich über ihre Lippen. Sie stöhnte. Seine Hände ließen ihre Arme los, und sie umarmte Harris, drückte ihren Körper gegen seinen, küsste ihn, nur dieses eine Mal, sie würde ihn nur diese eine Mal küssen und dann würde sie die Sache beenden.

»Ich habe noch nie eine Frau wie dich kennengelernt. Du bist außergewöhnlich. Einfach cool. Das habe ich schon gedacht, als du in der Nacht ins Moor rausfahren wolltest«, sagte Harris, seine

Lippen direkt über ihren. Seine Stimme klang rau und erregt und liebevoll.

»Ich …«, setzte sie an, verstummte und küsste Harris noch einmal. Er schmeckte nach Pfirsich und Zahnpasta und etwas Wildem, Unbezähmbarem. Nach Abenteuer und Sex. Er würde sie todunglücklich machen. Schon jetzt. Verdammt. Sie löste ihren Mund von seinem, nahm seinen Kopf in die Hände und betrachtete für eine Sekunde seine markanten Gesichtszüge, seine Augen, die sie auf diese unverkennbare Art anschauten, diese wunderschönen Augen, sie roch den Duft seines dezenten Aftershaves – und drückte Harris von sich weg, löste sich aus der Umarmung. Harris versuchte, sie zurückzuholen, aber sie schlüpfte unter seinen Armen durch, wich zurück, blieb schließlich etwa eine Armlänge von ihm entfernt stehen. Sie wollte nur eins. Sie wollte jetzt sofort mit diesem Mann schlafen.

»Mein Termin, du weißt schon«, brachte sie heraus.

»Linn«, sagte er, und seine Augen schauten jetzt traurig. »Ich bin auch deswegen bis zum Detective Chief Inspector aufgestiegen, weil ich eine Lüge erkenne, wenn sie mir aufgetischt wird. Ich finde es anständiger, wenn man ehrlich ist.«

»Ach wirklich? Und wer ist diese Frau, die in deine Wohnung kommt, dich Darling nennt und die dich heute beim Frühstück offenbar versucht hat anzurufen? Claire? Wäre es nicht ehrlich gewesen, mir davon zu erzählen?«

Harris antwortete nicht.

Sie trat noch einen Schritt zurück. »Harris, ich bin keines dieser Mädchen, die Machotypen wie dich anhimmeln.« Doch, verdammt, sie war genauso ein Mädchen. »Das mit uns wäre sowieso nichts Ernstes geworden. Ich wollte mir nur beweisen, dass ich nach meinem Unfall genauso gut Männer aufreißen kann wie davor.«

Harris sagte immer noch nichts. Mit einer Hand rieb er über sein Kinn.

»Hast du gedacht, eine Frau wie ich ist dankbar für jedes Bröckchen Mann, das man ihr hinwirft, und wird sich nicht darum kümmern, dass du mit einer anderen zusammenlebst? Das ist falsch.«

Harris trat wieder auf sie zu. Ergriff ihre Hände mit seinen Händen. Sein Blick war eine Mischung aus besorgt und belustigt. »Was meinst du mit ›eine Frau wie du‹?«

Sie lachte bitter auf. »Naja, ich dachte, dir wäre aufgefallen, dass ich so eine klitzekleine Narbe im Gesicht habe und ein leicht verkrümmtes Bein, aber hey, ist ja nett, dass du so tust, als sei da nichts.« Der Mann konnte sie mal.

»Da ist auch nichts. Also nichts, was irgendwie abschreckend wäre«, sagte Harris. »Das ist einzig und allein in deinem Kopf. Ich weiß, wovon ich rede.«

»Nein, du hast keine Ahnung«, sagte sie heftiger als geplant. »Du hast keine Ahnung, wie es ist, jeden Morgen in den Spiegel zu schauen und darüber nachzudenken, wie es früher war. Die Typen sind mir hinterhergelaufen, und ich musste nur mit dem Finger schnippen.«

Harris grinste. »Wenn du mit dem Finger schnippst, wird dieses Bröckchen Mann«, er zeigte mit einer theatralischen Geste auf sich, »jetzt sofort …«

Toll, er machte sich auch noch über sie lustig. »Das sagst du nur so. Und abgesehen davon ist da ja noch die Frau.«

»Claire«, sagte Harris. »Und ja, ich hatte ab und zu Sex mit ihr, aber das ist eine Weile her. Sie ist verheiratet. Mit unserem Polizeichef. Und es war einfach nur eine Affäre. Ich bin Single, warum also nicht.« Er stockte. »Sie hat einen Fernsehbeitrag von Francis gesehen, unter anderem über uns, und sie war ziemlich eifersüchtig auf dich. Hat sogar davon geredet, dass sie mit ihrem Mann sprechen und ihm alles gestehen und meinen Namen nennen wird. Obwohl wir schon vor einem halben Jahr beschlossen haben, dass wir diese Affäre beenden. Für mich ist sie jedenfalls vorbei.« Er machte wieder eine Pause. »Ich kann im Übrigen durchaus verstehen, dass du glaubst, dir was beweisen zu müssen. Ich mache das selbst vermutlich seit Jahren so. Nur bei dir war es irgendwie anders. Für mich jedenfalls.«

Sie runzelte ungläubig die Augenbrauen.

Er lachte leise. »Am Anfang habe ich versucht, mir einzureden, ich würde dich mal anrufen und für ein Wochenende rüberfliegen, wir hätten eine kurze Affäre und gut. Nur das Problem war: Ich hab's nicht geschafft, dich anzurufen. Du hast keine Ahnung, wie oft ich das Telefon in der Hand hatte. Das ist mir noch nie passiert. Schon als wir dort im Moor standen, dachte ich …« Er schüttelte den Kopf. »Wenn ich dir jetzt sage, dass ich dich wirklich mag, dass du klüger und lustiger bist als alle anderen Frauen, die ich je kennengelernt habe, und dazu noch besser aussiehst, und dass meine ich ernst, dann klingt das vermutlich ziemlich abgedroschen, aber …« Er brach ab.

»Och«, sagte sie, »so abgedroschen finde ich es gar nicht.« Sie musste grinsen. Harris strich ihr die Haare aus dem Gesicht und fuhr vorsichtig mit dem Finger über ihre versehrte Wange. Sie schob seine Hand mit ihrer weiter nach unten zu ihrem Hals.

»Wenn dich die Narbe wirklich so stört: Ich kenne einen guten Schönheitschirurgen in London«, sagte er. »Du könntest mal hingehen, wenn du in England bist.«

Ihr Grinsen gefror. Verwandelte sich in eine Grimasse. Sie drehte sich weg und ging wütend auf den Hauseingang zu.

»Linn.« Harris folgte ihr. Sie versuchte, die Tür aufzuschließen, aber er war schneller, packte ihren Arm und drehte sie um. »Du willst mich missverstehen. Mich stört es nicht, verdammt. Ich wollte nur helfen, weil … Ich kenne den Arzt persönlich, weil ich wirklich weiß, wie es ist. Shit. Man muss einfach damit leben. So sein, wie man ist. Und du bist toll, warum kapierst du das nicht?«

»Einfach damit leben, klar. Das versuche ich seit Jahren.

Manchmal denke ich, es könnte vielleicht sogar klappen. Und jetzt kommst du und … Du hast keine Ahnung. Harris, am besten du fährst jetzt zu deiner Claire zurück.« Sie riss ihren Arm los.

Harris wich ein paar Schritte zurück. Er würde jetzt gehen, und sie würde ihn nie wiedersehen. Besser so. Stattdessen begann er, mit wütenden Bewegungen sein weißes Hemd aufzuknöpfen, so schnell, dass die Knöpfe fast abrissen. Sie beobachtete ihn, konnte sich nicht abwenden. »Es gab einige Frauen in meinem Leben«, sagte er. »Trotzdem. Oder genau deswegen. Und es hat keine gekümmert. Und wenn doch, dann war sie es nicht wert. Also stell dich nicht so an wegen der kleinen Narbe, die man by the way kaum sieht.«

Er brach ab. Sein Hemd war jetzt offen, sein muskulöser Oberkörper kam zum Vorschein Er riss sich das Hemd vom Leib, drehte sich um. Und zeigte ihr seinen Rücken.

Mit hoch erhobenem Kopf, ohne sie noch einmal anzuschauen, ging er mit nacktem Oberkörper zu seinem Auto, das zerknüllte Hemd in der Hand. Stieg ein, knallte die Tür zu und fuhr los.

Sie blieb an der Tür stehen, vor ihrem inneren Auge sah sie immer noch Harris' Rücken: eine einzige riesige, rot-vernarbte Brandverletzung.

42

Linn ging zurück in die Kanzlei, machte ihren Laptop an und schaute sich jedes Bild von sich an, jedes Filmchen. Selbst den Film, auf dem sie Faber nach dem ersten Gerichtstermin hinterherhumpelte. Danach ging sie ins Bad und betrachtete lange ihr Gesicht, das ihr nicht mehr so fremd vorkam. Sie hing an ihrem Leben, das hatte sie gestern Abend schmerzlich kapiert. Vielleicht war sie nicht perfekt, aber das hier war nun einmal sie. Und wenn sie sich auf den Filmen und Fotos im Internet anschaute, dann war ihr Aussehen auch objektiv nicht so schlimm, wie sie geglaubt hatte. Sie war nicht hässlich. Sie war ziemlich in Ordnung, wenn sie ehrlich war, auch wenn sie eine Narbe auf der Wange und ein verkrümmtes Bein hatte. Sie hatte zwei Serienmörder gestoppt, und ihre Mandantin würde freigesprochen werden. Und Harris … Gut, die Sache mit Harris hatte sie irgendwie verbockt. Aber sie würde versuchen, das wieder einzurenken. Das konnte ihr gelingen. Ein Lächeln überzog ihr Gesicht, als sie aus dem Bad trat.

Ein paar Tage später stand Linn im übervollen Gerichtssaal. Von draußen trommelte eiskalter Herbstregen gegen die Scheiben.

»Im Namen des Volkes ergeht folgendes Urteil«, sagte Richterin Borchert. »Die Angeklagte Grace Riccardi wird freigesprochen. Bitte setzen Sie sich.« Alle Anwesenden setzten sich wieder hin. Während die Richterin ausführte, warum das Gericht zu diesem Urteil gekommen war, drückte Grace Riccardi Linns Arm. »Danke«, flüsterte sie. »Ich weiß gar nicht, wie ich Ihnen noch danken soll.«

»Das ist mein Job. Ich hab's gerne gemacht.«

Wenn sie ehrlich war, war es, wenn man die Begegnung mit

Stanton einmal wegließ, sogar so ziemlich das Beste gewesen, was sie in den letzten Jahren gemacht hatte.

Nach dem Gerichtstermin stand sie mit Götz neben ihrer Mandantin, die von einem Bodyguard begleitet wurde, vor dem Gericht im eiskalten Regen und gab Interviews. Grace Riccardi war mehr schlecht als recht wieder auf den Beinen, ein wenig zittrig noch, abgemagert, aber wieder perfekt geschminkt und mit einer neuen Frisur und einem strahlenden Lächeln. Sie hatte eine neue Agentur gefunden, würde jedoch, bevor sie wieder arbeitete, zunächst einige Wochen in Frankreich verbringen. Begleitet von ihrem Sohn Marco, der ihr Angebot, zukünftig bei ihr zu wohnen und seine Lehre in Deutschland zu beginnen, angenommen hatte und dem sie außerdem einmal Paris zeigen wollte.

»Ich hätte das viel früher tun sollen«, hatte sie Linn gestern gestanden. »Aber Nico wollte es nicht und … Marco braucht viel Aufmerksamkeit. Vielleicht kann ich ein bisschen von dem, was ich Schlimmes getan habe, wiedergutmachen.« Sie hatte geweint, und Linn hatte ihr tröstend über den Rücken gestreichelt.

»Das habe ich alles meiner Anwältin zu verdanken«, sagte Grace Riccardi gerade zu den Journalisten. »Ich kenne niemand, der so hartnäckig ist und die Interessen seiner Mandanten so mutig vertritt wie sie. Da können wir uns alle eine Scheibe von abschneiden.«

Linn wurde ein wenig rot, wandte sich wieder den Reportern zu, die sie mit Fragen bombardierten, und lächelte strahlend. Es störte sie nicht, dass ihre Haare nach hinten fielen, und sie kämmte sie auch nicht wieder zurück über ihre Wange.